PASIÓN PROHIBIDA

JO BEVERLEY

PASIÓN PROHIBIDA

Titania Editores

ARGENTINA — CHILE — COLOMBIA — ESPAÑA
ESTADOS UNIDOS — MÉXICO — PERÚ — URUGUAY — VENEZUELA

Título original: *Forbidden*
Editor original: Kensington Publishing Corp., New York
Traducción: Marta Lima Parra

1.ª edición Abril 2013

ISBN: 978-84-92916-42-9
E-ISBN: 978-84-9944-540-3
Depósito legal: B-4617-2013

Fotocomposición: Jorge Campos Nieto
Impreso por: Romanyà Valls, S.A. — Verdaguer, 1 — 08786 Capellades (Barcelona)

Impreso en España — *Printed in Spain*

Capítulo 1

*H*abía tres personas sentadas a la mesa del desayuno en el frío y polvoriento comedor de la residencia de Grove, en Sussex. Los corpulentos hermanos Allbright engullían ruidosamente la ternera semicruda, regándola con cerveza negra. Su hermana, Serena Riverton, acurrucada bajo un grueso chal, mordisqueaba una tostada y bebía té enfrascada en un libro de poesía.

Will Allbright miraba con aire ausente al vacío al tiempo que masticaba y sorbía, su hermano mayor, Tom, refunfuñaba mientras inspeccionaba el correo del día:

—Apremios, apremios, apremios... —Lanzó tres cartas a la chimenea humeante—. Ah, esto ya es otra cosa. —Rasgó el sobre y, ávido, leyó la carta—: ¡Por fin! Serry, Samuel Seale quiere casarse contigo.

Su hermana alzó la vista, revelando un rostro de una belleza excepcional.

—¿Qué?

Pálida, se levantó de la mesa, apartándose de ella.

—Oh no, Tom. No pienso hacerlo. ¡No volveré a casarme!

—¿Ah, no? —preguntó él, llenándose de nuevo los carrillos de comida—. ¿Y qué piensas hacer si no, hermanita? ¿La calle?

Serena Riverton negó con la cabeza desesperadamente, paralizada de horror por el giro de los acontecimientos.

—Sobreviviré con el dinero que me dejó Matthew.

Su hermano pequeño, Will, un simplón, se volvió y la miró.

—Ese dinero ya se ha acabado, Serry.

Se le veía sorprendido de que ella no estuviese al tanto; parecía incluso como si lo lamentara, aunque Serena sabía que aquello era imposible. Sus dos hermanos, en todas sus egoístas vidas, jamás se habían arrepentido de su comportamiento ruin, salvo que los hubiera metido en líos.

Ambos tenían el aspecto del típico inglés de campo, hombres grandes, fornidos y rubicundos vestidos con rústicas ropas rurales, aunque el parecido acababa ahí, pues carecían de su característica rectitud moral.

Mientras ella permanecía ahí inmóvil, Will se echó un último trozo de pan a la boca y se levantó de la mesa para calentarse frente a la chimenea. Obstruyendo con su corpachón el escaso calor que desprendía el fuego, sacó una guinea y la lanzó al aire.

Aturdida, Serena miraba la reluciente moneda, tratando de encontrarle un sentido a las palabras de Will.

—¿Acabado? —repitió—. ¿Cómo puede haberse acabado? Mi marido sólo lleva tres meses enterrado. ¿Dónde ha ido a parar?

Pero mientras hablaba, lo comprendió todo; había ido a parar a donde iba todo el dinero de aquella ruinosa casa: dilapidado en las mesas de juego, en el frenesí de los dados, en la velocidad de los caballos, ¡en la velocidad de... —por el amor de Dios— de una cucaracha!

Apartó los ojos de la moneda de Will para fulminar a Tom con la mirada.

—¡Esto es un robo descarado!

Su hermano mayor se llevó con el tenedor otro pedazo de ternera roja a la boca.

—¿Vas a denunciarnos a los recaudadores, Serry? No te servirá de nada. No se puede exprimir a las piedras.

«Piedras —pensó Serena furiosa—. Eso es lo que eran. Unas piedras insensibles, e igual de duras.»

—Además, no te hubiera alcanzado para sobrevivir mucho tiempo —intervino Will.

«Lanzo, giro, atrapo. Lanzo, giro, atrapo...»

Y añadió:

—¿Tres mil libras? Calderilla, eso es lo que es.

Tom asintió con un gruñido.

—¿Quién hubiera pensado que Riverton dilapidaría su fortuna de esa manera? Pensábamos que eras una viuda rica, Serry, o no hubiéramos mostrado tanto entusiasmo para que regresaras a casa. Tres mil libras no dan para tu vestuario.

Sus menudos ojos recorrieron el lujoso traje de elegante tela marrón rojiza.

Un diestro sastre había confeccionado el vestido para realzar su figura, como ella sabía a la perfección, pero nunca se hubiera imaginado que un hermano suyo la mirara de aquella manera.

Serena se envolvió en su chal de lana gruesa para protegerse.

—Me hubiera alcanzado de sobra para vestirme así —masculló entre dientes—. Puede que os resulte incomprensible, hermanos, pero es posible llevar una vida decente sólo con los intereses de las tres mil libras.

—Una vida condenadamente aburrida, desde luego —replicó Will con cordial incomprensión—. No disfrutarías lo más mínimo, Serry.

Serena se abalanzó para atrapar la moneda que giraba en el aire.

—Sí que lo haría, Will. —Y volviéndose hacia Tom, añadió—: Quiero que me devolváis el dinero. Si no lo hacéis, os llevaré a los tribunales.

Éste estalló en una carcajada, salpicando de comida toda la mesa.

—Se necesita dinero para procesar a alguien, Serry, y aunque ganases, pasarían años antes de que dictaran sentencia. Mientras tanto, no llegarás muy lejos con la guinea de Will.

—Es un comienzo.

Serena cerró el puño con fuerza, pero Will le agarró la muñeca.

—¡Es mi moneda de la suerte!

Se resistió, pero su hermano le retorció violentamente el brazo hasta que ella lanzó un grito y le devolvió la moneda.

Serena retrocedió una vez más, con los ojos llenos de lágrimas, frotándose la muñeca. Semejante demostración de fuerza le recordó la crueldad intimidatoria de sus hermanos. Tenía quince años cuando se marchó de casa, pero no lo había olvidado. ¿Por qué había creído que las cosas cambiarían de adulta?

Tom advirtió su miedo, y sus ojos brillaron de satisfacción.

—Tal vez Seale defienda tus derechos por ti, Serry.

Ella lo miró a los ojos.

—No podrás obligarme a casarme de nuevo, Tom, y mucho menos con Samuel Seale.

—¿De verdad que no es de tu agrado? —Tom parecía genuinamente sorprendido—. Pues no está nada mal para su edad, y es rico como Creso. Posee todas esas minas, tú ya me entiendes. Pensé que preferirías a un hombre mayor como tu primer marido. Parecías satisfecha con él.

—¿Satisfecha? —repitió Serena sin fuerzas, abatida ante el tremendo malentendido.

—De acuerdo, entonces —convino Tom—. Esperaremos al mejor postor.

—¿En serio? —Serena se sorprendió de haber ganado. Entonces asimiló sus palabras—. ¿Postor? ¿Qué postor?

Tom dio un golpecito a la misiva abierta junto a su plato.

—Seale ha hecho una oferta de diez mil. Un precio justo, la verdad. Padre sacó treinta mil cuando te casaste la primera vez, pero ya no estarán dispuestos a pagar esa suma ahora que no eres virgen.

—¿Treinta mil libras? —Serena oyó cómo la histeria se elevaba en su voz—. ¿Padre me vendió a Matthew Riverton por treinta mil libras?

—Guineas —corrigió Will escrupulosamente, lanzando la moneda una vez más—. Nos salvó de la ruina en esa época. ¿No lo sabías? Claro, no eras más que una quinceañera entonces, una chiquilla atolondrada.

Serena se llevó una mano a la cabeza y ahogó un grito. Una chiquilla atolondrada. Hacía años que se había dado cuenta de lo estúpida que fue al lanzarse tan alegremente a un matrimonio, sólo por el entusiasmo pueril de los vestidos nuevos, la excitación del momento y el triunfo personal de ser la primera de sus amigas en casarse.

Pero de ahí a que la vendieran...

Treinta mil libras. No, guineas. No era de extrañar que Matthew se pusiera hecho una furia cada vez que rehusaba bailar al ritmo que él marcaba. Cada vez que trataba de negarse...

—Enfréntate a los hechos, Serry —insistió Tom—. No dejes escapar a Seale. Estamos hasta el cuello de deudas otra vez, y ahora ya no eres ningún primer premio. Aún no has perdido tu belleza, eso no te lo discuto, pero sí tu virginidad. Y la mayoría de los hombres quieren una esposa que pueda proporcionarles una buena dote y descendencia. Y tú eres incapaz de ambas cosas.

—Tenía tres mil libras —se lamentó amargamente, pero la última parte de sus palabras le cayó como un mazazo.

«Estéril. Era estéril.» Recordaba como si fuera ayer el diagnóstico del médico, cual sentencia implacable. Y tampoco había olvidado la reacción colérica de Matthew.

—¡Estéril! ¿Quién diablos necesita una mujer estéril? ¡Y además una que ni siquiera goza con las tareas del lecho marital!

A partir de aquel momento cambió su forma de tratarla. Si en los primeros años de matrimonio se había limitado a mostrarse rudo e insensible con sus sentimientos, tras el veredicto del médico comenzó a ser más exigente, a reclamarle servicios que iban mucho más allá de los deberes conyugales.

Si supiera que podía tener hijos, se casaría sólo por experimentar esa alegría, pero como no podía, no volvería a convertirse en otra esclava legal.

Pero sin blanca, ¿qué iba a hacer?

¿Qué opciones tenía?

Lo menos que podía hacer era abandonar la estancia antes de darles a sus hermanos la satisfacción de verla llorar.

Cegada por las lágrimas, se volvió hacia la puerta, controlando sus palabras:

—Mi respuesta sigue siendo no, Tom, así que ya puedes ir cancelando tu subasta de esclavos.

A pesar de su corpulencia, Tom se levantó de un salto, la alcanzó y de un manotazo cerró la puerta ante sus narices.

—No era una petición, Serry. Era una orden.

Sus ojos, meras ranuras que se dibujaban entre pliegues de grasa, la miraban con malevolencia.

Serena deseaba abofetearlo, arañar aquellos ojos porcinos, pero era menuda, y sus hermanos, enormes y brutales.

—¡No lo permitiré! —protestó—. Ya no tengo quince años, Tom, tengo veintitrés y soy perfectamente capaz de tomar mis propias decisiones.

—No seas estúpida.

—¡Tú eres el estúpido! Ya no permiten arrastrar a la fuerza a la novia al altar, y sólo así conseguiréis llevarme.

—No seas estúpida —repitió Tom con firmeza—. Si me causas problemas, te venderé a un burdel. Al menos me darán quinientas libras por ti.

Serena se estremeció, pues sabía que hablaba en serio.

Él le abrió la puerta parodiando un gesto caballeroso.

—Te comunicaré la oferta ganadora.

Aturdida, Serena salió y la pesada puerta de roble se cerró de un portazo tras ella. Oyó las risotadas de sus hermanos.

Huyó a su habitación. En su cabeza resonaba: «Atolondrada, atolondrada, atolondrada». Había creído que los ocho años de matrimonio, años de esclavitud, años de horror, le habrían enseñado algo, la habrían vuelto más sabia. Pero no, allí estaba, tan atolondradamente indefensa como siempre.

Se había sentido tan aliviada, tan increíblemente eufórica cuando Tom le comunicó la noticia de la muerte de su marido, que no se había parado a reflexionar. Simplemente había recogido sus pertenencias y, sin más dilación, había regresado con él a la casa familiar. No se había preocupado de los temas legales, ni siquiera se angustió cuando supo que su marido había perdido casi la totalidad de su inmensa fortuna.

¿Qué más daba el dinero?

Era libre.

Matthew ya no regresaría a la mansión de Stokeley a exigirle que hiciera de furcia para él. Nunca más la castigaría por negarse a cometer sus intolerables vejaciones.

Era libre.

Ahora caminaba de un lado a otro de su frío dormitorio, retorciéndose las manos, tratando de decidir qué hacer. No estaba dispuesta a perder su libertad.

Samuel Seale. Cerró los ojos horrorizada. Otro igual que su

marido. Un hombre corpulento y grosero, con más de cincuenta años y absolutamente depravado. Además, sospechaba que Seale tenía la sífilis. Al menos Matthew no la había contraído.

Se detuvo y se agarró a un poste de la cama para poner fin a aquellas absurdas vueltas. Tenía que hacer algo.

Pero ¿qué?

Huir.

Sí, debía marcharse. Marcharse a algún sitio.

¿Dónde?

Se estrujó la mente intentando encontrar un lugar en el que refugiarse y no se le ocurrió ninguno.

Tenía algunos parientes, pero no confiaba en que la protegieran de sus hermanos. Su marido la había mantenido virtualmente reclusa en la mansión de Stokeley, en la zona rural de Lincolnshire, prohibiéndole el contacto con sus amistades o con la pequeña nobleza de la zona. Aunque la verdad sea dicha, ninguna persona respetable hubiese querido tener trato con los residentes de Stokeley. No, allí no encontraría ayuda.

Buceó en su pasado buscando un aliado. Rememoró la inocencia, sus años escolares...

La señorita Mallory.

Serena había sido alumna de su escuela en Cheltenham. De ahí la habían llevado directamente al altar. Aquella pequeña institución había sido su último lugar seguro y de ingenuos placeres. Recordaba a Emma Mallory como una profesora estricta, pero amable, y una ferviente partidaria de los derechos de las mujeres. Sin duda, la señorita Mallory la ayudaría.

Si lograba dar con ella.

Había un largo camino de Sussex a Gloucestershire.

Dinero. Necesitaba dinero.

Tras buscar por todo el dormitorio, logró reunir dos billetes de una libra, una guinea y algunas monedas sueltas. No bastaba. ¿Dónde podría encontrar más?

A pesar de las deudas, sus descuidados hermanos se dejaban monedas olvidadas por todas partes. Las encontraría.

Ropa.

Había empezado a preparar una maleta cuando cayó en la cuenta de que no podría abandonar la casa llevando bultos sin despertar sospechas. Devolvió las prendas al ropero. Era horrible huir únicamente con la ropa puesta, pero, después de todo, le complacía renunciar a aquel vestuario.

Cada uno de sus trajes había sido escogido por Matthew en Londres y enviado a Stokeley a merced de sus caprichos. Todos eran de primera calidad, pero habían sido confeccionados para realzar y revelar las curvas de su cuerpo.

Serena se miró en el espejo de cuerpo entero y dejó caer el chal. ¿Cómo era posible que su vestido marrón rojizo, con un corte tan elegante, le confiriera un aspecto tan... tan descarado? Pero así era. El corpiño acentuaba sus pechos generosos, la falda era excesivamente estrecha y el fino tejido se le ceñía a las caderas. Pero lo peor de todo era el perfume.

Toda la ropa que recibía estaba empapada en él. Además, su antigua doncella y celadora habría repetido las aplicaciones. Serena desconocía su composición, pero no tenía nada que ver con las flores. Sabía que era un perfume de ramera y que a Matthew le había divertido que su exigente mujer apestara a él.

Desde la muerte de Matthew, Serena había logrado hacer desaparecer el olor de la lencería y las prendas de muselina, pero no podía lavar sus vestidos más gruesos sin arruinarlos. Y hasta que sus hermanos no liberaran sus fondos, no podría adquirir otros...

Compungida, recordó que ya no existía aquel capital.

Para la huida sopesó seriamente ponerse un traje de muselina de agradable olor, pero en aquella época del año hubiera sido una insensatez. Dobló algo de ropa interior y la metió como pudo en su bolso de mano. Sin duda un pequeño bolso no provocaría recelos.

¡Sus joyas! Matthew le había regalado numerosas alhajas, e incluso había logrado incluirlas en sus juegos degradantes. Se estremeció al recordar aquellos adornos, pero podría venderlos.

Cerró los puños de frustración cuando reparó en que desconocía dónde habían ido a parar. No había querido saberlo, pero ahora representaban su supervivencia.

¿Estarían en el dormitorio de Tom?

De repente le acuciaron las prisas, temerosa de que sus hermanos la arrastrasen a una boda o que advirtieran sus intenciones de huida. Cogió su lujosa capa de tela de camello forrada de marta cibelina, agradecida de que le abrigase tanto.

Otro recuerdo acudió a su mente: a Matthew le divertía llevarla de paseo por el jardín, desnuda bajo la capa, cuyo sedoso pelo le hacía cosquillas en la piel, y colorada como la grana mientras él hablaba con algún sirviente ajeno a la escena.

Una de sus diversiones más inocentes...

Desterró esos pensamientos.

Cogió los guantes más gruesos, los botines más resistentes y se metió las pocas monedas en el bolsillo... Sólo tenía un sombrero, pues para Matthew no constituían ningún motivo de diversión. Era alto, de ala ancha. Como pretendía usar la capa para ocultarse, la capucha no alcanzaría para taparlo.

Prescindiría de él.

Los anillos que llevaba en la mano izquierda captaron su atención y sonrió tristemente. Se había acostumbrado de tal manera a la gran esmeralda y la alianza de oro, que las había olvidado por completo. Seguro que podría sobrevivir un tiempo con lo que le dieran por ellas.

Recorrió con la vista el aposento por si había olvidado algo que pudiese serle de utilidad. Cuando, ya viuda, había regresado con Tom a este lúgubre cuarto, el de su infancia, creyó haber encontrado en él un refugio. Le pareció haber vuelto a la inocencia de su brevísima juventud. Ahora sabía que se había engañado. Ya era hora de dejar de hacerlo.

Con el corazón palpitante, se asomó al gélido y sombrío pasillo. No se veía a nadie. Se deslizó en el dormitorio de Tom, dejando la puerta entreabierta. No se podía decir que fuera un hombre silencioso; lo oiría llegar.

Rebuscó con determinación en el cuarto hasta encontrar unas pocas guineas más y no dudó en meterse en el bolsillo un reloj de oro que encontró entre el polvo junto a la jofaina. Sin embargo, no había ni rastro de las joyas. ¿Dónde podrían estar? No creía que su hermano poseyera una caja fuerte. Volvió a escudriñar la habitación, desesperada, pero no veía más escondites posibles y no se atrevió a entretenerse más.

A continuación penetró en el cuarto de Will y reunió unas cuantas monedas más. Ahora ya tenía casi diez guineas.

Ahogó un gemido de desesperación. Diez guineas eran una suma considerable, pero no bastaba para garantizar su subsistencia.

Antes la muerte que el deshonor.

¿Sería el matrimonio un destino peor que la muerte? Porque quizás a eso se enfrentaba en esta frenética huida.

Serena comprendió que llevaba demasiado tiempo inmóvil, absorta en sus pensamientos, con la esperanza de encontrar otra salida. No la había. Se obligó a seguir adelante, a bajar las escaleras y a abandonar su casa para siempre.

De camino a la puerta lateral, se detuvo en la biblioteca. Sus hermanos acostumbraban a pasar allí la velada durante sus temporadas en el campo; pero no para leer, por supuesto, sino para jugar. Sonrió ante el pequeño consuelo de hallar una guinea y una corona en el suelo.

Aquel tesoro demostraba que la indolente servidumbre no había limpiado allí en todo el día, pero eso ya no era de su incumbencia. Había llegado la hora de irse. Al volverse hacia la puerta escuchó unos pesados pasos.

Un pánico culpable se apoderó de ella. Corrió hacia el estante más cercano y cogió el primer libro que encontró.

Tom entró en la sala.

—¿Otra vez con la nariz en un libro? —dijo desdeñoso—. No entiendo cómo Matthew pudo permitírtelo. Perderás la belleza si sigues encorvada sobre los libros a todas horas.

Serena introdujo un dedo en el tomo antes de cerrarlo, con el corazón palpitante. «Lo adivinará. Adivinará mis intenciones.»

—A Matthew le traía sin cuidado lo que yo hacía en su ausencia y no me vendría mal perder un poco de belleza.

—No seas tan rematadamente tonta, Serry. Sin esa belleza despampanante ya te hubiera puesto a fregar suelos y pronto el matrimonio no te habría parecido tan mal arreglo. Me parece que el viejo Riverton te ha malcriado.

Se acercó a ella y le arrancó el libro de las manos.

—¿Qué lees? ¿A Byron, a Keats?

Al dejarlo caer al suelo, el libro se abrió y su hermano soltó una estrepitosa carcajada.

—¡Oh, Serry, eres un caso! Le has cogido gusto a la cosa, ¿no? Entonces no veo por qué tantos reparos para volver a casarte.

Horrorizada, Serena vio que el libro que había tomado del estante al tuntún era uno de los repugnantes tomos eróticos de su hermano. Tom agitaba una ilustración degradante delante de su cara.

—Te gusta, ¿no? —preguntó deleitándose al observar la horrible imagen.

Serena no podía negarlo sin levantar sospechas, pero tampoco podía obligarse a admitirlo.

Su hermano vio sus mejillas arreboladas y negó con la cabeza.

—Y aún te ruborizas. Eres realmente rara, Serry. Ahora entiendo por qué vuelves locos a los hombres. Doña mojigata y recatada, pero con cuerpo y ojos de ramera. Y por lo que veo, de mente también. Creo que has nacido para eso: ramera. Con tus curvas, tu forma de moverte y que siempre pareces recién salida de un lecho ardiente...

Volvió a desnudarla con su sucia mirada.

—Quizá deberíamos ampliar la subasta —caviló—. No hay muchos que te deseen como esposa, pero como amante... eso ya es otra cuestión. Como concubina podrías apuntar muy alto en estas tierras: un lord, incluso un duque. En ese caso el hecho de ser estéril podría ser una ventaja.

Serena se quedó quieta, no permitiendo que sus palabras la afectasen. Iba a marcharse. Nada de eso le sucedería.

Le colocó el libro en la mano, dándole palmaditas de cariño.

—Ahí te dejo, hermana, estudia bien las lecciones.

Aferrándose al libro, Serena salió corriendo de la biblioteca, hostigada por el eco de la risotada de su hermano. Una vez en el exterior se obligó a cruzar a paso tranquilo el frío jardín de noviembre como si hubiera salido a pasear.

Sin embargo, estaba intranquila. Ahora más que nunca debía

escapar. Se preocupó por las probabilidades de salir airosa de su plan y de cómo mejorarlas.

Disponía de tiempo. Ni ella ni sus hermanos solían comer juntos a mediodía y la servidumbre no acudiría a ella para pedirle faena. Probablemente nadie la echaría de menos hasta el anochecer. Para entonces ya se encontraría muy lejos.

No obstante, no le cabía duda de que sus hermanos irían en su busca. Después de todo, recibirían quinientas libras por ella si la vendían a un burdel. De hecho, al menos valía diez mil libras, pues tendría que casarse con Seale para librarse de semejante destino.

Treinta mil. Su padre la había vendido por treinta mil...

Sólo de pensarlo... El mero pensamiento de la antigua traición casi la saca de quicio, pero se concentró con todas sus fuerzas en el presente inmediato.

Escapar.

Llegó paseando al huerto y apretó el paso. Cuando advirtió que aún llevaba el repulsivo libro en la mano, lo lanzó a un lecho de ortigas. Después subió los peldaños de la cancela y por fin salió a campo abierto. Había unos cinco kilómetros hasta la posta de diligencias más próxima. Tenía la esperanza de que, si llegaba hasta allí, no tardaría en pasar una que la recogiera. Pasaban cada pocas horas, o eso creía. Serena pensó que quizá debería haber comprado un billete.

Reparó en su abismal ignorancia del mundo. A los quince años la habían sacado del colegio y la habían inmolado en la mansión de Stokeley. Desde aquel día no se había hecho cargo de nada, hasta estos últimos tres meses en los que había tratado de poner orden en la casa de sus hermanos.

Se preguntó si estaba preparada para sobrevivir sola.

Pero no tenía alternativa.

Otros escalones la condujeron a la carretera principal. Serena se cercioró de que la capucha le cubría la cabeza de manera que nadie que pasara por allí la reconociera, y emprendió la marcha con resolución.

Capítulo 2

Le apetece un paseo hasta Canholme, Middlethorpe?

Francis, lord Middlethorpe, alzó la mirada de su desayuno, unos riñones picantes, y respondió a lord Uffham, el hijo de su anfitrión.

—¿Por qué no? Promete ser un día radiante.

Se volvió a la dama que estaba sentada a su lado.

—¿Querría acompañarnos, lady Anne?

Ésta, rubia y de complexión delgada, era una joven poco habladora aunque sin llegar a ser tímida. Ella le dedicó una breve sonrisa.

—Me encantaría, milord.

Era su futura prometida.

Aún no habían acordado la boda. Tenía que pedirle formalmente la mano a su padre, el duque de Arran, también sentado a la mesa y enfrascado en la lectura de su *Monthly Magazine*. Si bien todos los presentes sabían que el camino ya estaba trazado. Antes de dejar Lea Park, le propondría matrimonio y sería aceptado.

Hacían una pareja excelente. Anna pertenecía a una de las familias más nobles de la región, y, como correspondía, su dote era fabulosa. Ambas familias se conocían y estaban entusiasmadas con la unión. Ella era de temperamento dulce, inteligente sin ser ninguna apasionada de los libros, y dueña de una belleza pálida y sosegada. A él no le importaba su leve cojera.

Francis sintió una punzada de irritación al pensar en lo convencional y correcto que resultaba todo, pero la desechó calificándola de absurda. Sólo porque sus amigos se lanzaran en pos de aventuras y pasiones no significaba que él tuviera que hacerlo. Siempre había sabido que ése no era su camino.

Había heredado sus propiedades y el título a la edad de doce años. Desde entonces, él era el único sostén de sus hermanas y de su madre. Esta última llevó las riendas del legado mientras él fue pequeño, claro está, y continuaba administrando la residencia del priorato de Thorpe con consumada eficiencia, aunque seguía dependiendo de él para su bienestar. A Dios gracias, sus hermanas se habían casado bien y ahora ya no tenía esa responsabilidad.

Siempre había sabido que sus deberes consistían en cuidar de su salud, manejar su fortuna con sensatez, multiplicar su patrimonio y desposarse con una mujer adecuada que le diese herederos. Tal vez hubiese retrasado los esponsales más de lo prudente. Si en aquel momento muriera sin descendencia, sus posesiones pasarían a manos de un primo lejano con familia propia. En tal caso, su madre se vería obligada a romper todos los lazos con el hogar que había construido y amorosamente cuidado con su marido.

Con todo, pensó con nostalgia, le hubiera agradado correrse un par de aventuras en la vida. Su amigo Nicholas Delaney había recorrido el mundo y arriesgado la vida dos veces antes de sentar la cabeza...

Advirtió que le dirigían la palabra y se volvió con una sonrisa a Anne.

—Milord, ¿le importa si nos desviamos un poco del camino? Prometí ceder unos libros a la escuela de Kings Lea y quisiera entregárselos en persona.

—Por supuesto que no. ¿Obras instructivas? ¿Biblias? —preguntó en tono burlesco. Pero ella le contestó, seria:

—De ésos ya están bien surtidos. ¿Qué le hace pensar lo contrario? No, éstos son cuentos rimados para los más pequeños y libros de geografía y demás asignaturas. Son los volúmenes que nuestra clase no necesitará durante los próximos años, sobre todo mientras Uffham se obstine en abandonar sus deberes.

Dirigió el solemne reproche a su hermano mayor.

—¡Por el amor de Dios, Annie, si aún no he cumplido los veinticinco! Deja que un joven disfrute un poco de la vida antes de que le pongan los grilletes.

Todos se rieron, pero Francis cayó en la cuenta de que él acababa de cumplir esa edad y nadie parecía pensar que fuese demasiado joven para los grilletes...

—El matrimonio no es ningún grillete —rebatió lady Anne con delicada firmeza mirando a Francis, y un ligero parpadeo en los ojos la delató. Puede que ella sí lo hubiese pensado.

Afortunado Uffham. Su futuro también estaba bien delineado —casarse y heredar un ducado—, pero al menos no tenía tanta prisa. Incluso contaba con dos hermanos sanos sobre los que descargar su conciencia.

Los discretos criados sirvieron más café y retiraron los platos sucios y fríos mientras la familia alargaba la sobremesa, haciendo planes para el resto del día. El secretario del duque entró silenciosamente y repartió las cartas personales que habían llegado con el correo del día. Para sorpresa de Francis, una de las misivas estaba dirigida a él, pese a que había autorizado a su madre a que se encargara de todos los asuntos de la propiedad en su ausencia y a abrir su correspondencia personal.

Sin embargo, la carta no provenía de su residencia en Thorpe, sino que se la habían enviado allí. Sintió una punzada de inquietud al abrir el sello y desplegar la hoja.

Milord:

Sospecho que lo mantienen en la ignorancia, y los engaños no favorecen a nadie. Por el bien de todos, le aconsejo que pregunte a su madre sobre mi persona. Si ella no deseara responderle, yo mismo lo haré. Estaré hospedado en la posada La Corona y el Ancla, en Weymouth, toda la semana próxima.

Charles Ferncliff

Francis estaba tan atónito que murmuró:

—Pero ¿qué diablos...? —Y rápidamente se disculpó.

—¿Malas noticias, milord? —preguntó lady Anne.

—Aún no lo sé.

Ése no era el lugar para hablar de aquella extraña epístola. De hecho, lo único que podía hacer era mostrársela a su madre y ver qué explicación le daba.

—Me temo que debo partir a Thorpe para resolver un asunto de familia. Confío en que puedan perdonar a un invitado tan desatento; trataré de estar de vuelta esta misma noche.

—Por supuesto —asintió el duque—. No se hable más, hijo mío. Las necesidades de su familia siempre han de estar por encima de todo lo demás. Espero que no sea nada grave.

—No lo creo, señor —respondió Francis poniéndose en pie. ¿Quién demonios era Charles Ferncliff y qué se traería con su madre?

Mandó traer su faetón, la capa, los guantes y el sombrero, pero dejó el equipaje; contaba con regresar sin demora. De tácito acuerdo, Anne lo acompañó a la puerta.

—Siento mucho lo sucedido, lady Anne. Se trata de un asunto que mi madre no puede solucionar sola. —Se vio impelido a mentir.

—Entonces será complicado —convino ella sonriendo—, porque lady Middlethorpe es maravillosamente competente.

—Lo es, en efecto.

Era estupendo que Anne y su madre se agradaran y respetaran mutuamente. Incluso tenían temperamentos y gustos similares. Ambas poseían unos buenos modales innatos, un discreto decoro, una pulcritud impecable y nunca hacían ni decían nada inoportuno en sociedad. Sospechaba que cuando Anne se hiciera cargo de su propiedad, rivalizaría con lady Middlethorpe en competencia.

Francis deseó proponerle matrimonio a Anne cuanto antes, dejarlo todo arreglado, pero entró en razón. Era inadecuado declararse impetuosamente en el vestíbulo delante del mayordomo y dos lacayos. Pero reconoció que había llegado el momento de actuar. Aquella misma noche hablaría con el duque de Arran, obtendría su consentimiento, pactarían los acuerdos oportunos y se comprometería con Anne para toda la vida.

Inclinándose, le cogió una mano y se la besó afectuosamente.

—Volveré en cuanto me sea posible, tenga la absoluta seguridad.

La joven, comprendiendo sus intenciones, bajó la cabeza, con un leve rubor en las mejillas. Se oyó el ruido de cascos de caballos en la gravilla al otro lado de la puerta. Ayudaron a Francis a ponerse sus prendas de abrigo y partió.

Dos horas más tarde, Francis divisó las enormes puertas de hierro forjado de su casa, el priorato de Thorpe, y su lacayo sopló el cuerno. El guardián acudió presto a abrir las puertas de par en par y toda su familia se apiñó detrás para inclinarse en señal de respeto.

Francis los saludó con el látigo sin aminorar la marcha y se centró en conducir a los caballos por la larga y recta avenida hacia su morada. Su ansiedad había aumentado con el paso de las horas. Algo extraño estaba sucediendo.

Detuvo el faetón delante de la entrada, arrojó las riendas a su lacayo, bajó de un salto y, a grandes zancadas, penetró en la casa. Despojándose de sus ropas, las lanzó a las manos de una hilera de sirvientes.

—¿Dónde está mi madre?

—En su tocador, milord.

Subió corriendo las escaleras, llamó a la puerta y entró.

Lady Middlethorpe, una hermosa mujer que había legado su cabello negro y su delgada constitución a su hijo, en aquel momento se dirigía a la chimenea y se quedó suspendida en el aire sin acabar de dar el paso.

—¡Francis! ¿Qué demonios haces aquí?

Él se sorprendió al ver su agitación, pues normalmente era una dama que guardaba la compostura. Incluso parecía juguetear con los flecos de su chal, un hábito que ella deploraba. Su hijo cruzó el dormitorio y le dio la misiva.

—La he recibido hoy.

Lady Middlethorpe le echó un vistazo y palideció. Se demoró en leerla más tiempo de lo que las escuetas palabras requerían. Se sentó en un diván y le dedicó su más encantadora sonrisa de circunstancias.

—¿Acabas de llegar? Estarás muerto de sed, querido hijo. ¿Pido un té?

Francis no daba crédito.

—No. Déjese de monsergas, madre. ¿Qué significa esta carta?

—¡No me hables en ese tono, Francis!

—¡Pues seré aún más descarado si no me dice pronto qué está pasando!

No tenía por costumbre dirigirse a su madre de modo tan agresivo, aunque ésta, en lugar de recriminarlo, le lanzó una mirada visiblemente nerviosa y se concentró en el fuego de la chimenea. Reanudó su jugueteo con los flecos del chal.

—No sé qué razón te ha impulsado a partir precipitadamente de Lea Park. A los Arran les habrá extrañado mucho tu actitud.

—Responda, madre —exhortó Francis, perdiendo la paciencia—, ¿quién es Charles Ferncliff y qué significa esta carta?

Lady Middlethorpe suspiró.

—Es el joven tutor de los hijos de los Shipley.

Como explicación era totalmente insuficiente.

—Pero ¿a qué se refiere? ¿Qué se supone que debe decirme?

Pensó que no le contestaría, pero entonces ella lo miró y agregó:

—Probablemente sea un chantaje.

—¡Chantaje! ¿A santo de qué, por Dios?

Colorada como la grana, lady Middlethorpe aclaró:

—Amenaza con... sacar a la luz mi indecoroso comportamiento.

—Ind... —Francis ahogó la risa—. ¿Con quién demonios cree que ha sido indecorosa?

—¡Francis! ¡Cuida ese lenguaje! Y aunque a todas luces piensas lo contrario, a los cuarenta y siete todavía no estoy senil.

La contempló, reparando en que, a su manera, era una mujer hermosa. Era esbelta y delgada, y aún conservaba un intenso brillo en los grandes ojos azules y sus cabellos seguían tan negros como siempre.

—Claro que no, madre. Sabe que le rogué que se casase de nuevo. Pero de lo que nadie podría acusarla jamás es de comportarse sin decoro.

—Gracias —contestó con frialdad y una cierta ingratitud en la voz—. En cuanto a lo de volver a casarme, jamás lo haré por respeto a la memoria de tu padre.

Francis no creía que su tierno y cariñoso padre hubiese querido que su viuda pensase así, pero aquél no era el momento de discutir esa cuestión.

—Como desee —convino—. Y en cuanto al tutor, madre, ese hombre debe de haberse vuelto loco. ¿Qué pretenderá ese insensato al atacarla?

Lady Middlethorpe se encogió de hombros, pero su rostro permanecía escarlata.

—Respecto a eso, querido, me temo que es porque les hablé de él a los Shipley. A pesar de ser muy inteligente, era bastante enérgico y animaba a los niños a practicar juegos bruscos y violentos. Pensé que no era una buena influencia para unas mentes tan jóvenes y así se lo transmití a sus padres. Sin duda, mi opinión contribuyó a su decisión de que no continuara dando clases a los más pequeños cuando el mayor, Gresham, se marchó al internado.

Típico de ella, se dijo Francis. Su madre inmiscuyéndose en todo, creyendo saber lo que era mejor para todos. El pobre tutor parecía un sujeto divertido, muy distinto del aburrido y moralista señor Morstock que lo preparó para su ingreso en Harrow.

Aunque, recapacitó, en este caso su madre tenía razón al considerar que este hombre resultaba inadecuado. Estaba claro que era un canalla y probablemente un demente.

—Y además la ha estado molestando. Ojalá me lo hubiera contado antes, pero bueno, a partir de ahora yo me haré cargo. ¿Qué es lo que pide?

Ella soltó una risita.

—Oh, Francis, es una tontería. No creo que hable en serio.

—En serio o no, no toleraré que intente perjudicarla. ¿Cuáles son sus demandas?

La sonrisa artificial se esfumó del rostro de lady Middlethorpe.

—Insisto en que ignores el asunto, Francis.

—Lo lamento, madre, no puedo hacerlo. ¿Cuánto pide Ferncliff por no divulgar sus falsas acusaciones?

Ella le clavó la mirada, furiosa. A su vez, Francis la retó con una mirada insistente, para que por una vez lo dejara tratar este asunto a su manera.

Su madre acabó apartando los ojos.

—Diez mil libras —musitó.

—¡Diez mil libras! Este hombre está para que lo encierren.

—No pensarás pagarle, ¿verdad? —preguntó agitada.

—Claro que no. No me sería fácil reunir semejante suma de dinero y no tengo intención de doblegarme a las exigencias de un chantajista desquiciado. Después de todo, sus amenazas son pueriles. Un puñado de mentiras no pueden causar mucho daño.

—Razón de más para desentenderse del asunto.

—Todo lo contrario. Alguien debe hacerle ver que no puede importunarla de esa manera.

Ella abrió mucho los ojos.

—¿Qué pretendes hacer?

—Aceptaré su imprudente invitación. Partiré a Weymouth para darle una buena lección a ese tutor.

Su madre se levantó de un salto.

—¡No, Francis! ¡Te lo prohíbo!

Francis empezaba a temer que el asunto estuviera trastornando el juicio de su madre.

—Se lo aseguro, madre, es la mejor manera de poner fin a todo este asunto. Quiero que lo olvide.

Ella le aferró la manga.

—¡Pero podrías salir malparado, querido!

La miró con incredulidad.

—¿A manos del tutor?

—Es... es un joven muy corpulento, más fuerte que tú. Atlético. Una dura carta de tu puño y letra causará el mismo efecto y estarías mucho más seguro.

Francis sintió una exasperación familiar. Había sido un muchacho sensible y flacucho, y su madre tenía la costumbre de sobreprotegerlo. Creía que su madre ya habría desechado tal idea. Es cierto que continuaba siendo delgado, y sabía que su buena presencia y sus ojos oscuros le conferían un terrible aire de poeta, pero era perfectamente capaz de cuidar de sí mismo y de los demás.

Le dio palmaditas en la mano.

—Su tamaño carece de importancia, madre. No tengo la intención de pelearme a no ser que insista, pero comprenderá mejor el mensaje si hablo con él cara a cara.

—Oh, querido.

Soltó la manga de su hijo y empezó a pasear por el aposento, retorciéndose las manos como si Francis fuera al encuentro de la muerte.

—Madre —exclamó con firmeza—, no se preocupe tanto o enfermará. Confieso que estaba dispuesto a darle una paliza al tal Ferncliff para que dejara de afligirla de esta manera, pero no llegaré a tal extremo.

De repente, ella se giró, con una cierta animación.

—¿Y lady Anne?

—¿Qué pasa con ella?

—Le dolerá saber que la has abandonado. Debes regresar a Lea Park cuanto antes.

Francis la observó con verdadera preocupación.

—Tonterías, querida madre. Anne seguirá estando allí dentro de un par de días, y este asunto ha de resolverse ahora. Me marcho inmediatamente a Weymouth. No debe preocuparse más; Ferncliff no volverá a importunarla.

Besó su alborozada mejilla y se marchó antes de que pudiera expresar las protestas que notoriamente se asomaban a sus labios.

Cuando su hijo se hubo marchado, lady Middlethorpe caminó arriba y abajo por su habitación, retorciéndose las manos. Santo Dios. Dios mío, ¿y ahora qué iba a hacer? ¿Por qué no había pensado antes que Charles acabaría averiguando el paradero de Francis y le escribiría? No era ningún estúpido.

Sería desastroso que ambos jóvenes se vieran.

Abrió un cajón y sacó la epístola que había recibido aquel mismo día, la última de una serie de cartas de Charles.

...voy a contárselo todo a tu hijo y mostrarle las cartas que me has escrito. Estoy convencido de que cuando descubra lo que hay entre nosotros, no se opondrá a nuestra unión. Aun así, pre-

feriría que tú misma le confesaras honestamente lo que sientes por mí, amor mío. Sé que la actual situación te disgusta tanto como a mí. El recuerdo de aquella maravillosa tarde de éxtasis nunca me abandonará. Vivo en un infierno.

Ella también se sentía así. El recuerdo de aquella tarde tampoco la abandonaba, y a diferencia de Charles, tenía que vivir en esta casa, sentarse en el diván donde habían...

Se cubrió el rostro con las manos, asediada por la culpa y el deseo. ¿Qué la había llevado a comportarse de aquella manera? ¿Cómo había podido traicionar así su clase y la memoria de su marido entregándose a un joven de escasos recursos en la casa que ella y su marido habían construido?

¿Cómo podía seguir anhelando que se repitiera aquel vergonzoso acto?

Se había sentido tan abrumada por la culpa que se las había ingeniado para que lo despidieran, con la esperanza de apartarlo de su vida. Pero él había continuado cortejándola.

Entonces intentó persuadirlo de que Francis se opondría a la relación. Podría ser cierto. No tenía ni idea de cómo reaccionaría su hijo al enterarse de sus amoríos con un hombre de la posición de Charles.

Aun así, no había logrado disuadirlo. Él se había empeñado en que convencería a Francis de la conveniencia de la unión. Y aquello también podía ser cierto.

Hacía un momento, presa del pánico por la inesperada llegada de Francis, había añadido una flagrante mentira a sus engaños. No era verdad que Charles la chantajease ni le exigiese dinero. Todo lo que le había pedido era que fuera sincera con su hijo y consigo misma.

No había sido capaz de hacerlo.

Y en aquel momento Francis se dirigía a un encontronazo con su amante, y el desastre era inminente. Una calamidad menor sería que Charles le contara a Francis la verdad y su hijo la despreciara. La mayor sería que los dos hombres se batiesen en duelo y muriera uno de ellos.

Francis nunca había tenido una naturaleza violenta ni sanguinaria, pero desde que había caído bajo la influencia de Nicholas Delaney y su nada recomendable Compañía de Pícaros, lady Middlethorpe dudaba de lo que sería capaz. La charla sobre la reyerta le preocupaba, pero lo que la aterrorizaba era el tema de las armas de fuego. Los hombres se retaban por los asuntos más nimios.

Lady Middlethorpe se dejó caer en la silla que tenía delante de su delicado escritorio con incrustaciones de carey, marfil y metal, y, presta, escribió dos misivas. Nada más salir su hijo, dos lacayos con sendas cartas partieron al galope desde Thorpe.

Uno se dirigió a Redoaks, en Devon, a la casa del mejor amigo de Francis. Por mucho que la contrariara el ascendiente de Nicholas Delaney sobre su hijo, era la clase de hombre que podía impedir un duelo a muerte entre Charles y Francis.

El otro mensajero se encaminó a la posada La Corona y el Ancla de Weymouth con una nota dirigida al señor Charles Ferncliff. Lo más ventajoso para todos sería que desapareciese de allí para que el encuentro no se celebrase.

Y quiera Dios que ése fuera el broche final y no volviese a tener noticias de Charles.

Pero sólo de pensarlo, lloró.

Capítulo 3

*A*l caer la noche, Serena y Francis transitaban por los mismos parajes del condado de Dorset, aunque ninguno de los dos fuera consciente aún.

Serena se encontraba próxima a la desesperación.

Al principio había tenido suerte. Evitó correr el riesgo de tomar la diligencia gracias a que un tratante en lanas la había recogido en su calesa. Se trataba de un forastero que estaba de paso. No esperaba tener más noticias de él después de que la dejase en El Perro y el Violín de Nairbury. Para sus hermanos sería como si se hubiera evaporado en el aire. No se le habían escapado las miradas especulativas que le lanzaba el comerciante, así como sus alusiones a las ventajas de un mejor conocimiento mutuo, pero el hombre había interpretado correctamente su mutismo antes de proseguir su viaje en solitario.

El Perro y el Violín era una posta de diligencias, y Serena no tuvo ninguna dificultad para comprar un billete. Optó por ir a Winchester sólo porque era el próximo coche que iba a salir. Seguramente podría despistar a cualquiera que la persiguiese en tan bulliciosa ciudad.

Por otra parte, las tres horas de viaje le dieron sobrado tiempo para reflexionar.

Empezaba a caer en la cuenta de lo insensato de sus actos, aunque no veía otra opción. Mejor, sin duda, andar por el mundo con unas pocas guineas en el bolsillo que ser vendida a un burdel.

Sabía de lo que su hermano mayor era capaz. Puede que Will se opusiera, pero era demasiado débil para enfrentarse a Tom, y la cruda realidad era que sus hermanos no sabían qué hacer con ella, salvo venderla.

En cambio, su fe en la señorita Mallory se tambaleaba. A pesar de recordarla como una persona estricta y bondadosa, ya habían pasado ocho años. Ni siquiera sabía si aún vivía y aunque así fuera, ¿qué esperaba que hiciese al verla aparecer en el umbral implorando cobijo?

¿Ofrecerle trabajo como maestra?

Casi se echó a reír ante la ocurrencia.

Aunque había desarrollado el gusto por la lectura durante su matrimonio, que gracias a Dios había pasado casi todo el tiempo sola en el campo, no tenía inclinaciones académicas y la biblioteca de la mansión de Stokeley era precaria.

Además, era la viuda de Randy Riverton.

Sir Matthew Riverton había sido un caballero adinerado cuya generosidad con el gerente le había valido el título de barón; a saber, le había regalado al príncipe Jorge algunas soberbias y costosas piezas de arte codiciadísimas por su alteza. Pese a ello, Matthew nunca logró introducirse en sus círculos más íntimos. Cuando se emborrachaba, le daba por despotricar contra la injusticia de la vida: el príncipe no le había hecho su compinche y su esposa no podía darle un heredero.

Aun cuando Matthew Riverton no tuviera acceso al palacete londinense de su alteza, su fama lo precedía. Tenía una pésima reputación por sus lujuriosos esparcimientos. Serena se imaginaba cómo reaccionarían los padres de los alumnos de la señorita Mallory si descubriesen que la maestra de sus hijas era la viuda de Randy Riverton.

«¿Ésa qué va a enseñar?», dirían.

Y con razón. A Serena no se le había permitido manejar dinero durante su matrimonio, por lo que no sabía nada de cómo se gobernaba un hogar. Nunca había tenido mayor interés ni talento para la costura ni para la música. Al haber dejado la escuela a los quince años, carecía de una educación formal.

La única formación que había recibido se la debía a Matthew, y no era lo que se dice la más apropiada para una señorita bien educada...

Serena advirtió que algo le rozaba el pie. Cuando miró hacia abajo, vio que era una bota, perteneciente al bigotudo capitán repantingado en el asiento de enfrente. Sonriendo, éste le guiñó un ojo.

Desvió apresuradamente los ojos y el rubor cubrió sus mejillas. La bota del oficial volvió a tocar la suya antes de empezar a deslizársela por el tobillo.

Ella se volvió para fulminarlo con la mirada.

El hombre enarcó las cejas con fingida inocencia y apartó el pie, pero la invitación lasciva seguía brillando en sus ojos.

Entonces se subió la capucha, acurrucándose bajo la protección que ésta le ofrecía. Cuánto odiaba que su físico despertara aquel tipo de atenciones.

Serena sabía que sin la protección de un hombre, ésta era la clase de molestias a las que debería enfrentarse el resto de su vida, o por lo menos hasta que la vejez la librara de sus nefastos encantos. Perdió la esperanza de encontrar un refugio respetable.

Aun cuando imaginara encontrar un puesto como institutriz o dama de compañía sin referencias, su aspecto le cerraría todas las puertas en las narices.

Así que contempló la desolada campiña invernal y supo que Tom tenía razón. Su destino era ser una ramera. Era como si Dios la hubiese creado con ese aspecto para ese papel y su marido se hubiese encargado del resto: de adiestrarla en lo que repugnantemente llamaba tareas del lecho marital...

Lanzó una mirada furtiva al capitán, quien volvió a guiñarle el ojo, sonriendo de nuevo. La invitación no dejaba lugar a dudas.

«Malditos sean todos», pensó con amargura. Si debía elegir entre el matrimonio y la prostitución, se haría ramera, pero no en un burdel. Sería una cortesana de altos vuelos. Si estaba escrito que fuese puta, sería la mejor puta de toda Inglaterra.

La bota de enfrente volvió a golpearle el pie. Serena miró al capitán con tal furia que esta vez fue él quien desvió la mirada y el rubor asomó en sus mejillas. Le estaba bien empleado. ¿Acaso creía que podría permitírsela?

Decidió que también sería la furcia más cara de toda Inglaterra.

Si Seale ofrecía diez mil libras, ¿cuánto podía pedir ella? Como había dicho Tom, su esterilidad no le impedía ser buena amante.

¿Cómo se estipulaban esas cosas?

En aquel momento su resolución flaqueó, pues era incapaz de imaginar cómo iniciar su vida de pecadora. Entonces se acordó de Harriet Wilson.

La famosa cortesana se había presentado en una de las fiestas que Matthew organizaba en la mansión de Stokeley durante la temporada de caza. Mejor dicho: en una de aquellas orgías. Serena se estremeció al rememorarlo, pero también recordaba que Harriet había sido muy amable con una jovencita de diecisiete años que se negaba a tener nada que ver con mujerzuelas.

Amable y compasiva.

Entendía por qué a Harriet le dio lástima la novia niña que ella había sido, esclava incuestionable de su marido, obligada incluso a comportarse indecorosamente ante extraños. Harriet nunca había permitido tales vejaciones.

Hasta se había animado a darle algunos consejos.

—Yo en verdad le dejaría, querida —le recomendó un día, al verla sola.

—No puedo. Es mi marido.

Harriet no protestó, limitándose a añadir:

—Cariño, si algún día le dejas, acude a mí. Te ayudaré. Estoy segura de encontrarte un protector que le pare los pies a Riverton. Tienes una cualidad poco común.

—La aborrezco.

Harriet sonrió. No poseía su belleza, pero sí compartía con ella ese algo que atrae a los hombres como la miel a las moscas.

—Si tienes suerte, querida, un día serás consciente de tu poder. Es como una pistola amartillada que apunta directamente al corazón de este mundo de hombres. Sólo hace falta afinar la puntería.

Entonces, pensó Serena, ella poseía un arma contra los hombres... si descubría cómo usarla. Estaba claro que era hora de aprender a disparar y Harriet sería una excelente profesora. Cuando llegara a Winchester, no continuaría hacia Cheltenham sino que compraría un pasaje a Londres.

No obstante, al llegar a la ciudad catedralicia, el horario que consultó en el bullicioso patio de la posada le anunció que había perdido la diligencia diaria a Londres. Serena miró por encima de la multitud con ansiedad: no podía permanecer en Winchester. En un lugar tan transitado sólo era cuestión de tiempo que alguno de sus hermanos la buscase allí.

Debía marcharse a una población más pequeña.

Compró un billete para el siguiente coche, que se dirigía a Basingstoke. Mientras esperaba a que cambiaran los caballos, compró una empanada a un vendedor ambulante, manteniéndose alerta ante cualquier indicio de persecución. La tarde ya declinaba y la oscuridad se abría paso. Sus hermanos la andarían buscando.

El guardia llamó a los pasajeros para que subieran. Serena se sacudía las migas de empanada de los guantes cuando se quedó helada.

Will entraba en el patio cabalgando, buscándola.

Rápidamente, se escondió detrás del carruaje, con el corazón acelerado por el pánico.

El guardia volvió a llamar a los pasajeros para Basingstoke. Serena quería subir y marcharse lejos de allí, pero sabía que Will la vería. Y de todos modos, el empleado que le había vendido el billete la recordaría, nadie la olvidaba, y le diría a Will en qué coche iba. Sería una trampa en movimiento.

Ahogó un sollozo de pánico. ¿Y ahora qué haría? Se vio tentada de rendirse. Todo aquello la superaba. Así no podía continuar.

Pero debía hacerlo. Realmente preferiría morir antes que casarse.

Lo principal era escapar de Will. Parapetada tras el coche, se escabulló patio abajo hacia la arcada que daba a la calle. Al mirar atrás lo vio comprando una empanada caliente al mismo vendedor. ¿Y si le preguntaba por ella? Pero su propio hermano daba la impresión de pensar que su misión era inútil.

Gracias a Dios que el que casi la atrapa era el estúpido haragán de Will y no Tom. Todavía tenía una oportunidad.

Una vez fuera del patio, se alejó de la ciudad a paso ligero, esperando oír señales de persecución en cualquier momento. Pero no hubo motivos de alarma y se relajó un poco. Tal vez pudiera caminar hasta el pueblo más cercano.

Entonces se dio cuenta de que llamaba demasiado la atención en aquella carretera tan ancha. Se imaginaba nítidamente a Will tras ella, persiguiéndola como a una zorra desesperada. Al llegar a una senda más estrecha que indicaba a Hursley, Serena se desvió por ella, acelerando el ritmo hasta casi correr. Cuando ésta se bifurcó, eligió el camino recto al azar.

Jadeante, aflojó el paso, tratando de recuperar el control.

¡Aquello era una locura! Un camino sin salida. Dudaba de que las pocas monedas que le quedaban en el bolsillo la llevaran a Londres. Pero en Winchester la aguardaba Will, y ella prefería morir a caer en manos de sus hermanos. Nunca volverían a dejarla escapar.

Se obligó a continuar andando. Algún pueblo habría más adelante y seguramente también alguna manera de seguir hasta Londres, aunque tuviera que ir en carro o caminando.

Una hora más tarde, tambaleándose por la fatiga, reconsideró la pregunta: ¿De veras el matrimonio era un destino peor que la muerte? Porque muy probablemente la muerte fuese lo que había escogido.

Muerte lenta por inanición. Muerte rápida a manos de los salteadores de caminos. Muerte atroz a manos de un violador. Muerte de frío a la intemperie...

La oscuridad se cernía sobre ella, trayendo un frío glacial. El pueblo de Hursley estaría por alguna parte, pero puede que no lo distinguiera a tiempo.

Serena siempre había sabido que su aspecto exótico disfrazaba un espíritu prosaico. Éste le había permitido sobrevivir a un matrimonio que podría haber destruido a una mujer más sensible. Ahora su sensatez le decía que un segundo casamiento, aunque fuera como el primero, probablemente fuese preferible a morir en la intemperie, y sin lugar a dudas, a morir violada.

Serena se percató de que había detenido sus pasos mientras reflexionaba y una vez más obligó a sus piernas, frías y cansadas, a ponerse en movimiento. Si se paraba, con toda seguridad se congelaría, y aún no estaba dispuesta a resignarse a morir helada en la cuneta.

Se palpó el mermado monedero que llevaba en el bolsillo. Le quedaban cuatro guineas y algo de calderilla. Un modesto baluarte contra el mundo, pero bien poco sobre lo que poder fundar una nueva vida.

Se tragó las lágrimas y ahuyentó el pánico. Todo iría bien en cuanto encontrase la forma de llegar a Londres.

Sabía que muchas mujeres se escandalizarían de que hubiera considerado hacerse cortesana, pero para ella era la necesidad que llamaba a su puerta. A sus ojos ser una puta bien pagada era infinitamente preferible al matrimonio. Después de todo, una amante podía dejar a su protector; recibía dinero que podía administrar como propio y no hacía votos a ningún hombre, por lo que éste carecía de poder sobre ella ante la ley.

Se levantó un viento frío, que se le arremolinaba bajo el calor que le proporcionaban la capa y el vestido. Tenía los pies helados. Oteó con inquietud el horizonte, pero no vio rastro alguno de seres humanos, ni buenos ni malos. Sin embargo, quizás hubiera un refugio muy cerca, se dijo. Los setos estaban altos y, aunque era noviembre, le ocultaban la vista de la campiña circundante.

Apretó el paso, dándole vueltas a su situación. Todavía le quedaba la opción de regresar a casa y casarse con Seale. Cabía la esperanza de que su perversión lo condujera a la tumba aún con mayor celeridad que a su primer marido, y la próxima vez se aseguraría de quedarse con los bienes que cayesen en sus manos...

La naturaleza de estas consideraciones revelaba que estaba reconsiderando su elección práctica.

Una furcia. ¿Podía realmente llegar a serlo?

¿Qué otra cosa había sido para Matthew, con alianza o sin ella?

Al menos así sería dueña de su destino.

Un ruido penetró en sus embrollados pensamientos. Caballos y ruedas. Temiendo que la persiguieran, Serena se giró.

¡Un carruaje!

No, un faetón.

Un hombre.

Nadie que ella conociera, comprobó aliviada.

De todos modos, su corazón se aceleró al imaginarse asaltada allí sola, pero no tenía donde esconderse. Continuó andando, apretando el paso, aunque sabía que no tenía forma de dejar atrás el coche tirado por cuatro caballos.

El carruaje se acercó más, sus grandes y sudorosos caballos zainos la adelantaron pero no tardaron en aminorar la velocidad... hasta ponerse a su altura y a su paso.

—¿La llevo a alguna parte, señora?

Su tono era educado, pero nada bueno cabía esperar de alguien que abordaba así a una mujer en medio de la carretera. Serena rezó para que pasase de largo.

El faetón mantuvo un ritmo constante.

—¿Señora?

Pero ¿por qué no la dejaba en paz? Serena se volvió ligeramente, encogida bajo la profunda capucha de su capa.

—No necesito nada, gracias —y siguió caminando.

El hombre no la adelantó.

—Señora, por lo menos hay tres kilómetros hasta la aldea más cercana, que yo sepa. Hace frío, cae la noche y presiento que se acerca una tormenta.

Como para demostrarlo, sopló una fuerte ráfaga de viento que traía unas gotas de agua helada.

—No puedo dejarla aquí —explicó llanamente el hombre.

Perdida la esperanza de que desapareciera, Serena se detuvo para volverse y mirarlo. No era ningún dócil tratante en lanas. Parecía más bien un dandi, pensó con desesperación, apestando a la arrogancia que los caracterizaba, desde el gorro de piel de castor ladeado hasta las lustrosas botas. En su rostro delgado, apuesto, se esbozaba una irónica sonrisa. Dedicada a ella.

—No quiero alarmarla, señora, pero el tiempo amenaza con empeorar, y no parece seguro ni apropiado que se quede aquí sola. Considere el aprieto en el que me hallo —añadió con una leve sonrisa—. Me educaron convenientemente en las artes de la caballerosidad y para mi desdicha poseo un gran corazón. De ningún modo puedo abandonarla. Si se empeña en caminar, tendré que mantener el mismo paso hasta el final.

A Serena le sedujeron su buen humor y su amabilidad, ingredientes tan inusuales en su vida que no sabía cómo resistirse. Una nueva ráfaga de aire cortante cual filo de navaja terminó de decidirla. Necesitaba urgentemente un refugio.

Con cautela, se acercó al faetón y levantó el pie hasta el estribo. El hombre le dio la mano para ayudarla a subir al asiento de al lado.

Con el mero contacto de su mano apresando la de ella, y a pesar de que ambos llevaran guantes, una sacudida recorrió su cuerpo. De delicadeza y fuerza a la vez.

No estaba acostumbrada a jóvenes esbeltos y fuertes. Su padre, sus hermanos y su marido también eran fuertes pero corpulentos, con unos dedos como ristras de salchichones.

En el pasado, cuando era joven e inocente, había vislumbrado hombres como éste, entre risitas con sus amigas, preguntándose quién le estaría destinado. Pero una vez casada, no habían vuelto a formar parte de su existencia. Él la intimidaba.

Sin embargo, no había hecho nada alarmante; sólo espolear a los caballos para que fueran nuevamente al trote.

—¿Adónde va, señora? ¿La llevo a su casa?

—A Hursley —respondió, mirando adelante firmemente y aferrándose al asidero.

Ahora que se había elevado por encima del seto, Serena entendió la preocupación del hombre. Había campos desnudos a un lado y sombrías colinas al otro. Ni una casa a la vista. Se avecinaban densas nubes amenazantes por el este y a lo lejos unos pocos árboles esqueléticos se agitaban, sacudidos por el viento.

—Hursley me pilla de paso —dijo él—, así que no me cuesta nada llevarla allí. Por cierto, me llamo Middlethorpe, lord Middlethorpe.

Ella le lanzó una mirada cautelosa. Había conocido a pocos lores y ninguno le gustaba. Matthew había sido un mero barón de segunda y sus amigos, de ahí para abajo. Acaudalados, sin duda, pero no de alto rango. Los pocos miembros de la nobleza en el círculo de Matthew eran escoria. Otra de las quejas de su marido había sido que la flor y nata de la aristocracia no sucumbiera a la tentación de su pródiga generosidad.

Los lores que Serena había conocido hasta entonces habían sido consumados libertinos, y estaba segura de que las honorables señorías del reino no recogían azarosas caminantes por mera caridad. Contemplando el discurrir de la carretera bajo las ruedas, sopesó qué posibilidades tendría de salir ilesa si se arrojaba del carruaje.

—¿No me dirá cómo se llama, señora? —le preguntó.

—Serena Allbright —respondió la joven, comprendiendo que le había dado su apellido de soltera.

¿Por qué?

Sin duda porque quería borrar todo rastro de su matrimonio. Y porque se estremecía al pensar que aquel hombre mundano pudiera reconocer el nombre de Riverton, descubriendo que ella era la bien adiestrada mujer de Matthew Riverton. ¿Cómo podía saber hasta dónde había viajado la beoda jactancia de su marido?

Pero lord Middlethorpe no siguió indagando, concentrándose en cambio en guiar a los caballos con despreocupada destreza a lo largo del sinuoso camino plagado de baches. Serena sintió cómo aquellas competentes manos enguantadas, tan sutilmente fuertes con las riendas, captaban su atención. Después su mirada se desplazó desde el abrigo con capote hasta el rostro.

No tenía aspecto de disoluto. De hecho, su perfil clásico lo hacía muy bien parecido. Puesto que sus propias facciones presentaban las imperfecciones de una nariz corta y unos ojos peculiarmente rasgados, profesaba gran admiración por las líneas puras.

¡Menuda tonta estaba hecha!

Casi se echó a reír. Se había puesto nerviosa por las intenciones de su salvador... ¡cuando poco antes planeaba una vida de pecado! Sin duda él era un buen candidato a protector. Al igual que el tratante en lanas y el capitán con media paga, cuando intentase seducirla, lo único que tenía que hacer era sucumbir a sus artimañas y fijar un precio.

Tan cerca de lograr su propósito, no obstante, su mente se mostraba reacia.

Por muy guapo que fuera, seguía siendo un hombre. Esperaría de ella lo mismo que Matthew, le haría lo mismo...

Pero su lado pragmático le decía: ¿qué alternativa tienes?

Esta vez, si la situación se vuelve realmente intolerable, puedes irte.

Aun así...

Lord Middlethorpe debió de notar que temblaba, pues observó:

—¿Frío, señora? Ya no queda mucho, pero el maldito viento está arreciando.

Azuzó a los caballos para que aumentasen la velocidad. Pero poco después, una rueda se trabó en una rodada y el carruaje se inclinó tanto que casi volcó en la cuneta. Él se echó sobre ella para restablecer el equilibrio mientras tiraba enérgicamente de las riendas hacia atrás.

—Lo lamento —jadeó recuperando el control—. ¿Está bien?

—Sí, gracias. —Serena se enderezó, consciente del efecto de aquel breve contacto de su cuerpo contra el de él.

Pero entonces la fuerza de los elementos anuló cualquier otra preocupación. El viento le tironeaba de la capa como unas manos monstruosas y zarandeaba el carruaje de un lado a otro.

—Válgame Dios —masculló lord Middlethorpe—. Temía que estallara una tormenta, pero no como ésta. Veo una granja a nuestra derecha, señora. ¿Sabe si nos darían cobijo? —gritaba ya para hacerse oír por encima del viento.

Con un crujido alarmante, una rama podrida se desgajó de un árbol cercano y se desplomó al paso de los caballos; a él le costó mucho trabajo volver a recuperar la estabilidad.

Serena no oía lo que él farfullaba y suponía que era mejor así.

—¿Y bien? —vociferó el hombre—. No estoy seguro de que podamos llegar a Hursley.

—No sé —gritó ella en respuesta—. No conozco esta región.

Él la miró sorprendido, pero enseguida condujo el carruaje hacia la accidentada vereda que llevaba a la granja. Los recibió una luz que parpadeaba a través de los temblorosos árboles.

Serena no tuvo tiempo para preocuparse de lo que pensara de ella. El viento alcanzaba proporciones casi huracanadas. Vio cómo hacía trizas un pajar cercano y una ráfaga particularmente violenta casi vuelca de nuevo el faetón.

—¡Será mejor apearse y continuar a pie! —aulló el joven, mientras bregaba por bajarse para sujetar las cabezas de los espantados caballos.

Viendo que él no podía ayudarla, Serena descendió como pudo. Su gruesa capa se agitaba como una sábana de algodón y era un peligro tanto como una protección.

Se las arregló para llegar a la cabeza del otro caballo delantero y estirándose aferró la correa para anclarse a sí misma y para estabilizar al animal, logrando ambas cosas por igual. Luchando contra el viento, la pareja se dirigió al patio de la granja.

Cuando entraron en él dando tumbos, la fuerza del viento amainó un poco, bloqueada por cobertizos y graneros. Ahora el peligro era lo que el viento arrastraba volando por los aires. Serena soltó el caballo y se subió la capucha para protegerse contra los remolinos de polvo y paja. Vio un caldero rodante chocar contra la espinilla de lord Middlethorpe, y cómo éste daba un salto de dolor.

Entonces se aferró a un abrevadero de piedra, preguntándose cómo iba a llegar hasta la casa.

Un tablón arrancado de un pesebre hundido pasó volando muy cerca de su cabeza para ir a hacerse añicos contra un muro de piedra.

Francis vio su apuro y cómo se salvaba por los pelos. Señor, qué menuda era. Se las había arreglado para arrastrar los frenéticos caballos al abrigo de un granero abierto, así que los abandonó allí y la agarró. La protegió con su cuerpo mientras se abrían paso hacia la puerta de la casa.

Llamó con fuerza, aunque nadie podría oírlo en el fragor de la tormenta, por lo que la abrió él mismo y la cerró tras ellos, guareciéndose de la violencia exterior.

Se encontraban en un pasillo embaldosado, iluminado sólo por un ventanuco. En el suelo se alineaban diversos pares de botas y zuecos cubiertos de barro, lo cual indicaba que en la casa vivía un gran número de personas. Gruesos mantos y abrigos colgaban de unos ganchos en la pared.

En comparación con el exterior, el corredor estaba casi en silencio, y por fin se hallaban a salvo del viento embravecido. Se tomaron un momento para recobrar el aliento. Con un profundo suspiro de alivio, Serena Allbright se bajó la capucha y sacudió la cabeza.

Francis se quedó petrificado. Incluso despeinada y pálida, en su vida había visto una mujer como aquélla.

No, pensó, qué ridiculez. Había visto innumerables bellezas de todas las formas y tamaños.

Pero ninguna como ésta.

Su deslumbrada mente se impregnó del rojo sangre del mechón de cabellos que había soltado de su moño y los rasgos perfectos de su pálido rostro...

No, perfectos no: sus labios eran excesivamente carnosos, su corta nariz era respingona y sus ojos...

Sus ojos no eran lo que se dice imperfectos. Profundos, oscuros, enormes, rasgados bajo unas larguísimas y sensuales pestañas. Aunque sabía que no era el caso, a juzgar por sus ojos parecía recién salida, satisfecha, de un lecho ardiente.

El efecto lo realzaba un perfume extraordinario. Sutil, pero imposible de ignorar. No tenía nada que ver con los aromas florales que llevaban su madre y sus hermanas; se componía de notas picantes y almizcladas que hablaban de sexo.

Cayó en la cuenta con un sobresalto de que la última vez que aspiró aquel perfume había sido en Thérèse Bellaire, madama de una casa de placer para la clase alta y la mujer más peligrosa que jamás había conocido.

Una puta. Serena Allbright tenía que ser una puta.

Pero ¿sería una puta disponible?, se preguntó su cuerpo optimista.

Con un esfuerzo consciente, Francis se acordó de respirar. Con un denuedo aún mayor, se obligó a mostrarse precavido. Recordó que Thérèse Bellaire había sido la víbora que estuvo a punto de acabar con su mejor amigo, Nicholas. Encontrar una mujer como ésta vagando por el campo sólo podía acarrear problemas.

Ella lo miraba con socarronería.

—Seguramente no nos han oído a causa de la tormenta, milord.

¿No deberíamos advertir a los moradores de esta casa de que tienen invitados inesperados?

—Sí, pero no sé qué decirles, señorita Allbright.

—¿Que necesitamos refugiarnos de la tormenta? Por caridad cristiana difícilmente podrán negarse.

—Me refería a qué les digo de usted. Yo tengo unos asuntos que atender, me dirijo a Weymouth. ¿Y usted?

Ella se sobresaltó, sorprendida, lo que a él le hizo sospechar que por un momento se había olvidado de sus circunstancias, cualesquiera que fueran.

—¿Que he tenido un accidente de coche? —sugirió titubeante.

—Entonces debemos por todos los medios brindar asistencia a su cochero y a sus criados.

Los labios de Serena temblaron en señal de que había mentido.

—Entonces, milord, me temo que no tengo ninguna explicación buena que ofrecerles.

—Mire, señorita Allbright, he de ocuparme de mis caballos, por lo que no podemos quedarnos aquí intercambiando cortesías. ¿Qué quiere que diga de usted?

Ella alzó la barbilla:

—La verdad, si le parece.

El joven se encogió de hombros.

—Como quiera.

Aunque la verdad iba a parecerles endemoniadamente extraña.

Francis se dirigió hacia la puerta del final del pasillo, pero ésta se abrió antes de que la alcanzase, derramando luz, calor y un agradable olor a comida.

—¿Quién anda ahí? —preguntó una voz ronca, y Francis vio que el cañón de una escopeta lo apuntaba directamente.

—No somos malhechores, señor —se excusó con rapidez—. Sólo buscamos refugio de la tormenta. ¿No me ha oído llamar?

Tal vez fuera su refinado acento lo que eliminó las barreras, porque el dueño del vozarrón se dejó ver. Resultó ser un hombre alto, enjuto y de largas barbas oscuras. Detrás de él Francis vio una amplia cocina llena de gente.

—Que nunca se diga —entonó el hombre— que Jeremy Post

rechazó a buena gente cristiana en sus horas de necesidad. Dígame, ¿quiénes son?

Pese a estas palabras, el tono era desabrido y los ojos, duros y susceptibles.

Ante semejante aparición bíblica, Francis tomó una rápida resolución.

—Mi nombre es Haile y ésta es mi esposa. Le pagaremos bien por una noche de hospedaje.

Un instante después dudó de lo acertado de su decisión, al oír una protesta sofocada de su compañera, pero sabía que hacía lo correcto. Era muy probable que este patriarca arrojara a Serena Allbright de vuelta a la tormenta si no la envolvía en un manto de respetabilidad.

Una mujer misteriosa sin más podría haber sido tolerada, pero ¿esta erótica sirena? Jamás.

Y si iba a fingir estar casado, sin duda era mejor omitir su título.

Los ojos hundidos del hombre los recorrieron, demorándose en Serena en señal de intensa desaprobación, pero luego bajó el arma y se apartó a un lado.

—Pasen, pues.

La cocina estaba llena de gente y de olor a comida. También a cuerpos sudorosos y rancios, pero Francis ya no estaba para andarse con reparos. De hecho, pensó, cualquier cosa que disimulase el inquietante perfume de Serena sería para bien. Vagamente percibió una decena de personas de todas las edades mientras la conducía junto al fuego. Sobre la chimenea podía leerse en un paño bordado: «Los ojos del Señor todo lo ven, así lo malo como lo bueno».

—Sem, Cam —gruñó el señor Post—. Id a atender los caballos del señor Haile.

Dos musculosos jóvenes sentados en un poyo de roble cerca del hogar se levantaron con aire hosco y salieron dando fuertes pisadas.

—Bien, señor —añadió Post—. Siéntense usted y su esposa.

Francis se volvió para ayudar a su acompañante a despojarse de la capa, reparando, con cierta sorpresa, en su excelente calidad. Era de gruesa tela de camello forrada de marta cibelina y debía de haberle costado un ojo de la cara a algún hombre. Ésta ocultaba un vestido marrón rojizo capaz de provocar palpitaciones al señor Post, con aquel pronunciado escote entre los magníficos senos. Francis tuvo que esforzarse por desviar la mirada.

Serena Allbright no parecía consciente del efecto que causaba. Estaba concentrada en quitarse los guantes de cuero.

Algo más captó la atención de Francis: llevaba una hermosa alianza y un anillo con una gran esmeralda.

¿Estaba casada? ¿Un hombre poseía a esta excepcional criatura y la dejaba vagar por ahí suelta?

—Sarah —le espetó el señor Post al corrillo de mujeres reunidas cerca de una mesa—. Déjale tu chal a la señora. Se va a enfriar.

Una chica delgada corrió para prestarle su chal negro de punto. Francis hubiera jurado que vio cómo los labios de Serena se estremecían mientras la muchacha se lo puso, pero sonrió graciosamente a su anfitrión.

—Gracias, señor Post, es usted muy amable.

Jeremy Post la fulminó con la mirada, apretando su larga pipa de arcilla entre los dientes. Francis sabía que estaba deseando que aquella ramera de Babilonia nunca hubiera entrado en sus dominios. Francis empezaba a sentir lo mismo.

Tomaron asiento y entonces agregó:

—Yo también le agradezco su hospitalidad, señor Post. Hace un tiempo infernal ahí fuera.

El viento aullaba, las ventanas golpeaban y se oían los destrozos que causaba en la lejanía.

—La mano de Dios sobre los pecadores de la Tierra —murmuró el hombre—. ¿De dónde son ustedes?

—Tengo propiedades cerca de Andover. —Eso era del todo cierto; allí se encontraba el priorato de Thorpe.

—Una hermosa finca, sin duda —se burló su anfitrión—. «No te afanes por ser rico; sé prudente y desiste.»

Francis enarcó las cejas.

—Me suena a invitación a la ociosidad, señor. ¿Es de fuertes tener riquezas? —intervino rebatiéndolo.

El señor Post lo observaba con irritada confusión cuando Francis oyó un sonido ahogado. No miró, pero sospechaba que su «esposa» intentaba contener la risa. Iba a estropearlo y, si no tenían cuidado, los echarían a la calle.

Aborrecía a los fanáticos religiosos de esa índole.

—«Las palabras de los impíos son para acechar la sangre, pero a los rectos su boca los librará» —declaró el patriarca—. En esta casa no toleramos la impiedad, señor Haile.

—Yo no la toleraría en ninguna parte —convino Francis afablemente, en un esfuerzo por resultar agradable.

Sopesaba sus alternativas. Un fugaz pensamiento le aseguró que no tenían más remedio que mantener su engaño y pasar la noche en aquella morada tan desagradable.

Miró a su alrededor.

La casa tenía un cierto aire de prosperidad, como podía apreciarse por la calidad de los sencillos muebles y ollas, los jamones y otros fiambres que colgaban de las vigas. También se respiraba una cierta austeridad. La ropa era sobria y los únicos adornos de la estancia —si así se los podía llamar— eran las citas bíblicas.

A un lado vio un mensaje desalentador grabado a fuego en la madera: «Le golpearás con una vara para salvar su alma del infierno». Debajo, sobre una repisa, había una vara preparada.

¿A cuántos sometía aquel tirano?

Cuatro mujeres preparaban la comida, presumiblemente la señora Post y sus tres hijas. Un mozalbete daba vueltas a un asador junto al fuego y una anciana dormitaba en una mecedora. También estaban los dos jóvenes que habían salido fuera para ocuparse de los caballos. Sem y Cam. ¿Cuáles eran las probabilidades de que el muchacho del espetón se llamara Jafet?

A pesar de la aversión que le inspiraba el entorno, la comparación de Jeremy Post con Noé, y de la granja con un Arca desolada en medio de la tormenta, aguijoneaba el sentido del humor de Francis. Pero se llamó al orden. Era evidente que la risa no se consideraba «piadosa».

—No se junte con desconocidos, yo no lo hago.

Lo sacó de sus meditaciones la áspera voz de Post.

—Lástima —replicó, acercando sus botas al fuego.

Post frunció el ceño con expresión amarga.

—Tampoco se junte con gentiles. «Más vale poco con temor de Dios, que grandes tesoros con turbación.» Si toca a una de mis hijas, no respondo de mis actos.

Francis se estremeció ante la idea de tocar a cualquiera de ellas.

—Me acompaña mi esposa, señor Post.

—Sí —gruñó el hombre, lanzando una mirada de virulenta condena a Serena.

El batir de una puerta anunció el regreso de Sem y Cam, que entraron apresuradamente. Los dos jóvenes se detuvieron en seco al ver a Serena, que incluso con el chal los dejó boquiabiertos.

—No os quedéis ahí pasmados —refunfuñó el señor Post, y los dos se ruborizaron y desviaron la vista—. Recordadlo: «Los labios de la extraña destilan miel, mas su fin es amargo como el ajenjo».

—Señor Post —terció Francis en tono afable—, si sus hijos ofenden a mi esposa, no respondo de mis actos.

El hombre apretó el puño.

—Si no fuera un acto impío, señor Haile, los devolvería a la tormenta a usted y a su esposa.

Francis lo dejó correr, pero fuera aquel o no un hogar piadoso, le preocupaba cómo iban a pasar la noche. Lo incomodaba cualquier situación que dejara a Serena Allbright a merced de los jóvenes Post, que guardaban gran parecido con unos novillos olisqueando a su primera becerra.

No pudo evitar preguntarse si, a pesar de su lustre de sofisticación, él ofrecía la misma imagen jadeante. Serena le hacía perder la concentración. Ni los variados olores de la cocina de los Post lograban ahogar su perfume y, como ella estaba sentada a su lado, era plenamente consciente de su cuerpo tocando el suyo.

Aventuró una mirada en su dirección. Su piel era increíble, como una perla, perfecta, pálida y sin mácula, pero con brillo interior. Tenía los ojos posados en la desnuda pared de enfrente y pudo apreciar la extraordinaria longitud y grosor de sus pestañas. Su naricita era más bien respingona, pero no podía considerarse un defecto. Simplemente le hacía parecer vulnerable e infantil.

Pero, a diferencia de una niña, se mantenía sentada en silencio sin perder un ápice de su compostura.

¿Era cansancio o disciplina? De una buscona no esperaba que tuviera ese control. ¿Era viuda o fulana? ¿Y él qué prefería?

Francis se recordó a sí mismo que estaba a punto de proponerle matrimonio a una virtuosa joven, y apartó la vista.

Parecía que todo el mundo había decidido que el silencio era oro y éste ocupaba pesadamente toda la estancia a excepción de los sonidos del trajín de las mujeres, y el ronco y repetitivo silbido de la anciana. Francis se entretuvo tratando de idear explicaciones aceptables para la difícil situación de Serena, pero se encontraba demasiado cansado para dedicarle mucho esfuerzo.

Entonces dispusieron la cena sobre la mesa. Comida sencilla, pero sabrosa, gracias al cielo: espesa sopa de cebada, lonchas de jamón con col y pan fresco con mermelada de grosella. Después de una interminable bendición, profusamente salpicada de referencias a las virtudes de una vida sencilla y piadosa en lugar de una existencia de lujo ocioso, atacaron las viandas. Francis comió con fruición y observó que Serena hacía lo mismo. Por supuesto, no tenía manera de saber cuánto tiempo había pasado desde la última vez que había comido.

No sabía nada de ella en absoluto.

Era, sin duda, un problema, pues ¿qué inocente motivo podía haber para que una dama deambulara sola en noviembre? Ponía en duda que fuera una esposa respetable. Lo mejor que llegaba a imaginar era que fuese una viuda alegre cruelmente abandonada por su protector. Pero aunque su virtud fuera dudosa, no estaba en su naturaleza abandonar a ninguna mujer en dificultades.

Pero ¿qué demonios iba a hacer con ella?

Como su viaje a Weymouth podía ser delicado, había prescindido de su lacayo; por eso, no podía llevarse a una aventurera consigo. Pero tampoco era posible dejarla allí. Tal vez, si tuviese la oportunidad de hablar con ella a solas, descubriría que su situación se resolvería fácilmente.

Pero ¿cómo iba a arreglárselas para hablar con ella a solas en aquella atestada casa?

Al terminar la comida, comprendió que eso no iba a suponer ningún problema. Les dieron una habitación para ellos dos.

Capítulo 4

*L*os Post se regían por el horario del campo y en aquellos días más cortos las mujeres se acostaban nada más acabar de fregar los platos de la cena. Les seguían los hombres en cuanto concluían las faenas en la granja.

Antes de salir a echar una última ojeada al ganado, Jeremy Post les brindó una definitiva y larga lectura de la Biblia, incluida una enseñanza directa: «Guárdate de la mala mujer; de la blandura de la lengua de la extraña. No codicies su hermosura en tu corazón, ni dejes que te cautive con sus ojos».

Era evidente que iba dirigida a Sem y Jafet, pero Francis pensó que tal vez le conviniese tomársela en serio. Advirtió con ironía que al señor Post tampoco le era ajeno el poder cautivador de los extraordinarios ojos de Serena.

Tan pronto como cerró la gran Biblia, los visitantes fueron escoltados como presos peligrosos a la mejor habitación de la casa: la de los señores Post.

Cuando Francis intentó protestar, se le aclaró que la casa estaba llena y que esta distribución se había logrado del siguiente modo: la señora Post dormiría con sus hijas y el señor Post, con sus hijos. El joven sabía que la sugerencia de que él y su esposa se separaran de la misma manera nunca se habría aceptado.

Y teniendo en cuenta la cantidad de miradas lascivas que seguían dirigiendo a Serena los vástagos varones de la familia, incluido el mozalbete Jafet, Francis no estaba seguro de que fuera prudente dejarla sin protección, ni aun estando presentes las hijas.

Cuando se cerró la puerta del pequeño dormitorio, hizo un gesto con la cabeza.

—Siento ponerla en esta situación tan embarazosa.

Ella se sentó en el borde de la gran cama.

—Una gente de lo más peculiar, los Post, ¿no le parece? No tema, milord, no me desmayaré. Prefiero mil veces estar aquí con usted que ahí fuera con ellos. Tampoco voy a dármelas de virgen sensible.

Prosaicas palabras, pero la asombrosa y sensual belleza de quien las pronunciaba lo mareó con un sinfín de promesas eróticas.

Se preguntó cómo reaccionaría su compañera si él contestase: «Pero yo sí».

Era verdad. Demasiado exigente para disfrutar de las mujeres fáciles y demasiado caballeroso para abordar a las puras, era una excepción entre sus amigos, aunque en realidad todos pensaban que simplemente era muy discreto.

Otra excelente razón para casarse, sin duda. Pensar en lady Anne de repente lo puso en guardia.

—Dormiré en el suelo —anunció.

Serena examinó la habitación.

—¿Dónde?

Debía admitir que, como no se acostara bajo la cama, era una proposición arriesgada. La estancia era pequeña y los Post habían llenado todo el espacio disponible de cajoneras, mesas, sillas y otros objetos dispares. Había una estrecha franja de suelo sin alfombrar a un lado del lecho, pero no parecía acogedora, y ya podía sentir las corrientes de aire frío silbando a través de la desnuda tarima.

—Mi querido lord Middlethorpe —propuso Serena en tono amable—: como puede ver, ésta es una cama muy grande. Sospecho que podemos compartirla sin rozarnos. Siempre y cuando —agregó con una mirada de soslayo que le quitó el aliento— ése sea su deseo.

¡Maldición! ¡Aquella mujer estaba tratando de seducirlo! Y su corazón, así como otras partes menos nobles de su anatomía, le decía que quería sucumbir a la seducción. No era mejor que los jovencitos Post.

No tenía ni idea de qué decir y temía estar ruborizándose.

Pero fue ella la que se sonrojó ante su silencio:

—Desde luego, milord, si a alguien debiera inquietar esta situación, es a mí, no a usted.

Su sofoco le confería un aspecto deslumbrante...

Francis respiró hondo y luchó por dominarse. Tampoco era que desconociese lo que significaba sentir deseo e imponerse a él. Y desde luego, no era la clase de hombre que se entregaba alocadamente al primer lío de faldas que el azar le deparase.

«No codicies su hermosura en tu corazón, ni dejes que te cautive con sus ojos», se recordó.

Se reclinó sobre una dura silla junto a la cama.

—Le aseguro que no tiene nada que temer de mí, señora. Pero dígame qué hacía en medio de la carretera con este tiempo.

La chispa divertida de sus ojos se desvaneció y los párpados los ocultaron.

—No tengo valor.

«Valor.» Interesante elección de palabras. Francis consideró el enigma. Su cabellera de intenso color rojo se escapaba de las horquillas para rizarse en una embriagadora maraña de bronce ardiente a la luz de la única vela. La curvatura de su cuerpo desde la nuca hasta la cadera era la encarnación de la belleza sensual. Incluso bajo aquel feo chal, sus pechos rebosaban de promesas, suplicando el contacto de sus manos. Su perfume flotaba pesadamente en el frío ambiente.

Esa mujer representaba las sombras y los misterios que su cuerpo anhelaba, pero se obligó a mantener la cordura.

El destello de sus anillos bajo la luz lo ayudó a controlarse.

—¿Y su marido? —le preguntó.

—Murió.

—Su familia, entonces.

—No tengo a nadie que me ayude.

—Tendrá una casa, criados...

—No.

Ante tan notorias evasivas, la paciencia de Francis empezó a agotarse. Había sido un día infernal, y ahora parecía vérselas con una aventurera inclinada a los embustes y con un creciente deseo que estaba decidido a no satisfacer.

—Entonces, señora, ¿adónde se dirigía sola y a pie?

Ella levantó la vista con aire de reproche.

—Serena es mi verdadero nombre y le invito a utilizarlo.

—Eso no sería apropiado.

—¿Por qué no? Estamos a punto de compartir una cama.

—Señora —replicó rotundamente—, encuentro su comportamiento muy atrevido y bastante sospechoso.

Volvieron a encendérsele las mejillas.

—¿Atrevido? ¡No fue idea mía urdir esta mentira, milord!

—Gracias a la cual no duerme usted al raso, como tal vez se merezca.

—No merezco nada de eso.

—Una dama de verdad no estaría tan cómoda en estas circunstancias.

Sus magníficos ojos relampaguearon.

—¿Preferiría que me desmayase? Puedo hacerlo, si así lo desea. Motivos no me faltan.

—¿Qué motivos? —preguntó Francis con presteza.

Serena se contuvo. Bajó de nuevo los párpados.

—No se lo puedo decir.

—Pues que el diablo se la lleve —exclamó levantándose de un salto—. Métase en la cama.

Después de pensarlo un momento, se dijo: «Que me aspen antes de sacrificar mi comodidad al recato de esta mujer». Se quitó las botas y la corbata, y luego se despojó de la camisa y los pantalones de ante.

Por el rabillo del ojo la vio acostarse completamente vestida. Tal vez hubiese juzgado mal sus intenciones. En aquel momento parecía tan cohibida como cualquier mujer decente. Apagó la vela y se deslizó bajo las sábanas, manteniéndose en el larguero del lecho.

En la oscuridad, sin que su vista lo distrajera, debería haberle resultado más fácil dominarse, pero una nueva intimidad vino a ocupar su lugar. Era la primera vez en su vida que dormía con una mujer. Creía escuchar su respiración y sentía la distante calidez de su cuerpo. El menor desplazamiento de Serena hacía que toda la cama se moviese, con un susurro de aquella fragancia devastadora.

Se revolvió inquieto.

—¿De veras es viuda?

—Sí.

—Entonces ese perfume no es muy adecuado. Es más propio de una ramera.

—¿No le gusta? —preguntó intencionadamente.

—Eso no tiene nada que ver. —Por Dios, sonaba a párroco escandalizado—. Duérmase, señora Allbright. He de proseguir mi camino por la mañana temprano.

—¿Proseguir su camino?

—Tengo un importante asunto que resolver —dijo, y, percibiendo el pánico en su pregunta, añadió—: Pero no se preocupe, señora, la llevaré a Hursley.

¿Y qué, se preguntó, tendría en Hursley? ¿Un amante?

Oyó el estrépito de los Post varones al regresar a la casa, subir las escaleras y acomodarse en sus camastros. Después se hizo el silencio, sin más ruidos que los de la vieja casona crujiendo bajo la tormenta moribunda.

De repente, Serena habló.

—Lo siento —se disculpó en voz baja—. Con lo amable que es conmigo y yo haciéndole las cosas difíciles. El perfume lo eligió mi marido. Ya no me lo pongo, pero se me quedó prendido a la ropa. Siempre fue particularmente empalagoso.

Esto planteaba una nueva serie de interrogantes, pero Francis decidió descartarlos. Aunque no pudo evitar decir:

—Yo en su lugar ventilaría más sus trajes.

Con eso pensó haber zanjado la conversación por aquella noche. Ahora, si pudiera olvidar que ella yacía a su lado, tal vez consiguiese conciliar el sueño.

Era imposible. Le ardía el cuerpo y se agitó inquieto.

—Lamento que mi perfume le haga desear a una mujer —susurró ella en la oscuridad—. Si quiere, puede montarme.

—¿Qué? —Francis no daba crédito a lo que acababa de oír.

—Ya que le estoy causando problemas —continuó Serena con

un eco de temblor en la voz— es justo que le retribuya de alguna forma.

El deseo atrapó a Francis como un torno, pero se resistió. Ahora ya la conocía. Era una prostituta de lo más desvergonzada y había que estar loco para acceder a sus proposiciones. Dios sabe qué precio acabaría pagando.

—No será necesario —rehusó con frialdad—. Además, no querrá arriesgarse a quedarse embarazada.

—No puedo concebir hijos —repuso con un hilo de voz—. Soy estéril.

Francis se oyó a sí mismo decir:

—Cuánto lo siento.

Ambos guardaron otro pesado silencio, y entonces la cama se movió cuando la joven le dio la espalda, apartándose de él.

—Buenas noches.

—Buenas noches.

A Francis le ofendía sobremanera que ella desestimara la posibilidad de una alegre consumación con tanta facilidad como la había planteado. También él se volvió de lado, convenciéndose a sí mismo de que había tenido suerte de escapar por un pelo.

Más adelante su cuerpo acabaría dándole la razón.

Serena se acurrucó en la oscuridad.

Aquel hombre no la deseaba. Santo Dios, ¿qué iba a ser de ella si los hombres decentes la desdeñaban? Le quedaban cuatro guineas en el bolsillo y nada más que ofrecer.

Tal vez su salvador le hubiera jugado una mala pasada. Quizás habría sido mejor perecer en la tormenta. El deshonor sería preferible a la muerte, pero si al final debía morir, mejor una muerte rápida que hacerlo poco a poco de hambre.

¿Qué iba a hacer?

¿Qué iba a hacer?

Presa de la ansiedad, Serena se quedó dormida.

Un estrépito en la casa la despertó bruscamente. De inmediato comprendió dónde se hallaba, que estaba amaneciendo y que el ruido no había sido más que alguno de los Post, que habría dejado caer algo. La claridad de las primeras luces entraba por una rendija de las pesadas cortinas, pero la habitación aún seguía a oscuras.

La tranquilidad reinante en el exterior le dijo que la tormenta había pasado. Ya nada impedía que partieran y que aquel hombre la dejase en Hursley antes de proseguir su camino.

¿Qué sería de ella en adelante? Aquel conato de valor que le había infundido el pánico había desaparecido y el mundo volvía a aterrorizarla. En pocas horas estaría a solas otra vez, ella, que no había estado sola en su vida.

Nunca volvería con sus hermanos. Jamás la venderían de nuevo.

Pero dudaba que pudiera llegar a Londres sin ayuda.

Su compañero de cama era el primer hombre que la trataba con amabilidad. ¿Estaría casado?

Claro que los casados también tienen amantes. ¿Cómo seducirlo?

Si se le ofrecía abiertamente, ¿la aceptaría? Eso ya lo había intentado.

¿Y si le hacía una demostración de su talento?

Serena tragó saliva. Lo que estaba considerando la horrorizaba, pero seguro que después él no tendría tanta prisa por marcharse...

Sabía qué hacer, o al menos lo que a Matthew le habría gustado que hiciese. ¿No eran todos los hombres iguales en estas cosas?

Serena se debatía entre la indecisión y el miedo. Ni siquiera había besado a un hombre que no fuera su marido y ahora estaba pensando en seducir a uno.

¿Qué otra opción tenía? Estaba sola en el mundo con una única mercancía que ofrecer.

Se estiró en la cama hasta yacer contra el calor de su cuerpo y le pasó la mano por el torso. La sorpresa la dejó sin aliento. Descubrió que el pecho de lord Middlethorpe era esbelto y firme, no gordo y flácido como el de Matthew. Acarició con suavidad los marcados músculos del abdomen, deleitándose con la sensación de fuerza vital que transmitían.

Era la primera vez que disfrutaba tocando a un hombre.

Llevó la mano una pizca más abajo.

Se quedó inmóvil, medio esperando que despertase y descubriera lo que estaba haciendo. Así tendría que tomar la iniciativa o poner fin a todo.

Pero él seguía recostado, profundamente dormido.

Serena suspiró y deslizó la mano hacia abajo.

Al final acabaría por despertarse...

Entretanto, Francis soñaba... fantasías de pasión prohibida como nunca había tenido, ni siquiera en la adolescencia. Se sentía embebido en un perfume arrebatador, mientras un grácil súcubo se retorcía contra él en la oscuridad. Una mano tocó sus partes más íntimas, encendiendo un dulce fuego que inflamó todo su cuerpo.

Cuando Francis se desplazó, su torturadora secundó el movimiento. Lo cubrió de exquisito deleite, dejando resbalar sus sedosos cabellos sobre la piel del cuello, envolviéndolo en un perfume almizclado, mordisqueando su cálida piel...

Él alargó una mano para dominarla, pero estaba enredado en una dulce prisión de seda, encaje y lana.

Los hábiles dedos fueron sustituidos por unos labios diestros y una lengua caliente y húmeda que hacía cosas increíbles.

—Santo Dios —murmuró, y su propia voz ronca le indicó que estaba despierto, pero en la profunda y fragante oscuridad nada parecía real.

¿Dónde demonios estaba y con quién?

Su corazón lo ensordeció con su palpitar. Todos sus sentidos se centraron en aquella boca ardiente. Su cuerpo ansiaba aceptar un éxtasis mayor que nada que hubiese conocido antes.

Pero...

Pero...

Antes de que pudiera reunir los fragmentos de su mente, el súcubo se retorció de nuevo y el calor húmedo fue sustituido por otro. Fue un lento deslizamiento, una fusión tan asombrosamente perfecta que, jadeando una blasfemia, se apoderó de la enloquecedora criatura que lo cabalgaba antes de que pudiera escapar. Ella se arqueó en sus manos, pero sólo para abatirse sobre él y morderlo brusca, dolorosamente, en el cuello, mientras su cuerpo imprimía un fuerte vaivén al suyo.

Fue catapultado a la pura pasión.

Se dio la vuelta, hundiéndose en aquel abismo de placer, entre aquellos torneados muslos que se enroscaban a su alrededor como un nido de tela perfumada. Dientes y uñas le martirizaban la ardiente carne con un dolor exquisito. El movimiento de las caderas y sutiles músculos secretos le desencadenaron un estallido de liberación perfecta, demoledora.

Yació inerte, con la cabeza apoyada sobre aquellos pechos de seda almizclada. Se sentía anímicamente agotado, pero colmado de una satisfacción definitiva.

Unos dulces dedos jugueteaban con su cabello.

Entonces su cerebro volvió a ponerse en funcionamiento.

Acababan de seducirlo.

Prácticamente lo habían violado.

Con los brazos debilitados, se apartó de ella, tratando de reunir su mermado ingenio, de articular palabras con las que expresar sus sentimientos.

—¿Por qué diablos...?

Una mano sedosa le agarró el brazo.

—Quizá lo deseaba, milord.

Francis se la retiró y se incorporó buscando su rostro en la penumbra.

—Y si yo la hubiera deseado, satisfaciendo mi voluntad mientras dormía, ¿le habría gustado?

—¿Es que no le ha gustado?

Acusó el dolor de sus palabras, que no hizo sino enfurecerlo.

—No, no me ha gustado.— «Deseaba poseerla de nuevo. Ahora»—. Repito, ¿por qué lo ha hecho?

—Lo siento —susurró Serena, y él la oyó llorar—. No creía que a ningún hombre no le... Lo siento.

—¿Qué pretendía? ¿Devolverme algo de amabilidad en favores carnales? ¿O hay algo más que eso?

Ella se cubrió los ojos con un brazo.

—No. Por favor no... Yo sólo... sólo quería complacerlo.

Francis la miró fijamente en la oscuridad, confuso y enojado por la angustia del despertar de una pasión que hasta el momento había controlado. Mareado, hundió la cabeza entre las manos. No tenía motivos, por el amor de Dios, para sentir lástima por ella.

La voz de la mujer flaqueó cuando añadió:

—Sólo quería que no me abandonase. Confiaba en convertirme en su amante.

Francis se quedó sin aliento. Luego sí que había sido una forma de prostitución. Ningún deseo, sólo un intento de que quedara en deuda con ella.

—Nunca tuve intención de abandonarla, señora —repuso con frialdad—. A pesar de su conducta mantendré mi palabra. La llevaré a Hursley.

—No tengo ninguna razón para ir allí.

Era una voz trémula de niña pequeña, cargada de lágrimas.

El joven se sabía arrastrado hacia arenas movedizas, pero no era capaz de rechazar su petición implícita.

No podía abandonarla. Sus instintos más elementales se negaban a ello.

Ella quería ser su amante. ¿Por qué no?

Era una prostituta profesional, sin duda al alcance de cualquier hombre con una guinea en el bolsillo.

Contra toda evidencia, no acababa de creérselo.

Recuperó el control de la situación.

—En ese caso la dejaré en una posada, señora, y esperará allí a que yo regrese para ayudarla.

Serena giró ligeramente la cabeza.

—Pero ¿volverá?

—Tendrá que confiar en mí, señora, por extraño que ello pueda resultarle a su naturaleza.

Se puso de pie y, en una tentativa de disipar la pesada atmósfera del cuarto, corrió las cortinas para dejar entrar la pálida luz del alba. Se dio la vuelta a mirarla.

Serena yacía perfectamente inmóvil, con la falda levantada y el corpiño torcido, dejando al descubierto gran parte de un tentador pecho. Su despeinado cabello le tapaba el rostro, sin ocultar la licenciosa belleza de sus rasgos. La luz no logró disipar su perfume y el olor de su sexo.

Dios santo, cómo deseaba arrojarse sobre ella y explorar su cuerpo, plenamente consciente esta vez.

La joven mujer posó en él sus grandes ojos oscuros.

—¿Y qué me dice de lo de ser amantes? —susurró.

—Siento no poder aceptar la oferta —se obligó a contestar. Al menos el lamento era sincero.

Los labios le temblaban como a un niño asustado. ¿Qué diablos iba a hacer con ella? Se dio la vuelta y empezó a vestirse.

Serena se sentó de forma brusca.

—¿Se marcha?

El miedo se traslucía en la entonación de su pregunta.

Francis no le prestó atención al percatarse de que tenía la ropa desordenada. Era lógico, pero la idea de que ella lo hubiese desvestido mientras dormía era a la vez exasperante e increíblemente erótica.

—Nos vamos —exclamó abotonándose los pantalones—. A menos que no desee acompañarme. No tengo ninguna intención de forzarla —añadió subrayando el reproche.

—Lo siento de veras...

—Olvídelo —repuso con sequedad—. No hay nada que decir.

Serena se levantó de la cama con lo que sonaba sospechosamente como un sollozo. Se giró e inclinó la cabeza mientras se recomponía la falda y el corpiño. Hizo la cama con meticulosidad y luego se arropó en el chal negro.

Al doblar el pomo de la puerta, Francis pensó que dos personas que habían compartido una intimidad tan demoledora deberían tener algo más que decirse. Pero no se le ocurría nada que no los arrastrara a terrenos para los que todavía no estaba preparado.

Con dificultad, recordó a lady Anne, que esperaba con paciencia su regreso y una declaración formal.

Escoltó cortésmente a su inoportuna sirena al rellano y escaleras abajo.

Después de un desayuno taciturno pero copioso, ambos subieron al faetón y se dirigieron a Hursley. Guardaron silencio, pues a Francis no se le ocurría nada que decir y Serena Allbright había vuelto a convertirse en una muda estatua.

Una estatua eróticamente perfumada.

Un hombre tenía que estar loco para darle la espalda a una mujer como Serena. Entonces se acordó de lady Anne. No era el momento de pensar siquiera en tener una amante.

—¿Por qué se dirigía a Hursley? —le preguntó por fin.

Ella se encogió de hombros bajo la capucha.

—Porque era donde conducía la carretera.

No se compadecería de ella. Fueran cuales fueran los problemas que la abrumaban, sin duda se los había buscado.

—¿Hay algún sitio al que desee ir?

—No.

«¿Qué había hecho para merecer esto?»

—Muy bien. Entonces se quedará donde yo la deje y cuando regrese, veré qué puedo hacer. Pero, repito, no necesito ninguna amante.

Continuaron el viaje en absoluto silencio.

Hursley resultó ser una mera aldea, con muy poco cobijo que ofrecer a los viajeros, los cuales siguieron hasta Romsey, donde se hospedaron en el León Rojo. Viendo la suntuosidad de su ropa y su carruaje, amén de una generosa suma de guineas, el posadero estuvo más que dispuesto a pasar por alto su falta de equipaje. Hasta pareció creerse la historia de que habían sido sorprendidos por la tormenta y la señora Haile necesitaba descansar para recuperarse de la experiencia.

No sabiendo con seguridad cuánto tiempo le ocuparía el asunto que lo llevaba a Weymouth, Francis pagó alojamiento y comida para dos días y dio a Serena unas guineas. Al marchar fue consciente de la mirada de desesperación con que ella lo observaba. No creía que fuera a volver.

Probablemente se entregaría al primer protector de paso que se prestase.

La idea de que no estuviese allí cuando regresara casi le hizo virar en redondo a recogerla, fuera sensato o no. Brumosos recuerdos de cuando habían hecho el amor aquella mañana, además de su sensual perfume, colmaban su mente, haciéndole lamentar amargamente no haber estado despierto del todo para disfrutar de su primera experiencia sexual.

Puede que fuera virgen, o que lo hubiera sido, pero no era ningún ignorante. Las conversaciones sobre sexo con sus amigos eran sinceras. Sabía que aquella cópula había sido verdaderamente extraordinaria.

Y se dijo que aquello era razón suficiente para poner tierra de por medio entre él y Serena Allbright.

Capítulo 5

*F*rancis se obligó a concentrarse en un asunto de más relevancia: hacer que Charles Ferncliff le temiese como al mismo diablo.

¿De veras creía aquel hombre que con semejante majadería podía asustar a su madre por valor de diez mil libras? Era verdad que ella le daba gran importancia a su reputación, pero aun así resultaba una maniobra extraña.

Todavía más insólito era que Ferncliff le hubiese escrito a él. Quizás había perdido la esperanza de sacarle el dinero a la madre y se figuraba que el hijo sería menos duro de pelar. Una curiosa ocurrencia.

De hecho, todo indicaba que aquel individuo estaba gravemente desequilibrado, de lo contrario no habría ingeniado semejante disparate.

El cerebro de Francis no podía ni empezar a imaginarse una historia obscena en la que participara su madre. Sin duda tenía buen aspecto para su edad, pero no era de las que se cuelan en el cobertizo de los aparejos con el mozo de cuadra. ¿Y qué más? ¿También se había hecho arrumacos en el púlpito con el anciano vicario? ¿Se habría beneficiado al mayordomo sobre el registro de la propiedad?

Sacudiendo la cabeza, se centró en urdir un plan de acción satisfactorio. Y cada vez que Serena Allbright se le colaba en la mente, alejaba con firmeza su imagen.

La lluvia había seguido al viento, y el camino seguía lleno de fango. Visto lo visto, había sido un error tomar el atajo de Winchester, y no sólo debido al estado de la calzada, sino sobre todo por aquel miserable enredo de...

Pero no iba a pensar en su sirena.

Ni siquiera después de alcanzar una carretera de peaje con mejor firme varió mucho la dificultad del tránsito. Aunque estaba ansioso por zanjar la cuestión de Ferncliff, no quiso forzar a los caballos, y ya era tarde cuando llegó a la posada La Corona y el Ancla, en el pequeño puerto de Weymouth. Cuando preguntó por Charles Ferncliff, le contrarió oír que había salido. Lo menos que podía pedírsele a un chantajista era que tuviese la cortesía de esperar a su víctima.

Reservó habitaciones, pues sin duda tendría que pasar allí la noche. Y aunque volver con Serena aquella misma tarde nunca había sido una verdadera opción, decidió achacar el retraso a Ferncliff, lo que hizo que aquel hombre aún le cayese peor.

Tal vez sí le daría una buena paliza.

Pidió de cenar y luego se paseó por la estancia mientras ahondaba en su dilema, que no era Ferncliff.

¿Debería convertir a Serena Allbright en su amante? Con una simple decisión la haría suya. Podía volver mañana al León Rojo y gozar de ella a su antojo. O ponerle un piso en Londres y darle todo lo que desease.

Entre los Pícaros causaría sensación.

La Compañía de Pícaros había sido un grupo que unos compañeros del internado habían creado para protegerse entre ellos. Ahora era una camarilla de amigos unida por lazos muy profundos y sólidos; y como se había puesto de manifiesto recientemente, tanto amantes como esposas eran aceptadas como parte del grupo.

Pero ¿y lady Anne? Era el tipo de dama de buena familia que no montaría ningún escándalo porque su marido tuviera una querida, pero no le parecía correcto ponerla en esa situación.

De hecho, no se sentiría cómodo en ninguna tesitura en la que tuviera una amante establecida, en especial una así. Serena era hermosa y experta en artes amatorias, pero también podía llegar a ser la maldad personificada. Después de todo, ¿qué clase de mujer posee a un desconocido en mitad de la noche?

Su deber apremiante era casarse para concebir un heredero. Su necesidad acuciante era una boda que atemperase su indeseada obsesión por una fulana, aunque tentadora.

Pero había otro motivo para el casamiento, aunque no lo había reconocido hasta el momento.

Eleanor Delaney.

Cuando su amigo Nicholas Delaney desapareció, hacía un año, temiéndose que hubiera muerto, Francis se sintió atraído por su esposa, Eleanor. Había reprimido cualquier expresión de sus sentimientos con la ardiente esperanza de que Nicholas acabase reapareciendo, así como por el avanzado embarazo de Eleanor, pero éstos no habían desaparecido.

El regreso con vida del joven, junto con la evidente felicidad de su matrimonio, había puesto fin a aquella locura... o al menos debiera haberlo hecho. El asunto lo había tenido lo suficientemente inquieto como para que evitase a su camarada durante un año, con la esperanza de que su propio e inminente enlace terminara de enterrar el tema.

Ahora dudaba que sus esponsales con lady Anne Peckworth hubieran surtido algún efecto en los perturbadores sentimientos que le inspiraba Eleanor Delaney. Pero he aquí que Serena Allbright se había apoderado de su mente, eclipsando a Eleanor como la pálida luna a la luz del sol estival.

—Que la peste se la lleve —murmuró. A Serena le faltaba el principal requisito para candidata a esposa: jamás le daría un heredero.

—¿El problema realmente justifica ese lenguaje? —preguntó una voz en tono jocoso.

Francis se volvió.

—¡Nicholas! ¿Qué demonios...?

Nicholas Delaney, un apuesto joven rubio con un estilo de vestir más bien descuidado, entró y cerró la puerta.

—He recibido una enigmática misiva de tu madre. El mero hecho de que me la remitiera fue suficiente para venir a toda prisa. ¿Qué ocurre?

—¿De mi madre? —se hizo eco Francis, turbado por este insólito giro de los acontecimientos. ¿Qué diablos podría haberla empujado a obrar así, ella que nunca había aprobado su amistad?

Francis empezaba a preguntarse si toda esta extraña aventura no sería una especie de conspiración maquiavélica para enemistarlo con Nicholas. Pero no, aquello sin duda era ridículo, aunque el comportamiento de su madre olía sin duda a chamusquina.

—De tu madre —repitió Nicholas, despojándose de su abrigo—. Espero ser bienvenido, porque lo que es esta noche ya no voy a ninguna parte.

—Encantado de verte, por supuesto —respondió, abstraído, su amigo—, aunque me temo que has hecho el viaje en balde. Estoy aquí por una simple cuestión de negocios. ¿Qué te decía en la carta?

Nicholas le tendió una hoja de papel:

Estimado señor Delaney:

Francis se dirige a Weymouth para reunirse con cierto caballero en la posada La Corona y el Ancla. Tengo mucho miedo de las consecuencias de ese encuentro y creo que su presencia podría ser de gran ayuda.

Cordelia Middlethorpe

—¿Qué se le habrá pasado por la cabeza? —preguntó Francis—. ¿Cree que ni siquiera soy capaz de lidiar con un tutor medio loco sin su ayuda?

Su compañero soltó una carcajada.

—Si es como alguno de los tutores medio locos de nuestros años escolares, podría no faltarle razón. ¿Te acuerdas de Simmons? Persiguió a Dare con un látigo después de una hazaña especialmente notable. ¿Has pedido la cena? ¿Sí? Pues que sean dos. Me muero de hambre.

Abrió la puerta y llamó al posadero. En cuestión de minutos el pedido estaba en marcha y apareció un tazón de ponche caliente con especias.

El joven Delaney se sentó en una silla junto al fuego con un vaso en la mano.

—Ahora cuéntame qué es todo este embrollo.

—No hay ningún embrollo —repuso su amigo con frialdad.

—Ah. —Aunque Nicholas pareció conformarse, a Francis no se le escapó su penetrante mirada—. ¿Te has mantenido al tanto de las idas y venidas de nuestros camaradas? —prosiguió el primero en tono ligero—. Leander está de vuelta en Inglaterra, y no tardará en aparecer por aquí. Al fin y al cabo, su finca sólo se encuentra en Somerset. Y Miles se fue a Irlanda a resolver unos problemas en una de sus propiedades. Contrabando, creo. Es posible que Simon regrese pronto de Canadá. Tal vez podamos celebrar un gran reencuentro de los Pícaros. De los que aún viven, al menos...

Francis se desplomó sobre el asiento de enfrente y tomó un sorbo de ponche.

—Déjate de charlas ociosas, Nick. Lo siento si te parezco cortante, pero no hace falta que te preocupes por mis asuntos. Mi madre se figura que no puedo defenderme solo sin tu ayuda.

—Estoy asombrado. Pensé que me consideraba una mala influencia, debido a mi reputación.

—Y así es —convino su camarada pensativo—. Es muy extraño. Si hay algo en la cena que no sea de mi gusto, no te lo comas.

Nicholas se echó a reír.

—¡Lucrecia Borgia! Seguro que ni tu madre llega a esos extremos.

—Últimamente ya no sé qué creer.

—Los padres saben cómo desconcertarnos, ¿verdad? Ahora que yo mismo lo soy, me resulta muy desmoralizador. Algún día a Arabel le pareceré chapado a la antigua, sin la menor compresión de la vida.

Ahora le tocó reír a Francis.

—Me resulta difícil de creer.

—Y a mí, pero eso no afecta a la probabilidad de que ocurra.

Pasaron un rato intercambiando chismes sobre amigos y parientes, hasta que llegó la comida, con un mensaje del posadero: el señor Ferncliff aún no había regresado.

—¿Estás aquí por ese Ferncliff? —se interesó Nicholas.

—Sí.

No era propio de Francis ocultarle lo que pasaba, pero a él seguía escamándole todo aquello.

—¿Y qué asunto te traes entre manos? —siguió preguntando Delaney, mientras atacaba una excelente sopa de rabo de buey—. Puedes contármelo, no soy de los que se desaniman fácilmente.

—Ni yo puedo confiarte algo que no debiera compartir —declaró Francis con firmeza.

—Ah, en ese caso, desisto. Habíamos quedado en que no me entremetería. —Lo miró por encima de la mesa—. Pero algo que vi en ti cuando llegué me hizo pensar que se trataba de una cuestión personal.

Francis se estremeció ante su perspicacia.

—Ése es otro tema.

—Del que tampoco me haces partícipe. No sé si sentirme dolido.

—No quiero agobiarte con mis problemas.

—Tú tampoco deberías hacerlo. Compártelos.

Francis miró a su amigo a los ojos, sintiéndose tan necesitado como poco inclinado a referirlo todo. Esta reticencia no tenía nada que ver con su momentáneo resentimiento por la reaparición de Nicholas; ahora, como siempre, se sentía más cercano a él que a nadie. Era más bien que no sabía qué decir.

Delaney había pasado mucho tiempo fuera de Inglaterra en los últimos años, y no sabía nada de su inexperiencia sexual, y tampoco sentía deseo alguno de ilustrarlo. Ignoraba cómo juzgaría su aventura un hombre como él, con fama de amante experimentado.

Tal vez dejarse seducir por una desconocida en la noche fuera perfectamente normal en algunos círculos.

—Ayer recogí a una mujer en la carretera en medio de la tormenta —dijo posando la cuchara—, y pasé la noche con ella en una granja. Esta mañana la he dejado en una hospedería con la promesa de regresar a ayudarla, pero ahora no sé cómo proceder.

—¿Pretendes abandonarla? —preguntó su compañero, con un leve pero contundente tono de desaprobación.

—Por supuesto que no. Es que no sé qué hacer con ella.

—¿Y qué opciones tienes? —continuó Nicholas frunciendo los labios.

—Todas, supongo, desde desposarla hasta asesinarla. «No, el matrimonio no es una opción», se recordó a sí mismo.

—¿En serio? ¿Está preparada para cualquiera de ambas?

—¿Cómo diablos voy a saberlo? Ni siquiera estoy seguro de conocer su verdadero nombre.

Delaney enarcó las cejas.

—Una verdadera aventura «picaresca». Cuenta.

Así lo hizo Francis, incluida la extraña seducción en pleno sueño. Su amigo silbó.

—Muchos hombres te envidiarían por esto.

—¿Y tú? —preguntó lord Middlethorpe, y el recuerdo de Thérèse Bellaire flotó en la habitación entre ambos. Aquella prostituta francesa tan famosa como bella se había propuesto arruinar a Nicholas reduciéndolo a un esclavo sexual de sus caprichos.

—Probablemente no —contestó éste con sobriedad, pero entonces una sonrisa iluminó su rostro—. Aunque voy a dejarle caer alguna indirecta a Eleanor cuando regrese a casa.

—De eso se trata, ¿no? —insistió Francis—. ¿Qué clase de mujer le haría eso a un desconocido sin previa invitación?

—Una puta bien adiestrada, diría yo, que quiere que te sientas en deuda con ella.

—Exacto.

—No tengo nada en contra de las putas bien adiestradas, siempre que sepan cuál es su sitio. ¿Y tú?

Francis no respondió. Se sentía fuertemente tentado de confesarle que no sabía nada de putas, adiestradas o no.

—Tú no estás casado —señaló Nicholas—. Sospecho que encuentras atractiva a esta maldita mujer. ¿Por qué no la tomas de amante?

—Olvidas que estoy a punto de contraer matrimonio.

—Ah, bueno. Entonces, ya lo has pactado todo, ¿no?

Francis descubrió que estaba jugando con el tenedor y se detuvo.

—No, pero tengo la intención de hablar con el duque en cuanto se me presente la primera oportunidad.

—Por oportunidades no será, digo yo.

Francis le lanzó tal mirada a su amigo que éste se echó a reír, medio avergonzado.

—Lo siento. Tengo que dejar esta mala costumbre mía de sonsacar a los demás.

—Bien —repuso Francis, aunque debía admitir que podía haber formalizado su compromiso en cualquier momento durante los últimos meses.

¿Por qué no lo había hecho?

Delaney interrumpió sus pensamientos.

—Lo que nos deja con una seductora no deseada de la que deshacernos con elegancia. Dime, ¿qué sabes de ella?

—Nada... —empezó el joven Middlethorpe, hasta que la mirada de su amigo le hizo añadir—: Está asustada, no sé por qué. Es tan hermosa que me da miedo. Nunca hubiera pensado que la belleza de una mujer pudiera ser una barrera, pero tiene tal poder que casi resulta desagradable. Es una fuerza de la naturaleza, como la tormenta de anoche; podría arrastrar a un hombre, anular su voluntad...

Se interrumpió, comprendiendo el significado de sus palabras.

—La verdad es que no parece que desees librarte de ella.

Francis apoyó la cabeza en una mano.

—Tal vez no quiera.

Un leño crepitó en la chimenea.

—Aparte de su aterradora belleza —continuó Nicholas—, argumento que puedo entender, por cierto, y del hecho de que estás pensando en casarte, ¿hay algún otro impedimento?

—¿Necesito más? —preguntó su compañero, alzando la vista al techo.

—Probablemente no. Lo importante es qué pesa más en la balanza. ¿Cuáles son los principales aspectos en su contra?

Francis pensó en ello.

—Su aterradora belleza —concluyó—. Es una sirena, una ninfa. Es capaz de embrujar y arrastrar a los hombres a la muerte.

E incómodo por sus propias palabras, rompió la intensidad del momento repartiendo a ambos empanada de carne y riñones.

—Parafraseando a Milton —citó Nicholas cogiendo el plato de patatas—: «Esfuérzate en vivir bien: larga o brevemente, el cielo ha de decirlo». Casi te envidio.

—Teniendo a Eleanor como esposa, lo dudo.

Delaney se detuvo mientras cogía una patata.

—Ah, ¿podemos hablar de ello, entonces? —terminó de servirse y alzó la vista—. Daría por bueno verte atrapado por tu sirena si con ello recuperamos nuestra amistad.

Francis no trató de eludir el tema.

—Nunca he dejado de ser tu amigo.

—Pero sí de estar presente.

—Disculpa. Tenía un miedo absurdo a que creciese dentro de mí algo que no deseaba.

—¿Tenías?

El interpelado alzó una ceja interrogativa.

—Has dicho «tenía», en pasado. ¿Lo has superado?

—Me rondan muchas cosas por la cabeza en este momento... —se escabulló Francis, cortándose un trozo de empanada antes de agregar—: Espero que sepas que yo jamás...

—Ni que decir tiene. Y para serte franco, Eleanor sólo siente por ti cariño.

—Me consta —admitió Francis pinchando concienzudamente el trozo de empanada con el tenedor— y no me gustaría ponerla en esa tesitura, ni tampoco a ti.

—Más te vale, porque a la menor insinuación de suspiros lastimeros o miradas anhelantes, uno de los dos te echará encima un jarro de agua fría.

Los dos se rieron, relajados al fin.

—¿Te veremos pronto, entonces? —preguntó Nicholas—. Eres bienvenido en nuestra casa por Navidad, pero supongo que te esperarán en la tuya.

—Sí. Mi madre le da mucha importancia. Pero iré a visitaros...

El tabernero interrumpió la conversación para anunciar que el señor Ferncliff estaba de regreso en la posada y había pedido la cena.

Francis se levantó de inmediato y sacó una pistola con montura dorada, verificando que estuviera a punto.

Nicholas miró el arma con interés.

—¿Necesitas ayuda?

—Ninguna en absoluto —rechazó su camarada, disponiéndose a hacer frente a aquel sinvergüenza.

El posadero le indicó el cuarto, pero cuando Francis llamó, no hubo respuesta. Giró el pomo y entró, pero encontró el aposento completamente vacío. Frunciendo el ceño, abrió la puerta de la alcoba contigua. Esa estancia también estaba vacía, ni siquiera había señales de estar ocupada. Cierto desorden sugería que se había desalojado a toda prisa.

Francis bajó corriendo las escaleras para interrogar al posadero:

—¿Me ha dado mal el número del cuarto?

—No, milord —se excusó el hombre con cierta angustia—. Me acaban de decir que el señor Ferncliff recogió su equipaje, pagó y salió como un zorro perseguido por una jauría. Lo lamento mucho, señor, ya llevaba un rato aquí, pero yo andaba ocupado en otra parte. Parece que leyó una nota que le habían dejado, y se marchó. Ninguno de mis empleados le dijo que estaba usted aquí, milord.

Aunque el mesonero fingía deshacerse en excusas, sonaba muy aliviado. Cuando Francis vio cómo sus ojos parpadeaban al ver la pistola que llevaba en la mano, supo por qué.

—¿Adónde se ha ido? —le espetó—. ¿Al puerto?

—No, señor. Hoy ya no zarpan más barcos. Se marchó a caballo.

El joven maldijo entre dientes y volvió corriendo a su aposento.

—El pajarraco ha volado —le reveló a Nicholas mientras se ponía el abrigo—. Ahora tendré que correr tras él.

—¿Puedo acompañarte? —preguntó su amigo con los ojos brillantes.

—¿Por qué no? —concedió Francis, y se dirigió a los establos.

Allí se hicieron con caballos de refresco y partieron en la dirección que había tomado Charles Ferncliff, cabalgando más velozmente de lo que aconsejaba la tenue luz del crepúsculo.

No obstante, la noche cayó de forma inexorable y pronto hasta ellos se vieron obligados a admitir que, a pesar de su temeridad y arrojo, sería una locura seguir adelante y que las posibilidades de encontrar a su hombre eran remotas.

Francis soltó una sarta de juramentos.

—¿Qué daño puede hacerte? —le preguntó Delaney, cómodamente sentado en la silla de montar.

Mientras volvían con sus monturas hacia Weymouth, su amigo se lo contó.

—Extraña historia —dictaminó Nicholas—. Ese hombre parece carne de manicomio, pero poco peligroso.

—Ya, pero ese tipo de liantes suelen dar problemas. Yo confiaba en asustarlo para que renunciase a su juego.

—Tal vez lo hayas conseguido.

—Tal vez. Pero hay algunas preguntas incómodas. ¿Quién le envió esa nota de advertencia? ¿Y por qué sale corriendo cuando fue él quien me citó aquí?

—Tu pistola podría tener algo que ver —sugirió Nicholas con sequedad.

—Pero si se largó antes de que se la enseñara.

—Quizá la carta no le advertía de tu llegada, sino que había juzgado mal a su presa.

—Pero ¿de quién era? Nadie sabía de mi llegada. El dueño ha dicho que se la trajo un criado...

—Tal vez el bueno de Ferncliff tiene un cómplice en tu casa.

—Maldición.

—Al menos parece que el asunto está zanjado. Lo que te deja libre para centrarte en la cuestión, más interesante, de tu sirena.

—Sin duda lo más razonable es darle dinero para que llegue sana y salva a Londres, donde podrá dedicarse a su profesión.

—Hay razones que la razón no entiende, decía el poeta.

—Ya, ¿y la ignorancia trae la felicidad? Nunca creí que te oiría semejante consejo.

—Muy cierto. Y puesto que estás pensando en casarte, enredarte con una mujer así sería imprudente por tu parte.

—De lo más imprudente.

—Pero yo en tu lugar no me sentiría cómodo enviándola a valerse por sí misma a Londres, con el invierno a las puertas.

—Estoy seguro de que se las arreglará de maravilla.

—¿De veras?

—No, maldita sea —reconoció Francis al cabo de un rato—. En cierto modo se comporta como una niña asustada.

—Ah, bueno. —Ahora cabalgaban despacio y con cuidado en la

oscuridad—. Entonces —siguió Nicholas—, si tu sirena acepta, creo que deberías presentársela a tu tía Arabella.

—¿A la tía Arabella? ¿Por qué, por el amor de Dios?

—Sospecho que necesita ayuda.

—¿La tía Arabella? —repitió su amigo con asombro. Su tía era una solterona recalcitrante que profesaba la mayor fe en los derechos de la mujer, principalmente en los de ella. Él le había pedido que ayudase a Eleanor durante los terribles días que siguieron a la desaparición de Nicholas, el cual mantenía con Arabella una amistad cálida, aunque tirante.

—Creo —repitió Nicholas— que tu sirena necesita ayuda y también estoy convencido de que Arabella Hurstman puede encontrarle alguna ocupación.

Francis no tardó en reconocer la sensatez de la propuesta. Finales de noviembre no era una época propicia para que una mujer anduviese vagando sin rumbo, por muy audaz que fuese, y ni siquiera estaba tan seguro de que Serena Allbright lo fuese. Para aplacar su espíritu no bastaba con subirla a un coche y mandarla a Londres.

Tampoco se le escapaba el otro motivo por el que era reacio a enviarla a la metrópoli: allí no tardaría en encontrar otro protector, y aún no había descartado si la quería de amante.

Tía Arabella la acogería y cuidaría de ella, pero sin tolerarle la menor frivolidad. Con una semana o dos para pensar las cosas, Francis vería más claro qué era lo más prudente.

—Tomar una candidata a concubina para que viva con los parientes femeninos de uno no es algo que se suela hacer —señaló.

—Tu estimable tía —ironizó Delaney— al menos se asegurará de que pagues bien su estancia.

Cuando Francis cabalgó hasta el León Rojo al día siguiente, continuaba indeciso respecto a sus sentimientos. Su única certeza era que le devoraba la ansiedad por volver a ver a Serena.

Había pasado la velada compartiendo historias con Nicholas y poniéndose al día sin que se plantease el tema de Serena. Se habían separado por la mañana con la promesa de que visitaría a los Delaney en Redoaks en cuanto le fuera posible. Se sentía más feliz de lo que había estado casi en un año. Hasta entonces no había comprendido cuánto se había distanciado de Nicholas y lo mucho que lo había echado de menos.

Y aquello, suponía, se lo debía a Serena. Sabía que sólo su interés por ella había comenzado a agrietar su indeseada obsesión por Eleanor Delaney, lo que implicaba admitir, y resultaba inquietante, que cortejar a Anne Peckworth no había causado la menor mella.

Espoleó a los caballos, preocupado de que Serena hubiera desaparecido como por arte de magia, igual que había entrado en su vida, pero cuando irrumpió en el patio de la posada, allí estaba, acariciando un gato gordo de color anaranjado. Ella se volvió, con los ojos abiertos y nerviosa, al oír el sonido del faetón. Francis no sabía de qué tendría tanto miedo, pero al menos no era de él. Tan pronto como lo reconoció, desapareció la expresión de pavor de su semblante y se sonrojó con algo parecido a la alegría, subrayando aún más su excepcional belleza. Sin lugar a dudas le sacudió el corazón, junto con algunas otras partes de su anatomía...

—Bienvenido, milord. Espero que haya conseguido arreglar sus asuntos —lo saludó mientras se le acercaba sonriente.

—No tanto —respondió el joven mientras se apeaba del carruaje, esforzándose por hablar con frialdad—. Pero dispongo de algún tiempo que dedicarle antes de proseguir. ¿Está lista para partir?

Ante el tono cortante, la sonrisa de Serena se desvaneció, y asintió con la cabeza.

Al subir al faetón, su perfume volvió a envolver a Francis de forma irresistible, incluso al aire libre. Frunció el ceño. Si de veras no lo había usado recientemente, debía de tener la costumbre de empaparse en él.

Bueno, era una costumbre que se podía erradicar.

Al advertir la dirección que tomaba su pensamiento, se armó de entereza para no bajar la guardia.

Pagó al posadero y emprendieron de nuevo la marcha.

Su acompañante no dijo nada durante un rato, hasta que finalmente preguntó:

—¿Adónde vamos?

Comprendiendo la gran confianza que depositaba en él, se conmovió.

—A casa de una tía mía que vive en el campo, cerca de Marlborough, en un pueblo llamado Summer Saint Martin.

—¡Una tía! —exclamó Serena—. Pero milord.

—Mi tía la alojará hasta que podamos decidir su futuro. —Se mostraba rígido, incapaz de plasmar en palabras sus planes—. A no ser, claro está, que tenga una alternativa que ofrecer.

—No, lo siento. No se me ocurre nada. Estoy prácticamente sin blanca.

—¿Y su difunto marido? —preguntó Francis con escepticismo.

La mujer inclinó la cabeza.

—No tengo acceso a lo poco que dejó.

—¿Por qué?

—No puedo decírselo.

Él apretó la mandíbula:

—Si confía en mí lo bastante como para acompañarme, señora Allbright, ¿por qué no puede fiarse lo suficiente como para decirme la verdad?

Ella se volvió para mirarlo a los ojos.

—Ojalá pudiera.

Parecía completamente sincera.

—Al menos dígame si sé su verdadero nombre.

La mujer se sonrojó.

—Le di mi apellido de soltera, milord.

—¿Por qué?

—Prefiero olvidar mi matrimonio —respondió con elocuente sencillez.

—Entonces, ¿por qué no se libra de los anillos? —se burló Francis.

Serena enrojeció aún más y, para sorpresa de él, se los quitó en el acto:

—No sé por qué no lo he hecho antes. Ha pasado tanto tiempo...—dijo mirándolo—. Supongo que podría venderlos.

—Imagino que sí —convino el hombre, intrigado a su pesar—.

Yo puedo ocuparme de ello, si le parece bien. No es adecuado que las mujeres lleven ese tipo de negociaciones.

—Gracias —contestó ella, pero se los guardó en el bolso de mano. Habría tenido que ser una perfecta idiota para confiar en él tan ciegamente.

—Y ahora —insistió el joven con firmeza— ¿por qué no me cuenta su verdadera historia.

—No —rehusó Serena con la misma resolución.

—Tiene que haber algo que pueda decirme, señora. ¿Dónde vive su familia?

—Cerca de Lewes.

Francis le dirigió una ojeada irritada, observando la expresión remarcablemente rígida de su mandíbula.

—¿Es que hay que sacarle las palabras con sacacorchos? Necesito saber lo que hacía, señora Allbright, vagando sin un céntimo en mitad de una tormenta.

Ella se volvió para mirarlo.

—¿Que lo necesita, dice? ¿Y qué derecho le asiste, milord, a exigirme que le refiera la historia de mi vida?

—Creo que como mínimo me ha dado el derecho a interesarme por ella.

Serena se sonrojó de nuevo ante esta alusión, pero no desvió la vista. El hombre leyó la ira en sus ojos, combinada con una promesa erótica como para embrollarle la cabeza. Parecía estar estudiando un método de tortura particularmente exótico que aplicarle...

—De acuerdo —habló por fin—. Le contaré hasta donde pueda: me obligaron a casarme, milord, siendo muy joven. Al enviudar me creí libre, hasta que descubrí que mis hermanos pretendían forzarme a contraer un enlace similar. Así que me escapé. Dirá que fue una tontería, pero tienen formas de obligarme, se lo aseguro.

Era una historia tan extraña que se preguntó si no sería demasiado aficionada a las novelas.

—¿Tan trágico sería otro casamiento?

—Sí.

—Sin embargo, se ofreció a ser mi amante.

—Eso sería diferente.

La miró con sorpresa.

—¿Preferible?

—Sí —respondió con la vista clavada en el frente.

—¿Por qué?

Poco a poco, sus ojos se volvieron hacia él.

—No estaría obligada por mis votos ante Dios.

Era lo más extraño que había oído: por un lado admitía preferir no estar sujeta a un solo hombre; por otro, daba a entender que se tomaría muy en serio los votos matrimoniales si la forzaban a hacerlos.

Si acababa aceptándola como amante, tendría que establecer unas cuantas normas claras. De una querida esperaba la misma exclusividad que de una esposa, al menos durante el tiempo que durase la relación.

De todas formas, la historia seguía oliéndole a chamusquina. Una viuda respetable, por muy infeliz que hubiese sido durante su vida de casada y desesperada su situación, no lo habría seducido la noche anterior con tanta habilidad. Francis no necesitaba una dilatada experiencia sexual para saberlo.

—¿Su marido no le dejó nada? —volvió a preguntar.

—Mis joyas y una pequeña cantidad de dinero. Pero me vi obligada a huir de la casa familiar sin nada; y ahora, me resulta imposible pensar cómo pedírselo a mis hermanos. De todos modos, a estas alturas, ya se habrán jugado el dinero a las cartas o a los dados, y las joyas no tardarán en seguir el mismo camino. Son adictos a las apuestas —añadió con sencillez.

Francis conocía vagamente a unos tales Allbright, aunque rara vez se movían en los mismos círculos. Ese tipo de salvajes grandullones nunca faltan en las competiciones deportivas. De cualquier forma, de ser cierta la historia de Serena, su origen era bastante respetable.

De ser cierta.

Empezó a hacerle preguntas sobre su infancia y su familia, tratando de que pareciese una conversación informal. En realidad buscaba algún desliz que delatase que no era de tan ilustre cuna como alegaba.

Nada vino a desmentirla, aunque sí surgió algo que bien podía confirmarla.

—¿De modo que fue a la escuela de la señorita Mallory, en Cheltenham? —indagó el hombre—. Entonces sin duda conoció a Beth Armitage.

Esto debería zanjar el asunto: en aquel colegio, Beth había sido tanto alumna como maestra, y ahora estaba casada con un miembro de la Compañía de los Pícaros, Lucien de Vaux, marqués de Arden.

—Sí —respondió su compañera, con la primera sonrisa sincera del día—. La recuerdo bien. Tiene un año más que yo, pero éramos amigas. Oí decir que se casó con el heredero de un ducado. Me sorprendió mucho, pues era más bien una intelectual y bastante radical en sus opiniones.

—Y sigue siéndolo —convino el hombre, relajándose. Estaba claro que conocía a Beth—. Es una eterna fuente de discusiones con su esposo.

—¿Discute con su marido? —preguntó Serena sin comprender.

—Vehementemente.

—Me sorprende que él se lo permita.

—No creo que tenga muchas opciones, aparte de amordazarla...

Pero la mente de Francis iba por otros derroteros. Estaba pensando en una nueva complicación en su otrora ordenada vida.

¿Qué diría Beth al ver a una antigua alumna y compañera suya convertida en el amorcito de un «pícaro»? Lo normal era que lo desaprobase, pero nunca se sabía con Beth Arden, para quien el derecho de la mujer a la libertad era más precioso que las convenciones sociales. Después de todo, a pesar de la oposición de todos los sectores, ésta había trabado sólida amistad con la antigua amante de su marido.

Serena se sintió aliviada cuando lord Middlethorpe aflojó la soga de su interrogatorio, porque aquello había sido un proceso inquisitorial. Pensó que lo había aprobado con nota, lo cual no era sorprendente, puesto que no había dicho sino la pura verdad.

Se preguntó si estaría más cerca de que le ofrecieran el puesto de amante. A pesar del gran temor que le producía, confiaba en ello. Realmente no quería irse con la tía. Su experiencia le había demostrado que las mujeres, en particular las solteronas puritanas, la desaprobaban nada más verla.

Pero tampoco quería volver a quedarse sola.

Además, sus recuerdos del cuerpo de lord Middlethorpe le decían que ser su amante no le resultaría totalmente desagradable.

Entonces un insidioso pensamiento se coló en su mente, el de que tampoco lo sería convertirse en su esposa. Al pensar en los horrores del matrimonio, siempre se había imaginado desposada con un hombre como Matthew, a quien el joven Middlethorpe no podía parecerse menos.

Él era guapo y culto, y parecía amable, moderado y tolerante...

Pero sabía muy bien que los hombres pueden fingir ser amables cuando les conviene, para convertirse en otra cosa una vez que tienen a la mujer en su poder.

No, no, nada de bodas. Ni siquiera con él.

Recordó que era estéril, lo que la protegía del matrimono a ojos de la mayoría de los hombres, pues ellos querían tener hijos. Los únicos que considerarían hacerlo eran los viciosos amigos de Matthew, que en una esposa no venían más que un juguete.

Serena volvió con ansiedad su pensamiento al problema de cómo convencer a su acompañante para que la tomase como amante en lugar de llevarla a casa de su aterradora tía.

Aunque el día era fresco y claro, las carreteras seguían estando embarradas, convirtiéndose en verdaderos lodazales en algunos tramos. Pronto se hizo evidente que no por mucho espolear a los caballos, o incluso cambiarlos por otros de refresco, alcanzarían Marlborough aquella noche.

—Vamos a tener que parar por el camino —anunció lord Middlethorpe.

—Sí.

Serena se preguntó qué oportunidades traería la noche. Desde luego no podía repetir el atrevimiento de la anterior, pero quizás encontraría otras maneras de tentarlo. Su instinto le decía que Francis aún se sentía atraído por ella.

Se desviaron de la carretera principal para llegar a una posada en el pueblo de Fittleton. Era un lugar sencillo, pero podía ofrecerles dos estancias y un salón privado, que era cuanto necesitaban.

Dos dormitorios. Serena captó el mensaje. Una vez más había afirmado que eran marido y mujer, pero había reservado dos cuartos...

En su solitaria habitación, Francis se sentía muy orgulloso de sí mismo. Tomando dos aposentos se comportaba con nobleza ante la fuerte tentación de volver a hacer el amor con Serena, esta vez despierto y en pleno uso de todas sus facultades, que se apoderaba de él como una fiebre.

Pero ya se encargaría él de guardarlos de la tentación a ambos.

Comieron en la sala común. La conversación fue morosa, salpicada de dolorosos silencios. Ninguno de los dos se sentía capaz de abordar temas importantes o personales.

Terminada la comida, Serena se levantó para retirarse a su habitación. Francis se incorporó educadamente, bastante satisfecho de librarse de tan inquietante presencia antes de que su fuerza de voluntad se derrumbase. Ella se detuvo en el umbral de la puerta.

—Yo... quería decirle, milord, que no debe preocuparle que intente... que repita lo de anoche...

Sus mejillas habían adquirido una exquisita tonalidad rosa que a Francis le provocó dificultades para respirar.

—Estoy seguro —logró contestar con frialdad—. Que descanse.

Ella se metió en su dormitorio.

Dejándose caer sobre la silla, Middlethorpe se sirvió otra copa de vino, consciente de que todos los nervios de su cuerpo clamaban por seguirla. Ya durante la cena le había fascinado la cremosa piel de sus pechos, medio descubiertos por el corpiño que llevaba bajo el vestido. Pero no lo haría, sin embargo. ¿Es que iba a dejarse atrapar, contra toda razón, por una misteriosa descocada?

«¡Sí, claro que sí!», le gritó su cuerpo.

Con un gemido, hundió la cabeza entre las manos.

Al oír abrirse su puerta, levantó bruscamente la vista. Se había soltado el cabello y formaba una nube desbocada en la penumbra de las velas que llevaba en la mano, y su diabólico vestido parecía pregonar las sensuales curvas de su cuerpo.

—¿Qué ocurre? —preguntó con voz ronca.

—Yo... yo pensé que dejaría la puerta abierta —explicó Serena, cuyo rostro adquirió un profundo color rosa, y rápidamente volvió a meterse en su habitación.

Francis se quedó mirando la puerta entornada. Había desaparecido de su vista, lo único que veía era una cómoda y una jofaina con prístinas toallas blancas, pero la puerta entreabierta era elocuente.

Prometía una bienvenida, un paraíso de delicias sensuales. También le decía que lo que habían compartido la noche anterior no había sido un arrebato. Ella era, en el fondo al menos, una ramera, y él la deseaba demasiado para rendirse.

Se recordó a duras penas que iba a casarse con una joven buena y virtuosa, y que para ella sería un verdadero insulto si al mismo tiempo tomara como amante a una belleza tan deslumbrante.

Debía descartar su plan de llevarla a casa de la tía Arabella, puesto que su debilidad por aquella mujer le había impelido a aceptarlo. Sin duda, lo más prudente sería entregarle una bolsa llena de guineas y ponerla en el coche a Londres. Pero sabía que no lo haría.

Capítulo 6

*L*legaron a Summer Saint Martin a mediodía. Serena bajó del faetón y se acercó a la sólida casa de piedra llamada Cottage Patchem con el entusiasmo de un condenado a la horca. ¿Por qué aceptaba aquello así, sin más?

Porque, cobarde como era, la aterrorizaba cualquier alternativa.

Lord Middlethorpe llamó a la puerta lacada en negro. Abrió una criada de mediana edad, cuyo acogedor rostro se iluminó al verlo.

—¡Pero si es milord! ¡Pase!

Como una exhalación, una señora mayor se presentó en el pequeño recibidor. Era enjuta, vigorosa y de ojos vivaces.

—Francis. ¡Qué agradable sorpresa!

Entonces vio a su acompañante y enarcó las cejas.

—¿Ya te has vuelto a meter en líos?

La mujer negó con la cabeza mientras pasaban al salón y ordenaba:

—Kitty, el té.

La doncella obedeció. Serena entró en la pequeña estancia con cautela. Arabella Hurstman no era la ceñuda solterona que se había imaginado, sino una mujer sin edad y vital. Aun así la aterrorizaba.

—Siéntate —le espetó tía Arabella, señalando una silla cerca del fuego—. Como si estuvieras en tu casa —y volviendo de nuevo sus ojos penetrantes hacia lord Middlethorpe, añadió—: Ésta no será otra mujer de un amigo, espero.

La joven miró a su benefactor con asombro. Hubiera jurado que se sonrojaba.

—Claro que no.

Arabella se sentó, tiesa como un palo.

—Leí en los ecos de sociedad que Charrington se casa. Ése pertenece a vuestra Compañía de Pícaros, ¿no? Ya me parecía demasiada coincidencia.

—Yo he oído que había vuelto a Inglaterra —repuso Francis—. No sabía que tuviera planes de boda. Seguro que tengo algo en el correo cuando llegue a casa. Supongo que Nicholas tampoco lo sabía, o lo habría mencionado.

—Así que otra vez te has estado codeando con el rey de los Pícaros. Sin duda habrá contribuido a que estés ahora en un aprieto.

Serena pudo ver que, bajo el aluvión de comentarios sarcásticos, la señorita Hurstman quería mucho a su sobrino, y él a ella. Aunque le habría gustado saber qué era aquello de la Compañía de los Pícaros.

—Tía Arabella —empezó lord Middlethorpe, tomando el control de la conversación—, te presento a Serena Allbright. Necesita un lugar donde descansar; no se lleva bien con su familia. Confío en tu bondadoso corazón para que la cuides durante unas semanas.

La aludida miró a la joven de cerca por primera vez.

—¡Dios nos asista! —exclamó—. ¡No se debería permitir!

Serena sintió cómo una culpable llamarada de rubor cubría su rostro.

—Discúlpeme... —empezó a decir, haciendo ademán de levantarse, pero la tía la empujó con firmeza obligándola a sentarse de nuevo.

—¡No te ofendas, hija! Ha sido una exclamación de sorpresa ante tu belleza. Debe de ser una terrible cruz para ti.

Sintiéndose súbita y asombrosamente comprendida, ésta prorrumpió en un explosivo llanto en los brazos de aquella dama. Como a lo lejos, la oyó llamar a Kitty y luego despedirse de su salvador. Entonces, después de llorar hasta el agotamiento, la arroparon como un bebé en una cama caliente. Sólo más tarde cayó en la cuenta de que lord Middlethorpe se había marchado sin que le diera las gracias.

Una parte de ella estaba triste, pero en general sentía alivio. Por obra de algún milagro había logrado recalar en un santuario, un refugio seguro donde descansar y pensar, recuperar su equilibrio en el mundo. Estaba profundísimamente agradecida al hombre que la había llevado allí, pero ya no lo quería como protector en ningún sentido de la palabra. Ya no deseaba saber nada de los individuos de su sexo.

Serena ni siquiera volvió a pensar en él durante los primeros días. Se limitaba a dejar que Arabella, como la señorita Hurstman insistía en que la llamase, y Kitty la atendieran y fueran introduciéndola poco a poco en las tareas diarias de la casa. Apenas le hicieron preguntas.

Finalmente, sin embargo, Arabella se encaró con Serena en torno a la mesa del té:

—Ya es hora de que me cuentes tu historia, jovencita, para que podamos hacer lo que sea mejor para ti.

Serena se quedó mirando la taza.

—La verdad es que no quiero.

—Dispara. Te sentirás mejor después.

—Supongo que eso es lo que dice un cirujano cuando está a punto de cortarte la pierna. Y en ese mismo tono —repuso alzando la vista con un cierto resentimiento.

—Sin duda. —Arabella era implacable—. Y con razón. ¿Me lo cuentas? ¿O pido que me traigan un hacha?

—Mi verdadero nombre es Riverton —suspiró Serena—. Mi marido se llamaba Matthew Riverton. Usted no lo conocerá, pero...

—Vaya si lo conozco. Randy Riverton. Menudo elemento. ¿Qué hacías casada con él? Tenía edad suficiente para ser tu padre.

Serena estaba asombrada por la rapidez con la que la tía aceptaba su historia.

—Yo... no tuve elección.

—Toda mujer tiene elección, jovencita, si encuentra el valor para hacerlo.

—No a los quince años —replicó su protegida.

—Quince —repitió Arabella, y Serena hubiera jurado que palidecía.

—Sí.

—Ay, pobre criatura.

Serena sintió que aquella criatura amenazaba con anegarse en lágrimas.

—Sí.

La vieja señora se aclaró la garganta y se sirvió más té.

—Ya veo. Y murió hace poco, ¿no? Entonces, ¿cuál es tu problema ahora, jovencita? ¿No eres una viuda rica?

—No. —La muchacha encontró su pañuelo y se sonó la nariz—. Matthew dilapidó la mayor parte de su fortuna tratando de hacerse un hueco en la buena sociedad; y antes de que supiera realmente lo que pasaba, mis hermanos se embolsaron el resto. —Levantó la vista bruscamente—. Sé que fui débil, pero la euforia me había nublado el juicio. Nunca pensé... nunca imaginé que ellos...

—¿Fuesen a manipularte y abusar de ti? No conoces a los hombres, querida. Siempre se salen con la suya, si les das la oportunidad, y muchos se aprovechan. —Frunció sus finos labios, pensativa—. Podrías recuperar el dinero llevándolos ante la justicia...

—Supongo que sí —admitió la bella mujer, jugando con la taza—. Pero ya no quedará mucho, unas tres mil libras, que se irían casi todas en pagar las costas judiciales. Además —añadió vacilante—, les tengo miedo. A mis hermanos, me refiero. Ya sé que en teoría no pueden forzarme a otro matrimonio, pero me temo que podrían hacerlo. Prefiero que no sepan dónde estoy.

—Muy bien —zanjó la cuestión Arabella como si apenas tuviera importancia—. Entonces tendrás que quedarte aquí. Me vendrá bien tener compañía. Aunque es una vida aburrida para una joven hermosa...

—Es perfecta —protestó Serena sinceramente, atisbando una existencia de paz y seguridad por delante.

—Por ahora, quizá —respondió Arabella con más escepticismo—. Y por supuesto, tenemos que ver qué opina Francis.

—No tengo derecho a contar con su gentileza —aclaró la joven rápidamente.

Arabella frunció el ceño.

—No tiene derecho a decretar lo que he de hacer con mi vida —corrigió—. Dilo.

Serena se quedó boquiabierta, pero vio que la tía hablaba en serio.

—No tiene derecho a decretar lo que he de hacer con mi vida —repitió con voz queda—. Pero...

—Repítelo.

—Si él no tiene derecho —objetó Serena—, ¡entonces usted tampoco!

—Buena chica —sonrió Arabella—. Sabía que tenías buen fondo. Sólo necesitas ejercitarlo un poco. Pero lo primero es comprarte algo de ropa.

—Sólo tengo cuatro guineas.

—Me cercioré de que Francis te dejara algo de dinero, unas veinte libras.

—No puedo aceptar su dinero —se opuso la joven—, o tendré que dejarle que decrete lo que he de hacer con mi vida.

Arabella la miró:

—¿Veinte libras? ¿De verdad tu cuerpo y tu alma valen tan poco?

La idea era absurda.

—No, pero...

—Si Francis me lo dio, sus motivos tendría, jovencita. No le debes nada.

Por un momento Serena se preguntó, horrorizada, si lord Middlethorpe le habría contado algo a su pariente sobre su desvergonzado comportamiento, y si aquélla era su forma de pagárselo. Pero no podía ser.

Sin duda con aquel gesto su benefactor hacía una concesión a su conciencia y Serena se alegraba de ello. Sabía que estuvo muy mal lo que hizo, pero también que un hombre, si era bueno, se sentiría en deuda. Si aquel dinero lo había liberado de esa carga, a ella le parecía muy bien.

Serena gastó parte del dinero en tela para confeccionar dos vestidos sencillos, que encargó a la señora Pritchard, la costurera del pueblo, quien también le cosió ropa interior y para dormir, que tanto necesitaba.

La señora Pritchard habría preferido un corte más atrevido,

pero Serena insistió en una simplicidad casi de colegiala. Cuando se probó el primer traje, le gustó por su sobriedad y funcionalidad, con suficiente vuelo en la falda y un escote bien alto. Su amplitud le permitía llevar bolsillos debajo, lo que ningún vestido de Matthew tenía, y le resultaba de lo más cómodo. Aquel estilo modesto le agradaba mucho, pero aún más atractivo le parecía el hecho de que no llevara impregnados recuerdos, ni rastro de su viejo perfume.

No se podía decir lo mismo de su lujosa capa forrada de pieles, que aún estaba contaminada. Siguiendo el consejo de lord Middle-thorpe, la aireaba todos los días con la esperanza de que el aroma acabara por evaporarse. De momento era feliz vistiendo la segunda mejor capa del guardarropa de Arabella, una sencilla prenda de lana roja para el campo.

También se cambió el peinado, sujetándose los rizos en un severo moño que no dejaba escapar ningún mechón. Aunque no se engañaba pensando que sólo por ello se convertía en una chica del montón, su nuevo aspecto sí la hacía sentirse más normal. Incluso se sumó con entusiasmo a los aldeanos en sus preparativos navideños.

No había preparado la Navidad desde su infancia, desde que era soltera, por lo que le dio una gran alegría. Colocó un poco de acebo en los estantes y en la repisa de la chimenea, y pasaba mucho tiempo en la iglesia de San Martín, decorándola para las fiestas. La gente del pueblo la aceptaba con naturalidad como a la joven amiga de la señorita Hurstman.

Incluso empezó a sentirse lo suficientemente fuerte como para planificar su futuro. No podía quedarse para siempre en casa de Arabella, por muy a gusto que estuviese allí. Pero ahora que los lugareños empezaban a tolerarla, tal vez consiguiera un empleo. No como institutriz, sabía que aquello no iba a funcionar en un hogar donde hubiera hombres, pero quizá sí como dama de compañía de una señora mayor. Arabella le daría una carta de recomendación y también el párroco. Su anfitriona hasta conocería a alguna dama adecuada.

Cuando el tiempo mejorara con la llegada de la primavera, Serena buscaría la forma de ser independiente, pero mientras tanto disfrutaría del presente. Por primera vez desde que era adulta, se sentía dichosa.

Cierto día Arabella le dijo, no sin cierto embarazo:

—No me acordaba: necesitarás paños para tus menstruaciones. Yo hace tanto tiempo que no los uso, gracias a Dios, que me olvidé de ofrecértelos. Hay lienzos en el armario de la ropa blanca. Coge los que necesites.

Serena balbuceó de agradecimiento y Arabella achacó su confusión a la vergüenza, pero no era ése el motivo, sino que la joven había caído en la cuenta de que tenía una semana de retraso. Sabía que un choque emocional podía alterar el ciclo, pero en una vida como la suya, que incluía muchas de aquellas conmociones, siempre había sido tan regular como el reloj de la iglesia.

Pero no podía estar esperando un hijo.

Era estéril.

Después de reflexionar un momento, venció su pánico. No podía haber concebido. El médico de Matthew le había dicho que tenía una deformidad en la matriz y en ocho años de matrimonio nunca había tenido el menor síntoma de embarazo. Su irregularidad se debería a sus desordenadas aventuras. Serena se unió a Arabella en sus preparativos de cestas de caridad para los pobres del pueblo, silenciosamente dando gracias al cielo por su infertilidad.

Porque, si se quedaba encinta, no tenía ni idea de lo que iba a hacer.

Mientras Serena agradecía al cielo su esterilidad, Francis cenaba en el club White's de Londres sin demasiado entusiasmo. Desde que dejara a Serena había ocupado las semanas tratando de localizar a Charles Ferncliff, pues no estaba convencido de que fuera a desistir de su empeño. Pero había sido inútil.

Descubrió que Ferncliff era el hijo menor de lord Barrow, de Derbyshire, pero discretas averiguaciones acerca de esa familia habían determinado que ellos lo creían aún empleado por los Shipley. Posteriores investigaciones en Weymouth no habían revelado nada útil. Durante su corta estancia, el señor Ferncliff había hecho poco más que cabalgar, pretextando su interés por unos restos arqueológicos anglosajones, por el amor de Dios.

Lo que podría ser una tapadera ¿de qué? ¿El robo? La mayoría de los vestigios anglosajones disponibles eran muros de iglesias y cruces de piedra, que no parecían lo más adecuado para llevarse y venderlos por ahí.

Aquel día Francis había recibido una misiva de su madre. En ella le decía que Ferncliff había dejado de importunarla y le instaba a tomar cartas en el asunto de Anne, pues la duquesa ya empezaba a indagar con tacto sobre los motivos de su silencio. Por último, le exigía que fuera a casa por Navidad.

Supuso que su madre tenía razón en todo. Claramente, Ferncliff se había asustado y Anne se preguntaría qué estaba ocurriendo. Le horrorizó no haber sido capaz ni siquiera de escribirles una nota a sus padres para explicar su ausencia. Si partía a la mañana siguiente, podía detenerse en Lea Park un par de días y llegar a casa a tiempo para los festejos navideños.

Pero ¿y su protegida? Puesto que no había oído nada que lo desmintiera, suponía que seguía en Summer Saint Martin. Sin embargo, una mujer así difícilmente se quedaría allí para siempre. Debía enviarle más dinero, una bonita suma, y asegurarse de que Arabella entendiese que la joven debía ser dueña de su destino. Serena sin duda se dirigiría a Londres en cuanto el tiempo mejorase y no tardaría en encontrar un protector...

Pero un plan alternativo se le insinuaba en la cabeza.

Sería tan fácil de organizar: alquilaría una casita en Londres, la amueblaría y equiparía con criados discretos. Una vez hecho esto, iría a Summer Saint Martin. Sólo tenía que pronunciar las palabras: «Me gustaría que fueras mi amante» y ella se uniría a él. Serían felices por toda la eternidad.

Sacudió la cabeza. Tal desarrollo de los acontecimientos sería un error desde cualquier punto de vista.

Confiando en que su obsesión por Serena se debiera simplemente a que había sido la primera, Francis había tenido la tentación de visitar un burdel, aunque no había sucumbido a ella. Recurrir a putas todavía le repugnaba, fueran expertas o no, y dudaba que una cópula casual fuera a hacer mella en sus sentimientos.

Pero ¿acaso había algo más fortuito que ser seducido en sueños por una mujer encontrada al azar?

Claro que, contra toda razón, su encuentro no había sido casual.

Se había visto tentado de trasladar el objeto de sus pesquisas de Charles Ferncliff a Serena Allbright. No le costaría mucho averiguar su historia. Sabía, sin embargo, que saber más de ella le haría la existencia más difícil, no menos.

Quería que saliera de su vida para siempre, pero entonces acabaría viéndola del brazo de otro hombre, y no soportaba esa idea. Ya de por sí, los anhelos y sueños torturados poblaban sus inquietas noches...

—¿Eso ha sido un hondo suspiro? —dijo una voz a su lado—. ¿No te habrá sentado mal el pescado?

Francis levantó la vista y vio a su amigo sir Stephen Ball, parlamentario, a quien pidió con un gesto que se sentara con él.

—Tengo un dilema, Steve.

Éste se sentó con su habitual elegancia descuidada, que le había granjeado el apodo de «dandi de la política». Se estaba haciendo rápidamente un nombre en la Cámara de los Comunes por la fuerza de sus convicciones y sus ocurrentes discursos, siempre pronunciados en tono sarcástico.

Era pálido, rubio y apuesto, con un rostro marcado ya por el humor cínico a la edad de veinticinco años.

—¿Se trata de algún dilema en el que te pueda echar una mano un camarada de los Pícaros? —preguntó Stephen mientras indicaba a un camarero que le trajera otro vaso.

—No. Y ten por seguro que tampoco es un asunto parlamentario. —Francis apartó firmemente a Serena de su mente y se concentró en Ferncliff—. ¿Existe alguna forma inteligente de hallar a un hombre que no desea que lo encuentren, Steve?

—Por lo general, no. Si está dispuesto a evitar su casa y los demás lugares que suele frecuentar, sería pura suerte que apareciera.

—Eso me temía —dijo y llenó el vaso de su amigo.

—¿Qué ha hecho ese tipo?

—Amenazó con divulgar disparates maliciosos sobre mi madre. No lo ha vuelto a repetir, pero me hubiera gustado pasar un momento a solas con él, para asegurarme. Mañana viajo al campo y me marcho de Londres sin haber logrado hallar el menor rastro de él.

—¿Tenías alguna razón para creer que estaría aquí?

—No —admitió—. Será porque esta ciudad es como un imán que atrae a todos los maleantes, antes o después.

—Eso es cierto. Oye, yo me quedo en Londres por Navidad. Dime cómo se llama el sujeto y procuraré estar al tanto.

—Ferncliff. Charles Ferncliff —respondió Francis, un tanto receloso.

—¿Charles Ferncliff? —preguntó Stephen con sorpresa—. ¡No puedo creerlo!

—¿Lo conoces?

—Sí. Es un individuo brillante. Da clases particulares como tutor mientras escribe un libro sobre la cultura anglosajona. Se interesa más por los túmulos y la poesía antigua que por las cosas de nuestro tiempo.

Curiosamente, aquello tenía sentido.

—Pues todos esos estudios deben de haberle hecho perder la razón, te lo aseguro. Ahora anda resentido con mi madre porque ella desaprueba sus bruscos métodos con los alumnos y amenaza con divulgar rumores desagradables si no le da dinero.

—Dios, pobre diablo.

—Me preocupa más mi madre —señaló Francis.

—Sí, claro. Tendrá algún desequilibrio; lo de los métodos bruscos me lo creo. Aunque es un intelectual, a Charles siempre le ha encantado bromear y es un gran deportista, pero por lo demás...

—¿Cuántos años tiene? —quiso saber Francis—. Pensaba que era más joven que nosotros.

—Dios, no. Treinta y cinco por lo menos. Como te decía, recurre a las clases particulares para pagarse los estudios, y se asegura de impartirlas en algún lugar de su interés, uno en el que se conserven vestigios anglosajones.

—Tenemos una iglesia anglosajona, y una colina donde probablemente estuvo emplazada una casa solariega... Encaja, pero resulta condenadamente rara. Como dices, será una enfermedad repentina. El mal de los reyes.

—Señor, espero que no sea para tanto —repuso Stephen—. Aunque esos reyes no perjudican a nadie más que a sí mismos. En fin, conozco a Ferncliff, así que seguro que daré con él si hace acto de presencia.

—Te lo agradecería. Y si realmente está perturbado, a ver si lo encarrilas, Steve. No le guardo ningún rencor si ése es el caso, pero no puedo consentir que aflija a mi madre.

—Por supuesto que no.

Los dos jóvenes pasaron a los cotilleos, en particular sobre Leander Knollis, el cual, ante la sorpresa general, se había casado con una don nadie, pero que según Stephen parecía muy contento.

—Pasó por Londres a principios de mes con su mujer —dijo Stephen, levantándose—. Me parece que ya va siendo hora de que los Pícaros celebremos un reencuentro en toda regla.

—Creo que Nicholas tenía algo así en mente.

—Estupendo. Que pases una feliz Navidad. Saludos a tu madre, etcétera —se despidió Stephen, dejando a Francis con aún más pensamientos de esponsales.

Tres «pícaros» casados. Obviamente, estaba de moda, y qué mejor que seguirla. Se preguntó qué fecha le parecería bien a su futura prometida. Seguramente diría mayo o junio, pero él prefería que fuese antes. Mucho antes.

¿La semana que viene? El despertar de su cuerpo se estaba convirtiendo en un inconveniente.

Ya intentaría convencer a Anne y a sus padres para celebrar la boda en invierno. En enero, tal vez. Una vez casados, ya no pensaría más en Serena Allbright.

Una parte de su mente se rio.

Mientras terminaba la comida, Francis volvió resueltamente su atención hacia el extraño caso de Charles Ferncliff. Aquel hombre no sonaba en absoluto como se lo había imaginado. Había supuesto que sería un joven de aspecto clerical.

Por alguna razón, todo el asunto empezaba a parecerle condenadamente sospechoso.

Con una sirena misteriosa en Wiltshire, una candidata a esposa en Hampshire, una madre imprevisible en casa y un improbable villano que lo eludía por todas partes, estaba empezando a pensar que la carne de manicomio era él mismo.

Al día siguiente el joven lord se detuvo ante el gran pórtico de Lea Park, decidido a tomar las riendas de su vida declarándose a lady Anne Peckworth. No podía evitar sentirse algo incómodo al respecto. Antes de llegar a la cancela, se había visto tentado de pasar de largo. Después de todo, no había advertido a los Arran de su llegada, así que no decepcionaría a nadie...

Se recordó que ya era hora de sentar cabeza y empezar a tener descendencia. Pero mientras se apeaba del faetón, en un arrebato decidió no pasar la noche allí. Hablaría con el duque, le haría la proposición a Anne y luego seguiría viaje a su mansión, con la proximidad de la Navidad como excusa.

¿Excusa?

Esa palabra no significaba nada, se aseguró a sí mismo. Sólo que debía estar en casa para las fiestas prenavideñas. Su madre les daba gran importancia. Si no conseguía arreglar una boda temprana, ya regresaría después de las fiestas para quedarse más tiempo. O invitaría a Anne a su residencia.

Al acercarse al portón de entrada de la finca, notó que el corazón le palpitaba mucho más rápido de lo normal, y no por amor.

Le hicieron pasar a una cálida salita donde lo recibió la duquesa, una inteligente mujer que nunca había pretendido ser hermosa.

—Middlethorpe, qué amable de su parte pasarse, aunque me temo que Anne todavía no está para recibir visitas.

—¿Visitas, duquesa? —preguntó sin comprender—. ¿Es que está enferma?

—¿No lo sabía? Hace dos días mandamos un recado a su casa para avisarlos. Le contagiaron la varicela en la escuela del pueblo. Se toma muy en serio sus deberes —explicó ella, mirándolo con un brillo en los ojos—. Está llena de granos y creo que no le gustaría que la viera así.

—Ya me lo imagino —acertó a responder Francis, aturdido. La varicela. Estos días nada parecía ir según lo previsto. Decidió de repente que ya bastaba de contratiempos.

—¿Está en casa el duque? Me gustaría hablar con él.

Su esposa le lanzó una mirada perspicaz.

—No, desgraciadamente está en Escocia, aunque debería regresar pronto. ¿Por qué no vuelve después de Navidad? Estaremos todos aquí, y ni que decir tiene que es usted bienvenido y puede quedarse todo el tiempo que desee.

Francis se rindió al destino.

—Sí, por supuesto, duquesa —dijo, y después de expresar sus mejores deseos de recuperación para Anne, se despidió y se dirigió a la mansión de su familia.

¿Con qué rareza se encontraría? ¿Que su madre por fin había decidido mover algún mueble?

«Seguramente no», pensó guiando los caballos hacia la casa. El priorato de Thorpe era como un mausoleo dedicado a su difunto padre, donde jamás se alteraba nada. Hasta un cambio tan nimio como colocar cortinajes nuevos en su cama era motivo de aflicción para su madre. No era que Francis no admirase esta devoción por la memoria del esposo ausente, pero la vida seguía y las cosas debían evolucionar.

El priorato de Thorpe, sin embargo, seguiría tal como había sido siempre, y su madre lo tendría todo perfectamente preparado para la Navidad.

¿Por qué le deprimía tanto ese pensamiento?

Porque el estilo navideño de su madre, celebrar las fiestas como cuando vivía su padre, sencillamente no era de su gusto.

El acebo, el abeto y el romero estarían dispuestos exactamente en los mismos lugares en que habían estado siempre, atados con cintas rojas similares a las de todos los años y que muy bien podrían haber sido las mismas. Las velas rojas perfumadas especiales estarían listas y encendidas en el vestíbulo para saludar a los aldeanos cuando metieran el tronco que se quema en Nochebuena. Éstos se quedarían a cantar villancicos tradicionales en el ala grande, mientras se les servía un ponche de sidra y empanadillas de carne hechas por lady Middlethorpe. Y cuando se marchaban, lord Middlethorpe, que ahora era él, le entregaría una corona a cada uno.

Todo sería exactamente como había sido desde hacía más de treinta años.

Todos los lugareños agradecían con entusiasmo el convite y Francis reconocía que para ellos se trataba de una tradición importante, pero durante años se había sentido encadenado a este ritual. Siempre envidiaba a aquellas sencillas y alegres gentes cuando regresaban a sus casas para entregarse a una fiesta divertida.

El día veinticinco el párroco y su esposa, que no tenían hijos, comían en el priorato de Thorpe.

Al día siguiente, en San Esteban, él y su madre entregaban lotes de regalos navideños para todo el personal con ropa nueva, cómoda y práctica.

Todo había sido más alegre cuando sus hermanas estaban en casa. El año pasado la tía Arabella había ido por Navidad y animado un poco el festejo, sobre todo cuando dirigía su desafiante ingenio contra su hermana pequeña, tan convencional. Pero, por supuesto, este año no vendría. Tenía que ocuparse de Serena.

Estarían solos él y su madre, y pese a lo mucho que la quería, iba a resultarle mortalmente aburrido.

Mientras doblaba a la velocidad exactamente calculada por el camino rural que conducía al familiar priorato, Francis se preguntó qué harían Serena y Arabella el día de Navidad. Conociendo a su tía, seguro que sería mucho más entretenido que su programa.

Supuso que, aun cuando no estuviera dispuesto a ausentarse de su casa en esas fechas, podría incumplir las reglas e invitar a algunos amigos. A algunos de los Pícaros, por ejemplo.

Se echó a reír a carcajadas, lo que le valió una mirada de extrañeza de su criado. Se imaginaba la reacción de su madre ante semejante transgresión de su ordenada tradición.

Cuando enfilaba la recta a la mansión, bordeada de álamos, no menos rectos, Francis se sintió solo y deprimido, un estado de ánimo de lo más inusual en él. La visión de su hogar, una belleza clásica de pura blancura al pálido sol de diciembre, no contribuyó a levantarle el ánimo.

Como una punzante astilla, le asaltó el recuerdo de que Anne encontraba el priorato de Thorpe perfecto, y querría conservarlo tal como estaba.

Tenía que convenir en que perfecto sí lo era. La mayoría de las autoridades en la materia se mostraban de acuerdo. Su padre había arrasado la vieja casona llena de recovecos, contratando a los mejores arquitectos para construir aquella obra maestra del arte palladiano.

Aunque, pensó con agresividad, lo de priorato no dejaba de ser un nombre condenadamente estúpido para aquella pieza de perfección clásica.

Quizá fuera simplemente que no apreciaba la perfección clásica.

Le gustaba la acogedora calidez de Redoaks, la casa de Nicholas, o la comodidad abigarrada de la mansión de Lucien en Hartwell. Incluso Lea Park, de más de trescientos años de antigüedad, era más de su gusto que la residencia que había heredado.

Ni ver a su bien adiestrado servicio esperándolo en la puerta ni la perfecta decoración del vestíbulo de frío mármol le hicieron sentirse bienvenido ni en casa.

Aquello era ridículo.

Mientras se quitaba el abrigo, decidió que en cuanto pasase la Navidad se iría de caza. Aunque no era aficionado a este deporte, en Melton encontraría compañía jovial, incluidos algunos de los Pícaros. También Stephen pasaba allí días, junto a Con Somerford, vizconde de Amleigh. Seguramente no faltaría Miles Cavanagh, alardeando de alguna nueva camada de excelentes potros irlandeses. Y sería sorprendente que Lucien de Vaux no hiciera acto de presencia, a pesar de estar recién casado. Cazar lo volvía loco.

Aquella perspectiva le levantó el ánimo lo suficiente para mostrarse adecuadamente alegre con sus sonrientes criados.

Sólo después se le ocurrió que había dejado a lady Anne fuera de sus planes inmediatos. Se dijo que necesitaría varias semanas para recuperarse completamente de su dolencia.

Una de sus primeras acciones fue interrogar a su mayordomo acerca de los sirvientes de la casa, pues seguía intrigándolo la identidad del remitente de la nota que había advertido a Ferncliff en Weymouth. Griffin le aseguró que no habían contratado a nadie nuevo aquel año y que todo el personal era honrado y de confianza.

—¿Y qué hay de un tal señor llamado Ferncliff que se encontraba en la comarca, Griffin? ¿Alguno de los criados es amigo suyo?

—¿Ferncliff? ¿Aquel caballero que daba clases a los hijos de lord Shipley? —preguntó el mayordomo—. No, milord, que yo sepa ninguno de ellos tiene más trato con él del correcto dada la diferencia de clases.

Qué raro. Y Francis había percibido un tono de respeto en la voz del mayordomo. Por lo visto tenía al tutor en alta estima.

Tal vez algún loco estuviese utilizando su nombre, pero la única manera de averiguarlo era encontrar al verdadero Ferncliff.

Francis no vio a su madre hasta que ella se presentó a cenar en el último momento murmurando algo sobre una calamidad ocurrida en la cocina. Una vez servida la sopa, mandó retirarse a la servidumbre para poder conversar a solas.

—Espero que no la hayan molestado más, madre.

—No querido —contestó alegremente—. Se ve que has resuelto el caso a la perfección.

—No he resuelto nada. El tipo se me escurrió en Weymouth y después no he conseguido volver a encontrarlo.

—Sea como fuere, parece que ha recapacitado y desistido de hacer más necedades.

Algo en el tono de su madre lo escamó.

—Es más grave que una simple necedad —continuó—. Stephen Ball cree que podría estar desequilibrado o loco.

—¿Loco? —exclamó la mujer, mirándolo de hito en hito.

—Sí. Stephen lo conoce y dice que siempre ha sido un buen tipo y brillante.

—No me digas más: otro de los Pícaros —comentó ella en tono agrio pero con cierto rubor en las mejillas.

—Muy improbable. Es unos diez años mayor que nosotros. Usted me lo había descrito como un mozalbete.

—Para alguien de mi edad, un hombre en la treintena es joven...
—se excusó lady Middlethorpe, apartando la sopa, que apenas había probado—. Lo que importa es que ha decidido dejarme en paz y eso me basta. ¿Pido el siguiente plato, querido?

—Muy bien —pareció conformarse su hijo observando la longitud de aquella mesa, en la que podían sentarse diez comensales mientras pensaba que aquélla era una manera rematadamente estúpida de conversar. ¿Por qué no lo había pensado antes? Porque nunca antes había sentido la imperiosa necesidad de fijarse mejor en la expresión del rostro de su madre.

Cuando el mayordomo y el lacayo regresaron, Francis se levantó para acercarse al lugar donde se sentaba ella.

—Griffin, sírveme aquí, por favor.

Éste se apresuró a obedecer, mientras lady Middlethorpe lo miraba sorprendida.

—Francis, ¿qué diantre haces?

—Me canso de gritarle desde el otro lado de la mesa, madre.

—No estábamos chillando. Es perfectamente posible mantener una conversación de un extremo al otro de la mesa sin levantar la voz. Tu padre y yo...

—Tenían mejor oído —completó la frase su hijo, tomando asiento—. Me temo que yo he de acercarme.

Lady Middlethorpe abrió y cerró la boca.

—Me parece de lo más impropio —profirió al fin.

—Seguro que el servicio está profundamente consternado por ello.

Francis miró a su alrededor y sorprendió al criado sonriendo. Le guiñó un ojo.

—Como desees —concedió, glacial, su madre—. Aquí mandas tú.

Francis aceptó una rodaja de asado de buey.

—Por favor, no se moleste por unos cambios menores, madre. No voy a ponerle la casa patas arriba.

—Claro, no me molesta —le aseguró ella, todavía con frialdad.

Ahora que estaba sentado más cerca de ella, Francis pudo comprobar lo fundado de sus sospechas. Su madre tenía un aire ajado, envejecido. Su discreto maquillaje no lograba disimular las ojeras debajo de sus grandes ojos azules ni la palidez del rostro. Ahora no era momento de abordar el asunto, pero con toda probabilidad el maldito Ferncliff, o alguien que se hacía pasar por él, continuaba atormentándola y ella le mentía en un intento de proteger, como siempre, a su frágil hijito de aquel hombretón tan horrible.

¡Válgame Dios!

Embarcado como estaba en una charla sin ton ni son para amenizar la comida, sólo al cabo de un rato advirtió que se había puesto a hablar de los Pícaros. Normalmente su madre habría zanjado el tema con un comentario cáustico, pues siempre le había enfurecido que le tuviera tanto apego al grupo, en especial a Nicholas Delaney. Como este mismo había dicho, era sorprendente que le hubiera escrito a él, aun cuando pensase que su Francis estaba a punto de morir sacrificado.

Esta vez, sin embargo, su madre hasta sonrió de forma vaga, llegando a hacerle algunas observaciones alentadoras mientras él le hablaba de sus amigos. Francis decidió hacer una prueba:

—Hace unas semanas me encontré con Nicholas Delaney. Está muy bien, ha sentado la cabeza. Tengo intención de visitarlo una temporada en primavera.

—Estoy segura de que será muy agradable —contestó ella sin asomo de sarcasmo.

—Está hablando de celebrar un gran reencuentro. He pensado que podríamos hacerlo aquí.

—Si tú quieres...

Francis comenzó a preguntarse si no sería su madre la que había perdido el juicio.

En cuanto terminó la comida y se quedaron solos en la salita, volvió a preguntarle:

—Así pues, ¿no ha recibido más misivas de Ferncliff?

—Ninguna en absoluto —respondió lady Middlethorpe sirviendo el té, cuando el pitorro de la tetera golpeó la delicada taza de porcelana en una inusual muestra de descuido.

—Pero si está loco, podría ser peligroso —señaló su hijo cogiendo una taza.

—Razón de más para no hacerle caso, querido.

—Eso es una tontería, madre. Si está loco, deberían encerrarlo antes de que haga más daño.

Ella levantó la vista con brusquedad.

—¡Eso no!

—¿Y por qué diablos no?

—¡Ese lenguaje, Francis!

Pensó en las ampollas que podría levantar con su lenguaje. Pero se contuvo.

—¿Por qué no? —repitió.

La mujer bajó la vista volviendo a posar la taza y el platillo sobre la mesa. Francis observó que había derramado unas gotas sobre el plato. ¿Le había temblado la mano?

—Esos lugares son tan terribles, Francis —respondió—. Hemos oído de todo. No quiero encerrar a nadie encadenado en medio de la inmundicia.

—Creo que ese hombre la sigue importunando, madre —saltó él con firmeza—. Ni por un momento me creo que las cartas hayan cesado. —Dejó la taza y se levantó de la mesa—. Creo que me miente por miedo a que yo resulte herido. Pues bien, estoy herido. Herido por su falta de confianza en mí. Soy un hombre adulto, letal con una pistola en la mano y capaz de cuidar de mí mismo con mis puños. Ya no necesito que me proteja.

La mujer lo contempló con asombro y no poca aprensión:

—Francis... yo no... —Vio cómo se recomponía—. No ha habido más cartas —empezó, pero entonces sus ojos la traicionaron.

—¡Dios mío, madre! —estalló el joven—. ¿Me va a obligar a registrarle el correo?

—¡No, Francis, por favor! No vale la pena tanto alboroto.

—A mí me parece que sí. Se la ve demacrada. Este hombre le está haciendo daño y quién sabe hasta dónde puede llegar.

—Francis, por favor —repitió ella cubriéndose la cara con las manos—. Me estás haciendo más daño que él.

—¡Por el amor de Dios!

Lady Middlethorpe levantó la vista. Parecía aún más ojerosa.

—Te ruego que olvides todo el asunto. Ya me está causando una terrible angustia. A ti no te gustará que tema por ti, pero soy tu madre y no puedo evitarlo. Déjalo, por favor, y sigue adelante con tu cortejo de lady Anne.

—No puedo atender esa cuestión teniendo esta otra pendiente.

Ella lo miró con auténtico asombro:

—¿Qué tendrá que ver una cosa con la otra?

Francis comprendió que la respuesta era: nada, excepto Serena, a quien no habría conocido de no haber andado camino de Weymouth. Tuvo una visión de cómo habría sido su propia vida si no hubiera irrumpido aquella mujer en ella. Se habría comprometido con Anne y todo estaría en orden.

Pero ¿qué, en nombre del cielo, habría sido de la hermosa mujer si no hubiera encontrado la amistad de él? Las posibilidades le helaban el alma.

—¿Y bien, Francis? —insistió lady Middlethorpe—. ¿Qué relación puede haber? Lady Anne tiene motivos para sentirse dolida por tu desatención.

—No la descuido. Ayer pasé por Lea Park con intención de hablar con ella, pero tiene varicela. Enviaron recado a esta casa con la noticia.

—Ah, es verdad. ¿Cómo he podido olvidarlo? ¿Y qué tal está?

«Lo ha olvidado —pensó Francis—, porque tiene la mente embrollada pensando en cómo salvarme de Ferncliff.»

—Se pondrá bien, sólo tengo que darle tiempo para que se recupere. Había pensado en ir de cacería mientras tanto.

—¡Francis, no!

—¡Por Dios, madre!, Anne no va a irse a ninguna parte. Me he pasado el último mes yendo de acá para allá por todo el santo país detrás de su tutor demente...

—No es mi tutor.

Francis pasó por alto esa réplica:

—¿Y qué, si me apetece divertirme una semana o dos con mis amigos? ¿Tan terrible es eso?

Lady Middlethorpe pareció agotada de repente:

—Muy bien. Siento que este asunto haya perturbado tu sosiego y puesto de tan mal humor, Francis, pero te dije desde el principio que lo dejaras correr. Si tienes que ir de caza, ve —se puso en pie—. Pero antes escribe una nota a Lea Park para explicar tu ausencia.

Con esas palabras su alicaída madre abandonó la sala en señal de reproche.

Francis contempló el fuego de la chimenea, consciente de haber perdido los estribos, cosa poco habitual en él. Tal vez debería confiar más en el buen sentido de su madre y olvidarse de Ferncliff; debería enviarle dinero a Serena y reafirmar el hecho de que no tenía ningún interés personal en ella; y debería escribir una carta a Lea Park, dirigida al duque, detallando sus intenciones.

De este modo, cuando regresara de cazar en los condados no le quedaría más remedio que entrevistarse con él para fijar la fecha de la boda.

Era un plan de acción perfectamente trazado.

Sólo que no se ciñó a él en absoluto.

Pasada la Navidad, lady Middlethorpe despidió a Francis con una sonrisa que ocultaba profundas dudas. Su vida parecía estar hundiéndose cada vez más en el fango del engaño. Su necio desenfreno la había hecho desdichada, y ahora parecía haber sumido también la existencia de su hijo en el caos.

Si ella no lo hubiera llamado otra vez para que acudiese a verla en noviembre, con toda seguridad ya se habría prometido a Anne. Él mismo lo había dicho. Pero ahora lo veía reticente. Y, además, se dirigía a un terreno de caza donde no pocas veces moría alguien. Se lo habría prohibido si hubiera podido, pero los días en que podía ya pertenecían al pasado. De hecho, los últimos acontecimientos parecían haber provocado un cambio alarmante en su hijo.

Ahora estaba claramente fuera de su control.

¿Y qué iba a hacer respecto a Charles? Lady Middlethorpe regresó a su tocador, contemplando su diván tapizado de seda con cierto desagrado y añoranza. Abrió un cajón y sacó un fajo de cartas. Francis acertaba al pensar que había habido más. Leyó la última, que había llegado pocos días antes que su hijo.

¡Tu joven retoño parece perseguirme por todo el país, Cordelia! He tenido que marcharme a tierras incómodamente apartadas para encontrar un poco de paz. Incluso ha visitado a mi familia en busca de información. Será mejor que le hagas entrar en razón o dejaré de evitarlo. Si está decidido a dispararme, que sea en su cabeza, y en la tuya.

Otra mentira. En su desesperación por evitar un encuentro entre su hijo y Charles, le había dicho a este último que Francis tenía intención de matarlo en el acto. «¡Ay, qué enmarañada red tejemos, cuando practicamos el engaño por primera vez!»

La situación se estaba volviendo muy peligrosa. Debería haber tenido el valor de contarle la verdad, pero ¿cómo iba a hacerlo? «Hijo mío, te he estado mintiendo desde el principio y vilipendiando a un hombre inocente: Charles Ferncliff no sólo no es un chantajista, sino el hombre al que permití...»

Miró el diván vacío como echando toda la culpa de su pecado al mueble infractor. Acercándose, arrastró una mano por su seda ligeramente nudosa, recordando la sensación de ésta contra su piel.

Ella y George nunca habían hecho el amor en ningún lugar que no fuera una cama. Claro que había sido muy agradable, pero sin nada de ese terrible éxtasis que bordea el peligro...

Quitó la mano del mueble.

—¡Basta! —le gritó en susurros al diván—. ¡Basta!

Tomó el retrato en miniatura de su marido del escritorio y lo acercó a su corazón. Luego lo apartó para contemplar el amable rostro del hombre al que tan profundamente había amado. Querido George. ¿Cómo había podido traicionarlo? Había sido un buen hombre, y Francis se le parecía en muchos aspectos.

Lady Anne era una mujer muy afortunada.

Capítulo 7

*D*e camino a Melton Mowbray y la temporada de caza, Francis tenía que pasar bastante cerca de Summer Saint Martin. Se le ocurrían numerosas razones para detenerse, y visitar a su tía favorita no era la menor de ellas, pero no lo hizo. Sería demasiado peligroso para su tranquilidad de espíritu volver a ver a Serena.

Arabella le había enviado un par de cartas llenas de chispa en las que transmitía que las dos mujeres se llevaban sorprendentemente bien y que la joven se hallaba feliz y en buen estado de salud. La única información recurrente en aquellas misivas era que los hermanos de Serena la habían desposeído mediante engaños de las tres mil libras que le había dejado su esposo. Francis sacó la clara impresión de que se suponía que debía hacer algo al respecto. Sólo Dios sabía qué.

Le complacía la obvia sintonía entre las dos féminas, pero también le sorprendía un poco. ¿Realmente Serena Allbright se sentía satisfecha haciendo conservas, remendando sábanas, leyendo novelas y dando largos paseos por el campo?

Si lo estaba, pensó con súbita alarma, apostaría que todos los hombres de la zona se congregaban en torno a la casita de campo de Patchem como gatos rondando a una gata en celo. A punto estuvo en aquel instante de dar un rodeo para reclamar a su sirena, pero se obligó a seguir adelante.

Se casaría con Anne Peckworth. Serena Allbright, con toda su belleza y su coraje, su vulnerabilidad y sus dotes amatorias, ya no era asunto suyo.

Que se buscara un amante bucólico si así lo deseaba.

Francis no andaba muy desencaminado en sus elucubraciones. Ciertamente, la aparición de Serena en Summer Saint Martin había causado revuelo... Un revuelo que Arabella Hurstman observaba con gran interés.

Su invitada la tenía tan intrigada como a su sobrino, y su futuro lo veía igual de incierto. La idea de una chica de quince años obligada a contraer nupcias la horrorizaba, pero que lo hubiera hecho con un hombre como Matthew Riverton... En fin, debería existir una ley contra ese tipo de cosas, y Arabella se afanaba en descubrir formas de asegurarse de que así fuera.

Pero, víctima inocente o no, ocho años de un matrimonio como aquel tenían que dejar secuelas. La tía había aprendido que en buena medida la seductora apariencia de Serena era engañosa, aunque sin duda tampoco podía considerársela del todo inocente. La pregunta era: ¿Estaría su mente dañada más allá de toda esperanza de normalidad?

Arabella estaba segura de haber detectado sentimientos entre la hermosa joven y su sobrino favorito. Nada le gustaría más que ver que llegaban a materializarse en algo, pero sólo si Serena era capaz de ser una esposa cariñosa y decente.

Cada día que pasaba se disipaban más sus temores. Serena se comportaba como una perfecta dama.

Un punto a su favor era que no hacía el menor esfuerzo por resultar atractiva. De hecho, sus sencillos vestidos de cuellos altos y su austero peinado parecían tentativas de mitigar su encanto.

Tal vez la joven, segura de sí misma, supiese que no necesitaba esforzarse, pero Arabella no lo creía. Había visto a no pocas beldades sacando partido de su hermosura y tendiendo sus redes para saber que un proceder así no era lo acostumbrado. No, debía admitirse que Serena no deseaba llamar la atención de los hombres o despertar su admiración, y que incluso se esforzaba por pasar desapercibida.

No lo lograba, desde luego, pero eso Arabella no podía tenérselo en cuenta. De repente la casita de Patchem había empezado a suscitar un vivo interés entre los jóvenes de la zona. De hecho, cualquier lugar en el que estuviese Serena, en la iglesia, visitando a los pobres o en la diminuta tienda del pueblo, se convertía de inmediato en un imán para el sexo opuesto, como si hubiese sonado una campana.

No había el menor peligro, porque en la villa, entre gente que se conocía de toda la vida, ningún hombre daría un paso en falso.

De modo que, si la bella joven era una dama, ¿qué le deparaba el futuro?

Las cartas de Cordelia daban a entender que Francis mostraba interés por una de las hijas de Arran, pero en ese caso, ¿qué hacía brindando su amistad a una criatura tan sensual como Serena? El enlace con la viuda de Matthew Riverton no podía compararse con una alianza con los Arran. Sin duda, pensó la mujer riéndose entre dientes, eso haría que el cabello de su hermana Cordelia se cubriera de canas.

¡Pues allá ella! La principal preocupación de Arabella era la felicidad de Francis, aunque también le gustaría ver dichosa a Serena.

Una tarde de finales de enero, estando las dos sentadas juntas cosiendo, Arabella dijo:

—Supongo que cualquier día de estos veremos a Francis por aquí.

Serena levantó la vista, más alarmada y pálida de lo que su protectora se esperaba.

—¿De verdad? Creía que ya se habría olvidado de mí.

—Es poco probable —aseveró Arabella con sequedad—. Dudo que haya un solo hombre que después de mirarte logre borrarte de la memoria, jovencita.

Serena se sonrojó.

—No pretendo llamar la atención, Arabella.

—Lo sé, pero lo haces. Y Francis volverá. ¿Qué planes tienes?

La muchacha parecía desconsolada.

—Naturalmente, usted no querría que me quedara aquí para siempre.

—La verdad es que sí —repuso la tía con aspereza—. Me resulta muy agradable tenerte cerca. Pero no sería normal, una chica tan joven como tú.

—Lo sé.

—Quieres esconderte aquí, pero ésa no es la solución.

—Usted lleva aquí escondida toda la vida —se rebeló la muchacha—. ¿Por qué ha de ser distinto para mí?

—¿Escondida? —bufó Arabella—. ¡Tonterías! Me hizo falta hacer acopio de valor para decidir que no volvería a casarme, que viviría aquí sola. A la gente le ofende sobremanera que me guste tomar mis propias decisiones, asumir la responsabilidad de mis actos. Supongo que tú deseas hacer lo mismo.

—He estado dándole vueltas a mi situación —suspiró la aludida—. La única posición respetable a mi alcance es colocarme como dama de compañía. Si me ayuda a conseguirlo, podré empezar a cuidar de mí misma.

Su benefactora reparó en que no había mencionado el matrimonio ni a Francis.

—Un buen plan, aunque te echaré de menos, querida. En fin, tengo la seguridad de que si pongo manos a la obra, alguien se me ocurrirá que sepa apreciar tu buen corazón.

Arabella se aplicó a la tarea. Aunque era reacia a acelerar la marcha de Serena, pensaba que esa vida sin objetivo no era en realidad lo más conveniente para su huésped. Últimamente la veía un tanto demacrada. De modo que escribió varias cartas, pero, al no recibir respuestas que la complacieran, optó por no enviar una nueva tanda. En su lugar, en febrero, concibió un plan alternativo.

—Tal vez deberíamos pasar algún tiempo en algún lugar más animado, jovencita, antes de que te amoldes a esta tediosa existencia. Bath, quizás, o Tunbridge Wells.

—¡No! —exclamó Serena—. ¡Mis hermanos!

—¡No puedes pasarte la vida ocultándote, jovencita! Te aseguro que conmigo a tu lado no volverán a hacer de las suyas. Te mereces unas pequeñas vacaciones, y necesitas conocer a gente joven, a otros muchachos.

—Es inútil que haga de casamentera, Arabella —objetó la muchacha impávida—. Nadie querrá tomarme por esposa.

—Todos los hombres que te ven quieren casarse contigo.

Su invitada le lanzó una cínica mirada de escepticismo.

—No, no quieren.

Arabella notó el calor en sus mejillas.

—Entonces pagarán por ello con el matrimonio.

Observó que Serena se estremecía.

—Mi marido pagó treinta mil guineas por ello.

—Oh, querida...

La madura dama no encontraba palabras. Años atrás había dado la espalda deliberadamente a la ignorancia y desde luego no se consideraba una ingenua, pero a veces la expresión en los ojos de Serena hacía que se sintiera tan inocente como un bebé.

—¿Por eso te muestras tan reacia al matrimono, querida? No es que yo haya tenido nunca en mucha estima esa institución —prosiguió mordaz—. Para mí es una forma de esclavitud, si bien la mayoría de las mujeres parecen anhelar los grilletes. Por supuesto, hay que pensar en los niños, ya que no parece que exista forma de evitar que hombres y mujeres tengan hijos, y no querríamos que los inocentes fuesen víctimas.

Vio con alarma que las lágrimas anegaban los hermosos ojos de Serena, ocultos momentos después tras una mano temblorosa.

—Oh, Señor, ¿qué he dicho ahora? Vamos, jovencita, no llores. No te atosigaré más.

La joven retiró la mano.

—Arabella, creo... creo que estoy... embarazada.

La mujer se quedó sin habla. De los muchos desastres que se había imaginado, éste —sorprendentemente—, nunca se le había ocurrido.

—¿De quién?

—No quiero decirlo.

—¿No puedes decirlo? —La expresión de espanto y desconsuelo de su protegida casi hace llorar a Arabella—. Oh, perdóname, mi niña. No te pongas así. Pero debes decirme...

Entonces cayó en la cuenta.

—Dios santo. Es de Francis, ¿verdad?

El rostro de Serena le dio la respuesta.

La tía se levantó de un salto.

—¡Será sinvergüenza! Tratarte así y luego abandonarte sin dar más noticias.

Serena también se incorporó de un brinco.

—¡Oh, no, Arabella, no lo entiende!

—¿Que no lo entiendo? —Los ojos de la madura dama hablaban de guerra—. Lo entiendo perfectamente, y ese mozalbete deberá volver aquí a cumplir con su deber.

—¡No! —gritó la muchacha.

Arabella se puso en jarras.

—¿Qué pretendes, entonces? ¿Que ese pobre niño inocente sea un bastardo?

Serena puso las manos sobre la ligera curva de su vientre con cara de horror.

—La decisión es tuya, jovencita. Cásate con el padre o condena al niño.

Unas gruesas lágrimas resbalaron por las mejillas de la joven, que cayeron manchando la lana de color pardo de su vestido, lo cual, sin embargo, no le restó ni un ápice de belleza. Soltó un suspiró entrecortado como si se le estuviese partiendo el corazón.

—Si lord Middlethorpe está dispuesto a desposarme —susurró—, aceptaré.

Arabella se tragó las cáusticas palabras que le pasaban por la mente.

—Excelente. Ahora siéntate y serénate. Ve a tomar un poco de leche o algo así. He de escribir una carta.

Francis por fin lograba divertirse.

Lucien de Vaux, el marqués de Arden, no había permitido que el matrimonio cambiara sus hábitos invernales y tenía siempre abiertas las puertas de la espléndida cabaña de caza de su padre, en las afueras de Melton. La «cabaña» del duque de Belcraven disponía de doce dormitorios y todos los lujos que cabía esperar.

Los huéspedes llegaban y se iban —Stephen Ball, por ejemplo, se tomaba su posición como parlamentario muy en serio y con frecuencia regresaba a Londres por asuntos de Estado—, pero había un núcleo de ocho huéspedes: Francis, Lucien, su esposa Beth, Con Somerford, Miles Cavanagh, la extraordinaria pupila de Miles, Felicity, Hal Beaumont y su amante, Blanche Hardcastle.

Eran aquellos unos inquilinos que muchos no veían con buenos ojos, incluso entre los integrantes masculinos de los círculos aristocráticos de la temporada de caza.

Por lo general un caballero no admitía a una mujer de moral relajada en una casa en la que se hallara su esposa, pero en este caso era aún peor. Blanche Hardcastle, la mujer de moral relajada —con quien cualquiera lo bastante osado para describirla así habría de vérselas—, había sido durante cuatro años la amante reconocida de Lucien de Vaux antes de que éste contrajera matrimonio.

Blanche y Beth Arden eran grandes amigas y ambas compartían un apasionado interés por los derechos de sus congéneres. Con frecuencia adoptaban una postura unánime contra el cauteloso marqués y sus amigos.

De manera reiterada, Hal Beaumont trataba de persuadir a la hermosa actriz de que se casara con él, a lo que ella se negaba con firmeza, aunque para todos era evidente que amaba profundamente al manco comandante.

Francis estaba acostumbrado a esta extraña situación y ya no lo sorprendía, pero sí le asombró que Miles hubiera llevado a su pupila veinteañera desde Irlanda para que se uniera al grupo. Durante la temporada de caza, Melton no era precisamente el lugar más adecuado para una dama soltera.

—No me atreví a dejarla en casa —explicó su camarada sacudiendo la cabeza—. Se ha vuelto una salvaje, y allí ya no queda nadie capaz de manejarla. Añádele a eso que posee una enorme fortuna y que algún bribón iría tras ella por su dinero.

—Podrías haberte quedado allí y arreglar sus asuntos.

—¿Y perderme la temporada de caza? ¡Que el diablo te lleve por blasfemo, Francis! Mira, seguro que tú buscas novia. ¿No te gusta Felicity? Es una chica bastante bonita e inmensamente rica.

Éste declinó la oferta. Felicity Monahan era un diablillo de cabello y ojos negros. Nadie contaba su historia, pero la muchacha era un saco de resentimiento y rabia. En cierta ocasión su tutor no tuvo más remedio que atarla a una pesada silla de la biblioteca para impedir que recurriera a la violencia. Hasta cierto punto, Beth y Blanche obraban milagros en ella, pero con su ideología radical y su ferviente defensa de los derechos femeninos, Francis no podía evitar preguntarse en qué se transmutaría todo aquel resquemor.

Dio gracias por que esa mujer no fuera responsabilidad suya.

Se las arregló para hablar con Beth Arden de Serena mientras paseaban por el desolado jardín invernal.

—He conocido a alguien que dice que te conoció en el colegio —manifestó—: Serena Allbright.

—¡Serena! —exclamó su acompañante agradablemente sorprendida—. Hacía mucho tiempo que no tenía noticias suyas. —Se puso seria—. Dejó el colegio bastante joven.

—¿Sí? ¿A qué edad?

—Sólo tenía quince años. ¿Cómo está?

—Preciosa.

Beth le lanzó una mirada.

—¿Eso es lo único en lo que pensáis los hombres?

Francis levantó una mano a modo de disculpa.

—No seas injusta, Beth. No es fácil pensar en otra cosa cuando uno la ve por primera vez.

—Cierto, sin duda. Pero la belleza no ha sido para ella ninguna bendición. Cuando me enteré de que Riverton había muerto, sentí un gran alivio.

—¿Riverton? —preguntó Middlethorpe, desconcertado.

—Su marido.

El joven sintió como si lo hubieran golpeado en el estómago.

—¿Te refieres a Matthew Riverton?

—Sí. ¿No lo sabías? La sacaron del colegio para desposarla con él. La tía Emma, la propietaria de la escuela, se quedó muy afligida. Incluso entonces intuí que no era un hombre agradable, pero... hasta que no me casé, no supe realmente por qué la tía Emma se había apenado tanto.

Francis la miró sin pestañear.

—Quizá quieras expresar eso de otra manera por si lo oye Lucien.

Se puso colorada, pero se rio.

—No seas tonto. Soy muy dichosa con Lucien, pero puedo imaginarme lo que debe de ser casarse con un hombre al que no quieres. Y de la lectura de libros que Lucien preferiría tener escondidos, sé muchas otras cosas. Y ella sólo tenía quince años.

—Dios, sí —murmuró él, asqueado al pensar en cómo fue tratada Serena cuando no era más que una niña. Tenía dos hermanas menores y podía imaginárselas sin dificultad a esa edad: falda corta y coletas, y el travieso despertar del interés por los hombres; un interés inocente, eso sí. ¿Cómo podía un padre entregar a una criatura tan cándida a un individuo como Riverton, ni siquiera en matrimonio? Sobre todo en matrimonio. Empezaba a comprender por qué Serena rechazaba la idea misma de tener un nuevo marido.

—¿Y bien? —preguntó Beth—, ¿cómo está?

—Bastante bien —respondió el interpelado de manera vaga—. Aunque tengo entendido que sus hermanos se las han arreglado para apropiarse de lo que quedaba de la fortuna de su marido.

—¿Eso han hecho? —dijo su acompañante con un brillo belicoso en los ojos—. Entonces debemos hacer algo al respecto.

—Beth —arguyó Francis—, será mejor que no te entrometas.

—¡Qué disparate!

La mujer se alejó con paso decidido para discutir el asunto con Blanche y Felicity.

Cuando Middlethorpe informó de todo a Lucien, éste suspiró.

—*Un monstruoso regimiento de mujeres.* ¿Has leído la novela? Sin duda tendré que volver a allanar alguna morada.

El año anterior Beth había rescatado a otra colegiala, para lo cual los Pícaros tuvieron que cometer un pequeño robo.

—Si nos vamos a dedicar a esa clase de divertimento, quizá deberíamos llamar a Nicholas.

—Si hay que hacer algo, debería encargarme yo de ello.

—¿Tienes un interés personal, no es cierto? —preguntó Lucien con curiosidad.

—Por supuesto que no —replicó su amigo, pero supo que su expresión lo traicionaba, como las cejas enarcadas del marqués ponían de manifiesto.

Confesó, sintiéndose como un niño travieso.

—He dejado a esa mujer con la tía Arabella mientras decido cómo proceder.

—¿Entre qué opciones? —preguntó Lucien cauteloso—. Creo que a Beth podría interesarle.

Francis no volvió a dar una respuesta a la ligera: desde desposarla hasta asesinarla. Cogió un libro al tuntún.

—No puedo casarme con ella, Luce. No puede tener hijos.

—Es una lástima.

Dejaron el tema, que había quedado perfectamente claro. También De Vaux era hijo único y debía perpetuar su estirpe.

Lord Middlethorpe admitió por primera vez que quizás habría querido contraer matrimonio con Serena Allbright si pudiese darle un heredero.

No, Serena Allbright no. Serena Riverton.

La viuda de Randy Riverton.

Dios, su madre sufriría una apoplejía y los Peckworth no volverían a dirigirle la palabra. Gracias al cielo que no podía verse tentado a cometer esa locura.

Desde luego, aún le quedaba la opción de convertirla en su amante, una alternativa que al parecer ella preferiría. Probablemente, podría llevarlo con discreción. Se puso entonces a pensar en los problemas de logística con los Pícaros. Era evidente que estaban dispuestos a aceptar como miembros tanto a las esposas como a las amantes, pero ¿una esposa y una amante al mismo tiempo?

Eso pondría a prueba la tolerancia incluso de un grupo tan liberal como éste, no digamos ya la de Anne y la de Serena.

Se dio cuenta de que podía imaginarse a la segunda en esa casa tan poco convencional, pero a la primera no.

Anne, por otra parte, era justo la clase de esposa que quería.

Lo que de verdad deseaba, decidió amargamente, era ahogar sus penas en *brandy* y permanecer seis meses borracho como una cuba.

Al día siguiente hubo una reunión de la hermandad de cazadores. Todos los hombres se dispusieron a saborear un sustancioso desayuno, pletóricos del buen humor que correspondía a un tiempo perfecto para la montería.

Hasta que Beth anunció:

—Los hermanos de Serena están aquí, en Melton. Sin duda los veremos en la cacería.

Lucien enarcó las cejas.

—¿Quieres que los conduzca a un lugar oculto entre los matorrales, lucero de mi vida?

—Queremos su dinero, no su vida —puntualizó ella.

Su esposo sonrió con expresión de burla.

—Siempre supe que tenías el instinto de un salteador de caminos.

—Oh, sí —se sumó Felicity con un destello en sus oscuros ojos—. ¡Asaltémoslos!

—Modérate —la reconvino su tutor, y se apaciguó, pero no sin antes dirigirle una mirada cáustica.

Lucien observaba a su cónyuge con divertida resignación.

—Que Dios nos ayude, pero ¿tienes un plan?

—No —admitió.

—Gracias a Dios.

—Todavía.

Su marido soltó un gruñido, pero ahogado por la risa.

—Yo me haré cargo —intervino Francis con rotundidad—. Discutiré el asunto con ellos, cara a cara.

—No es lo más sensato, viejo amigo —señaló Con Somerford—. No tienes ningún derecho y se sentirán obligados a preguntarte cuáles son tus intenciones. A no ser que quieras casarte con esa mujer, encararte con ellos directamente sería un desastre.

—Maldición —exclamó Francis, y acto seguido masculló—: Discúlpenme, señoras.

—Oh, cielos, Francis —dijo Beth alegremente—. No te preocupes de esas cosas en nuestra presencia. Céntrate en el problema. El hecho es que los hermanos de Serena la han desposeído de sus legítimas pertenencias y eso no debemos consentirlo. Ser una mujer sin recursos es muy peligroso. Sería —caviló— de gran ayuda conocer la cantidad exacta. No deberíamos arrebatarles más de lo que debemos.

—¿No? —inquirió la indomable Felicity, provocando que su tutor sacudiera la cabeza.

—Tengo entendido que unas tres mil guineas —aclaró Francis.

—¿Arrebatarles? —repitió Lucien—. Beth, bromas aparte, no pienso permitir que vuelvas a involucrarte en actividades delictivas. En especial ahora.

—¿Permitir? —La mujer le dirigió una siniestra mirada a su esposo—. Sabía que te ibas a poner tonto con todo esto.

—¡Tonto!

—Muy tonto. Una mera gestación no se interpondrá entre yo y...

—¡Beth! —tronó su marido—. Recordarás que ni siquiera hemos mencionado el tema.

—Oh —dijo ella, sonrojándose.

—¿Hemos de deducir que existe la posibilidad de que el ducado cuente con una nueva generación? —preguntó Hal Beaumont con una sonrisa burlona.

—En efecto —respondió Lucien—. Así mi marquesa dejará de inmiscuirse en todo.

Beth abrió la boca, pero manifiestamente optó por ser discreta.

—Muy bien, mi señor marqués, ¿qué piensas hacer acerca de esta patente ilegalidad?

—Demonios, le pagaré a esa mujer esos pocos miles.

—Eso no es lo mismo.

—Ella nunca lo sabrá.

Francis los interrumpió.

—Pero yo sí, y me parece tan mal como a Beth. Los hermanos de Serena se merecen sufrir.

Siguieron considerando el problema un tiempo, sin llegar a ninguna conclusión satisfactoria, hasta que Miles Cavanagh se echó a reír. Cuando le pidieron una explicación, aclaró:

—A Tom y a Will Allbright les gusta el juego, los caballos y las mujeres, por ese orden, y no son demasiado brillantes en ninguna de las tres cosas, aunque son de los que apuestan fuerte. ¿Por qué no desafiarlos, en dos de esas tres actividades?

—¿Cómo? —se interesó Francis.

—¿Conoces a *Banshee*?

Francis se estremeció.

—Sí.

Banshee era uno de los nuevos corceles de Miles, un rucio indomable empeñado en acabar con cualquiera que tratase de montarlo. Era feo, como si ninguna parte de su cuerpo se correspondiese con las demás, pero también era sorprendentemente veloz y tenía una resistencia prodigiosa.

Era un caballo endiablado, pero sería todo un campeón si un jinete lo dominara y sobreviviese a la carrera.

Miles sonrió con expresión socarrona.

—Este domingo, mientras preparan a los animales, no debería ser muy difícil lanzar una apuesta entre *Banshee* y uno de los jamelgos de los Allbright. Tienen un par de los que están orgullosos. Yo ganaré, y ya los tendremos.

Los domingos, la hermandad de cazadores se entretenía admirando mutuamente sus monturas, haciendo apuestas y, a veces, adquisiciones.

—El problema es —observó Con— que los Allbright tendrían que ser unos imbéciles para subestimar cualquiera de tus caballos, Miles, y estoy seguro de que no son tan estúpidos.

—Sí —ratificó Francis—. Y de todos modos esto es asunto mío. Yo lo cabalgaré. De hecho, antes te lo compraré para que todo sea legal. ¿Cuánto quieres por él?

—Cincuenta.

Lord Middlethorpe clavó la vista en él, pero musitó:

—Hecho.

Miles miró a Felicity Monahan con una sonrisa torcida.

—Ahí tienes, chiquilla. ¿No te dije que sacaría cincuenta por él? Me debes una tarta hecha con tus propias y lindas manitas.

Felicity le lanzó una mirada furibunda, pero acto seguido rompió a reír.

—Miles Cavanagh, a veces tengo que quererte. Qué hombre más retorcido, qué jugarreta tan marrullera. ¡Eres un «pícaro» de la peor calaña!

—Todos lo somos, querida —reconoció Miles—. Todos y cada uno de nosotros.

El domingo por la tarde buena parte de la hermandad de cazadores se congregó a las afueras de Melton para presenciar la carrera entre Tom Allbright en su gran ruano, *Whiskers*, y lord Middlethorpe, en un rucio sumamente peculiar llamado *Banshee*. Las apuestas estaban muy altas en contra de este último. Francis era un hábil jinete, pero no hacía milagros. El caballo no parecía muy prometedor y además era agresivo. Ya había mordido a un espectador desprevenido.

El joven observó a su compinche con recelo. *Banshee* le devolvió la mirada y enseñó los dientes, al tiempo que soltaba una coz con la esperanza de que hubiese alguien detrás.

Esa mañana, mientras los hombres recorrían los diversos establos de Melton, habían marcado a *Banshee* con las iniciales de su nuevo propietario, siendo objeto de un regocijo considerable. Sin embargo, cuando los hermanos Allbright pasaron por allí e hicieron un comentario mordaz, Francis se dio por ofendido. La discusión subió de tono y el asunto pronto derivó en una apuesta y una carrera, tal como había sido su intención.

No había resultado tan sencillo lograr que el envite subiese hasta los miles requeridos, pero los hermanos se dejaron llevar por la codicia. Cualquiera podía ver que *Banshee* tenía todo el aspecto de ser un desastre. La cantidad se fijó finalmente en tres mil guineas.

—¿Se lo ha pensado mejor? —comentó con sorna Tom Allbright mientras se acercaba al endiablado caballo sacudiendo la cabeza—. Pues ya es demasiado tarde.

—También lo es para usted —replicó Francis—. Es más rápido de lo que parece.

Su contrincante soltó una risotada.

—¡Más te vale que lo sea!

Middlethorpe reparó de pronto en que los Allbright no mostraban la menor señal de preocupación por su hermana. Cabía la posibilidad de que hubieran dado aviso a las autoridades para que la buscaran, pero por alguna razón lo dudaba. Aparentemente, se habían apoderado de su pequeña fortuna y se habían desentendido de ella, dejando que se las arreglara sola en un mundo cruel.

Le dirigió una sonrisa a *Banshee*.

—¿Preparado? —le preguntó a Allbright.

—Preparado e impaciente, Middlethorpe. El primero en llegar a la iglesia de Cottesmore, ¿no? Tengo entendido que el posadero del pueblo elabora una cerveza muy rica. La probaré mientras te espero.

Se alejó con aire despreocupado, carcajeándose, en dirección a su dócil ruano.

Francis respiró hondo y se acercó a su caballo. Lo había montado dos veces desde que se propuso la idea, y tenía los hematomas que lo demostraban, pero podía manejarlo. El verdadero reto era subirse al rucio.

Miles se acercó a ayudar a los mozos de cuadra, que forcejeaban con la bestia. Esquivó los dientes dándole un puñetazo en la nariz al animal y le agarró una de las patas delanteras, sosteniéndola en el aire. Desequilibrado, el rucio dejó de hacer locuras por un momento y Francis se encaramó a la silla. En cuanto se hubo estabilizado, hizo un gesto con la cabeza a Miles y a los mozos para que lo soltaran.

La bestia coceó y a continuación volvió la cabeza intentado morder a su jinete. Francis le dio un fuerte latigazo con la fusta y al instante *Banshee* se quedó inmóvil como una estatua indignada. Middlethorpe sonrió burlonamente. Una de las cosas que había aprendido sobre aquel endiablado rocín era que se portaba mejor con un jinete en el lomo que sin él, sobre todo si éste se mostraba firme. Lo cierto era que *Banshee* estaba bastante bien adiestrado, como cabía esperar de cualquiera de los caballos de los establos de Miles; su problema era que tenía un temperamento agresivo y no soportaba al género humano.

También era, como Miles le había asegurado a Francis, rabiosamente competitivo. *Banshee* no toleraba que ninguno de sus congéneres se pusiera delante de él. Eso hacía que no fuera adecuado para la caza, porque por lo general el cazador mayor y los monteros se creían con derecho a ir en cabeza, pero era una cualidad muy útil en una carrera.

El joven hizo una señal con la fusta a Allbright y vio que éste entrecerraba los ojos al ver al silencioso caballo.

Reflexionó un momento acerca del efecto que el entorno tenía sobre un rasgo físico. Los ojos de los dos hermanos Allbright eran semejantes a los de Serena: negros y sesgados, pero en sus rostros, encarnados y abotargados, parecían más bien pasas malignas.

Quizá los ojos fueran el espejo del alma.

¿Qué decían, entonces, los enormes ojos negros de Serena de ella?

Con cautela, dio con la pierna en el costado del caballo, espoleándolo. *Banshee* estaba claramente indeciso respecto a si colaborar o no y sólo dio un vacilante paso adelante. Francis percibió una sonrisita de suficiencia en el semblante de Allbright al ver ese torpe movimiento.

Otros jinetes habían decidido sumarse a la carrera, aunque todo el mundo aceptaba que era entre Francis y Allbright. Lucien y Con estaban allí, así como Will Allbright. El primero iba a lomos de su gran semental negro, *Viking*, aunque no cazaba con él por temor a que se lesionara. Middlethorpe sabía que el marqués lo montaba en la carrera porque ese espléndido corcel podía dejar atrás a cualquiera de los demás y quería asegurarse de que se jugara limpio.

La carrera casi no llega a dar comienzo.

Lord Alvanley, que había accedido a dar la señal de salida, eligió para ello agitar un pañuelo rojo de lunares, lo que *Banshee* se tomó como una grave ofensa. Primero respingó con furia, logrando casi descabalgar a su jinete, luego echó hacia atrás las orejas y arremetió contra el pañuelo y su dueño. Francis tuvo que recurrir a toda la presión del duro bocado en el hocico del caballo para convencerlo de que se detuviera.

A continuación, el pañuelo descendió y emprendieron la carrera.

A su manera.

Banshee la tomó de nuevo con el ondeante pedazo de tela roja y blanca y realizó un decidido esfuerzo por desplazarse lateralmente en lugar de hacia delante.

Middlethorpe creyó que tendría que volver a hacer uso de la fusta, pero de repente el rucio se dio cuenta de que había otros caballos delante de él. Alargó la cabeza y echó a correr como alma que lleva el diablo.

¡Allá iban!

No cabía duda de que *Banshee* era rápido, pero tenía la elegancia de un pato mareado. Con cada zancada Francis recibía una fuerte sacudida, e iban a ser dieciséis kilómetros así. Dios, ¿algún día le agradecería Serena lo que estaba haciendo por ella?

Tiró con fuerza de las riendas a fin de estabilizar al caballo para el primer salto. Para su sorpresa, éste obedeció y lo franqueó limpiamente.

—¡Buen chico! —gritó su jinete, eufórico. Al parecer, el caballo era lo bastante inteligente para aceptar que un jinete lo guiase si le convenía.

Sobrepasaron como un rayo a algunos de los participantes más lentos, pero los primeros, entre ellos los hermanos Allbright, les sacaban mucha ventaja.

No obstante, eran más de dieciséis kilómetros de carrera, por lo que la velocidad inicial no era de gran importancia, pero sí la resistencia. Tom Allbright montaba un caballo de caza y por lo tanto criado para que fuera incansable, pero Francis confiaba en Miles, según el cual no había nacido aún el caballo con el aguante de *Banshee*.

Entonces se preguntó si él tendría el vigor necesario. Intentaba mitigar el vapuleo al que se veían sometidos su trasero y su columna vertebral levantándose de la silla de vez en cuando, pero no podía mantenerse así mucho tiempo. Los saltos eran un alivio, un bendito momento de cómodo tránsito por el aire, antes de aterrizar como una tonelada de ladrillos y de vuelta al incesante zarandeo.

Con todo, poco a poco fueron ganando terreno, rebasando a más de una montura con su jinete que se habían quedado rezagados en la extenuante carrera. De vez en cuando Middlethorpe trataba de refrenar a *Banshee* para marcarle el paso, pero, simplemente, el cuadrúpedo parecía decidido a adelantar a todos los demás.

Lucien galopó a su lado sobre su gran semental negro.

—¡Vas bien! —vociferó.

Banshee echó las orejas hacia atrás. Ése fue el único aviso que dio antes de doblar súbitamente la cabeza a un lado directo a la garganta de *Viking*. El joven tiró con fuerza del bocado, utilizando las piernas y las manos para dominar a la maldita bestia y sintiendo como si sus brazos fueran a descoyuntarse. Lucien retrocedió, echando pestes.

Francis notó que su rocín se ponía tenso, dispuesto a corcovear, y usó las espuelas. *Banshee* salió disparado. En un momento fue como si nada hubiera ocurrido y el animal fue recortando la distancia entre él y el zaino de Will Allbright.

—Eres un engendro del diablo —masculló mientras adelantaban al más joven de los Allbright—, y en un mundo justo y decente, mañana serías comida para perros. Pero gana esta carrera, muchacho, y cuidaré bien de ti.

Francis cayó en la cuenta de que estaba tomando extrañas criaturas a su cargo, aunque tampoco es que le importara demasiado. Tenía muchísimas ganas de regalarle a Serena el dinero que le habían robado.

Alcanzó a Tom Allbright al poco de pasar la mitad del recorrido, mientras cruzaban al galope el pueblo de Teigh. Su contrincante lo miró con sorpresa y fustigó a su montura para que corriera más rápido. *Banshee* se limitó a aumentar la velocidad como si no tuviese límite. Qué bríos tenía ese caballo.

El jinete, sin embargo, estaba en apuros. Cada uno de los desgarbados trancos del animal era un suplicio y debilitaban más y más sus piernas y su espalda. Sería irónico que el problema fuera que el animal consiguiese derribarlo. Si *Banshee* decidía descabalgarlo, no estaba seguro de poder evitarlo.

Ahora que no había jamelgos delante, el rucio permitió que Francis lo refrenara un poco, lo cual fue un alivio para el cuerpo y la conciencia de éste, pues no tenía el menor deseo de que su montura cayese muerta entre sus piernas. Tom Allbright, a cierta distancia, también aprovechó la oportunidad para que su montura descansase un poco.

Francis se relajó, pero lo hizo demasiado pronto.

Con nadie por delante, *Banshee* tendía a distraerse. Un chorlito que salió volando de pronto de su escondite lo hizo correr en zigzag y casi desmonta a su jinete. Éste lo golpeó en las orejas y tiró de las riendas. La disputa entre ambos estaba más o menos igualada hasta que la endiablada bestia se dio cuenta de que *Whiskers* iba en cabeza. De inmediato, salió disparado como un rayo mientras el joven lord trataba de mantenerse sobre su lomo.

En cuanto se puso a su altura, volvió a aflojar el paso.

Maldición. No había forma de hacer que el caballo sacara una buena ventaja y el final iba a ser muy incierto.

A menos que...

Miró a su alrededor. En efecto, allí estaba Lucien, siguiéndolos a una distancia prudencial, pendiente de cualquier artimaña que pudieran cometer los hermanos Allbright.

Su amigo le indicó con un gesto que avanzase.

El marqués no parecía comprender.

Francis volvió a hacerle señas, apremiante.

Entonces Lucien sonrió sarcásticamente e hizo un gesto de reconocimiento. Espoleó a su corcel y el espléndido semental avanzó impetuoso hasta ponerse el primero.

Banshee emitió un sonido como el alarido del espíritu femenino anunciador de la muerte al que debía su nombre y salió disparado, lanzándose a toda velocidad tras el caballo negro que iba en cabeza. Francis se aferró a su montura como si le fuera la vida en ello mientras el endiablado cuadrúpedo avanzaba a galope tendido hacia Cottesmore.

Allí se había reunido una pequeña multitud para aguardar el resultado. Los gritos de aliento y la agitación eran suficientes para asustar a cualquier animal, pero *Banshee* no les prestó la menor atención.

Lucien miró hacia atrás y frenó a su caballo lentamente. *Banshee* lo adelantó a la altura de la entrada techada del camposanto de la iglesia de Cottesmore y a continuación, resoplando, ejecutó un breve e insolente baile y le arreó una coz al arrogante animal que había intentado robarle la carrera.

Viking, en aristocrática actitud, no pareció inmutarse.

Francis soltó una carcajada.

—¡Ah, animal del demonio! —le espetó a su caballo—. Casi podrías llegar a caerme bien. Casi —farfulló, mientras empezaba a notar las molestias, dolores y moratones.

La multitud mostraba tendencia a arremolinarse en torno a los vencedores, pero *Banshee* no tardó en enseñarles lo erróneo de su proceder. Middlethorpe no se atrevió a desmontar todavía, ya que el rucio sería entonces mucho más difícil de gobernar.

Así que esperó en solitaria magnificencia, como una maldita estatua ecuestre, mientras Tom Allbright conducía su espumeante jamelgo a la línea de meta.

—¡Maldito sea! —gruñó—. ¡Lo he visto! ¡Arden le hizo de señuelo!

—No hay nada en las normas que lo prohíba. Por cierto, yo no me acercaría mucho o *Banshee* podría arrearle una dentellada a su caballo. O a usted. No es escrupuloso.

El aludido retrocedió, librándose por los pelos de los dientes del rucio, y luego se volvió hacia los espectadores.

—¡Arden le ha hecho de reclamo! ¡Yo no habría desafiado a esa enorme bestia negra!

Hubo un murmullo de desaprobación ante ese comportamiento tan poco deportivo. El marqués guió a su corcel hasta donde se encontraba Allbright.

—¿Sugiere que he hecho algo indebido? —preguntó con toda la encopetada arrogancia de la que fue capaz.

Allbright palideció.

—En absoluto, milord. Sólo digo que Middlethorpe lo ha perseguido.

—Nada le impedía a usted ir detrás de mí también —señaló Lucien con afabilidad—. Ha sido una carrera excelente. Debo darle las gracias, señor, por haberla organizado. Los domingos pueden resultar tan aburridos.

—Sí, desde luego —masculló éste entrando a duras penas en razón, si bien sus ojos aún ardían de rabia.

Francis empezó a tener la deliciosa impresión de que su oponente no podía pagar. Ésa era una gratificación con la que no había contado. No veía el momento de descabalgar para disfrutarla.

Vio con alivio que sus mozos de cuadra se acercaban y pudo entregarles a *Banshee*. Desmontar le resultó doloroso e incluso mantenerse erguido le costaba trabajo. Se acercó hasta Allbright.

Le hubiera gustado caminar con arrogancia, pero varias partes de su cuerpo hacían que eso fuera imposible. Logró andar con dignidad... a duras penas.

—Gracias por la carrera —dijo con tono benevolente—. Podrá pagarme esta tarde, ¿le parece bien? ¿Querrá pasarse por casa de Arden?

El rudo semblante del hombretón adquirió un color rojo ladrillo, más a causa del enojo que de la vergüenza.

—No llevo encima esa cantidad de dinero, milord —balbuceó—. Preferiría que lo arregláramos en Tatt's. Estaré en la ciudad el martes de la semana próxima.

Era habitual que las deudas de las carreras se saldaran en Tattersall's, en Londres, pero no durante la temporada de caza, cuando los hombres tenían su residencia fijada en Melton. Francis estaría en su derecho de objetar, pero no le importaba dejar que los Allbright sudasen unos días.

—Desde luego —accedió, deleitándose con la idea de aquel tipo acudiendo a los prestamistas. En aquel momento se le ocurrió algo. Seguramente Serena había adquirido algunas joyas durante su matrimonio, y apostaría a que sus hermanos también se las habían quitado.

—Si tiene dificultades para conseguir el dinero en efectivo —comentó despreocupadamente—, aceptaré que me pague en especie.

—¿En especie? ¿Qué tipo de especie?

—Tierras, joyas...

Observó cómo calaba la idea en la obtusa mente de aquel hombre.

—Ah, joyas... Bueno, da la casualidad de que poseo algunas baratijas. Pertenecían a una pariente. Su valor debe de ser más o menos el adecuado.

Middlethorpe tuvo que hacer un esfuerzo para no derribar de un golpe a aquel hombre, que evidentemente no tenía ningún reparo en dilapidar las únicas pertenencias de su hermana. Se consoló pensando en la cólera de Tom cuando descubriese que las «baratijas» habían sido devueltas a su legítima propietaria. De una u otra forma, el joven se aseguraría de que se enterase.

—Muy bien, entonces —convino Francis—. En Tatt's, el martes de la semana próxima. ¿A las diez?

Allbright asintió con un gruñido y se largó de allí. El joven lord saboreó el momento. Le devolvería a Serena sus joyas, añadiendo las tres mil guineas de su propio bolsillo sin que ella lo supiera. Se pondría loca de contenta. La idea de Serena loca de contenta era más que suficiente para extasiar a cualquier hombre.

Lucien entregó su montura a los mozos y se dirigió hasta donde se hallaba Francis, sonriendo con expresión burlona.

—¿Estás tan dolorido como parece?

El aludido se sentía muy poco inclinado a moverse.

—Probablemente más. Esa bestia no fue pensada para que la cabalgaran.

—Ah, las cosas que llegamos a hacer por una mujer. Como soy previsor, y tras una indirecta o dos de Miles, he mandado venir un carruaje para que te lleve a casa.

—Gracias a Dios —dijo su camarada con sinceridad—. No quiero volver a subir a un caballo en días. Semanas. Años...

El marqués se rio.

—Pronto te sentirás mejor. Mi mozo mayor, Dooley, tiene buena mano para los masajes y los ungüentos.

Capítulo 8

*D*ooley tenía en efecto buena mano para los masajes y los ungüentos, lo que no implicaba que la operación no doliera una barbaridad. Mientras Francis se quejaba y maldecía bajo los lacerantes dedos del mozo de cuadra, deseaba que Serena Allbright... no, Serena Riverton... supiera que estaba sufriendo por su causa.

Esa mujer era de por sí motivo suficiente para hacerlo blasfemar. Por su cuna y condición, no estaba lo que se dice hecha para ser una amante, y no quería ni pensar en lo que diría Beth de una situación así.

Ahora bien, por su matrimonio ya era otra cuestión. A la viuda de sir Matthew Riverton podía considerársela una auténtica cortesana a pesar de haberse desposado por la Iglesia. Todo dependía del papel que hubiera desempeñado durante sus años de casada. Si, como por lo general era el caso, su marido la había dejado en el campo mientras él se entregaba a la vida disoluta en Londres, entonces la sangre no llegaba al río. Pero si había participado de sus licenciosas diversiones, estaba perdida.

Francis se estrujó el cerebro tratando de recordar, pero sólo pudo desenterrar datos aislados. Creía haber oído que Riverton presumía de tener una mujer bien adiestrada, sin que a nadie le cupiera la menor duda de la naturaleza de sus habilidades. Además, había llegado a sus oídos que celebraba unas fiestas desenfrenadas en su residencia de Lincolnshire durante la temporada de caza. Si ésa era su única casa de campo, la cosa pintaba mal.

En definitiva, pensó, era una suerte que Serena fuera estéril. De ese modo se evitaba la tentación de cometer alguna estupidez.

De pronto, unos dedos fuertes y delicados reemplazaron los ásperos y callosos de Dooley. Francis dio un respingo y se giró, imprecando al notar que su espalda protestaba, y vio que Blanche Hardcastle había sustituido al mozo en las atenciones a su cuerpo.

—¡Qué demonios...!

—Vuelve a tumbarte —le ordenó ella con desenvoltura—. No he venido a deshonrarte, pero soy muy hábil en un tipo de masaje más sutil que el de Dooley. No entiendo por qué los hombres pensáis que torturar los músculos doloridos hará que mejoren. Esto no te dolerá tanto, pero te hará el mismo bien.

El joven se desplomó de nuevo, pues las fuertes y firmes manipulaciones de la mujer sobre sus muslos y nalgas eran un verdadero alivio. Al cabo de un rato, comenzó a masajearlo con suaves y amplios movimientos de sus manos aceitadas, logrando que su maltrecho cuerpo se relajara.

—¿Es ésta una habilidad obligatoria en una amante? —preguntó perezosamente—. Porque si lo es, debería haberme buscado una antes.

—Es útil. A las personas groseras sólo se les ocurre un número limitado de maneras de que una persona satisfaga a otra en la intimidad, pero ¿quién quiere serlo?

—Envidio a Lucien.

—Quizá deberías compadecerte de él —bromeó—. Me ha dejado por otra.

—Cuesta creerlo.

Le dio un pellizco.

—No es necesario que seas tan obsequioso. En cualquier caso, estoy segura de que a estas alturas ya le habrá enseñado a Beth este tipo de destrezas.

—¿Le ha instruido cómo satisfacerlo a su antojo? —preguntó él, molesto con los comentarios de Beth de hacía unos días e irritado también porque se imaginaba escenas escabrosas de la vida de Serena con Riverton.

—Le habrá enseñado múltiples placeres —repuso Blanche—. ¿Crees que esto sólo funciona en una dirección? Lucien disfrutaba dándome masajes tanto como recibiéndolos.

Middlethorpe no pudo evitar imaginarse a sí mismo dándole un masaje a Serena y recibiéndolo. Por suerte, estaba tumbado boca abajo, de modo que las consecuencias no resultaron evidentes.

Lo intentó, pero fue incapaz de imaginarse a Anne Peckworth desnuda ni dando ni recibiendo uno.

—¿Blanche —inquirió—, por qué preferiría una mujer ser la amante en vez de la esposa de alguien?

—¿Te refieres a mí? Yo ya he caído demasiado bajo para volverme respetable.

—Eso es una tontería —replicó, aunque sabía que algo de verdad había en ello.

—Así que no hablabas de mí. ¿De quién entonces?

—No tiene importancia.

—¿De Serena Riverton? —preguntó con perspicacia.

Francis supo que su silencio le daba la respuesta.

Las manos de Blanche continuaron obrando su balsámica magia en su cuerpo.

—Ser la leal amante de un buen hombre supone disponer de mucha libertad. Ser la esposa de uno malo puede ser una esclavitud tan terrible como la del peor burdel de Londres. Estoy segura de que Riverton era un mal tipo.

—¿Por qué?

El joven quería conocer el punto de vista de Blanche sobre el tema, puesto que sabía más de los trapos sucios de la alta sociedad que la mayoría de las personas.

—No lo conocí, pero una oye cosas. Era alguien que ansiaba novedades constantemente. En cuestiones de sexo, llega un momento en que resulta imposible disfrutar de algo nuevo sin dañar o degradar a alguien. Intuyo que no tardó en descubrir que herir y envilecer a la gente era de su agrado. Claro que muchos hombres se comportan de una manera con sus mujeres ocasionales y de otra con su esposa.

Permaneció en silencio y Francis cerró los ojos, intentando considerar la situación de Serena sin pensar al mismo tiempo en ciertas cosas que ésta quizás hubiera hecho.

Descubrió que en realidad era muy sencillo: le resultaba imposible dejar que saliera de su vida. Todos los días se preocuparía por ella.

Deseaba desesperadamente que fuera suya. Quería que fuera su amante.

Pues así sería.

Y él era un buen hombre. Se juró que no encontraría a otro más caballeroso, más comprensivo ni más generoso que él. Y si no fuera estéril, se dijo a sí mismo, se casaría con ella a pesar de todos los obstáculos.

Por lo pronto, sería perfecto si simplemente pudiera llevarlo con discreción. E incluso si llegaba a saberse, lady Anne sabría cómo pasar por alto la cuestión.

No. Descartó tal sofistería. Si eso ocurriese, Anne sufriría por muy bien que fuese capaz de llevarlo, de modo que nunca debía salir a la luz.

Reprimió un gruñido. Esas cosas siempre acaban siendo del dominio público.

Se acordó de Nicholas, el cual padeció un auténtico martirio cuando quiso compaginar amante y esposa, hasta que acabó odiando a la primera, a la que sólo mantuvo por prestar un servicio a su país.

Recordó que su amigo decía que le resultaba imposible pasar de la cama de su querida a la de su mujer. En el fondo, Francis sabía que él tampoco era la clase de hombre capaz de pasar alegremente de un lecho a otro, sobre todo si sentía afecto por las dos.

Pero no podía contraer matrimonio con Serena.

Y no podía dejar que se fuera con otro.

—Estás muy tenso —comentó Blanche, aplicando presión sobre sus hombros—. ¿Tanto te preocupa Serena Riverton?

—Desde luego que no —respondió éste; no tenía sentido pedir consejo para un dilema irresoluble como aquél.

Blanche le dio una última fricción y se separó de él para limpiarse el aceite de las manos.

—Mañana te daré otro masaje. Dentro de uno o dos días te sentirás mejor.

Francis creía que nunca más lograría sentirse bien, ni de cuerpo ni de mente, pero se incorporó, asegurándose de que la toalla lo tapaba de cintura para abajo.

—Gracias.

—Ha sido un placer aliviar al gallardo vencedor.

La mujer arrugó levemente el entrecejo, pensativa, y añadió:

—Tengo entendido que Serena Riverton es estéril. Sé que iría en contra de tus principios no tener un heredero, pero ¿la perpetuación de la estirpe realmente se merece tantos quebraderos de cabeza?

—¿Crees que Lucien debería haberse casado contigo? —arremetió de manera instintiva.

—¿Qué te hace pensar que no puedo tener hijos?

—¿Por qué no se casó contigo, entonces?

Blanche frunció los labios en un gesto irónico.

—Por muchas y muy buenas razones, la principal de las cuales fue que nunca pretendió hacerlo. Lucien nunca me amó.

—Yo no amo a Serena Riverton.

—Entonces deja que se vaya con otro.

Tras lo cual se marchó y Middlethorpe se quedó reflexionando sobre su excelente consejo.

Deseó ser lo bastante fuerte para seguirlo.

La carta de la tía Arabella llegó a la mañana siguiente. Era escueta y no contenía novedades, salvo en lo tocante a la orden de que Francis se presentase en su casa de inmediato. Todo en ella le recordaba demasiado a la misiva de su madre, tras la cual su vida comenzó a desbaratarse.

Su primer pensamiento fue partir a la carrera en caso de que algo horrible le hubiese sucedido a Serena, pero no había nada en la epístola que lo diera a entender.

En realidad, hubiese jurado que su tía estaba enfadada con él.

El único motivo por el que la madura dama pudiese estar enojada era que su protegida le hubiera contado alguna mentira. Estaba harto de cartas lacónicas y sin novedades. Estaba cansado de verse enredado en maquinaciones femeninas. Le dolía todo el cuerpo y tenía la sensación de no haber pasado ni una sola noche de sueño reparador desde que conociera a Serena.

Así que la tía Arabella muy bien podía esperar.

Se quedó holgazaneando dos días por la casa, siendo atendido por doncellas y sirvientes y recibiendo masajes de Blanche. Comenzó a recuperar la soltura de movimientos, pero no logró hallar una solución para su dilema. Sin duda, Salomón habría aconsejado que lo dividieran en dos para que se lo repartieran las dos féminas. Sin embargo, se temía que las dos necesitaran las mismas partes, aunque para distintos fines.

Al tercer día ya no podía retrasar más la partida y se fue de Melton camino de Summer Saint Martin.

Pese a la concisión de la misiva de Arabella y los muchos recelos que albergaba, una alegre expectación lo invadía según se acercaba al pueblo. Se previno a sí mismo que la belleza de Serena podía no ser sino una trampa de su memoria y que al final su dorado atractivo resultaría ser tan sólo mero oropel.

Ojalá fuera así, porque entonces sería libre.

Pero ojalá no lo fuera. Había decidido que, costase lo que costase, la convertiría en su amante.

Tenía la intención de disfrutar de su compañía y de proteger su excepcional naturaleza. La instalaría con todas las comodidades, se aseguraría de que dispusiera de todo lo que necesitase y la protegería de todo mal. Estaba impaciente por demostrarle que los hombres podían ser tiernos y afectuosos.

Estaba impaciente por volver a hacer el amor.

Con ella.

Estaba impaciente por devolverle sus pertenencias y decirle que las había ganado para ella.

Resolvió que no esperaría a que Allbright le entregara las joyas. Le explicaría lo de la carrera y le daría un cheque por valor de tres mil guineas. La sorprendería con las alhajas más adelante. De esa forma, serían dos las ocasiones en las que estaría complacida con él.

Al entrar en el pueblo su corazón le latía con más fuerza a cada segundo que se aproximaba a Serena. Enfiló la calle en la que vivía la tía Arabella, pero se detuvo contrariado al ver que le cerraba el paso una multitud. Habían montado un campo de tiro con arco y tres hombres jóvenes disparaban por turnos a la diana.

Qué condenada hora y lugar para celebrar un torneo.

Entonces reparó en que, pese a las pocas personas congregadas para verlo, una de ellas ocupaba el lugar de honor en el muro aledaño, como una dama presenciando una justa medieval. Era Serena, y no resultaba difícil adivinar que de alguna manera ella era el motivo de la competición.

«¿Qué ganará el vencedor?», se preguntó mordaz.

A pesar de todo, se quedó embelesado ante la dulce visión de su sirena. Estaba igual de hermosa, igual de especial a como la recordaba.

Pero diferente.

Se hallaba arrebujada en una sencilla capa de lana roja, con la capucha echada hacia atrás y la cabeza al aire. Según la sabiduría popular, el color escarlata no casa con el pelirrojo intenso, pero lo cierto era que ambos colores resplandecían al reflejarse el uno en el otro. Ya no llevaba el cabello suelto y ensortijado, sino recogido con esmero en un apretado moño en la coronilla. Su aspecto austero no le restaba ni un ápice de encanto, aunque él hubiera querido soltárselo y ahogarse en su sedosa cabellera.

Un comentario la hizo reír. Con las mejillas arreboladas y los ojos brillantes parecía joven y feliz de un modo como Francis jamás hubiera soñado posible, y con una hermosura tan deslumbrante como la de cualquier mujer ataviada de seda y joyas. No obstante, el único detalle frívolo era un lazo blanco que colgaba ondeante del broche de la capa.

Una flecha se clavó en el borde de la diana y ella lo celebró aplaudiendo como una niña.

Parecía una simple colegiala.

En ese momento la multitud se percató de su presencia y se volvió.

Serena también miró.

Middlethorpe le entregó las riendas a Kipling y se apeó de un salto, sintiendo un escalofrío que no tenía nada que ver con el tiempo. Una expresión de pavor cruzó el rostro de la muchacha.

¿No era bienvenido?

¿Quién había ocupado su lugar?

Súbitamente furioso, avanzó altanero y le arrebató el arco a un sobresaltado contendiente. Apuntó al blanco y lanzó una flecha que se clavó silbando en el mismísimo centro de la diana.

—¿Y bien? ¿He ganado? —preguntó.

—Eso creo —contestó ella apocada, tratando de sonreír.

También él sonrió, aunque notó que el esfuerzo le dolía.

—¿Cuál es el premio?

Desató el lazo blanco con manos temblorosas y le entregó la cinta, que ondeaba con la brisa.

—Qué emotivo. —Lo cogió sin saber qué pensar de todo aquello—. ¿Ya se ha acabado la fiesta o hay más?

Los enormes ojos de Serena denotaban aprensión.

—Se ha acabado, creo. Sólo ha sido una cosa improvisada.

—En ese caso, quizá pueda hablar contigo en privado.

—Desde luego.

La hermosa mujer logró dedicarles una sonrisa y algunas palabras amables a sus decepcionados admiradores y, acto seguido, lo condujo hasta la casa.

—¿Está la tía Arabella? —preguntó Middlethorpe. La última persona a la que quería ver en aquel momento era a su entrometida tía.

—No. Ha ido a ver a la señora Holt.

Dejó que lo llevara al interior de la vivienda mientras se esforzaba por dominar un furioso arrebato de celos. Nunca antes había sido presa de sentimientos así, pero en ese momento bullían en su interior. Quería agarrarla por los hombros y sacudirla. No soportaba la idea de que estuviera prodigando sus favores aquí y allá.

Miró el lazo que se había enrollado en torno al dedo. Por todos los santos, era una cinta, nada más que eso. ¿Por qué estaba tan alterado?

Una vez en la sala, Serena se giró al tiempo que se envolvía en la capa.

—Discúlpeme. —Las lágrimas asomaron a sus ojos y él se sintió como un completo canalla.

Francis abrió los brazos hacia ella.

—No, Serena. Yo también lo siento.

La muchacha rehuyó su abrazo.

—Pero no fue culpa suya —dijo con voz entrecortada—. Fue mía, toda mía...

—No es necesario que te pongas tan dramática. Actuaste de forma imprudente, quizá, pero tampoco hay daños que lamentar. Yo no tenía motivos para enfadarme.

Ella lo observaba sin pestañear.

—Pero ¿estaba enfadado?

Parecía tan joven y asustada que era incapaz de ser severo con ella.

—Ya no —repuso dulcemente—. Vamos, quiero hablar contigo de nuestro futuro antes de que regrese tía Arabella. Así podremos presentar un frente unido.

Lo miró fijamente de una manera extraña; Francis nunca se hubiera imaginado que ni siquiera esos ojos pudieran llegar a ser tan enormes. Tal vez ya no quisiera ser su concubina. Eso para él era un motivo de angustia. ¿Habría recibido otra oferta, una respetable? La certeza de que no podría mejorarla lo mortificó. Deseando algún tipo de contacto con ella, alargó los brazos para ayudarla a quitarse la capa. Al cabo de un momento, Serena la soltó.

El vestido que quedó a la vista no era nada parecido a la primorosa prenda de lana roja. Era beis, de algodón, muy sencillo, con mangas largas, cuello alto y fruncido de tal forma que ocultaba casi toda su figura. Era muy recatado y, sorprendentemente, le favorecía. Ya no sabía qué pensar de ella. La muchacha se sentó con discreción en una silla, sus inquietantes ojos clavados en él, con el aspecto de una ingenua colegiala aguardando una reprimenda de su padre.

¿Cómo iba a proponerle una relación inmoral a esa criatura?

Pero, conociendo lo que podía llegar a ser, la deseaba, allí mismo y en ese instante...

Francis se quedó de pie cerca de la chimenea, notando el calor en las piernas y el bochorno en el rostro. Bajó la vista hacia las temblorosas llamas y se armó de valor.

—Soy consciente de que ha pasado algún tiempo desde la última vez que hablamos. Al parecer te has adaptado bien a este lugar. —Se aclaró la garganta—. Me pregunto si has... has hecho planes para tu futuro... —Alzó la mirada con el semblante serio; si tenía la oportunidad de casarse, sería injusto interponerse—. Planes que no me incluyan a mí.

Parecía sobresaltada.

—No. Lo siento.

Lord Middlethorpe dejó escapar un suspiro que ni sabía que estuviera reteniendo.

—No hace falta que te disculpes.

Para su sorpresa, le costó pronunciar las palabras, pero lo logró:

—He venido a pedirte que seas mi amante.

No se la veía contenta. Palideció y vio sus inmensos ojos agrandarse aún más. El rubor inundó su rostro como una ola y su mirada transmitió un dolor intenso antes de que bajara los ojos.

—Yo... no creo que pueda hacerlo.

Extrañamente, se sintió como si debiera disculparse y después furioso por el mal lugar en que lo había dejado.

—Fue una sugerencia tuya, si mal no recuerdas.

—Sí... sí, pero... —Vio que tragaba saliva.

—¡Maldita sea, Serena, serías tan amable de decidir qué quieres!

—¡Lo que quiere! —prorrumpió la tía Arabella entrando en la habitación como un torbellino, armada con su paraguas—. ¿Qué diablos crees que quiere, depravado?

—¡Depravado! ¿Qué le ha contado de mí?

Francis se oyó gritar a sí mismo, desconcertado por haber llegado a tal extremo.

—La verdad. ¿O acaso lo niegas? —La mujer adoptó una postura beligerante detrás de su protegida, como un arrugado ángel de la guarda con un enorme sombrero negro.

—¿Cómo puedo desmentir nada sin saber de lo que se me acusa? —preguntó él glacial—. Acabo de ofrecerle a esta dama lo que me suplicó hace unas pocas semanas y ahora resulta que me lo echa en cara.

Arabella se apartó poniéndose delante de Serena.

—¿Te has negado, chiquilla? ¿Por qué?

La muchacha levantó la mirada y sus ojos parpadeaban, vacilando entre los dos. Middlethorpe percibió el mismo terror que había en ellos cuando la conoció y se sintió asqueado por ser el causante.

—Serena, no —dijo, dando un paso—. No tengas miedo...

Su tía se giró blandiendo el paraguas.

—Si tiene miedo, lo tiene de ti, y no me sorprende. ¿Ya estás al corriente de quién fue su marido?

—Sí.

—Entonces no es de extrañar que la perturbe aceptar otra oferta de matrimonio, ¿verdad? Dale un momento y se le pasará.

Su sobrino respiró hondo.

—No le he pedido que se case conmigo.

La vieja señora se enderezó lentamente y le clavó una mirada aterradora.

—¿Estás intentando comprarla, desgraciado?

—No exactamente —respondió, aturdido por completo.

Esa conversación no tenía sentido, ni tampoco era habitual que un hombre tratara de tomar una amante delante de las narices de una vieja tía solterona por más que fuese una persona nada convencional. Francis no estaba seguro de que fuera a salir de ésta con el pellejo intacto. Dependía de una sola cosa: que Serena deseara aquello tanto como él.

—Me ha propuesto ser su concubina —informó ésta con fría claridad. De repente se puso en pie y se encaró a él. Parecía más alta de lo que en realidad era—. Habría preferido que no hubiera venido, milord. Sé que no tiene la culpa de nada, y si se hubiera desentendido de mí, lo habría aceptado, pero... pero esto no.

—¡Concubina! —profirió Arabella como un grito de guerra.

—Esta mujer —gritó el hombre, y se dio cuenta de que había alargado una mano para señalarla como un mal actor en una obra melodramática— me imploró que la aceptase como amante y...

Pero se contuvo antes de formular esa recriminación. No podía acusarla de aquello delante de otras personas.

—Eso —le espetó Arabella en un tono tremebundo— fue sin duda una súplica fruto del terror y hecha antes de saber que estaba embarazada.

Se hizo el silencio. Francis miró a Serena y ella le sostuvo la mirada, con el mentón levantado.

—¿Es eso cierto? —preguntó bajando la voz mientras el mundo daba vueltas a su alrededor y él trataba de no perder pie.

—Sí —confirmó la joven, cuyo enfado dio paso a la confusión, y sus ojos vacilaban entre él y su tía—. ¿No lo sabía?

—Dijiste que no podías tener hijos.

—Era lo que yo creía. —Juntó las manos resignada—. Lamento que nadie se lo dijera, milord. No exijo que se case conmigo, pero debe comprender que ya no puedo ser su amante.

—¿Y qué piensas hacer con ese niño? —seguía sintiéndose como si estuviera en una pésima obra de teatro. ¿Era una comedia o una tragedia?

Ella bajó los ojos.

—Confiaba en que usted me ayudara a mantenerlo.

—¿Incluso sin ser mi amante? ¿Por qué razón?

—Santo cielo, eres un zoquete —le increpó Arabella—. ¿Cómo podría ser tu amante, vivir contigo, con un bebé en el regazo, posiblemente un niño, sabiendo que ha perdido sus derechos? ¿Cómo, llegado el día, iba a explicárselo? «Cariño, éste es papá, pero no nos convenía casarnos.»

Francis se percató de que sus ojos se habían posado en el vientre de Serena, pero no había nada que ver bajo el amplio vestido. De todas formas, no estaba seguro de que hubiera algo que ver. ¿De cuánto estaría? De tres meses, suponía. Debía preguntárselo.

—¿Tienes la certeza de que es mío?

Su tía refunfuñó, pero la muchacha se volvió hacia ella.

—Usted me preguntó lo mismo —y se encaró de nuevo con Francis—. No tengo manera de demostrarlo, desde luego, pero desde la muerte de mi marido hace casi seis meses, sólo he mantenido relaciones íntimas con un hombre: usted, milord. En mi conciencia no me cabe la menor duda.

Lord Middlethorpe se giró nuevamente para mirar el fuego, pero allí no encontró ninguna respuesta, tan sólo preguntas embarazosas. Se volvió.

—Tía Arabella, quisiera hablar con Serena a solas.

Ella lo miró con desdén, pero tras unos instantes, carraspeó y se dio la vuelta dispuesta a irse. Pero antes se giró hacia su protegida.

—Estaré en el jardín, jovencita. Si te molesta, llámame.

Dirigiéndole una última e iracunda mirada a su sobrino, aunque mitigada por la preocupación, abandonó la sala con paso altivo.

Francis escrutó a la desconcertante y enigmática mujer que estaba poniendo su vida patas arriba. Deseó que todavía llevara puesto su atrevido vestido rojizo y la envolviera su perfume de ramera. De ese modo estaría más seguro de qué camino tomar.

—Si te he dejado embarazada —comenzó—, difícilmente puedes echarme la culpa a mí.

Hasta entonces había estado pálida, pero en aquel momento el color encendió sus mejillas por la turbación.

—No lo hago.

—Si... —continuó, observándola atentamente— te hubieras quedado encinta, pongamos que de un sirviente o de un hombre casado, podrías haber buscado el modo de procurarle un porvenir mejor.

Serena alzó la vista con brusquedad.

—¡No! —Su expresión se tornó pensativa, la mirada extraviada—. Supongo que una mujer más inteligente que yo sí podría haber hecho algo así.

Lo miró de nuevo, frunciendo el ceño.

—Pero con toda seguridad, milord, tendría que haber estado loca para deambular por los caminos en pleno noviembre contando con la improbable eventualidad de dar con el varón adecuado.

Francis no tenía respuesta para eso.

—Y si lo recuerda bien —añadió en tono firme—, me mostré muy reacia a subirme a su carruaje, y fue usted, no yo, quien les dijo a los Post que estábamos casados.

—Pero fuiste tú quien propuso una relación sexual —rebatió él—, y tú la que insistió a pesar de que yo me negaba.

La joven asintió con la cabeza.

—Lo admito, pero no veo cómo puede pensar que se trataba de un plan premeditado.

Tampoco lord Middlethorpe, pero seguía teniendo la sensación de haber caído en una trampa.

Por otro lado, si de verdad ese hijo era suyo, permitir que el niño fuera bastardo iba en contra de todos sus principios.

Fue hasta la gran Biblia encuadernada en cuero de Arabella.

—Ven aquí.

Serena se acercó, pálida, inquieta y con un aspecto tan condenadamente joven.

—Pon la mano sobre la Biblia —le ordenó— y jura que estás embarazada.

Lo hizo, su pequeña y pálida mano recortándose sobre el cuero oscuro. Cuando iba a retirarla, Francis le sujetó la mano.

—Y ahora jura que es mío.

Lo miró a los ojos y dijo firmemente:

—El niño que llevo en mis entrañas es suyo, milord. Lo juro sobre la Santa Biblia.

Su mano estaba helada bajo la suya.

Que así sea. Middlethorpe afrontó taciturno el enmarañado futuro, aunque era consciente de un lejano atisbo de placer.

—En ese caso nos casaremos mañana.

—¿Mañana? —repitió ella débilmente.

—No hay tiempo que perder —repuso con sequedad—. Si salgo de inmediato, podré conseguir la licencia del obispo hoy y estar de vuelta para mañana.

La joven tragó saliva.

—Necesitará mi verdadero nombre.

—Sé cuál es, lady Riverton. Confío en que estés preparada.

Se dio cuenta de que aún tenía su mano atrapada sobre la Biblia y la soltó.

Estaba blanca como una sábana, pero respondió con firmeza.

—Sí, milord, lo estaré.

En cuanto se hubo marchado, Serena fue a buscar a Arabella.

—¿Por qué no se lo ha contado? Creía que se lo había dicho.

La mujer resopló.

—No me pareció que fuera un tema apropiado para una carta. De todas formas, tengo muy poca fe en los hombres. Es posible que se hubiera hecho muy caro de ver. Tampoco es que se haya dado mucha prisa por venir.

—No sabía que existía un motivo.

—Te aseguro que hice que el asunto sonara urgente. Y bien, ¿va a cumplir con su deber?

—Sí. —La muchacha caminaba de un lado para otro por el pequeño jardín—. Pero habría preferido que se lo hubiera dicho, Arabella.

De pronto se giró hacia ella:

—¿Estoy haciendo yo lo debido?

—Por supuesto que sí. Vas a tener un hijo suyo, y ese niño se merece ser legítimo. Si Francis tiene algún problema con eso, debería haberlo pensado antes de aprovecharse de ti.

Serena se detuvo en seco. Ése era el momento de confesarle la verdad, pero no pudo. No podía. Salvo en momentos así, se las ingeniaba para no admitir la verdad ni siquiera ante sí misma. En realidad no le había hecho eso a un extraño. Realmente no lo había instigado para que la dejara embarazada obligándolo a casarse con ella en contra de su voluntad...

Veía la tentación de arrojarse al río más próximo, y quizá lo hubiera hecho de no haber sido por la preciosa vida que llevaba en sus entrañas.

De repente estaba en los brazos de Arabella, aunque la mujer era demasiado brusca para dar abrazos efusivos.

—Vamos, vamos —susurró dándole unas palmaditas en la espalda—. Todo saldrá bien. ¿Crees que permitiría que te casaras con mi sobrino favorito si no creyera que serás una buena esposa?

Serena pugnó por contener las lágrimas.

—Estoy aterrada.

—No hay razón para que lo estés —repuso su benefactora—. A donde quiera que vayas, jovencita, yo iré contigo.

Durante el viaje y ahora, mientras aguardaba frente al palacio episcopal a que efectuaran los trámites, Francis tuvo mucho tiempo para pensar, aunque cavilar tampoco es que le hiciera ningún bien.

Su parte fría y lógica le advertía de que todo aquello podía ser un astuto ardid de una libertina maquinadora, pero su corazón insistía en creer que Serena había jurado de verdad sobre la Biblia. Fuese lo que fuese, lo cierto era que esperaba un hijo suyo.

Entre las muchas razones que lo habían llevado a tomar la decisión de mantenerse célibe, figuraba su aversión a tener hijos de forma promiscua. Ahora le resultaba imposible darle la espalda a su propio vástago, imposible no darle su nombre.

Tenía también clara conciencia de las repercusiones. Su madre se llevaría un disgusto tremendo. Para Anne y sus padres sería un golpe muy doloroso. Correrían un sinfín de chismes, sobre todo cuando el niño naciera y la gente echara las cuentas. Era probable que Serena no fuera bien aceptada. Después de todo, era la viuda de Matthew Riverton, además de una novia encinta.

Ni siquiera tenía la certeza de qué tipo de esposa sería ni de si llegaría alguna vez a confiar en ella. Se acordaba demasiado bien de que no estaba a favor de la fidelidad y le había demostrado su impudicia.

El único consuelo en sus elucubraciones era que los Pícaros la aceptarían; era parte de su credo. Y si mostraba algún defecto, Beth Arden haría todo lo posible por corregirlo.

Sintió un intenso deseo de llevar a la joven a conocer a Nicholas y ver qué pensaba su amigo de ella. Bueno, ¿y por qué no? Proyectó una visita.

Un empleado salió con la licencia y cogió el dinero.

Francis se marchó de allí con un pensamiento positivo en la cabeza.

Gracias a Dios que tenía a los Pícaros. Iba a necesitarlos.

Capítulo 9

*S*erena se pasó la noche dando vueltas en la cama, buscando alguna salida que no fuera la que le aguardaba. Para lord Middlethorpe ella no era más que una carga que le había caído encima por causa de su indigna conducta con él.

¿Y su familia?, se preguntó con un estremecimiento. Arabella le había hablado de su madre viuda, una mujer muy exigente con un elevado concepto de la importancia del apellido familiar Haile. Tenía además tres hermanas, todas casadas, que por lo que sabía eran bastante agradables, pero con toda seguridad lo anómalo del enlace haría que desconfiasen.

Se volvió de lado y hundió la cabeza entre los brazos. No tenía elección. Por el bien de su hijo, no la tenía.

Conciliando a ratos un sueño intermitente y agitado, llegaron por fin las primeras luces del alba y la joven se levantó para salir a caminar por los neblinosas senderos de la villa con el propósito de calmar los nervios. Cuando regresó a la casa, se encontró a Arabella muy alterada.

—¡No sabía qué pensar! —exclamó la madura dama—. ¡Por un momento pensé que habías huido!

—Vamos, ¿por qué haría una cosa así? —preguntó ella con languidez, y se sentó para atacar los huevos que le habían preparado. Aunque no había sufrido las náuseas habituales en muchas mujeres embarazadas, tenía muy poco apetito.

Por una vez, la tía no la atosigó y Serena logró comer una tostada y té.

—¿Cuándo cree que llegará?

—A mediodía, me figuro. Puesto que ya eres mayor de edad y has residido aquí la cantidad de semanas requerida, no debería haber ningún problema para conseguir la licencia.

La muchacha jugueteó con la tostada.

—Ojalá hubiera otra salida.

—Pero no la hay y punto —repuso su benefactora tajante—. Y aunque le eché a Francis un buen rapapolvo, tú también te mereces tu parte. A menos que pretendas alegar que te violó, lo que jamás me creería, tienes tanta culpa como él. Si resulta que la situación no es del todo de tu agrado, no tienes motivos para quejarte.

Serena notó que le ardían las mejillas. ¿Por qué a nadie se le ocurría pensar que quizás el hombre pudiera ser la víctima?

—Entonces será mejor que me vista —repuso, y escapó.

Sólo tenía un vestido elegante, el de lana marrón rojiza que había llevado puesto cuando huyó de la casa de sus hermanos hacía ya largo tiempo. El dobladillo estaba sucio de las aventuras pasadas, pero el tejido de buena calidad aún se veía intacto. La parte superior era entallada y con un escote pronunciado, un diseño que su marido había elegido para ella. Al cogerlo percibió un rastro de fragancia a pesar de que lo había aireado, aunque era ya tan débil que sin duda resultaba inocuo, y ese día deseaba lucir su mejor aspecto para Francis.

Lo había llamado perfume de ramera, pero había confesado el poder que ejercía sobre él. Ella quería ese poder. ¿Qué otra cosa podía ofrecerle?

Se puso todas sus antiguas prendas: ropa interior de seda, fina lana encima, y añadió un camisolín liso de batista para adecentar el escote. Se contempló en el espejo manchado por las moscas de su cuarto y vio a la antigua Serena por primera vez en meses.

Y aun así, no era la misma. Algo había cambiado, no sólo por la nueva vida que crecía en su interior. Tampoco era la muchachita de cuando la sacaron de la escuela de la señorita Mallory. Aquella Serena había estado ilusionada ante la perspectiva del matrimonio, aunque también un poco triste por separarse de sus amigas y no poder interpretar a la protagonista en las siguientes obras de teatro.

Una niña.

Una pobre niña traicionada.

La Serena que ahora la miraba desde el espejo era una criatura nueva. ¿Tendría mejor suerte que sus encarnaciones anteriores? Era más mayor y más sabia; lo suficientemente mayor y sabia como para estar aterrada.

La joven puso las manos sobre la ligera hinchazón de su vientre. Tenía que hacerlo por su hijo. Y ahora al menos contaba con Arabella como amiga y compañera.

Pero la vieja dama no podría velar por ella cuando estuviera en el lecho conyugal.

Con manos temblorosas, se cepilló su larga cabellera y se la recogió en un tocado más suelto que el que había lucido últimamente, dejando escapar algunos rizos en torno al rostro. Se acordó de la doncella recién contratada que con tanta habilidad la había peinado antes de su primera boda; la doncella que había resultado ser celadora y criada por igual.

Recordó el exquisito camisón blanco de seda que le habían dado para ese día: finísimo, casi transparente de no ser por las muchas capas, y guarnecido con los más hermosos bordados. Cuando se lo puso, se sintió como una princesa de cuento y bailó por el cuarto, loca de alegría. Matthew se lo arrancó aquella misma noche, como símbolo de su inocencia, pues ahora era de su propiedad, para hacer lo que se le antojase con ella.

Se tapó la cara con las manos, abrumada por los recuerdos del horror que había supuesto aquella noche de bodas. Había sobrevivido a los años de matrimonio desgajando la mente del cuerpo, pero allí, en Summer Saint Martin, había empezado a recomponerse.

Ahora era más fuerte y más resuelta. Pero también más vulnerable al dolor.

Matthew y lord Middlethorpe no se parecían en nada. Debía creer en ello.

Pero ambos eran hombres, la hostigaban sus dudas.

Se levantó de un salto y bajó corriendo las escaleras, confiando en que los demonios de la incertidumbre no la persiguieran. Saldría a dar un paseo. Alargó una mano para coger la capa de lana roja, pero cambió de idea y se puso la otra, la que estaba forrada de marta cibelina.

Caminó por las calles del pueblo con paso presuroso y al verla la gente la saludaba e intercambiaba unas palabras de cortesía. Sintió el corazón más ligero. En aquel lugar se había hecho un hueco, un hueco en una existencia normal. Desde luego, su belleza la había hecho destacar, pero como se había comportado como si no fuera consciente de la misma, no había resultado un desastre. Sabía que incluso los jóvenes que rivalizaban por conseguir sus favores sólo estaban jugando. Ninguno, gracias a Dios, se había enamorado de ella.

Se había demostrado a sí misma que podía llevar una vida corriente. En el futuro haría lo mismo. Con la ayuda de Dios, le demostraría a lord Middlethorpe que podía ser una buena esposa. Emprendió el camino de regreso a la casa con el corazón más liviano.

Oyó un carruaje y se apartó a un lado de la calle, pero entonces cayó en la cuenta de que podía ser él y se volvió.

Francis se apeó de un salto y, con los ojos llenos de determinación, se acercó hasta ella.

—Estás igual que cuando te conocí —declaró con parquedad—, asustada.

No podía negarlo.

Se hizo un silencio embarazoso, hasta que al cabo de unos instantes el joven hombre dijo:

—Iré andando contigo.

Le hizo una señal al mozo para que se adelantara en el faetón y, a continuación, le tendió una mano a Serena, a quien no le quedó otra opción que posar la suya sobre la de él.

Caminaron en un mutismo forzado. La muchacha era plenamente consciente de los numerosos ojos fijos en ellos y de las innumerables suposiciones correctas que la gente se hacía. Además, advirtió la forma en que las mujeres miraban a su acompañante.

Favorablemente.

Deseó que fuera tímido, regordete y torpe. Se sentía culpable de saber que había atrapado un buen partido como él.

Éste habló por fin, con un tono que sonó un poco tenso.

—Pasé por la vicaría. El reverendo Downs estará listo para oficiar el servicio dentro de media hora.

Serena deseaba decirle: No pasa nada; no tenemos que hacerlo. He pensado en otra alternativa.

Pero no la tenía.

—¿Qué sucederá después? —logró preguntar.

Nunca antes había tenido a lord Middlethorpe por un hombre particularmente grande, pero con su gabán con esclavina y sombrero de copa alta le pareció enorme. Se sintió frágil y vulnerable a su lado.

—Una comida, supongo. Y luego iremos a mi residencia, al priorato de Thorpe. Sólo está a treinta y dos kilómetros de aquí, por lo que deberíamos poder llegar antes de que oscurezca. A diferencia de nuestros viajes anteriores, hace buen tiempo y las carreteras se hallan en un estado excelente.

A Serena le dio un vuelco el corazón. ¿La mandaría con su madre aquel mismo día?

—Arabella tiene la intención de venir con nosotros —le anunció.

—¿Se supone que tengo que meter a cuatro personas y todo el equipaje en mi carruaje?

Su voz sonó destemplada a causa de la irritación y su acompañante se sobresaltó.

—No lo sé, milord. Yo, al menos, tengo muy poco equipaje.

Recorrieron el resto del camino en silencio.

Sin embargo, en cuanto llegaron a la casa, lord Middlethorpe dio instrucciones a su mozo para que cabalgase hasta Marlborough y allí alquilase un coche de viaje para ir a Londres.

—¿A Londres? —preguntó ella—. Pero, milord...

—Londres —remachó con sequedad—. Seguro que tienes que hacer algunas compras y no sería muy justo ni para ti ni para mi madre que le demos la noticia presentándonos sin previo aviso. Le escribiré para prevenirla.

En ese momento apareció Arabella y se tomaron algunas decisiones. Aprobó el viaje a la capital y reiteró su intención de acompañarlos. Dio órdenes a su ama de llaves para que preparara un opíparo almuerzo y salió con ellos camino de la iglesia de Saint Martin.

A Serena todo aquello le parecía un sueño irrealizable. No era posible que estuviera a punto de casarse con un hombre con el que apenas había pasado un día entero.

Pero así era, y era inevitable.

Conforme se acercaban a la iglesia, la muchacha se alegró de que al menos los esponsales se celebrasen en aquel viejo templo. Su boda anterior se había celebrado en el salón de Stokeley, un lugar carente de la más mínima espiritualidad. Saint Martin era una preciosidad y poseía todo el encanto de sus setecientos años de existencia. En las semanas que había pasado en el pueblo, había llegado a conocerla bien. Había rezado mucho allí, y para ella era un lugar sagrado.

El bondadoso párroco los esperaba radiante, obviamente convencido de que se trataba de una romántica aventura amorosa. Numerosos lugareños, intuyendo lo que allí iba a acontecer, habían entrado discretamente.

El reverendo Downs pronunció una breve pero humorística homilía, recreándose en el galante héroe que había conquistado a la bella dama con una flecha directa a su corazón, tras lo cual ofició la ceremonia.

El nuevo marido de Serena había conseguido una sencilla alianza de oro para ponérsela a ella en el dedo. Pronunció sus votos sin vacilar. Su esposa los enunció nítidamente, con la esperanza de que sería capaz de cumplirlos sin arruinar su propia vida.

Lord Middlethorpe se volvió hacia ella, que no pudo evitar fijarse en la sombra de preocupación que cruzó sus ojos cuando la besó brevemente en los labios.

La recién desposada rezó una oración más pidiendo que, de algún modo, ese matrimonio fuera una fuente de felicidad para él.

El reverendo Downs se empeñó en que la pareja pasara un momento a la casa parroquial para celebrarlo con una copa de vino de Madeira. Francis no puso ninguna objeción y le dio algunas monedas a uno de los lugareños encomendándole que todo el pueblo fuera a brindar a la salud de los recién casados en la posada El duque de Marlborough.

El párroco y su mujer no lograron contener su curiosidad sobre aquel enlace, pero Middlethorpe lo manejó bien.

—Mi mujer y yo nos conocimos hace unos meses y pronto intimamos, pero el fallecimiento de su primer marido era muy reciente para que ella tomara aún una decisión respecto a unas segundas nupcias. Pero una vez que aceptó, no quise esperar más.

El párroco soltó una risita.

—Lo entiendo muy bien, milord. Permítame decirle que se ha hecho usted con un tesoro. Su esposa ha causado un gran revuelo durante las semanas que ha permanecido entre nosotros. Pero también ha sido una fuente de alegrías. Tiene un gran corazón y la echaremos de menos.

Serena notó que las lágrimas asomaban a sus ojos porque la voz del clérigo denotaba sinceridad. Le dirigió una sonrisa.

—Yo también echaré de menos Summer Saint Martin, padre. Han sido todos muy amables conmigo.

El rostro del reverendo resplandeció.

—No es difícil ser amable con usted, mi querida lady Middlethorpe. Pero me complace dejarla al cuidado de lord Middlethorpe. Su tía habla mucho de él, y todo bueno. No es uno de esos jóvenes petimetres y bullangueros de los que tanto se oye hablar.

Después de aquello regresaron a la casa, Arabella caminando discretamente unos pasos detrás.

Serena miró a su esposo.

—No había caído del todo en la cuenta de que sería lady Middlethorpe. ¿Hay algo que deba saber a ese respecto?

—No debería de ser una carga excesiva —respondió él con frialdad—. No es un título de la alta nobleza como sería el de duquesa o condesa.

—¿Cuáles serán mis obligaciones?

—Ninguna que no te agrade. Mi madre se hará cargo de todo, ahora no te preocupes de eso —dijo en un tono harto impaciente—. «Basta a cada día su propio mal» —e hizo un mohín de disgusto—. No pretendía que eso sonara como lo había hecho.

No obstante, Serena no pudo evitar sentirse dolida.

En la casa habían preparado un espléndido banquete al que

Arabella y lord Middlethorpe hicieron los honores, pero la recién casada se limitó a tomar con desgana una rodaja de lengua.

—Serena —le ordenó la tía, irritada—, tienes que comer, si no te pondrás enferma.

Ésta miró la carne con desagrado y cogió una rebanada de pan y un poco de mantequilla. Lanzó una ojeada a su marido, pensando que quizá le ordenara ingerir algo más nutritivo, en particular teniendo en cuenta que tal vez estuviera poniendo en riesgo a su hijo y heredero. Aunque frunció ligeramente el ceño, no dijo nada.

Comería, se dijo a sí misma, cuando las cosas se hubieran tranquilizado un poco. Por el momento, pensar en ello hacía que se le revolviera el estómago.

Sus pertenencias ya estaban empaquetadas, de modo que cuando el sirviente de lord Middlethorpe regresó con un coche tirado por cuatro caballos, fue cuestión de segundos meter su equipaje en el maletero y ponerse en marcha. Iba conducido por postillones, por lo que dejaron a Kipling a cargo del faetón para que lo llevara a casa. Llevaba además una carta dirigida a la madre de Francis en la que éste la informaba de que ahora Serena, viuda de Riverton, era lady Middlethorpe.

Ésta no pudo por menos que alegrarse de no estar allí cuando recibiera la noticia.

Mientras salían de Summer Saint Martin rodando a gran velocidad, la joven permaneció rígida en su asiento, contenta y triste a un tiempo por contar con una tercera persona en aquel viaje. Estaba ansiosa por conocer mejor a su marido, por descubrir cómo se portaría con ella, pero también tenía mucho miedo.

—Todo ha ido bien —comentó Arabella con sequedad—. Un casamiento bonito y sencillo. No me gustan esas ceremonias ostentosas. Se diría que algunos, más que intercambiar votos, lo que están es representando una obra.

Lord Middlethorpe miró a Serena.

—¿Cómo ha sido ésta comparada con tu primera boda, querida?

Hizo la pregunta con un tono sarcástico que a su esposa no le pasó por alto.

¿Iba a volverse grosero ahora que la tenía en su poder?

—Muy parecida —contestó, apretando las manos bajo la capa. Notó la suave alianza en el dedo, sutilmente distinta de aquella que había reemplazado.

De pronto, abrió su bolso de mano y sacó de él sus dos antiguas sortijas.

—Tómalas, por favor —dijo, y se las entregó a su marido. Era un gesto de confianza y esperaba que se lo tomara como tal.

Aunque lo cierto era que ya no importaba. Todas sus posesiones eran ahora de él para que hiciera con ellas lo que se le antojase. Incluido su cuerpo.

Francis miró los anillos.

—¿Y qué quieres que haga?

—Deshazte de ellos como consideres conveniente.

Se refería a su ofrecimiento de venderlos, pero, para su asombro, bajó la ventanilla del carruaje y los arrojó a los arbustos.

—¡Pero bueno! —chilló Arabella—. ¿Te has vuelto loco?

Volvió a cerrar la ventanilla de golpe.

—Le reembolsaré a Serena su importe.

—Eso espero, pero si te has propuesto andar tirando por ahí alhajas como ésas, podrías tirármelas a mí. Se me ocurren muchas cosas en las que emplear ese dinero.

Su sobrino le lanzó una mirada cínica.

—Tú ya tienes de sobra.

—Pero un poco más nunca hace daño.

La hermosa muchacha no acertaba a comprender qué diantre podía haberse apoderado de él para deshacerse de sus sortijas de aquella manera. Debía reconocer que, si no fuera por el miedo a pasar hambre, tal vez ella habría hecho lo mismo, pero él no tenía ningún motivo para que le repugnaran.

—Hablando de dinero —prosiguió la vieja dama en tono militante—, cuando estemos en Londres, tengo la intención de darle instrucciones a mi apoderado para que redacte las capitulaciones matrimoniales a fin de asegurar el bienestar de Serena.

La aludida emitió un sonido de rechazo, pero su marido dijo:

—Por supuesto. Pero será el mío quien lo haga. El tuyo puede revisarlo si no te fías de mí. —Sacó un papel y se lo entregó a Serena—. Toma esto también. Es para tus gastos personales, para que hagas con él lo que te plazca.

Vio que era una orden de pago por valor de tres mil guineas con la firma de Francis.

—¿Por qué me da esto, milord? —preguntó con un deje de terror en la voz. ¿Le pagaba por aquel acto indigno? ¿Cuánto costaba una ramera de lujo? Lo ignoraba.

—Quiero que me llames Francis —expresó con dureza.

Ella alzó la vista queriendo decir: «Y yo quiero que seas amable conmigo». Pero sabía que no lo merecía.

—Francis, entonces —suspiró—. ¿Por qué me das esto?

—No es por nada. Es tu dinero, se lo saqué a tus hermanos.

—Pero cómo...

—Una apuesta —declaró secamente.

—Dios mío —exclamó Arabella—, bien hecho. Arrastrar ese asunto por los tribunales hubiera sido un engorro del demonio. Pero ¿qué ha sido de sus alhajas?

—No las quiero —anunció Serena.

—Bueno, pues deberías —replicó la tía con firmeza—. Toda joya que te regalaran durante tu matrimonio es legítimamente tuya. Lo consultaremos con un abogado.

—No harás nada a no ser que Serena así lo desee —aseveró su sobrino.

La joven tocó la mano de la vieja dama.

—Estoy completamente satisfecha con el dinero.

Arabella exhaló un bufido de contrariedad.

Serena, sin embargo, sintió un inmenso alivio al pensar que nunca más tendría que ver aquellos ornamentos. Si hubiera sido preciso, los habría aceptado y luego vendido para sobrevivir, pero aquello era mucho mejor. Guardó el cheque cuidadosamente en su bolso y se limitó a escuchar mientras sus acompañantes mantenían una sesuda discusión sobre el contenido de las capitulaciones.

La muchacha no había sabido nada de los acuerdos de su primer enlace y esta conversación la desconcertaba. Para ella, el matrimonio significaba estar confinada en el campo y que se lo compraran todo. Todas las cuestiones acerca del dinero para sus gastos, junto con las disposiciones para la contabilidad doméstica, eran algo nuevo y aterrador. De hecho, en lo relativo a esos asuntos continuaba siendo una quinceañera ignorante.

Lord Middlethorpe la miró.

—¿Estás conforme?

—Creo que sí —respondió ella, ocultando su miedo y su ignorancia—. Si va a haber documentos, quizá podría echarles un vistazo.

—Por supuesto que deberías hacerlo —intervino Arabella con severidad—. Mantén los ojos bien abiertos, jovencita. Si al final resulta que eres una cabeza de chorlito, me desentenderé de ti.

Después de aquello, la conversación decayó. Serena contemplaba el desolado paisaje invernal mientras pensaba, preocupada, en las nuevas responsabilidades.

A pesar de que su madre había fallecido cuando ella tenía ocho años, nunca la habían animado a ocuparse de la administración de la casa. Su padre había contratado a un ama de llaves que se encargaba de todo. Con la sabiduría de la edad adulta, había acabado por comprender que sin duda la señora Dorsey también se había ganado sus honorarios en la cama de sir Malcolm Allbright, pero había mantenido la residencia de Grove en orden.

En la escuela de la señorita Mallory la gestión del hogar era una asignatura que se estudiaba en los últimos años, que ella se había perdido.

En la mansión de Stokeley había sido la señora de la casa sólo de nombre, pero puesto que no le daban dinero, era un título meramente nominal. Los sirvientes la dirigían de acuerdo con las órdenes de Matthew. Nunca le habían consultado nada, excepto en temas tan nimios como qué quería para comer.

Ahora la pondrían a cargo de las propiedades de su marido, que al menos incluían una residencia urbana y su hacienda. Lord Middlethorpe había dicho que su madre continuaría ocupándose de todo, pero ¿querría hacerlo? Y si quería, ¿deseaba Serena que así fuera? En su mente iba tomando cuerpo la audaz idea de que le gustaría gobernar su propio hogar, y hacerlo bien.

Conforme empezaba a extinguirse la luz del día, otras preocupaciones más inmediatas ocuparon sus pensamientos. Pronto estaría por primera vez a solas con lord Middlethorpe como su esposa.

¿Que querría de ella?

Empezó a temblar bajo la capa. Deseó desesperadamente poder evitar la inminente noche.

Podía escudarse en el bebé. Tuvo que toser para reprimir una explosiva carcajada ante esa parodia inconsciente del motivo que solían aducir las mujeres condenadas para que no las ahorcaran.

Sin embargo, después de haberlo seducido sin el menor recato una vez, lord Middlethorpe —Francis— difícilmente se mostraría comprensivo con ninguna mojigatería por su parte esa noche.

Quizá la posada estuviera abarrotada y resultaría posible conseguir un cuarto individual para Arabella. Rezó por que así fuera.

Al poco tiempo se detuvieron frente a la posada del Oso, en Esher, un agradable y recio establecimiento que Serena contempló con profundo desasosiego. Por sus dimensiones, no parecía el tipo de hospedería que se quedase sin habitaciones en febrero.

Sus conjeturas resultaron ser ciertas. El joven no tuvo dificultad para reservar dos dormitorios contiguos, unidos por una sala privada.

No tardaron en hallarse en esta última, provista de una amplia mesa que estaban poniendo para la cena. La vieja dama fue inmediatamente a calentarse las manos junto al reconfortante fuego y Serena se unió a ella.

Arabella se hizo a un lado.

—Arrímate un poco más, jovencita. Pareces helada. Estás bien, ¿verdad? Se diría que lo llevas como una jabata, pero no te calles si te sientes mal. Podemos organizarlo.

La muchacha la miró fijamente, pero entonces cayó en la cuenta de que se refería a su embarazo, no a su noche de bodas.

—Estoy bien —aseguró—. Sólo tengo un poco de frío y puede que esté un poco cansada.

Francis se reunió con ellas sin el abrigo.

—¿Ya podéis prescindir de la capa? —preguntó, y acto seguido las ayudó a quitársela y las dejó a un lado—. He pedido un ponche. Eso debería hacernos entrar en calor. Mañana la jornada será más corta, ya que sólo faltan poco más de quince kilómetros para llegar.

—Nunca he estado en Londres —lo interrumpió su esposa.

—¿No? En ese caso, será un placer para mí enseñártelo. —Se ofreció de forma cortés, sin apasionamiento—. Y sin duda querrás hacer muchas compras.

—Podría mandar a alguien a casa de mis hermanos a buscar mi ropa —propuso, no muy convencida.

—No. —Su voz sonó bastante tajante—. Será más agradable comenzar de nuevo.

Serena estaba totalmente de acuerdo. Pensó que podría mantener una conversación inteligente con su marido si su tía no estuviese allí, pero en la situación en que se hallaban era imposible. Y no querría por nada del mundo que ésta desapareciera de su lado.

El posadero entró con una gran ponchera humeante y los tres tomaron asiento para disfrutar de la bebida. Al cabo de un rato, Serena se notó menos tensa.

—Y bien —dijo—, cuéntame cómo les ganaste a mis hermanos tres mil guineas.

Una mueca pícara iluminó su rostro. Era la primera vez que lo veía sonreír de ese modo, y le favorecía. También ella esbozó una leve sonrisa, pues era obvio que se sentía muy orgulloso de sí mismo.

—Todo se debió a un endiablado caballo llamado *Banshee* —explicó, y les contó la historia.

Serena se sorprendió a sí misma riéndose.

—¡Eso fue verdaderamente noble! Ah, ojalá hubiera estado allí para ver la cara de Tom. Seguro que se puso hecho una furia.

—Me temo que sí —corroboró Middlethorpe con un inconfundible brillo en los ojos—. Le está bien empleado. Casi deseé endosarle también el rucio, pero se lo hubiera dado de comer a sus perros y ese animal se merece algo mejor.

—¿Y qué piensas hacer con él?

—Sabe Dios, porque no quiero volver a montarlo nunca más.

Sospecho que vivirá una vida de ocio, comiéndose mi hierba y convencido de que después de todo ha ganado él.

—¿Vas a conservar un caballo que no piensas montar? —preguntó la muchacha, maravillada.

—Me hizo un buen servicio —fue su lacónica respuesta.

En ese momento llegó la comida y se dispusieron a cenar. Consciente de los ojos posados en ella, Serena logró tomarse la sopa y un trozo de carne de ternera poco hecha, pero rechazó el pastel de manzana.

Sin decir nada, Francis peló una manzana y la cortó en rodajas, que puso en un plato delante de ella.

—Cómetela —le ordenó.

Su primera orden marital. Su esposa dio un suspiro y, trabajosamente, bocado a bocado, se terminó la fruta.

Arabella se levantó de improviso.

—Bueno, me voy a la cama. Estos viejos huesos ya no aguantan bien los viajes.

El joven enarcó las cejas ante lo insólito de la declaración, pero no puso ninguna objeción y abrió educadamente la puerta del cuarto de su tía.

—Buenas noches.

—Buenas noches —respondió la mujer.

Miró a su sobrino como si fuera a añadir algo, pero calló.

Francis volvió a la mesa.

—¿Has terminado?

A Serena le había llegado la hora de enfrentarse a su destino. Se levantó.

—Sí, gracias.

La cogió de la mano.

—Me gustaría que comieras un poco más. Tienes que pensar en el niño.

Ella alzó la vista para mirarlo.

—Lo haré. Mi apetito era bastante bueno hasta que... hasta hace poco. Es sólo que todo está tan en el aire.

—Todo está firmemente asentado.

El tono incisivo de su voz la hizo fruncir el ceño.

—No, no lo está. Me siento a la deriva.

—Supongo que yo también me siento igual —admitió él—. Pero nuestro rumbo está fijado.

Tocó el anillo en el dedo de su esposa.

—Hay una alianza de la familia. En cuanto la tenga, te la daré.

Serena quiso protestar, como si no tuviera derecho a recibirla.

Santo cielo, ojalá no se hubiera dejado llevar por aquel loco impulso en el dormitorio de los Post.

Pero en ese caso Francis se habría desentendido de su porvenir. Oh, habría llegado a algún tipo de arreglo, pero ella no habría formado parte de su vida, y eso habría sido una pena.

—Tal vez debieras retirarte.

A la muchacha se le secó la boca al reconocer esa orden.

—Si llamas al timbre —continuó él—, vendrá una camarera a atenderte.

Lady Middlethorpe se dirigió al dormitorio pensando que al menos no tenía intención de arrancarle la ropa. Claro que desgarrar una prenda de lana bien confeccionada no sería nada fácil. Su mente divagaba tratando de soslayar la cuestión principal.

La sirvienta la ayudó a desvestirse y a ponerse el camisón liso de franela. Serena reparó en que debería haber intentado conseguir lencería de noche más sugestiva. No había tenido tiempo, pero ¿se fijaría él? Se le ocurrió una alternativa, pero no, no lo haría, no podía esperarlo desnuda.

La camarera le cepilló y le trenzó el cabello y tras ordenar la estancia, se marchó.

Serena se pasó revista, con ansiedad. Acordándose de la ira de Matthew siempre que se la encontraba en la cama con el pelo recogido, deshizo las trenzas y se extendió la melena sobre los hombros. Se secó las húmedas palmas de sus temblorosas manos en la gruesa tela del camisón y se metió en el cálido tálamo con el corazón latiendo con fuerza.

En realidad, resultaba absurdo estar tan aterrada. Era inconcebible que esa noche su nuevo esposo le pidiera algo por lo que no hubiera pasado ya. Y aun así, estaba profundamente asustada. Le acudían a la cabeza demasiadas posibilidades horribles; no ignoraba que hombres supuestamente civilizados podían mostrar una cara totalmente distinta en la intimidad de la alcoba.

Al menos la primera vez que había pasado por ello todo aquello no lo sabía.

Incapaz de aguantar recostada, se deslizó bajo las sábanas y trató de calmar su desbocado corazón.

Entró su marido. Éste apenas la miraba, pero ella no le quitó ojo mientras fue a desvestirse y asearse detrás del biombo. Analizó cada sonido que hizo, como si fueran pistas de un acertijo. Finalmente, Francis salió en camisa de dormir y se metió en la cama. Dejó las velas encendidas.

Le invadió el recuerdo de la ocasión anterior como una ola implacable. ¿Cómo había podido conducirse de modo tan perverso?

—Lo lamento muchísimo —susurró, con los ojos fijos en el dosel.

—¿Qué sientes?

—Todo esto. Si yo no... Si hubiera confiado en ti, en que no me abandonarías...

—Lo hecho, hecho está —sentenció él con rotundidad—. Por el bien del bebé, debes dejar de preocuparte.

—Lo intentaré.

—También podrías mirarme, quizá.

Su tono era incisivo.

Giró los ojos nerviosamente. Estaba acostado a su lado, observándola.

—Claro.

—Por todos los diablos, Serena, supongo que has conseguido lo que querías, por lo tanto, ¿a qué vienen esos aires de tragedia?

—¿Conseguido lo que quería?

—Yo. Casarte. Un título. Lo has hecho muy bien y no te lo tendré en cuenta, pero que me aspen si voy a permitir que hagas que me sienta como un bruto por ello.

¿Creía que lo había seducido con ese propósito?

—Yo no...

—Ahórratelo. No cabe duda de que sí.

Ésta notó cómo asomaba el rubor en su rostro.

—He dicho que lo lamentaba, y así es; tanto por mí como por ti. Lo último que deseaba era casarme.

Su expresión revelaba una absoluta incredulidad. Se abalanzó sobre ella y apresó sus labios en un beso.

Serena se puso rígida, paralizada por el arrebato inesperado que había seguido a su incredulidad y por la furia del mismo.

Se debatió, pero él le apresó las manos y se vio desvalida para contrarrestar su fuerza. Sus labios pedían más y más de ella al tiempo que apretaba su cuerpo contra el suyo. Sus antiguas defensas regresaron al instante y se sometió, disociando la mente de lo que le estaban haciendo a su cuerpo.

Dejó de besarla.

—¿Serena? —dijo con voz preocupada—. Perdona si... —Pero entonces una nota de irritación asomó en su voz—. Si vas a fingir estar delicadamente ofendida, no te esfuerces. No eres ninguna novia virgen.

Lo miró parpadeando mientras volvía a tomar conciencia de su cuerpo.

—No estoy ofendida. Haz lo que te plazca.

—¿Con una muñeca de trapo?

Su esposa lo examinó con ansiedad.

—Me has asustado.

Su enfado remitió, o por lo menos lo disimuló.

—Lo siento. No me gustan las mentiras.

—No estaba mintiendo.

—Olvídalo —repuso con un suspiro—. Es agua pasada. —Tomó un mechón de su cabello entre sus dedos y jugueteó delicadamente con él, estudiándolo como si fuera algo muy valioso—. Es más suave de lo que pensaba.

—Espero que te agrade. Espero agradarte.

—¿Cómo podrías no hacerlo?

—Pero lo había dicho de manera cansina.

Serena no sabía cómo actuar y eso le provocaba un pánico que crecía en su pecho como un dolor. Era una experta en la sumisión y en diversas prácticas amatorias, pero no sabía cómo actuar.

Hizo lo único que le pareció seguro.

Hacía mucho que había perdido todas sus inhibiciones respecto a su cuerpo desnudo, y únicamente odiaba la sensación de vulnerabilidad que conllevaba. Ahora que estaban casados y él no se había transformado en un monstruo, ya no le asustaba mostrarse desnuda.

Se quitó el camisón no sin cierta dificultad. Al asomar la cabeza y sacudirse el pelo hacia atrás, vio el ardor en sus ojos y se tranquilizó. Todo iría bien.

Se arrodilló delante de él y se ofreció a su vista. Se suponía que era muy hermosa y rezó para que él la encontrase atractiva. Matthew había mostrado un gran interés por sus pechos. Siempre habían sido grandes y en las últimas semanas habían crecido un poco más. Observó a Francis con inquietud y vio su penetrante mirada mientras la examinaba.

—Eres preciosa —dijo, aunque con circunspección.

Alargó una mano extrañamente titubeante y la ahuecó sobre su pecho, comprobando su peso y textura. Lo apocado de su proceder conmovió a Serena en lo más hondo. Jamás había experimentado nada parecido. Se inclinó ligeramente sobre su mano y permaneció en esa postura, dejando que hiciera lo que se le antojase.

Francis alzó la vista para mirarla a los ojos, mientras su áspero pulgar le rozaba el pezón. Ella contuvo el aliento y vio que los de él se oscurecían en respuesta.

Su marido la empujó con suavidad para que se tumbara de nuevo y apartó las sábanas, dejándola completamente expuesta. Entonces se quitó la camisa de noche y se quedó tan desnudo como ella. Serena lo miró y se maravilló al advertir lo poco que sabía de la figura masculina.

Matthew rara vez se desnudaba cuando se entregaba a sus placeres, claro que su cuerpo era preferible que estuviese tapado.

Su nuevo esposo era tan hermoso como los antiguos dioses. Su torso esbelto y bien musculado acababa en unos anchos hombros. De alguna extraña manera, parecía más fornido desnudo que vestido. Su mirada pasó por sus genitales, pero no se entretuvo en ellos. Estaba hecho como otros hombres y esas cosas no le fascinaban. Se fijó, no obstante, en que ya estaba muy excitado, lo cual era un alivio y una amenaza. No serían necesarias medidas extraordinarias para estimularlo, pero tampoco sería posible posponer su desahogo.

Para sorpresa de Serena, no procedió inmediatamente a satisfacer su deseo. En vez de eso, comenzó a explorarla con los ojos y las manos, como si cada curva de su piel, cada relieve de sus huesos fuera un milagro recién descubierto. Sus caricias resultaban agradables, pero la expresión embelesada de sus ojos lo era aún más. Se sintió adorada.

Finalmente, su mano descansó sobre la leve hinchazón de su vientre.

—¿Sientes ya algo?

—No.

—Cuando lo hagas, quiero saberlo. Quiero saberlo todo de este niño antes de que nazca.

Por instinto, ella posó su mano sobre la de él.

—Es tuyo —dijo.

—Lo sé.

—¿Cómo lo sabes?

La miró a los ojos esbozando una sonrisa.

—No sé cómo lo sé, y ésa es la verdad. ¿No te gusta que te besen?

No estaba preparada para esa pregunta. Pensó en mentir, pero supo que su semblante la había delatado.

—Nunca me han besado.

Le dio un leve beso en los labios y a continuación dejó que su boca descendiera hasta sus pechos.

—¿Y aquí?

El roce tierno y juguetón de esos labios sobre su piel confundió a Serena. Creía haber experimentado todo lo que el lecho conyugal podía dar de sí, pero nunca había vivido aquel lento y delicado examen.

La experiencia no le resultaba del todo agradable. No tenía ni idea de cuál era su papel en todo aquello y le aterrorizaba cometer algún error. Una fugaz ojeada le reveló que ya estaba listo para ella, más que listo. ¿Por qué se demoraba? ¿Qué esperaba de ella?

Apenas prestaba atención a lo que él hacía, pese a que las caricias de sus labios le provocaran una cierta agitación física. Entonces Francis deslizó su boca hasta la protuberancia de su vientre, rindió homenaje a su ombligo y besó la unión de sus muslos.

—¿Te gusta esto?

Sabía lo que le estaba preguntando y de nuevo pensó en mentir, pero lo mínimo que le debía era la verdad.

—No mucho. Pero puedes seguir —añadió con vehemencia—; no me importa.

El joven suspiró y le cogió una mano, tratando de que la relajara. Sólo entonces se dio ella cuenta de que la tenía cerrada en un puño.

Tonta, se reprendió a sí misma. ¡Tonta!

Él se la soltó y reanudó su afanosa exploración del cuerpo de Serena. La mano le temblaba ligeramente, lo cual no era de extrañar. Debía de estar desesperado. ¿Qué quería?

Se deslizó de repente sobre su cuerpo para mirarla a los ojos.

—¿Qué te gusta, entonces? —la interpeló.

Ella no tenía respuesta para esa curiosa pregunta.

Su voz subió de tono.

—Vamos, Serena. Dame una pista. Éste no es un juego que me guste.

Bajó la vista y vio lo terriblemente erecto que estaba. Con razón estaba enfadado. Incapaz de actuar de otro modo, alargó la mano. Él se la apartó de un manotazo.

—¿Qué quieres de mí? —gimió la muchacha—. Haré lo que sea.

Francis soltó un bufido y, sin mediar más palabras, le abrió las piernas. Estaba tan exaltado que obraba con torpeza; ella bajó la mano para guiarlo y ajustó las caderas hábilmente para recibirlo, sintiendo un inmenso alivio de que por fin se hubiera decidido.

Todo su cuerpo se estremeció al entrar en ella, y al hacerlo cerró los ojos y emitió un sonido que era en parte un suspiro, en parte un gruñido. Una vez más, su reacción era distinta a todo lo que había visto en Matthew, pero eso no disminuyó la alegría de Serena. Ése era un tema que conocía, y muy bien.

Se acopló a sus embates, observándolo con atención, empleando los músculos y las manos para aumentar su placer. A Matthew siempre lo había observado con aprensión y con asco, con el único fin de evitar que se enfadase. Con Francis era un placer cercano al éxtasis que él experimentaba. Se asombró de la ternura que le despertaba su ardor.

Notó que iba a eyacular y contrajo sus músculos para retrasarlo, para alargar el momento, tanto por ella misma como por él.

El joven abrió los ojos de repente, medio rogando, medio curioso.

Se quedaron inmóviles unos instantes, sus miradas prendidas y arrebatadas, hasta que ella lo soltó para que alcanzara el clímax.

Soltó un grito y se desplomó sobre ella, temblando y empapado de sudor. Esta vez no habría un amarga despedida. Serena acarició sus rizos húmedos tierna, amorosamente, y calmó su cuerpo extasiado. No podía creerse lo mucho que había disfrutado complaciendo a aquel hombre, ni lo mucho que deseaba volver a hacerlo.

No le importaría cuántas veces la requiriese, porque por fin había conocido la ternura del lecho conyugal.

Lenta, lánguidamente, Francis se fue apaciguando, mordisqueándole los pechos mientras lo hacía. Le dirigió una sonrisa, apartándole con delicadeza el pelo enmarañado de la cara, pero entonces una sombra cruzó sus ojos satisfechos.

—¿Y tú?

—¿Yo?

—¿Y tu placer?

—Me ha gustado mucho.

A su vez, ella le peinó con los dedos sus húmedos rizos negros como el ébano hacia atrás y sonrió.

—De verdad. Ha sido maravilloso.

La sombra no desapareció, pero él se limitó a rozarle las pestañas con las suyas.

—Tendremos que ocuparnos de eso, pero ahora no. Nunca en la vida me había sentido tan dulcemente exhausto.

Se dio la vuelta, atrayéndola hacia él para acurrucarla entre sus brazos. Ella se puso tensa por la impresión que esto le produjo, porque nunca antes había experimentado nada parecido, pero dejó que se acoplara firmemente contra su cuerpo de modo que quedaron fundidos en uno, de una forma muy diferente de la cópula, pero en muchos aspectos más dulce.

Serena sintió los bellos contornos de su cuerpo contra el suyo, su vitalidad y juventud, el sudor húmedo en su piel. Podía oír su corazón latiendo de manera acompasada, percibir un aroma que era una mezcla de sudor y de sexo, pero que resultaba sorprendentemente agradable. Antes esos olores le habían causado repugnancia, pero ahora eran como un perfume.

Francis movió la mano con suavidad por su espalda, proporcionándole un goce como nunca jamás había conocido, pues sus caricias transmitían ternura. En los brazos de ese hombre comenzó a sentir el indicio de algo nuevo.

Aún no tenía un nombre para ello, pero era bueno.

Cuando su esposa se quedó dormida, lord Middlethorpe se dio cuenta, pero continuó explorando con parsimonia su aterciopelada espalda.

Empezaba a advertir que el agotamiento no duraba mucho, pero sería un monstruo si le pedía volver a hacer el amor, más aun teniendo en cuenta que ella obtenía tan poco placer al hacerlo. La miró ceñudo, preguntándose qué había hecho mal o dejado de hacer. Los conocimientos teóricos estaban muy bien, pero ante la compleja, la maravillosa realidad, se había sentido como un niño.

Un chiquillo maravillado, pero también preocupado.

Pese a que había optado por evitar las relaciones sexuales esporádicas, nunca había considerado la ignorancia una virtud. Nicholas había comentado en una ocasión que en una época y un lugar en que se suponía que las novias eran ingenuas, un hombre tenía el deber de ser tanto entendido como juicioso. Francis se había tomado el mensaje a pecho y se había instruido en las cuestiones amatorias. Además, los Pícaros hablaban de esos temas con franqueza, lo que lo había beneficiado.

Obviamente, no lo suficiente. Tal vez habría sido más sensato buscar a alguna mujer experimentada —alguien como Blanche— y tomar lecciones. Estaba claro que hacía algo mal.

Incluso en pleno arrebato de pasión, cuando había perdido el control, se había percatado de que ella no estaba con él, sino que estaba pendiente de él, pendiente y solícita con exquisita destreza. Tal vez eso fuera lo que un hombre esperaba de una prostituta; pero no era lo que quería de su mujer.

Capítulo 10

Serena se despertó tarde con el tañido de las campanas y cayó en la cuenta de que era domingo. Un rayo de sol entraba a través de una rendija en las cortinas y el reloj de la chimenea le informó de que pasaban de las nueve. Su marido aún permanecía a su lado en la cama y comenzaba a abrir los ojos.

Lo observó cautelosa.

—Normalmente no soy tan dormilona, te lo aseguro.

Francis sonrió.

—Quizá yo lo sea.

Animada, le devolvió la sonrisa.

—Por alguna razón, no me lo creo. Bueno, supongo que deberíamos ir a misa.

—En efecto.

Serena notó que se sentía anormalmente contenta. Tampoco como para estar loca de júbilo, pues el futuro seguía plagado de incertidumbres, pero sí feliz por contar con una base sólida donde anclar su vida, y esa base era su esposo.

No la abandonaría. Ahora lo sabía.

Ni tampoco creía que fuera a maltratarla.

Éste cogió un bucle de su cabello y se lo enrolló en el dedo.

—Tal vez los dos necesitemos un buen descanso. Yo llevo días viajando y tú habrás estado angustiada.

Ella le miró la mano fuerte y morena.

—No ha sido fácil.

—Habría venido antes si la tía Arabella hubiera sido explícita.

Serena prefirió no decirle por qué ésta no había sido clara.

Se sentiría herido, pues era un buen tipo. No estaba acostumbrada a los hombres buenos, pero estaba más que dispuesta a aprender.

Francis le soltó el pelo.

—Puesto que eres la que no suele ser dormilona, creo que deberías levantarte tú primero.

Lo observó con curiosidad.

—¿Por qué?

—Quiero recrearme la vista.

Se rio al verlo fingir una mirada lasciva y saltó de la cama, quedándose de pie frente a él.

—Recréesela, señor. Pronto tendré el aspecto de una vejiga hinchada.

—No lo creo —replicó distraídamente mientras la escrutaba—. Señor, qué hermosa eres. Tienes unas formas perfectas.

Serena interpretó la expresión de sus ojos.

—No es tan tarde.

Su marido se sonrojó, como si lo hubieran pillado cometiendo una infracción.

—Sí, lo es. Seguro que Arabella lleva horas levantada. Deja de tentarme, mujer, y al menos ponte la enagua.

Confusa, se puso la corta prenda de seda y lo miró.

—¿Mejor así?

—Sólo un poco —repuso secamente, y salió de la cama.

Mientras se acercaba a la silla sobre la que había dejado su ropa, Serena aprovechó la oportunidad para contemplarlo. Él se volvió y la sorprendió observándolo, pero esbozó una leve sonrisa.

—¿Y yo te gusto? —preguntó.

—Eres muy apuesto —respondió, y lo decía en serio. Era esbelto y gallardo, con largos y fuertes músculos, y se movía con una gracia excepcional.

Se ruborizó ligeramente.

—Lo dudo. Soy un tipo más bien flacucho.

—A mí no me lo parece.

Visiblemente abochornado, se dio la vuelta para vestirse.

La joven casi se deja llevar por un irresistible deseo de acariciar sus musculosas nalgas. Con gran pesar, las vio desaparecer bajo los calzones.

Aquello era en verdad curioso.

Suspiró y le dio la espalda para ocuparse de su vestimenta.

Se ayudaron y vistieron mutuamente, y aunque no mediaron palabra, la muchacha pensó que ambos encontraban placentero el hecho de servir y ser servidos. Son gestos pequeños, pero de gran relevancia.

Jamás había querido que Matthew le prodigara atenciones de ninguna clase.

Su esposo le cepilló el cabello con toda la delicadeza de una buena doncella, y Serena a punto estuvo de ronronear como un gato.

—Te gusta, ¿verdad? —preguntó con voz suave, observándola en el espejo.

No podía negarlo.

—Aprenderé —aseguró él—. Aprenderé a hacer que te derritas, y conseguiré que te derritas perdidamente.

Casi protestó, porque ella no le ocultaba nada de manera consciente, pero intuyó lo que quería decir. Por desgracia, sabía que la entrega que él anhelaba no era, no podía ser, deliberada. Francis le dio el cepillo y ella se recogió la melena, preguntándose si sería capaz de ser la clase de esposa que lord Middlethorpe quería, o si Matthew Riverton había matado a esa mujer en el curso de aquellos ocho años de esclavitud.

Cuando salieron a desayunar, Arabella les dirigió una mirada inquisitiva, pero no dijo nada. Tal y como el joven había predicho, su tía ya había comido, por lo que no se entretuvieron mucho almorzando. Poco después caminaron hasta la bonita iglesia y asistieron a la misa dominical, tras lo cual se pusieron en camino.

No tardaron en llegar a Londres.

Serena miraba por la ventanilla mientras atravesaban las zonas rurales de las afueras de la ciudad, llena de fascinación y congoja. Vio cómo preparaban extensas huertas para cultivar en ellas alimentos para las masas que vivían en la metrópoli. Divisó hileras de elegantes casas nuevas que engullían las tierras de labor. Apercibió fábricas donde se manufacturaban los mil y un objetos que la gente necesitaba allí y en otras partes.

Pronto estuvieron en la urbe propiamente dicha. Era un sitio fascinante, pero también sobrecogedor, no sólo por su tamaño y ajetreo, sino porque era donde tendría que actuar como lady Middlethorpe. Además, advirtió de pronto, era justamente la clase de lugar donde tal vez se encontrase con alguien que la había conocido como la bien adiestrada esposa de Matthew Riverton.

Únicamente un puñado de hombres y algunas damas de vida alegre habían sido invitados a la residencia de Stokeley, pero la mayoría de esos individuos pertenecían a los altos estamentos de la sociedad, el tipo de gente cuyo favor Matthew siempre andaba buscando ganarse. Sospechaba, no obstante, que su posición se contaba entre los últimos peldaños de esos estratos y en absoluto serían consideradas personas respetables, pero existía la posibilidad de que en Londres se tropezara con alguno de ellos. Si a uno de esos tipos le daba por chismorrear sobre lo que ocurría en Stokeley, la alta sociedad le daría la espalda.

En definitiva, con suegra o sin ella, Serena preferiría mil veces estar a punto de llegar a la casa de campo de Francis. En vez de eso, el carruaje se detuvo frente al número 32 de Hertford Street, una bonita mansión de líneas simétricas decorada con estuco. Sus relucientes ventanas y la lustrosa aldaba de dorados en la puerta le indicaron que Francis debía de haber dado aviso de su llegada.

Para confirmar su sospecha, el portón lacado de negro se abrió y varios sirvientes salieron a recibir a su amo, quienes no manifestaron sorpresa aparente ante la existencia de una nueva vizcondesa de Middlethorpe.

El interior de la vivienda resultó ser tan grato y pulcro como el exterior. El espacioso recibidor estaba revestido de azulejos y decorado con adornos y cuadros de buen gusto. Frente a ella arrancaba una hermosa y amplia escalera de roble que tras el primer tramo se dividía en dos sinuosos ramales. Fue conducida amablemente por esa escalinata entre las reverencias de los criados.

Arabella y su sobrino iban charlando de asuntos de poca importancia, pero Serena se detuvo, absorta en el enorme retrato que colgaba en el rellano central, donde se dividía la escalera. Mostraba a dos personas de porte aristocrático que sólo podían ser los padres de Francis unos veinte años atrás.

Su padre daba la impresión de ser un hombre muy agradable; había algo en la expresión de sus ojos marrones que le recordaba a lord Middlethorpe. Su madre era refinada de un modo que imponía. Su belleza parecía emanar de la formidable proyección de una tez y unas facciones impecables, e incluso en óleo sobre lienzo, resultaba inquietante.

La joven estaba paralizada. Su marido tiró de ella con suavidad, animándola a seguir.

—Monstruoso, ¿verdad? Este lienzo debería estar colgado en una sala más amplia donde sólo se vea de lejos.

—Hacen buena pareja.

—Supongo que sí. Mi padre era más vigoroso de lo que aparece ahí, pero mi madre sí es ella. Veinte años después, apenas ha cambiado.

La muchacha se estremeció y pensó que, por lo menos, si la veía la reconocería; lo que le daría la oportunidad de correr a esconderse bajo las escaleras.

Al cabo de un momento entraron en un salón precioso pintado de blanco y el techo abovedado. Aunque se respiraba un sugestivo ambiente descuidado, Serena juzgó que era la clase de informalidad largamente pensada y cuidadosamente conservada. Jamás osaría mover ni un jarrón.

—Es una casa muy bonita, milord —opinó mientras tomaba asiento con cierta aprensión en una silla tapizada en seda con estampado de rosas.

—Francis —la corrigió él en tono afable—. Me alegro de que te guste, porque ahora es una de tus residencias.

—Sí, claro —masculló, intentando no temblar.

Empezaba a darse cuenta de que alguien había cuidado con mimo aquella habitación, en realidad toda la vivienda. Esa persona tenía que ser la madre de Francis, a la cual no le haría ninguna gracia encontrarse allí a una extraña que además era la nueva señora.

Sobre todo cuando esa intrusa era la viuda de Randy Riverton.

Cuando el mayordomo y una doncella entraron con las bandejas del té y de las pastas, Serena se obligó a servirlo y atender los deberes de su nueva posición. De no hacerlo, incumpliría del todo sus obligaciones.

—Buena chica —la alabó Arabella en voz baja—. Buen principio, la mitad está hecha.

Sin embargo, nada más terminarse el té, ésta anunció que tenía pensado salir a ver a unas viejas amigas. Francis desoyó sus objeciones e insistió en que la escoltara un lacayo.

En cuanto su tía se hubo marchado, le enseñó a Serena los dormitorios de ambos: dos espaciosos aposentos con una puerta medianera. Para disimular su desasosiego, le preguntó:

—¿Corre Arabella peligro y por eso necesita que la acompañen?

—Seguramente no, pero no me agrada que ande sola por Londres. No viene muy a menudo. —Abrió y cerró nerviosamente un armario—. Necesitarás una doncella personal, supongo. Disponlo para que te atienda una de las que tenemos hasta que encontremos otra.

—¿Y yo?

Se giró.

—¿Cómo dices?

—¿También yo necesitaré un acompañante?

—Es natural que no quiera que andes sola por ahí —replicó su esposo con bastante aspereza, y agregó suavizando el tono—: Siempre que sea posible, te acompañaré yo, pero si no, debes ordenárselo a una de las sirvientas o a un lacayo.

La joven lo comprendió a la perfección. En esas cuestiones, su segundo matrimonio no iba a ser muy diferente del primero. Se le prohibía moverse libremente, cuándo y por donde quisiera.

—Deseo contratar a mi propia doncella —manifestó con firmeza.

—Por supuesto. Lo mejor será solicitar a una de las agencias que nos envíe a algunas candidatas. Dibbert, el mayordomo, puede entrevistarlas antes si lo deseas.

—Muy bien.

Serena no tenía ni idea de cómo se hacían esas cosas, pero esta vez quería una que no fuera también su celadora.

—No tenemos carruaje propio en Londres —continuó Francis—, ya que mi madre no acostumbra a pasar mucho tiempo aquí. No tienes más que mandar recado a la caballeriza de Villier para que ponga a tu disposición uno excelente cuando lo precises. Dibbert puede ocuparse de todas esas cuestiones.

—Muy bien.

Comieron los dos solos y al final acabaron por relajarse y entablar una conversación normal, y luego Middlethorpe la sacó de paseo a explorar los alrededores. Fueron caminando hasta Piccadilly, cruzaron Green Park y llegaron a la zona llamada Saint James. La muchacha se quedó asombrada al ver un estanque con barcas en medio de Saint James Square. Si bien había algunas almas curtidas remando, Francis se negó, entre risas, a sumarse a ellas en aquel frío día de febrero.

En Saint James Park le indicó el lugar donde había estado el puente chino, el cual había ardido de forma espectacular durante las prematuras celebraciones de paz en 1814, y le compró un dulce en la vaquería.

Serena vio a la lechera exprimir la ubre de la vaca y extraer la leche caliente, que mezcló con vino, azúcar y especias, y aventuró una protesta.

—No estoy segura de querer probarlo.

—Es lo más indicado para tonificar a una mujer.

Ésta comenzaba a enojarse con él cuando lo vio sonreír burlón.

—No te preocupes. Si no te gusta, no tienes que tomarlo. No obstante, muchos lo consideran un manjar.

El cremoso líquido se había cuajado formando una especie de pudín. Serena frunció la boca al probar el primer bocado, pero luego se relajó.

—¡Está muy rico!

Francis se rio y por un momento pareció libre de preocupaciones.

Cuando se terminó el plato, deambularon por el parque hasta Whitehall, donde presenciaron un desfile militar. Serena se estaba divirtiendo muchísimo, pero su esposo la miró y comentó:

—Estarás agotada con lo que te he hecho andar.

—Lo he pasado muy bien.

—Estupendo, pero vamos a tomar un coche de punto para volver. De todas formas, ya está oscureciendo.

En el trayecto a casa, dio instrucciones al cochero para que los llevase por Pall Mall a fin de que la muchacha pudiese admirar las farolas de gas, que justo en aquel momento comenzaban a cobrar vida.

—Qué maravilla —exclamó, mirando fascinada a un farolero afanado en la tarea—. Vivimos en una época prodigiosa, ¿no crees?

—Sí, es cierto.

Sin embargo, cuando Serena se giró hacia él, más bien parecía estar mirándola a ella. Vio el deseo reflejado en su rostro, pero era algo más. ¿Podría estar empezando a tomarle un pelín de afecto? Por su parte, ella estaba empezando a tomarle algo más que un poco de cariño.

Impulsivamente, le acarició la mano, y él se la giró para cogérsela.

Durante la cena la joven mujer le contó a Arabella sus aventuras y después los tres jugaron a las cartas un rato. No obstante, Serena no tardó en ponerse en evidencia bostezando. Le dirigió una mirada angustiada a su marido, pues a veces, con Matthew, alegaba estar cansada con la esperanza de que no fuera a importunarla a la cama.

Nunca había servido de nada. De hecho, lo único que conseguía era enfadarlo.

Francis no parecía disgustado. Se limitó a sonreír y le sugirió que se fuera a acostar. Con todo, cuando se ofreció a acompañarla, ella dudó de sus intenciones, pero una vez en su cuarto le dio un cariñoso beso en la mejilla y se fue. Serena hubiera querido convencerlo para que se metiera en la cama con ella, pero se encontraba realmente agotada. Normalmente no se sentía tan débil, de modo que supuso que era consecuencia de su embarazo. No obstante, si no quería enfadar a su esposo, en el futuro tendría que procurar no fatigarse tanto.

Cuando bajó a la mañana siguiente, encontró a Arabella y a Francis desayunando.

—Dios mío —exclamó inquieta—, hacéis que me sienta como una auténtica holgazana. Prometo que me esforzaré.

—Santo cielo, Serena —declaró Arabella—. Una mujer en tu estado tiene derecho a descansar.

La aludida se sentó y desayunó opíparamente. Conforme pasaban los días y su marido continuaba mostrándose gentil y atento, iba recobrando el apetito.

Cuando terminó, éste dijo:

—Si te encuentras con fuerzas, creo que deberíamos salir para que hagas algunas compras.

—¿Lo crees necesario?

—Tu vestuario no es demasiado adecuado para alternar en sociedad.

—Pero si prescindiéramos de ese ambiente...

—Pronto estaríamos llorando de aburrimiento. A no ser que nos quedemos encerrados en casa sin salir, es inevitable que acudamos a algún que otro acto social.

Eso era precisamente lo que le daba miedo. Ah, bueno, si tenía que afrontar el desastre, más valía hacerlo de tiros largos. No puso más objeciones y poco después se hallaban en camino en un birlocho alquilado aunque no por ello menos elegante.

Serena nunca se había comprado la ropa, excepto algunas sencillas prendas íntimas. De niña, su madre y después el ama de llaves se habían encargado de eso; tras casarse, Matthew se la enviaba desde Londres cuando se acordaba y a merced de sus caprichos. En consecuencia, entró muy nerviosa en el discreto establecimiento de la modista.

Madame Augustine D'Esterville resultó ser una francesa vivaracha que se mostró encantada de recibir a una clienta rica en una época tan mala del año y contentísima de que además fuera hermosa.

Francis interrumpió los elogios de la mujer informándola de que su esposa se hallaba en estado de buena esperanza.

—¡*Hélas!* —exclamó ella.

La joven se sobresaltó.

—Estamos, desde luego, encantados —aclaró él con frialdad.

La costurera se ruborizó.

—Por supuesto, milord. Sólo quise decir que es una lástima que Londres vaya a disfrutar de la belleza de lady Middlethorpe durante tan poco tiempo este año. Y, milady —prosiguió, dirigiéndose a Serena—, vestirla será un verdadero placer y le daré a la falda la holgura necesaria para que esté cómoda. Y el próximo año, vuelva usted y causaremos sensación, ¿*oui*?

Ésta sonrió educadamente, pero para sus adentros se dijo: «No si mi opinión cuenta algo». Una vez que estuviera a salvo en el campo, tenía la intención de enterrarse allí para el resto de su vida.

La modista le tomó las medidas y la observó con detenimiento, y a continuación desplegó ante ella una abrumadora variedad de telas y estampados. Al principio Serena estaba indecisa, pero en seguida descubrió que en realidad tenía una idea muy clara de la clase de ropajes que quería: elegantes pero muy discretos.

Por consiguiente, tuvo corteses desacuerdos con la costurera.

Madame Augustine sugirió que tal vez milord prefiriera un corpiño ligeramente más escotado para ese vestido en particular. Era la moda.

Serena insistió en que lo dejara exactamente como le había especificado.

Madame recomendó una tela fina y ceñida.

Su clienta escogió la más gruesa.

La modista se encogió de hombros con fatalismo galo.

—Con lo hermosa que es usted, milady, podría vestirse de arpillera de los pies a la cabeza.

Francis no participó en la elección, limitándose a esperar con paciencia. La perspicaz *Madame* D'Esterville tenía ejemplares de periódicos deportivos y del *Monthly Magazine* a disposición de los acompañantes de sus clientas, y se distrajo hojeándolos.

Cuando Serena terminó, su marido la llevó a comprar artículos manufacturados: camisolines, pañuelos, bufandas, guantes y sombreros, además de pololos, corsés y medias, que en su mayoría eran sólo para un uso inmediato. Encargaron otros de mejor calidad hechos a medida.

La muchacha hubo de reconocer que encontraba muy amena la novedad de ir a diferentes comercios y elegir por sí misma, pero no dejaba de observar a su sufrido acompañante con curiosidad.

—Hubiera creído que esto te resultaría tedioso.

Francis esbozó una sonrisa.

—No es la más emocionante de las actividades, pero tengo una madre y tres hermanas. Estoy habituado. Ah, esto es más interesante.

Lo que había despertado su interés era una joyería. La hizo entrar para que comprara un cepillo y un peine de plata preciosos, cintas para el pelo, horquillas, pulseras, pendientes y un joyero para guardarlo todo.

Serena estaba encantada, pero reparó en que ninguna de esas alhajas era especialmente cara.

Él le leyó el pensamiento.

—En casa hay muchos adornos lujosos; éstos son sólo por diversión.

—Diversión —repitió su esposa, conteniendo las lágrimas ante el bonito botín desplegado ante ella. Hasta aquel momento, nunca se le había ocurrido lo extrañísimo que era no haber poseído jamás una sola joya normal aparte de sus anillos.

Puesto que Serena sólo tenía dos pares de zapatillas y sus botines, buscaron un zapatero que se comprometiese a tener para el día siguiente varios pares de chinelas de seda.

—No puedes cabalgar, supongo —lamentó Francis.

—De todas formas, no sé hacerlo —respondió ella.

—¿No sabes montar a caballo? —repitió él—. Eso habrá que arreglarlo con el tiempo.

El futuro se abrió ante lady Middlethorpe como un hermoso horizonte. Sabía que comenzaban una vida juntos, pero hasta ese momento no había pensado en el año siguiente, ni en dentro de diez o de veinte años. Contempló a su marido mientras examinaba varios frascos en una perfumería. ¿Qué aspecto tendría a los cuarenta? ¿Y a los sesenta? Pensó que su porte elegante y esbelto envejecería bien.

¿Sería posible que ella siguiera a su lado para verlo?

Francis se volvió y alzó una ceja al ver que lo estaba mirando fijamente.

—Creo que debes elegirlo tú —aseveró—. Un perfume es algo muy personal.

—Pero me lo pondré para ti. ¿Cuál te gusta más?

Tocó un frasco.

—Éste.

Serena lo olió y decidió ser sincera una vez más.

—No. Es demasiado floral para mí.

Probó otros hasta que dio con uno que le gustaba. Era suave y sutil, pero más especiado que floral.

—Me gusta éste —dijo.

Francis le echó un poco en la muñeca y se la llevó a la nariz para aspirar la fragancia.

—Dios, sí —dejó escapar—. Es perfecto. Y sus ojos le hablaron de deseo, de tomarla allí mismo.

La joven siempre había considerado el deseo masculino como el enemigo, algo que había que evitar a toda costa. Ahora descubría que resultaba agradable despertar ese sentimiento en Francis, y que no le importaría satisfacerlo.

Mientras el ayudante envolvía los envases, cremas y jabón del perfume que había escogido, Serena se encaró a su marido.

—Temías que eligiera algo del estilo de aquel otro, ¿verdad?

—Sí.

—Lo detestaba.

—Dios. —Sonrió y bajó la voz—. Sabes que te deseo, ¿verdad? Te deseo aquí y ahora.

Ella notó que se le arrebolaban las mejillas, en parte por la alarma que le causaba lo que en realidad podría querer hacer.

—Sí.

—Voy a contenerme. Ni siquiera voy a llevarte directamente a casa y abusar de ti. Al fin y al cabo, tendré que adquirir un enorme dominio de mí mismo, o dentro de una semana estaré en los huesos.

Serena soltó una risita, la primera vez en toda su vida que el sexo la hacía reír.

Una vez fuera de la tienda, su marido le preguntó:

—¿Qué te gustaría hacer ahora?

Serena intentó adivinar qué le gustaría hacer a él, pero no pudo, así que dijo:

—Ayer lo pasé muy bien simplemente explorando la ciudad.

—Muy bien, pero andaremos menos. No queremos que vuelvas a cansarte tanto. —Pareció algo azorado y la joven tuvo que ahogar otro ataque de risa—. Daremos un paseo en coche por la Torre de Londres —resolvió en tono enérgico—: Si te apetece, podríamos visitar la Casa de la Moneda.

Serena se preguntó si no sería su deber de esposa proponerle hacer el amor para aliviar su comezón. Pero la noche no tardaría en llegar.

—¿De verdad podemos? —quiso saber—. Me gustaría ver cómo se hace el dinero.

—Teniendo suerte o trabajando duro, creo —comentó él con ironía.

—¿Y cómo lo sabe, milord? —se burló ella.

Francis se rio.

—Espera y verás. Pertenecer a la nobleza no es ninguna sinecura, como descubrirás muy pronto.

Partieron hacia Tower Hill bien avenidos.

Una vez en la Casa de la Moneda, Serena admiró boquiabierta una máquina que expulsaba cien brillantes piezas por minuto.

—Cielo santo. ¿Qué hacen con tanto dinero?

—El gobierno lo utiliza para pagar sus deudas y luego todos los demás lo empleamos para hacer lo mismo.

—Pero ¿de dónde sale?

—De minas de oro y de plata repartidas por todo el mundo. —Le habría hecho más preguntas, pero él le puso un dedo en los labios—. No lo analices con demasiado detenimiento o se esfumará como un tesoro encantado.

La muchacha pensó que quizá la felicidad fuera igual. En ese momento se sentía dichosa, pero no resistiría un examen minucioso.

—Qué extraño es el dinero —comentó mientras continuaban la visita—. Importante y aun así trivial. Después de todo, los billetes de banco no son más que pedazos de papel. No valen nada.

—Las palabras no valen nada, a menos que las respalde la buena fe.

Las palabras de Francis y el tono con que las pronunció no abandonaron el pensamiento de Serena durante todo el camino de vuelta a Hertford Street. Quiso obviar aquel asomo de preocupación y aferrarse a su frágil dicha, pero no estaba en su naturaleza optar por permanecer ciega.

Cuando estuvieron solos, se enfrentó a él.

—¿Acaso dudas de mi buena fe?

Éste le dirigió una mirada sombría, pero respondió con franqueza.

—No lo sé. Pareces mantener una parte de ti misma a distancia, lejos de mí.

—Sólo llevamos dos días casados —protestó—. Y antes de eso, apenas nos conocíamos.

—Es cierto.

Pero su gravedad no desapareció.

Serena vio que, como se había temido, su felicidad se desvanecía, devorada por las muy razonables dudas de su esposo. Alegó que necesitaba descansar y fue a tumbarse en la cama, esperando a medias que se reuniera con ella y dejara que le entregara el único don que podía ofrecerle.

No lo hizo y hubo de reconocer con amargura que nunca la importunaría cuando alegase cansancio. Era demasiado caballeroso. Un señor, meditó. Eso era un valioso tesoro. Todo se le antojaba tan complicado, tan distinto de lo que había conocido.

La vida sería mucho más sencilla si él no fuera tan considerado y sensible, pero no podía lamentar esas cualidades.

Cuando esa noche se sentaron juntos para cenar, Arabella anunció que tenía la intención de irse de Hertford Street a la mañana siguiente para alojarse en casa de su amiga Maud durante el resto de su estancia en Londres.

—Válgame Dios, tía —soltó Francis con tono mordaz—. ¿Entonces te fías de que Serena estará a salvo en mis garras masculinas?

—¡Pipiolo! —bufó ella—. Si me necesita, no andaré lejos, que lo sepas.

—Yo no me preocuparía —arguyó el sobrino—. Al haberse casado conmigo, ahora es una Pícara, y ya he escrito a Beth Arden para ponerla al corriente de la buena nueva.

Serena escuchó el nombre con sorpresa, pero no dijo nada. Temía hacerse ilusiones.

Los tres hablaron con desgana de asuntos económicos y políticos un rato y finalmente la vieja señora volvió a poner una excusa para retirarse temprano, como había hecho en la noche de bodas.

Lord Middlethorpe se levantó para abrirle la puerta.

—Tu creciente falta de energía está empezando a asustarme, tía. ¿Quieres que te consiga un tónico reconstituyente? —ironizó.

—Si encuentras uno, tómatelo tú. Sospecho que pronto lo necesitarás.

Ante el súbito rubor en las mejillas de su marido, Serena agachó la cabeza para disimular una risita. Arabella era una joya. Si tan sólo la madre de Francis fuera igual que ella.

Serena, por su parte, no tenía ningún inconveniente en contribuir al agotamiento de su esposo y no tardó en anunciar que también ella deseaba acostarse. Tuvo cuidado de no mencionar la fatiga. Francis subió con ella hasta su habitación e incluso entró.

La joven esperó, pensando que quizá querría comenzar sus idilios en aquel momento, tal vez desnudándola. Sin embargo, no hizo nada, de modo que se dirigió al vestidor y llamó a su doncella para que la ayudara a prepararse para ir a la cama.

Deseó que hubiera empezado a hacer el amor con ella inmediatamente, porque ahora notaba que volvía a dominarla un cierto nerviosismo. Debía aceptar el hecho de que a él no le había complacido demasiado su comportamiento en la noche de bodas. Por desgracia, no estaba segura de qué hacer para mejorarlo. Podría contorsionarse y gemir, pero eso sería engañarlo.

Cuando la criada terminó, Serena se examinó en el espejo. Ahora por lo menos tenía un camisón nuevo. Al tratarse de una prenda de confección, no era nada especial —habían encargado otros mejores—, pero era de una batista de mejor calidad que el de la noche anterior y estaba orlado con delicados bordados y lazos en el cuello y los puños.

La puerta se abrió y entró Francis. Su esposa trató de disimular lo mucho que la había sobresaltado. A pesar de su buen carácter, cada vez que hacía algo que se salía lo más mínimo de lo habitual, se ponía tensa ante el temor de una sorpresa desagradable. No estaba siendo justa.

Estaba completamente vestido, pero debía de haber pasado por su dormitorio porque ahora llevaba una copa de *brandy* en la mano. La miró y algo en su expresión hizo que un levísimo escalofrío de inquietud recorriera sus hombros. Serena intentó convencerse a sí misma de que obedecía a su propia susceptibilidad a flor de piel, pero no lo logró.

Algo iba mal.

La doncella ya le había cepillado el cabello, pero se sentó frente al tocador y volvió a coger el cepillo, buscando angustiada una forma de romper el silencio.

—Has mencionado a Beth Arden —comenzó—. ¿Te referías a Beth Armitage?

Francis fue hasta ella, le quitó el cepillo y comenzó a alisarle el pelo.

—Así se apellidaba, sí. Su marido es amigo mío.

Sus maneras suaves contrastaban con la tensión que afloraba en él.

—¿Significa eso que la veré?

—No me cabe la menor duda.

El tono hosco de ese comentario no era posible obviarlo.

—¿No te parece bien?

Éste resopló con impaciencia.

—Deja de mirarme como si fueras un cachorrillo que espera recibir una patada. Si se me ocurriera siquiera prohibir que tú y Beth os vierais, ella pediría mi cabeza.

—¿Qué es todo eso de unos pícaros, milord? Suena muy perverso —se apresuró a decir, intranquila en vista de su enfado.

—La verdad es que no. —A pesar de lo rígido que estaba, las pasadas del cepillo eran pausadas y solícitas—. Éramos un grupo de compañeros del colegio que nos juntamos para protegernos de los abusones. Ahora sólo somos amigos, pero si cualquiera de nosotros tiene un problema, sabe que puede contar con la ayuda de los demás. Cuando se casó Nicholas —él era el cabecilla—, decretó que las consortes también serían miembros. Hasta la fecha, están la mujer de Nicholas, Eleanor, la de Lucien, Beth, y la de Leander, a la que todavía no conozco. Y Blanche, quizá.

Serena manifestó un gran interés por esto último.

—¿Por qué quizá Blanche?

¿Habría alguna esposa a la que no habían aceptado?

Francis le alisó unas cuantas veces más la melena.

—Blanche Hardcastle es una amante, no una esposa. —Dejó el cepillo y se alejó unos pasos—. Nicholas debería tener mis agallas. Por supuesto que es una Pícara.

—Oh. —Serena comenzó a dividirse y trenzarse nerviosamente el cabello, sin dejar de observarlo en el espejo—. ¿Yo también habría sido una de haber sido tu amante?

—Sí. Aunque no estoy seguro de lo que podría haber pasado cuando hubiera contraido matrimonio.

Se paseó inquieto por la habitación.

Ella se giró en redondo para observarlo, perpleja, sintiendo que le entraban náuseas.

—¿Tenías previsto casarte?

Él se paró en seco y le lanzó una mirada esquiva.

—Un hombre de mi posición debe hacerlo.

—Quiero decir, ¿tenías planes inmediatos de casarte?

Creyó que no le contestaría, pero Francis lanzó un suspiro.

—Probablemente la gente hablará de ello, de modo que más vale que lo sepas. Estaba a punto de declararme a lady Anne Peckworth.

Serena se sintió como si le hubieran dado un puñetazo en el estómago. Esa posibilidad no se la había ni tan siquiera planteado.

—Oh, Francis, lo lamento.

—Te he dicho que dejes de decir que lo lamentas.

—Pero...

—No. Lo hecho, hecho está y punto. Anne no tardará en encontrar otro marido. Es la hija de un duque y posee una cuantiosa dote.

La joven se volvió hacia el espejo, pero lo vio a través de un velo de lágrimas. ¿Cómo podría soportar aquello? Lo siento, musitó, pero lo dijo para sus adentros, y continuó trenzándose el pelo de forma mecánica. Vio que Francis apuraba la copa de *brandy*.

Se levantó pesadamente para ir al dormitorio, pero él le cerró el paso. Serena intentó pasar por alto la forma en que sus ojos recorrían su cuerpo —estaba en su derecho—, pero esa noche había en ellos una expresión que no le agradaba.

—Pareces una condenada colegiala —le espetó.

Ésta se observó en la luna y se le cayó el alma a los pies. Tenía razón. Había elegido ese camisón porque le había parecido mono, pero advirtió que su decisión había sido completamente desacertada. Era como los que se ponía en la escuela de la señorita Mallory antes de su primer matrimonio.

¿Y por qué, para acabar de rematar la imagen, se había peinado el cabello en dos trenzas infantiles? Quizá fuera porque habían hablado de Beth Armitage. Tenía el mismo aspecto que cuando las dos se sentaban en la cama por las noches para compartir esperanzas y secretos.

—Lo lamento —murmuró, y fue corriendo al tocador para soltarse el pelo. Tenía una ligera convulsión en las manos y los labios trémulos. Ahora lo había enfadado, y eso después de que hubiera sido tan bueno con ella. Y además había arruinado su oportunidad de desposar a la mujer que había elegido.

—Supongo que carece de importancia.

Oyó que la puerta se cerraba tras él. Francis se había marchado a su dormitorio. ¿Iría a buscarla esa noche? ¿Deseaba que lo hiciera?

Serena calmó sus temblorosas manos y apoyó la cabeza en los nudillos.

Él no quería estar casado con ella, y ella no quería estar casada con él; no así, al menos. Ansiaba volver a su época inocente, por eso había comprado ese ridículo camisón.

Quería tener quince años de nuevo y estar ilusionada con la obra de teatro del colegio. Quería flirtear con jóvenes como los de Summer Saint Martin y sucumbir lentamente a un amor inocente.

Deseaba unirse a un marido en el lecho conyugal conservando todavía alguna capacidad de asombro, poder explorar juntos los placeres del amor. En lugar de eso, no había nada que él pudiera enseñarle que ella no supiera ya y que no tuviera un motivo para detestar.

No era cierto, se dijo a sí misma, enderezando la espalda.

La pasada noche le había revelado el placer de la ternura y la generosidad.

Pero él hubiera preferido desposar a lady Anne Peckworth, pensó apesadumbrada. Todo ese afecto debería haber sido para ella.

Serena se aflojó con languidez el lazo del cuello y se abrió el escote del camisón todo lo que daba de sí, y a continuación sacudió la cabeza para soltarse la melena. Tras estos escasos retoques, se levantó pesadamente del taburete y se metió en la cama.

Lo cierto era que no esperaba que fuera a reunirse con ella, pero lo hizo, esta vez vestido con un largo caftán indio de color azul y al parecer sin nada debajo. De nuevo, no había acertado en su decisión; debería haberse quedado completamente desnuda. Pese a todo, el corazón le palpitaba con una confusa mezcla de angustia y expectación.

Francis apagó las velas y fue a ocuparse del fuego con movimientos diestros y seguros. La muchacha hubo de reconocer que el simple hecho de observar a su marido podía reportarle un infinito placer. Se despojó del batín, pero apenas alcanzó a ver su cuerpo un breve instante antes de que se metiera a su lado en la cama. En lugar de tocarla, se quedó acostado de espaldas en silencio.

Los minutos pasaron.

¿Era eso normal? Jamás en su vida había compartido el lecho con un hombre sin que hubiera existido algún tipo de relación sexual. Ni siquiera, pensó con furia, cuando éste había sido un extraño al que acababa de conocer.

¿Se suponía que debía hacer algo? Podía sentir la tensión en su interior, como una vibración que cruzaba la penumbra hasta ella. No pudiendo soportarlo más, alargó una mano para acariciarlo.

Él se movió de repente. Se le echó encima, le separó los muslos y la penetró de un brusco empellón.

Serena se quedó petrificada. Entonces él se detuvo y masculló algo. De inmediato, ella se relajó y lo recibió de buen grado. Solícita, le agarró las nalgas para hacerle saber que era bienvenido. Sus dedos se cerraron sobre los tensos músculos de los glúteos como movidos por una voluntad propia, masajeándolos mientras su esposo empezaba a moverse.

Francis satisfizo su deseo en silencio, sin tocarla ni con la boca ni con las manos, y al cabo, tras un breve estremecimiento, se echó a un lado y se dio la vuelta.

—Buenas noches —dijo.

—Buenas noches —respondió Serena en la oscuridad.

Capítulo 11

A la mañana siguiente Serena se despertó tarde y sola. Había pasado buena parte de la noche desvelada, evaluando la situación, que, en lugar de mejorar, había empeorado.

Él amaba a otra.

Una cosa era desposar a un hombre que no te amara y a quien tú no amaras; aún había margen para la esperanza, y otra muy distinta hacerlo con uno que querría haberse casado con otra. Sin embargo, no había escapatoria ni sitio donde ocultarse. Como él había dicho, a lo hecho, pecho.

Aquella mañana vomitó. Era la primera vez y la joven lo atribuyó más a su tristeza que a su embarazo.

Le hubiera gustado encerrarse en su cuarto, pero con eso no conseguiría nada, de modo que llamó a una doncella y se vistió para afrontar el día.

Encontró a Arabella sola en la sala del desayuno, leyendo el periódico. Aún quedaban indicios de que Francis había almorzado no hacía mucho.

La tía dejó a un lado el periódico.

—¿Cómo te encuentras, querida? Se te ve paliducha. No estarás haciendo demasiado, ¿verdad?

Serena se sentó y cogió una tostada fría.

—No.

—Santo cielo, jovencita. ¡Llama para que te traigan un desayuno en condiciones!

Antes de que ella pudiese protestar, Arabella llamó a la servidumbre.

—No tengo apetito.

—Aunque estés desganada, unas tostadas calentitas y un té recién hecho te lo abrirán.

Cuando llegó Dibbert, le dio las instrucciones pertinentes y acto seguido le dirigió a Serena una mirada escrutadora.

—Francis tampoco me pareció muy animado. ¿Os habéis peleado?

—¿Por qué íbamos a reñir?

—Ignoraba que los jóvenes necesitasen un motivo para discutir. ¿Te trata bien? No me iré si tú no quieres, lo sabes. Pensé que os iría mejor solos.

—No es necesario que te quedes.

—Por todos los diablos —prorrumpió Arabella—, ¡eres tan exasperante como él!

La muchacha alzó la vista al oír aquello.

—¿Dónde está?

—Ha salido. Ha dicho algo de Tatt's —y ante el ademán interrogante de Serena, añadió—: Es Tattersall's, cerca de Hyde Park Corner. Es un lugar donde subastan caballos, pero los hombres acostumbran a reunirse allí para saldar deudas de juego y cosas por el estilo.

—Oh.

Entró una criada con una bandeja llena a rebosar y puso sobre la mesa tostadas recién hechas, huevos y té bajo la supervisión del mayordomo.

—¿Querrá alguna otra cosa, milady? —preguntó éste.

Serena miró el imponente festín y dio un suspiro.

—No, gracias.

Recordaba que ayer mismo su apetito había mejorado bastante, pero eso fue porque Francis parecía contento. Ahora tuvo que hacer un esfuerzo para comerse una rebanada de pan y un poco de huevo.

La angustia la consumía y no podía seguir así.

—Arabella —dijo por fin—, ¿qué sabe de Anne Peckworth?

—Ah —exclamó la tía—. Es eso lo que te tiene tan abatida, ¿verdad? Es la segunda hija del duque de Arran.

Serena cogió entre las manos una taza de té para calentarse.

—¿Francis la ama?

—¿Cómo voy a saberlo? Una cosa es segura: no es probable que le proponga que sea su amante, ¿no te parece?, y menos aún que ella aceptase algo así. Es una señorita discreta y de conducta irreprochable.

«Todo lo contrario a mí», pensó la joven, desolada. Y aunque Anne y Francis fueran un dechado de rectitud, nada podía evitar que él la amara en su corazón.

—Tengo entendido que estaba a punto de pedir su mano —comentó Serena.

—Es muy probable. Hace más de un año que mi hermana lo atosiga para que lo haga. Ella y la duquesa son amigas, y cree que Anne es justo el tipo de dama recatada que le convendría a mi sobrino.

—Ella sabrá lo que le conviene.

—¡Ja! Cordelia sabe muy poco de estas cosas, si te soy sincera. Ella no ve realmente a Francis, sino al pequeño y desconsolado muchachito de doce años que perdió a su querido padre y de la noche a la mañana se convirtió en vizconde.

—¿Tú no crees que él y lady Anne harían buena pareja?

Arabella se levantó.

—No tengo una opinión formada al respecto. Bueno, entonces me voy. Pero recuerda, si me necesitas, estaré a sólo unas calles de aquí.

No había muchos hombres en la sala para socios de Tattersall's en aquella época del año, pero Francis encontró allí a Tom Allbright, dispuesto a pagar. El fornido hermano de Serena se hallaba sentado a una mesa trasegando cerveza negra de una jarra de un litro. Cuando Francis se reunió con él, puso en la mesa un paquete y una hoja de papel.

—Hice tasar las joyas, Middlethorpe, y las que hay aquí ascienden a un poco más de tres mil guineas, como verá. Confío en que estará satisfecho.

Éste notó algo extraño en él, una especie de regodeo. Echó un vistazo al documento, pero procedía de un orfebre de confianza. ¿Dónde estaba el truco? Resultaba inconcebible que Allbright se rebajase a cometer un timo tan descarado en un asunto tan público; sólo conseguiría que todos acabaran haciéndole el vacío.

—Totalmente satisfecho.

Pese a sus palabras, no lo estaba. Le gustaría darle una paliza a ese hombretón. Hete aquí alguien a cargo del bienestar de Serena que obviamente no había cumplido con su deber. En aquel momento ella podría estar muerta en alguna cuneta y a los Allbright no les importaría un maldito comino.

Al levantarse, se imaginó con placer la reacción de Allbright cuando se enterase de que se había casado con su hermana y que por lo tanto él, de manera indirecta, le había devuelto las alhajas. Lanzó una primera alusión.

—Me he casado hace poco, sir Thomas. Quizás alguna de estas joyas sea del agrado de mi esposa.

Éste alzó la jarra de cerveza.

—Enhorabuena, milord. Quizá lo sean.

Pero a Francis no le pasó desapercibido el brillo de malicioso regocijo en los ojos del hombre.

Al salir de Tattersall's, Middlethorpe tanteó el paquete pensativamente. Pesaba lo correcto y lucía el sello del joyero. Su primera intención había sido regresar a casa y dárselo a su esposa —podría ser una pequeña compensación por la forma en que la había tratado la noche anterior—, pero ahora dudaba.

Aún andaba consternado por lo que había ocurrido. Sí, se había enfadado con ella, por lo de Anne y porque Serena parecía estar jugando con él, pero había decidido manifestarle su disgusto no acostándose con ella. Por alguna razón, había cambiado de idea y se había metido en su cama. Su intención, sin embargo, era dormir con ella sin mantener relaciones carnales, para demostrarle que a él no se le podía manipular explotando sus bajas pasiones.

En lugar de eso, su cuerpo había tomado las riendas y la había utilizado sin la menor consideración hacia sus sentimientos ni su placer. Lo atormentaba la horrible sospecha de que si se hubiera resistido, la habría forzado.

No sabía cómo iba a enfrentarse a ella y abrigaba la esperanza de que las joyas fuesen de alguna ayuda, pero ya no lo tenía tan claro. Quizá fuera más prudente inspeccionar antes el contenido del paquete.

Se encaminó al club White's.

Era un día frío y gris, lo cual casaba a la perfección con su humor. Daría lo que fuera por tener a Nicholas cerca. Era la única persona a quien quizá podría confesarle su total ignorancia sobre cómo poner sus conocimientos en práctica cuando se viera arrastrado por aquella vorágine de pasión abrasadora. La noche del casamiento creyó que iba a explotar al contenerse para intentar complacerla. La anterior había sido aún peor.

No obstante, no pudo evitar un arrebato de indignación. Si al menos Serena se comportase de alguna manera que tuviese sentido, le serviría de ayuda.

En la granja de los Post había sido el goce erótico personificado; y mira adónde los había llevado. La noche de bodas le había parecido tan nerviosa e insegura como una muchachita virgen. Y ahora adoptaba un aire de ingenua colegiala haciéndole sentir como un villano por desearla.

¡La siguiente fase seguramente sería hacer votos eternos de castidad!

Y luego estaban esos momentos en que lo miraba como una niña aterrorizada.

Desde luego, su primer matrimonio sin duda no debió de ser nada agradable, pero ¿era ése un motivo para que se portara así con él?

Le gustaría que en la cama le dedicara alguna sonrisa que no fuera forzada, como cuando en la perfumería se habían reído de su excitación. ¿Era eso demasiado pedir?

Le encantaría recibir una caricia que no fuera forzada. No una de sus hábiles manipulaciones, sino una tierna y espontánea, quizás un dulce beso.

A ella no le agradaba que la besaran.

¿Qué demonios iba a hacer con una esposa a la que no le gustaba que la besaran?

Aunque despotricara, sabía que buena parte de su irritación se debía a que en cualquier momento la tormenta estallaría sobre sus cabezas.

Kipling ya habría puesto a su madre al corriente y había enviado una carta a Lea Park en la que informaba a los Arran de su enlace. Cabía suponer que los duques recibirían la noticia con gélida indiferencia, pero su madre no. Ella o bien guardaría silencio hasta que fueran a Thorpe, o bien tomaría una diligencia a la ciudad para descargar su indignación sobre ellos.

Por esa razón, también había mandado una misiva a Melton para informar a los Pícaros y pedirles su apoyo, tanto por Serena como por él mismo. Beth Arden sería un consuelo para ella.

A pesar de la tentación, no había avisado a Nicholas. Después de todo, era febrero, muy mala época para andar viajando con la familia, y sabía que a éste no le gustaba separarse de su mujer ni de su hija. De todas formas, estaba decidido a ir a Somerset en cuanto hubiera capeado el primer temporal.

Era un refugio tan bueno como cualquier otro.

Entró en el club White's rumiando diversas estrategias para salir del campo de batalla indemne, motivo por el que no reparó en Uffham a tiempo.

—¡Middlethorpe, viejo amigo! Me alegro de verlo.

Francis se quedó mirando al hermano de Anne desconcertado, sin saber qué demonios decir. Era evidente que el joven no estaba al tanto de la noticia.

—Le complacerá saber que Anne se encuentra en plena forma —prosiguió éste, en la inopia—. Lo veremos pronto, ¿no?

El aludido respiró hondo, hizo una seña a Uffham para que lo siguiera a una de las salitas privadas y cerró la puerta.

—¿Ocurre algo? —preguntó el muchacho, aún sin sospechar nada.

—Sí —repuso su interlocutor, posando con cuidado el paquete encima de la mesa—. Lo cierto es, Uffham, que me he casado.

Lord Uffham lo miró con una expresión atónita en su agradable semblante.

—No se habrá casado con Anne en secreto, ¿verdad?

—Mi esposa se llama Serena. Contrajimos matrimonio hace dos días.

Todavía tardó unos instantes en comprender.

—¡Dios santo! ¡Usted... canalla!

Presintiendo lo que se avecinaba, Francis dio un paso atrás y alzó una mano.

—Piénselo un momento. Su familia no querría que esto fuera motivo de escándalo.

Con visible dificultad, Uffham se tragó las ganas de retarlo.

—¿Lo sabe Anne? —preguntó con frialdad.

—Debería. Escribí tan pronto como me puse la soga al cuello.

Uffham abrió unos ojos desorbitados.

—Dios santo, Middlethorpe, ¿por qué? La pobre Anne debe de tener el corazón destrozado, y yo creía... creía que la apreciaba.

—Y la aprecio, pero quizá no lo suficiente. Serena está en estado.

El joven se sonrojó.

—Ya veo. En mi opinión, Anne ha tenido suerte de escapar.

—Probablemente sea cierto.

Uffham salió de la salita sin mediar más palabras. Francis respiró hondo. No había sido agradable, pero al menos había conseguido evitar un duelo. Eso ya hubiera sido la gota que colma el maldito vaso.

Un golpe en la puerta lo sacó de su abatimiento. No acertaba a imaginarse qué razón tendría nadie para presentarse allí, a no ser que el muchacho se lo hubiera pensado mejor y le enviase a sus padrinos.

Avanzó con paso decidido y abrió la puerta bruscamente.

Lucien de Vaux enarcó las cejas.

—Uffham me ha dicho que estabas aquí solo.

Francis se rio aliviado.

—Siempre que no seas uno de sus padrinos, pasa.

En cuanto la puerta estuvo cerrada, su amigo dijo:

—¿Padrinos? ¿Por qué diablos querría retarte a un duelo?

—Porque poco menos que he dejado plantada a su hermana.

—Ah. Pero ese tipo de cosas no serviría de mucho.

—Creo que lo he convencido de ello. Lo que ocurre es que no estaba al corriente, por lo que ha sido como un escopetazo para él.

—También lo ha sido para mí. Intuí que había algo entre tú y Serena Riverton, pero... No creí que te casarías con alguien que no pudiese darte un heredero.

—Está embarazada —aclaró Francis—. Por Dios. ¡Quizá debería publicarlo en los periódicos! «Lord Middlethorpe desea anunciar que ha contraído matrimonio con Serena, viuda de lord Riverton, por haberla preñado hace tres malditos meses.»

Lucien tocó la campanilla. Acudió a la llamada un discreto sirviente y pidió *brandy*. Cuando volvió con la botella, llenó dos copas y le dio una a Francis.

—¿Es ése el único motivo por el que te casaste con ella?

Middlethorpe le dio un largo trago al licor.

—Prácticamente estaba prometido a Anne Peckworth. Supongo que no me habría echado atrás sin esa pistola apuntando a mi cabeza.

—Pero ¿lo lamentas? Si no hubieras estado haciéndole la corte, ¿te habría importado esa pistola?

—Empiezas a sonar como Nicholas —observó éste cáusticamente—. Pero ni por asomo lo haces tan bien como él, así que ni te molestes.

—Señor todopoderoso —exclamó su camarada—. Lo siguiente será que me retes a un duelo, y eso que sólo pretendo ayudar.

Francis se pasó una mano por el cabello.

—Disculpa. No estoy pasando por uno de los mejores momentos de mi vida, Luce, y todavía tengo una conversación seria pendiente con mi madre, y probablemente con el padre de Anne, antes de que empiece a ver un atisbo de luz. —Y volviéndose hacia Lucien dijo—: ¿Deduzco que Beth está aquí?

—¿Después de recibir la asombrosa noticia? Estamos todos aquí, en la mansión de Belcraven, excepto Hal y Blanche, claro, que se alojan en la casa de ella.

—Gracias a Dios. Confío en que Beth apoye un poco a Serena. Esto tampoco será fácil para ella.

—Desde luego. A propósito, ¿por qué no venís esta noche a cenar al Palacio?

Los Pícaros siempre habían llamado a la majestuosa residencia ducal el Palacio.

—¿A Beth no le importará?

—Te cortaría la cabeza por pensarlo siquiera. De hecho, lo propuso ella. Por si no habías caído, Serena y Beth no sólo son compañeras de colegio, sino que además van a ser madres casi al mismo tiempo. Ahí tienes un vínculo que haría temblar a cualquier hombre.

Eso logró arrancarle una risa hasta a Francis.

—Gracias a Dios por los Pícaros.

—Amén.

Se pusieron en movimiento para irse y al recoger el paquete, Middlethorpe se acordó del motivo por el que había ido al club.

—Espera, Luce. He de comprobar una cosa.

—¿Qué es?

—Las joyas de Serena, que me ha entregado Allbright en pago por su deuda. Pensaba ir y ponérselas victoriosamente sobre el regazo, pero ahora...

—¿Ahora?

—Tenía una expresión en los ojos que no me gustó. Si me ha hecho alguna jugarreta, no quiero que ella se entere.

Rompió los precintos y desenvolvió el fardo.

Cada una de las alhajas venía en su propio saquito. Vació el primero. Luego otro. Y otro, hasta que toda la brillante colección quedó desparramada sobre la mesa.

Sin duda allí había por lo menos tres mil libras en metales y piedras preciosas, pero no era de extrañar que los Allbright no hubieran puesto resistencia a desprenderse de ellas. Sería difícil venderlas por nada parecido a su valor real.

Para empezar, eran de factura burda y de mal gusto. Resultaba chocante que alguien lograra que el oro, los zafiros, los rubíes y las perlas parecieran chabacanos, pero allí estaba la prueba. Algunos de los diseños eran francamente procaces, como una gran perla barroca con la forma exacta de un pene erecto, aunque la mayoría eran simplemente vulgares. Era imposible imaginarse a una dama luciendo tales joyas en público.

Cogió una cinta de rubíes y esmeraldas que tenía todo el aspecto de ser la correa de un perro mimado. Cuando se fijó en la cadena de oro unida a ella, se dio cuenta de que, a su modo, eso es lo que era. Lo que él había tomado por un brazalete eran en realidad un par de grilletes.

—¿La victoria para las fuerzas de la luz? —preguntó Lucien, y se acercó.

Francis hizo ademán de tapar las alhajas, pero comprendió que era inútil. Sin embargo, De Vaux interpretó su gesto y se puso serio. Examinó en silencio el brillante repertorio.

—Desengarzadas valdrán bastante —observó al fin.

—Sí.

Middlethorpe estaba lívido de rabia ante esas pruebas de una esclavitud que apenas podía siquiera imaginarse.

Lucien las metió sin miramientos en la bolsa de mayor tamaño.

—Déjaselas a un orfebre discreto y manda hacer otras mejores. Y bien, ¿os veremos esta noche en el Palacio?

—Sí —afirmó el joven, con la mente todavía en las joyas—. Gracias, Luce.

—No tiene importancia.

A Francis no se le escapó que ese comentario no hacía referencia únicamente a la invitación, pero era incapaz de suscribirlo.

Había acusado a Serena de parecer un cachorrillo asustado y su primer marido le había regalado un collar de perro.

Le había dicho que no pensaba azotarla, y en aquella colección había un látigo con el mango enjoyado.

La había tomado en silencio en la oscuridad como si fuera un objeto y no una persona, y resultaba evidente que Riverton la había tratado como un objeto y no como a una persona.

Se fue del club derecho a casa, sin estar en absoluto seguro de qué hacer.

En el camino de vuelta a Hertford Street se cruzó con un chaval que pregonaba la venta de un cachorro por la calle. Jamás había visto a nadie hacer una cosa así, pero el chico, que tendría unos diez años, iba cargado con un cesto cubierto con un trapo y gritaba: «¡Cachorro! Cachorro en venta. ¡Un bonito y sano cachorrito!»

Llevado por un impulso, Francis se paró y dijo:

—Déjame ver.

El rostro del chiquillo se iluminó y retiró el paño para enseñarle un amodorrado bulto de pelo dorado. El animal se despertó al instante y se puso a arañar la pared del cesto, meneando la cola furiosamente. Tendría unas diez semanas.

—¿Por qué lo vendes? —preguntó Middlethorpe.

—Sólo nos queda éste, señor. Mi padre dice que la ahogará si sigue en casa esta noche. Es un poco pequeña, ve, por eso nadie la quiere, pero está sana y es muy buena.

—¿De qué raza son sus padres?

Le rascó las orejas a la perrilla, que sin duda parecía muy cariñosa.

—Su madre es sobre todo spaniel, señor, pero del padre no estamos seguros.

Un verdadero chucho, mejor dicho. Fue una idea disparatada, pero Francis quería llevarle un regalo a Serena y estaba claro que las joyas no eran apropiadas.

—¿Cuánto? —preguntó.

El muchacho lo miró con expresión astuta, pero finalmente dijo:

—Para serle sincero, señor, la dejaría gratis en una casa donde la trataran bien. Si la quiere, tendré que cobrarle tres peniques por el cesto, eso sí. Es de mi madre.

Lord Middlethorpe cogió la canasta y le dio al mozalbete una corona.

—Por tu sinceridad. Descuida, tendrá un buen hogar.

El chico abrió los ojos como platos.

—¡Gracias, señor! ¡Que Dios lo bendiga!

Francis siguió su camino cargado con la canasta y con la seguridad de que ese día al menos había hecho feliz a una persona. Cuando un rayo de sol rasgó las nubes y bañó la calle con su luz, lo tomó como una señal de aprobación desde arriba.

Se imaginó regalándole el cachorro a Serena y siendo recompensado con un sinfín de placeres. Como era de temperamento práctico, sin embargo, también se figuró al animalillo ensuciándole el vestido por la emoción nada más llegar. Por esa razón, en lugar de entrar por la puerta principal, decidió hacerlo cruzando las caballerizas con el fin de pasar por el jardín, donde la perrita podría aliviarse. Con un poco de suerte, ya habría aprendido algo sobre el tema.

Mientras avanzaba por la vía de acceso de los carruajes, se topó con un caballero abstraído que iba en sentido contrario. Éste se hallaba claramente ensimismado en asuntos de importancia, pero al ver a Francis se detuvo como para decir algo. Entonces sacudió la cabeza y prosiguió su camino.

Middlethorpe se volvió para mirar al hombre, que se alejaba a grandes zancadas. ¿Se estaba volviendo loco o le había parecido que se había sobresaltado al verlo? Estaba seguro de que no lo conocía. Sería por lo menos diez años mayor que él, muy alto y robusto. Tenía unas anchas espaldas bajo el abrigo y rubicundas mejillas que indicaban buena salud.

Francis se encogió de hombros. Evidentemente, ya tenía suficientes complicaciones en su vida sin necesidad de ponerse a buscar misterios donde no existían. Entró en el jardín de su casa y dejó salir al cachorro.

Una vez que Arabella se hubo marchado, Serena dedicó la mañana a explorar su nuevo hogar. Descubrió que su suegra disponía allí de un dormitorio y un tocador. Su esposo, por otra parte, rara vez se alojaba en aquella casa, pues solía hacerlo en una residencia de soltero que tenía alquilada, y que posiblemente aún tuviera, en otra parte.

Se preguntó si seguiría conservándola y qué uso le daría.

Aquella vivienda, no obstante, era con toda claridad de su madre, lo cual era una noción deprimente.

Cuando vio salir el sol, llamó para que le llevaran una capa y salió a explorar el jardín de la parte trasera. Era muy grande para un vergel urbano y estaba ingeniosamente concebido a fin de dar la impresión de un espacio íntimo y rural. Largos caminos serpenteaban entre setos y glorietas, de forma que a veces tenía la sensación de estar en un gran parque. En esa época del año algunos arbustos y matas habían perdido las hojas, pero Serena pensó que en verano debía de ser una auténtica delicia.

Se encontró con un jardinero que arreglaba un arriate, el cual la saludó llevándose una mano a la frente.

—Es un jardín precioso —comentó ella.

—Sí, milady, ya lo creo que lo es. Lo planeó la señora hará ya cosa de veinte años, sí.

Serena sonrió y continuó paseando, pero ese pensamiento la deprimía.

En febrero la vegetación escaseaba, aunque al fondo del jardín, donde el sol daba con más fuerza, reparó encantada en una masa de flores doradas y violetas de azafrán de primavera salpicada de delicadas campanillas de invierno. Se puso en cuclillas para admirarlas de más cerca, quitándose incluso los guantes para tocar los delicados pétalos. Casi se cae del susto al oír una voz exclamar:

—¡Maldición, Cordelia!

Se puso de pie con dificultad y se volvió hacia un hombre, grande y rubicundo, el cual se quedó de piedra.

—Discúlpeme, señorita. Creí que era usted lady Middlethorpe.

— Soy lady Middlethorpe, señor.

La muchacha se alejó unos pasos; en aquel momento, el aislamiento que procuraban los setos podía resultar peligroso. Lanzó una rápida mirada hacia atrás y vio una portezuela en el muro, que presumiblemente conducía a las caballerizas.

—¿Cómo? —Su semblante se animó—. ¿Así que Middlethorpe se ha casado? Usted debe de ser lady Anne.

Serena notó, mortificada, que se sonrojaba.

—No, señor. Me llamo Serena y soy lady Middlethorpe.

Su familiaridad con la familia comenzó a aplacar sus temores.

—¿Quién es usted, si puede saberse?

—Ferncliff. Charles Ferncliff.

Casi distraídamente, le entregó una tarjeta de visita con su nombre grabado en ella.

—Muy bien, señor Ferncliff, si, como me figuro, desea usted hablar con la madre de mi marido, debo advertirle que todavía está en el campo.

—Al ver el aldabón en la puerta, pensé... —masculló.

Entonces clavó en la joven mujer unos ojos penetrantes. Era un hombre guapo y vigoroso, con una expresión inteligente y honrada, y a pesar de su extraño comportamiento, a Serena se le pasó el nerviosismo.

—Como bien supone —corroboró—, tengo asuntos importantes que tratar con lady Middlethorpe. La viuda de lord Middlethorpe —se corrigió. De pronto se echó a reír—. Dudo que le guste ser «la viuda de». Aún hay esperanza. ¿Sabe si se la espera en la ciudad?

—No, señor, no lo sé. Sin embargo, si desea hablar con ella, el priorato de Thorpe no queda muy lejos.

Charles negó con la cabeza y sonrió sarcástico.

—Cuando se entere de esto, vendrá —Hizo una reverencia—. Le deseo lo mejor, lady Middlethorpe, y felicite de mi parte a su marido.

Y acto seguido, se marchó.

Serena pensó en aquel extraño encuentro y decidió que no tenía ni pies ni cabeza. No obstante, no pudo por menos que preguntarse qué clase de mujer sería la madre de Francis. Jamás se le hubiera pasado por la cabeza que la imponente dama del retrato fuera del tipo que se relacionaría con el señor Ferncliff, y mucho menos clandestinamente en el jardín. Se dio cuenta de que todavía tenía su tarjeta en la mano y se la guardó en el bolsillo del vestido. Le preguntaría a Francis sobre todo aquello cuando volviese.

Si es que regresaba. Por supuesto que lo haría, pero aun así la embargaba el temor irracional de que la hubiera abandonado para siempre.

Se encaminó hacia la casa con tristeza. En Summer Saint Martin se había acostumbrado a estar ocupada, pero aquí todo estaba tan bien administrado que no necesitaba hacerse cargo de nada. Acabó sentada en el salón sin otra cosa que hacer que preocuparse.

Middlethorpe se sorprendió al encontrarla sentada sola en el cuarto de estar. Se había olvidado de que Arabella se iba y de que no tendría compañía. Su mujer no conocía ni a un alma en la capital aparte de sus hermanos. De ahora en adelante tendría que prestarle más atención a su esposa.

En aquel momento, sin embargo, lo invadió un cierto desasosiego respecto al regalo, pues empezaba a parecerle un gesto tonto y sensiblero. Quizá ni siquiera le gustasen los perros, y un cachorro requería muchos cuidados. Por lo menos el animal se había aliviado en el jardín, aunque luego se había mostrado remiso a entrar de nuevo en el cesto.

Cuando entró en la estancia, Serena se puso de pie de un salto, nerviosa, con los ojos fijos en la canasta.

—Hola. ¿Qué diantres es eso?

¿Le tenía miedo?

—Es un regalo. Si no te gusta, podemos buscarle otro sitio.

Puso el cesto sobre la mesa.

La joven se acercó lentamente. Su marido reparó con gran dolor de su corazón en lo claramente que desconfiaba de las sorpresas. Deseaba aliviar sus penas y enseñarle a ser dichosa, pero no estaba seguro de saber cómo hacerlo. Se acordó de cuando la había visto en Summer Saint Martin sentada en el muro y animando a sus pretendientes de pega. Estaba feliz, pero su ventura había volado al llegar él.

Lo miró nerviosa y a continuación levantó el trapo. Al instante, un hociquillo húmedo presionó su mano mientras el cachorro pugnaba por salir.

—¡Oh! —Vacilante, cogió el pequeño bulto de pelo dorado en sus brazos. La perrilla comenzó a olisquearla, debatiéndose sin cesar, y casi se le cae de las manos por lo excitada que estaba. Meneaba la colita frenéticamente y retorcía todo el cuerpo.

—Oh, qué cosita tan dulce. ¡Eres adorable!

Al decir eso, alzó los ojos y Francis por un momento creyó que esas palabras iban dirigidas a él. El corazón le dio un extraño y anatómicamente imposible vuelco.

—Entonces, ¿te gusta? —preguntó.

Serena estaba resplandeciente. Y contemplarla así era una visión infrecuente y maravillosa.

—¡Es precioso! ¡Gracias!

Estrechó al cachorro contra su pecho, susurrándole tiernas tonterías y riéndose cuando le lamía la barbilla.

—Ya ha demostrado su valía —dijo él, y sacó un par de guantes del bolsillo—. Son tuyos, creo. Los ha encontrado en el jardín y se ha empeñado en que los guardara.

La muchacha miró al animalillo con una sonrisa.

—¡Qué lista eres!

Cogió los guantes y se arrodilló para suspenderlos delante de la cara de su nueva mascota.

Francis se dejó caer en una silla y se limitó a observar a su esposa mientras jugaba con la perrita. Advirtió que lo hacía como alguien que ha olvidado cómo se juega, pero que está absolutamente dispuesto a que se lo recuerden.

Y un cachorro, por lo visto, era un excelente estimulante de la memoria.

Se había tumbado en el suelo, dejando que el animal correteara a su alrededor, pero el cachorro parecía tan fascinado con ella como ella con él. Le hurgaba entre las faldas, tiraba de un lazo de las chinelas y regresaba con frecuencia a interesarse por los guantes. Serena estaba tendida de espaldas, riéndose sin parar, y la perrita se encaramó a su pecho y hundió el hocico en el corpiño. Ella soltó una risita y la besó, luego chilló cuando se enredó en su pelo, que se había soltado de las horquillas y le bailaba alrededor del rostro.

Middlethorpe se arrellanó en el asiento, contemplándolo todo con intensa y cálida satisfacción. Algo bueno estaba saliendo de ese día, y el futuro ya se presentaba más prometedor.

En aquel mismo instante, la puerta se abrió de golpe y entró su madre con paso altivo y decidido, envuelta en pieles y aires de justificada indignación.

Se detuvo en seco.

Serena se incorporó con presteza y abrazó al cachorro contra su pecho en ademán protector.

Su esposo dio un suspiro. Habían sido unos breves momentos de placidez. Se levantó.

—Hola, madre.

La doncella de lady Middlethorpe se encontraba detrás de ella, pero la viuda le cerró la puerta en las narices.

—¡Francis, ¿cómo has podido?!

Clavó en la joven unos ojos como dagas.

—Madre, le presento a mi esposa, Serena. Si no está dispuesta a ser cortés con ella, será mejor que se retire en el acto.

Serena se puso en pie a toda prisa, alisándose la falda y tratando de recogerse la alborotada cabellera.

La viuda la fulminó con los ojos.

—¡Serena Riverton!

Pero entonces las palabras de su hijo parecieron calar en ella y respiró hondo.

—Té. Necesito un té.

Se desprendió de la capa de pieles en un santiamén y se sentó muy envarada en una silla.

Serena metió al cachorro en su cesto y se apresuró a tocar la campanilla. Cuando entró la criada, pidió una bandeja de té.

Francis dejó que su madre lo fusilase con la mirada. Ella era el menor de sus problemas.

—Francis —dijo por fin—, tengo que hablar contigo en privado.

Éste se giró hacia su esposa y le dedicó una sonrisa.

—Será mejor que nos dejes para que acabemos cuanto antes, amor.

Vio que Serena se sorprendió al oír aquel apelativo cariñoso, pese a que había salido sin esfuerzo de sus labios. Recogió la canasta y se dispuso a salir, pero antes se volvió hacia su suegra.

—No ha sido culpa suya —afirmó muy seria—. De verdad que no.

—¡Serena!

Francis tuvo que ser brusco antes de que hiciera una revelación desastrosa, pero no le gustó nada la mirada asustada que le dirigió. La muchacha tragó saliva y se retiró a sus aposentos con el cesto entre los brazos. Ahora comprendía mucho mejor sus temores y deseó desesperadamente ir en pos de ella para tranquilizarla.

—La verdad, Francis —comenzó su madre en cuanto se cerró la puerta—, debes de haber perdido la razón. Y además esta chica es una completa descarada. ¡Estaba en el suelo, enseñando las ligas!

—Sólo a mí, madre —repuso éste con suavidad.

—¿Y qué ha pasado con Anne?

El joven se miró las botas.

—Lo siento por ella. Pero encontrará a otro con el que le irá igual de bien o mejor.

—El duque y la duquesa se mostrarán muy disgustados.

—Estoy seguro de que lo estarán.

—¿Por qué no pudiste al menos casarte con ella con una ceremonia como Dios manda?

Ya estábamos otra vez. Definitivamente, debería publicarlo en los periódicos.

—Porque está encinta.

Lady Middlethorpe se quedó boquiabierta.

—¿Quieres decir que...? ¿Mientras le hacías la corte a lady Anne, estabas...? ¡Desgraciado!

—Estoy seguro de que tiene usted razón.

Llegó la bandeja del té. En vista de que su madre no parecía dispuesta a moverse, él mismo lo vertió en las tazas y se lo sirvió. Estaba realmente afectada y no podía culparla por ello.

La mujer se lo bebió de un trago.

—Francis, encuentro todo esto muy difícil de creer en ti.

—Gracias.

Lo miró fijamente.

—¿No puedes decirme por qué? Creía que te conocía bien, que sabía qué tipo de hombre eras.

Aquello estaba resultando mucho más difícil de lo que había previsto. Podía desentenderse de su madre, negarse simplemente a responder a sus preguntas, pero eso no sería justo. Aunque tampoco podía decirle la verdad.

—Creí que Anne sería una buena esposa para mí, madre, pero... Fue en noviembre, cuando fui a ocuparme del asunto de Ferncliff; conocí a Serena, nos comportamos de forma imprudente y hubo consecuencias. La única salida honorable para mí era casarme con ella. Le pido por favor que sea amable con ella.

Sus palabras causaron una profunda impresión en la viuda, cuyo semblante se descompuso a ojos vista.

—En noviembre. Oh, no.

—Está de tres meses —confirmó—. La situación será evidente cuando nazca el bebé.

Su madre lo miró con una expresión trágica en los ojos.

—Madre, tampoco es para tanto —protestó él—. La gente hablará, pero estas cosas pasan.

—Pero tú y Anne hacíais tan buena pareja...

Francis sabía que si quería que la paz reinara en aquella casa, tendría que poner fin a aquello.

—Amo a Serena, madre.

—¿De verdad la amas, cariño?

—Sí.

—¿Y ella te ama a ti?

—Creo que sí.

Pardiez, él, que siempre había sido un tipo tan sincero. Franco de nombre, franco de carácter, le había dicho una vez Nicholas para tomarle el pelo.

Su madre se quedó pensativa, con la vista clavada en el vacío.

—¿Tú crees que el amor bastará para compensar todo lo demás que está en tu contra?

—Ruego para que lo sea. Pero tampoco es para tanto.

—Desde luego que lo es —replicó ella, retomando su habitual actitud enérgica—. Los Arran se sentirán gravemente ofendidos y me caben serias dudas en cuanto a que alguien de nuestro círculo la acepte. ¡La viuda de Matthew Riverton!

—Procede de una respetable familia de la pequeña nobleza.

Le lanzó una mirada glacial.

—Los Allbright son unos patanes desde hace generaciones. Conocí al padre de la chica. Lo mejor será que mañana nos traslademos todos a Thorpe.

—Me temo que eso no es conveniente.

—¿Y con qué objeto quieres permanecer aquí, si puede saberse? ¡En Londres hay muy pocas personas relevantes y tú careces de las relaciones sociales necesarias para presentar en sociedad a una esposa de dudosa reputación!

—Esta noche vamos a cenar en la mansión de Belcraven. Beth Arden es amiga de Serena.

Lady Middlethorpe lo miró fijamente.

—¿La marquesa...? —Pero entonces la sorpresa se tornó en desprecio—. Ah, una de los Pícaros. Y era una maestrilla de escuela sin un penique antes de embaucar a Arden para llevarlo al altar —suspiró—. No obstante, eres mi hijo y no dejaré que sufras por... Supongo que tendré que quedarme y tomar cartas en el asunto antes de que lo fastidies todo aún más.

Y tras esa arenga, abandonó la estancia con paso marcial.

Francis se desplomó sobre una silla, con la cabeza entre las manos, acosado por visiones de lo que podría haber sido. Podría haberse casado con Anne Peckworth; un enlace decoroso al menos uno o dos meses después de anunciar el compromiso. Habrían sido acogidos con el beneplácito y los parabienes de todos. Ella se habría comportado con tímido recato en el lecho conyugal y habrían pasado al menos nueve meses antes de que naciera su primer hijo.

Era una visión idílica.

Se levantó y se obligó a desechar tales pensamientos. El rumbo estaba fijado y era tan sólo cuestión de sobrellevarlo lo mejor posible. Ningún escándalo dura eternamente.

Fue a informar a Serena de los planes que había hecho para esa noche.

—¿Cenar fuera? Oh, pero todavía no tengo un vestido adecuado para salir.

Era una excusa. No le había pasado desapercibida la reacción de la viuda y temía que fuera a ser igual con todas las personas que conociera. Al ser una Allbright, no era de alta alcurnia; y como viuda de Riverton, estaba deshonrada. Había estado dando vueltas por la habitación, consolándose con el hecho de que su sencilla ropa de campo hacía de todo punto imposible que alternase en sociedad. Ahora que su madre había hecho acto de presencia, seguro que se marcharían al campo sin más tardanza.

—El azul servirá. No será una reunión formal.

—¡En una mansión ducal!

—Aun así, sólo estaremos los Pícaros. —Cogió una delicada estatuilla y acto seguido la volvió a posar con bastante brusquedad—. Confía en mí. No tienes nada que temer. Te pido disculpas por lo de mi madre.

—¡Oh, no lo hagas! Tiene derecho a estar disgustada.

—Sí, supongo que sí. Gracias por ser tan comprensiva. —La miró con expresión sombría—. Y quiero hablarte de Anne.

La joven hizo un gesto para detenerlo. Lo último que quería era conversar sobre su amor perdido. Francis le agarró la mano con firmeza.

—Serena, ni amaba ni amo a Anne Peckworth. Tienes que creerlo.

Escrutó sus ojos y creyó ver en ellos sinceridad.

—Pero querías casarte con ella.

—Sí. Habría sido una esposa apropiada. La tengo en gran estima, a ella y a su familia. Quizás el amor hubiera llegado con el tiempo, o eso esperaba yo.

Serena confiaba en que el dolor que le causaba cada una de sus frases no se reflejase en su rostro, porque él estaba tratando de ser amable y sincero. Quién sabe si con el tiempo el amor también podría surgir entre ellos, pensó, aunque sin grandes esperanzas. Ella no era una mujer adecuada y seguro que él detestaba a su familia.

—Gracias por ser tan sincero —dijo.

—Siempre seré sincero contigo. ¿Puedo esperar que me pagues con la misma moneda?

—Sí, por supuesto.

Francis le acarició la mejilla con ternura.

—Entonces creo que todo irá bien entre nosotros.

Creyó que le iba a dar un beso, y pese a lo mucho que le desagradaba todo aquel asunto tan turbio, lo habría aceptado de buen grado, pero no lo hizo. Su marido miró al cachorro, que dormía profundamente en el cesto.

—¿Te gusta?

—La adoro. La he llamado *Brandysnap*, *Brandy* para abreviar. ¿Crees que es un nombre tonto?

—En absoluto. Y al menos parece tener sus necesidades bajo control, lo que nos hará la vida más fácil.

—No del todo —refutó Serena con una sonrisa irónica—. Ha ensuciado este vestido un pelín. Iré a cambiarme en seguida. Pero la vi convenientemente arrepentida.

Eso hizo sonreír a Francis.

—Una damita bien criada embargada por la emoción. No obstante, creo que necesitarás que alguien te ayude a cuidarla. Tenemos un chico que ayuda en la cocina al que tal vez podamos convencer para que se ocupe de ella cuando tú no puedas, a juzgar por cómo la miraba mientras la dejaba correr por el jardín.

Serena se inclinó sobre el cachorro para ocultar su rostro. «En verdad eres un buen hombre, pensó. Eres sincero, saliste en mi defensa sin vacilar enfrentándote a tu madre y reparas en los deseos del muchacho de la cocina. Te mereces algo mejor que este desastre y quiero dártelo. Ojalá supiera cómo.»

—Es una buena idea —convino.

Recobró la calma y se volvió hacia él, por una vez agradecida de haber aprendido el arte de disimular sus emociones en una escuela implacable.

—¿A qué hora saldremos esta noche?

Capítulo 12

*S*erena dedicó el tiempo de que disponía antes de salir a intentar pensar en formas sensatas de mejorar las cosas, pero con escaso resultado. No sabía nada de la vida de la alta sociedad.

Había pasado de la escuela a una prisión y no conocía el mundo en absoluto. Alcanzaba a comprender, no obstante, que su marido no sería feliz si fueran excluidos de la vida en sociedad. ¿Y cómo iban a evitarlo una vez que se supiera que era la viuda de Randy Riverton? El anuncio de su boda lo sacaría a la luz, pero incluso si lograban eludir aquel riesgo, sólo haría falta un encuentro con alguien que hubiera estado en Stokeley para que estallase el escándalo.

Cuando era la esposa de Matthew, éste nunca la había obligado a participar en los espectáculos públicos de las labores sexuales que tanto divertían a sus invitados, pero la había forzado a mirar. En los últimos años de su matrimonio, parecía que éste se excitaba poniéndola en situaciones incómodas.

La había obligado a adoptar «posturas», como las que la modelo Emma Hamilton había hecho célebres, y en ocasiones impúdicas, ligera de ropa. Había dependido sobre todo de si Matthew estaba contento o enfadado con ella. Después de saber que era estéril, casi siempre había estado enojado.

Ahora recordaba aquella época como un mal sueño, pero que todavía proyectaba su aciaga sombra sobre su vida actual. Acobardada bajo aquella negra visión, abrigaba muy pocas esperanzas de que reunirse con Beth Armitage le sirviera de ayuda. Ésta había permanecido a salvo en la escuela de la señorita Mallory hasta que se casó. No podía saber nada de la existencia que había llevado ella y sin duda no la entendería.

La joven tampoco se sentía cómoda ante la perspectiva de conocer a los amigos de su esposo. Tendría que alternar con un grupo de gente que se pondría de parte de él, que vería lo negativo de las circunstancias en las que se hallaba y que la culparían.

Cuando el carruaje se adentró en una de las plazas más distinguidas de Londres, se preguntó qué le habría contado Francis a sus amistades. Seguro que no se lo había contado todo. Pero ¿cómo si no les había explicado su comportamiento?

El coche de caballos se detuvo frente a la majestuosa escalinata de un gran palacete de Marlborough Square. El lacayo fue a dar un aldabonazo y a continuación abrió la portezuela del carruaje y bajó el estribo. Antes de que sus ocupantes alcanzaran el inmenso portón, apareció un pequeño ejército de sirvientes prestos a atenderles.

Los hicieron pasar a un espléndido vestíbulo de mármol con decoraciones doradas. Serena lo miraba todo, pues nunca había visto nada tan fastuoso. Aquello sólo consiguió acrecentar sus temores y no se despegó del lado de su marido.

No obstante, no bien se hubo quitado la capa, salió a recibirla cálida e informalmente una hermosa mujer a la que lady Middlethorpe reconoció en el acto: era Beth.

—¡Serena! ¡Esto es lo más maravilloso del mundo! —La tomó del brazo—. Nos vamos a divertir tanto y a ponernos nauseabundamente maternales las dos juntas. Hablando de náuseas, ¿has tenido? ¿No? Yo tampoco, pero a veces me dan mareos.

Llevó a su amiga en volandas a un acogedor saloncito y le presentó a un hombre rubio asombrosamente guapo. Y de ese modo se encontró la joven dándole la mano al heredero de un ducado y con que éste le besaba la mano con sensual pericia en los nudillos y en la palma.

—Soy un gran conocedor de la belleza —dijo con un irresistible brillo en sus ojos azules—. Muy bienvenida seas, Serena.

Por alguna razón, fue incapaz de sentirse ofendida, pero se ruborizó.

—¡Luce!

Serena oyó el enojo en la voz de su esposo y retiró la mano bruscamente, sintiéndose culpable. ¿Iba su maldita belleza a destruir también esta amistad?

El marqués y su mujer se volvieron sorprendidos hacia su marido.

—Rendir homenaje a la hermosura está en mi naturaleza, Francis —protestó lord Arden con desenfado—. Si quieres impedírmelo, tendrás que dispararme.

—Oh, no —exclamó lady Middlethorpe—. ¡Por favor! Estoy segura de que todo ha sido culpa mía.

—No seas gansa —terció Beth en tono jovial, y procedió a darle un cálido y efusivo beso a Francis en los labios—. Ya está. Ahora estamos en paz.

La tensión remitió, pero Serena agradeció inmensamente que otro hombre entrara en aquel momento por la puerta abierta.

—¿Están aquí los recién casados?

Aquel tipo desenvuelto de cabello rojo dorado que hablaba con acento irlandés fue hasta ella.

—Bienvenida al «Palacio de los Pícaros», querida. Soy el que proporcionó el caballo con el que logramos recuperar tu tesoro. ¿Puedo exigir un beso a cambio?

Sin esperar a que le diera permiso, la besó con ardor. Serena miró asustada a su marido, pero éste parecía haber recobrado la templanza:

—Serena, te presento a Miles Cavanagh y... —lanzó una ojeada a la puerta— su pupila, Felicity Monahan.

La joven morena, que se había quedado en el umbral, entró con actitud insolente.

—Son una panda del demonio —afirmó—. Si no fuera porque ya es demasiado tarde, te aconsejaría que te mantuvieras alejada de ellos.

Pronto había allí cinco extraños, pues se sumó a ellos sir Stephen Ball, un rubio socarrón. Era un grupo alegre y parlanchín, distinto de cualquier otro que ella hubiese conocido antes, aunque guardaba un vago parecido con la concurrencia del salón de la escuela de la señorita Mallory durante las ferias de repostería.

La humorística charla versaba sobre el último y más probable pretendiente de la princesa Carlota de Gales.

—Un hombre de apuesta figura —comentó Miles sobre el duque Leopoldo—, aunque se trate de otro alemán empobrecido que ha venido a medrar a costa de la corona.

—La futura reina no puede casarse con alguien que posea un interés demasiado grande por su madre patria —señaló Beth—. La historia nos demuestra lo desastroso que eso puede resultar.

—Éste carece de ningún interés —replicó Miles con una sonrisa—. Para tener intereses, uno precisa capital, ¿no crees?

Eso hizo reír a todos.

Serena se había relajado lo suficiente para confesar cierta ignorancia.

—¿Un aspirante a príncipe sin capital? —preguntó—. ¿No es rico?

Fue Stephen Ball quien respondió.

—Leopoldo es sólo el tercer hijo de un principado menor. En su última visita se alojó encima de una tienda de comestibles en Marylebone High Street. Esta vez se hospeda en el Pabellón Real, en Brighton. Desde luego, está visto que a perro flaco, todo son pulgas.

—Eso suena como si le tuviera lástima —observó Serena.

—Bueno, depende —contestó Stephen con una sonrisa—; cada cual tiene su modo de matar pulgas.

La joven decidió aprovechar el tema de la conversación para hablarles de *Brandy*.

—¡Un cachorro! —exclamó Beth—. Qué monada. Lucien, ¿crees que...?

—Todo lo que desees —concedió el marqués, arrastrando las palabras—. Pero ¿un perrito faldero?

Ella sonrió burlona.

—Hasta los perros lobos tienen que ser antes cachorros.

Lord Arden le devolvió la sonrisa.

—Muy aguda.

—Típico de los ricos ociosos —profirió Miles—. Querer un perro lobo en un país donde no hay lobos.

—Querido Miles —suspiró Felicity—, desearía que abandonaras esa pose proletaria. Estás podrido de dinero y algún día recibirás un título.

—Ah, pero soy irlandés, querida, y eso invalida todo lo demás.

—Nada de política —objetó Beth con firmeza—. Vamos, la comida está servida.

En el transcurso de la cena lady Middelthorpe acabó por relajarse del todo. Realmente parecía que al menos ellos estaban dispuestos a aceptarla sin reservas. Se acordó de que Francis le había dicho que por ser la esposa de un Pícaro, ella también era una Pícara. Al parecer, era verdad.

Para ella, hallarse entre un grupo de personas de ambos sexos con un trato tan distendido era algo completamente nuevo, pero pensó que con el tiempo llegaría a disfrutarlo muchísimo.

Lo que la incomodaba, sin embargo, era el incesante flirteo. Todos los hombres coqueteaban con las mujeres por sistema, y Beth y Felicity parecían encantadas devolviendo las galanterías. Serena pensó que esta última a veces se propasaba en sus requiebros, pero nadie parecía darse por ofendido. Aun así, Serena tenía los nervios a flor de piel. Le aterraba causar problemas y miraba a Francis constantemente, tratando de juzgar sus reacciones.

En consecuencia, apenas comió y notó los síntomas de un incipiente dolor de cabeza.

Beth Arden se levantó de improviso.

—Serena, a no ser que el oporto y el *brandy* sean de tu agrado, ¿por qué no vamos a tomar un té?

Ésta la siguió de mil amores, pero al abandonar la estancia miró hacia atrás y vio que la puerta se cerraba dejando a Felicity allí dentro con cuatro varones jóvenes.

—Beth... Lady Arden...

—Beth, por favor.

Su amiga subió delante de ella por las sinuosas escaleras.

—Beth, entonces. ¿Crees que es prudente dejar a la señorita Monahan a solas con los hombres?

—Felicity no hará nada indebido. Miles sabe cómo manejarla, aunque es cierto que en ocasiones recurre a medidas contundentes.

No era eso lo que lady Middlethorpe tenía en mente, pero podía imaginarse en qué consistirían y se estremeció. El señor Cavanagh le había parecido un caballero tan agradable. ¿A Beth esas cosas no le importaban?

Quizá su matrimonio no había sido tan anómalo después de todo. Tal vez la rara había sido ella por encontrarlo horrible.

Mientras avanzaban por el largo pasillo, Beth charlaba sobre la casa, aunque Serena apenas la escuchaba, pues libraba una batalla interna. Cuando llegaron a la salita, la dio por perdida y no le quedó más remedio que hablar.

—Beth, no creo que sea correcto dejar a Felicity ahí abajo con los hombres.

Lady Arden la miró con auténtica perplejidad.

—Pero está Miles. Es su tutor.

—Pero... pero podría pasar cualquier cosa.

Un destello de comprensión brilló en los ojos de la marquesa.

—Querida, esos hombres son Pícaros. De acuerdo, no iría tan lejos como para afirmar que cualquiera de ellos, estando solo, no cometería ningún acto indigno, pero cuando están juntos... se diría que su cara más noble debe triunfar.

Serena se sentó.

—No entiendo nada.

—Supongo que es muy distinto a todo lo que has conocido hasta ahora.

—Totalmente.

—No te preocupes por Felicity. Lo cierto es que es un marimacho redomado y seguro que prefiere mil veces estar ahí abajo hablando de caballos y de la caza que aquí arriba charlando de maridos y bebés.

Un sirviente y una doncella entraron con la bandeja del té, tras lo cual los mandaron retirarse.

—Es una mansión espléndida —aseveró su invitada. Sus palabras eran sinceras, pero confió en que hubieran sonado más elogiosas de lo que en realidad pensaba. Era demasiado suntuosa. Estaba encantada de no tener que vivir en ella. Incluso la pequeña sala en la que se encontraban lucía tal cúmulo de molduras y dorados que resultaba del todo opresiva.

—Es ridículo, ¿verdad? —manifestó Beth con sorna—. Hasta a Lucien se lo parece a veces, y eso que él está acostumbrado a esto desde que nació. Y espera a ver Belcraven Park.

—¿Cómo hacéis para sentiros a gusto?

—No pasamos mucho tiempo aquí. Nuestro verdadero hogar es Hartwell, una casa bastante sencilla que está en Surrey, pero puesto que no disponemos de residencia en Londres, cuando venimos a la ciudad nos alojamos en el Palacio. Es una gentileza de los duques, la verdad —añadió—. Rara vez vienen a la capital, pero la mansión está siempre lista y en perfectas condiciones por si lo hacen. Los sirvientes se aburren bastante.

—Hubiera pensado que mantener este monstruoso lugar en orden daría trabajo suficiente a un ejército.

—Sí, pero si nadie la utiliza, les debe de parecer una tarea sin sentido. Pero bueno, dime, ¿qué tal te estás adaptando a tu vida de casada?

Serena aún no estaba preparada para hacer confidencias, de modo que la conversación versó sobre Summer Saint Martin, y sobre vestidos y familias. Finalmente, sin embargo, sí tocó el tema de las suegras.

Beth hizo un mohín.

—La madre de Francis es un poco bruja, ¿verdad? No, eso no es justo. En realidad es una mujer muy agradable, sólo que sobreprotege a su hijo y a veces tiende a ser engreída. Supongo que fue un golpe terrible para ellos cuando falleció el padre.

—Y también están sus hermanas.

—Ah, no tienes que preocuparte por ellas. Diana vive en París con su marido, que es diplomático, y Clara se ha asentado en las haciendas escocesas de su esposo. Amy, la menor, está casada con Peter Lavering, que es un Pícaro honorario. Te caerán bien, pero desde que nació su primer hijo, prefieren residir en el campo.

Lady Middlethorpe decidió que era hora de seguir el consejo de Arabella y coger el toro por los cuernos.

—La madre de Francis se escandalizó con nuestra boda. Al parecer, todos esperaban que pidiera la mano de lady Anne Peckworth. Con toda seguridad, su casamiento conmigo dará que hablar y en cuanto se sepa que yo... que me casé estando embarazada, será un escándalo, ¿no crees?

—Sí, es probable que hablen —admitió su amiga—. Pero ¿un escándalo? Las bodas inesperadas son frecuentes.

—Pero ¿qué me dices de mi pasado? Mi familia no goza de gran consideración, y con motivo. Ni siquiera yo los tengo en mucha estima. Y mi primer marido tenía muy mala reputación.

La marquesa posó la primorosa tacita.

—Reconozco que eso puede ser un problema. Depende de cómo decida acogerte la gente. La aristocracia es muy voluble.

Serena la miró a los ojos.

—Lo que pregunto es, ¿hay algo que pueda hacer yo para mejorar las expectativas? Haré lo que sea. He de intentar hacerle la vida más cómoda a Francis, se lo debo, y estoy segura de que detestaría estar en boca de todos.

—No creo que le debas nada —refutó Beth no sin cierta severidad—. Aunque es cierto que los dos viviréis más despreocupados si sois aceptados sin reservas. Déjame pensar...

Al cabo de un momento, dijo:

—Francis aún no ha anunciado la boda. Cuando lo haga, en el aviso tendrá que constar tu anterior apellido. Resulta tentador declarar que era Allbright, pero dudo que tu marido esté de acuerdo; es muy estricto en lo que respecta a la honestidad. De todas formas, seguro que alguien lo sabría.

—Entonces, ¿no hay nada que hacer?

—No lo creo. Como dijo Ovidio, la mejor defensa suele ser un buen ataque. Tendremos que hablar con Lucien. Se desenvuelve mucho mejor que yo en este tipo de intrigas sociales, pero creo que si logramos que te acepte un número suficiente de personas insignes antes de que la noticia salga a la luz, podría funcionar. Es mucho más difícil romper una relación ya establecida que rechazarla de entrada.

—Pero ¿qué puedo hacer para que me admitan? —preguntó Serena.

—Querida —repuso su amiga con sorna—, nosotros ya lo hemos hecho. —Se rio—. Oh, no te avergüences. Yo también creo que es absurdo, pero lo cierto es que como marqués y marquesa de Arden, y futuros duques de Belcraven, Lucien y yo nos contamos entre lo más granado de la alta sociedad. Sus padres nos apoyarán, estoy segura, si logro convencerlos de que vengan a la ciudad. Además, los Pícaros pueden reclutar a unos cuantos prebostes más. Si estás dispuesta a enfrentarte a los leones, creo que podemos intentarlo.

Ese símil predatorio se acercaba peligrosamente a cómo se sentía Serena.

—¿Y qué ocurrirá si me encuentro con alguien que... que me haya conocido como la esposa de Matthew?

—¿Es eso probable?

—No conocí a mucha gente, y muy pocos eran de la alta nobleza. Había un lord, lord Deveril...

—Ése al menos está muerto —le notificó la marquesa con cierto grado de satisfacción—. Si los demás eran de menor alcurnia, las probabilidades de que coincidas con ellos son remotas. Deveril no estaba aceptado. Si te tropiezas con otros por el estilo, ni los mires.

Serena se retorció las manos.

—Dios, pero me aterra. Preferiría vivir en el campo.

Beth no dijo nada, sólo la miró.

Su amiga sacudió la cabeza.

—También hacías eso en el colegio, tunante. Ya lo sé. Esconderse no serviría de nada. Muy bien, que así sea; arremetamos contra la alta sociedad con la espada en la mano. Sólo rezo para que no haya derramamiento de sangre.

La marquesa se puso de inmediato a trazar un plan.

—Si vas a saltar a la palestra, tendrá que ser antes de que se nos note demasiado el embarazo. Gracias a Dios que todavía se lleva el talle alto.

—Siempre se llevará alto.

—Lo dudo. Ya está empezando a bajar. Para serte sincera, tu vestido está pasado de moda desde hace años. ¿Te has fijado en que los corsés son cada vez más grandes? Me temo que estamos asistiendo al ocaso de la racionalidad en el vestir.

—¿Una vuelta a los petillos y los miriñaques? —inquirió Serena—. Las mujeres nunca volverán a soportarlo.

Su amiga torció el gesto.

—Nada es demasiado ridículo para la moda. Algún día obraré según mi conciencia y empezaré a llevar pantalones.

—¡Beth!

—Bueno, ¿y por qué no? Pero no divaguemos; desde luego, no queremos que te lances al ruedo en pololos. Buscamos una respetabilidad total. —Cogió papel y lápiz y comenzó a anotar nombres—. No sé si será justo pedirle a Leander que nos apoye. Un conde sería de ayuda, pero está recién casado. Y hay que contar con Nicholas. No creo que sea correcto planear una empresa de los Pícaros sin él. Creo —reflexionó— que podría convencer a la duquesa de Yeovil para que nos dé su beneplácito. Su hijo era un Pícaro. Falleció en Waterloo.

Reparó en la expresión desconcertada de Serena y se rio.

—Hablemos de los Pícaros y lo comprenderás todo.

—Francis me contó que son un grupo de buenos amigos.

—Bastante más que eso. Es más como una familia, pero una como pocos de nosotros tenemos. Es sencillamente impensable que uno no ayude a los demás, excepto si se trata de asuntos ilegales. Y no siempre —añadió con una sonrisa maliciosa—. El año pasado nos permitimos un pequeño allanamiento de morada.

—¿Francis participó?

La joven no sabía qué pensar de esa pandilla de niños grandes.

—A él se le asignó una función de vigilancia, sin riesgo. Recuerdo que eso no le hizo demasiada gracia, pero Nicholas le señaló que él y Steve eran los únicos políticos con los que contábamos y que, si algo iba mal, podríamos necesitar que tirasen de algunos hilos.

—Desde luego, suena como una conspiración. ¿Y quién es ese Nicholas?

—¿Tu marido no te ha contado nada en absoluto de Nicholas Delaney? —preguntó Beth con una mueca de extrañeza.

—Lo ha mencionado. Está casado, ¿verdad? Y creo que... ¿Es el que Arabella llama el «rey de los Pícaros»?

—Probablemente. Pero, lo que es más importante —agregó lady Arden en tono afable—: es el mejor amigo de Francis, y viceversa.

—Ah.

Serena se percató de que a Beth le sorprendía que estuviera casada con Francis y no lo supiera, y la verdad es que se sintió dolida. Ponía de relieve con diáfana claridad la superficialidad de su relación.

—Estoy segura de que pronto lo conocerás —aseveró la marquesa en un tono excesivamente alegre—, y entonces comprenderás lo de Nicholas. No se puede explicar. Basta decir que las familias de los Pícaros en general le agradecen que estimara oportuno formar la pandilla.

—¿Por qué?

—Son conscientes de la influencia bienhechora que ejercen unos sobre otros. Lucien, por ejemplo, sólo se ha salvado de ser un arrogante insufrible gracias a ellos. Sin el grupo, probablemente estaría rodeado de aduladores y malcriado sin remedio.

—Es extraordinario —observó Serena—, pero puedo entender su atractivo.

—Sí —afirmó Beth pensativa—. Si yo hubiera tenido la clarividencia de Nicholas, habría formado una compañía igual en la escuela de la señorita Mallory. Tal vez no hubiéramos podido evitar tu matrimonio con Riverton, pero nunca te habríamos abandonado.

La aludida negó con la cabeza.

—No me permitía recibir cartas ni tener amigas.

—Bah, estoy segura de que habríamos encontrado la forma. Pero eso pertenece al pasado. Ahora eres una Pícara y todos estamos dedicados a tu felicidad.

Serena clavó la vista en el fuego.

—Beth, no estoy segura de saber qué es la felicidad.

Ésta posó la taza y alargó una mano para coger la de su amiga.

—Lo sé, pero llegarás a sentirla. De todos los Pícaros, Francis es el más bueno y el más cariñoso. Es evidente que le importas y sé que puede hacerte feliz.

Serena sintió que los ojos se le arrasaban en lágrimas. Deseó poder confesarle su terrible pecado a Beth, pero era imposible.

—No quería casarse conmigo —dijo—, sino con lady Anne Peckworth.

Su amiga desestimó esa afirmación con un movimiento de la mano.

—Lo hecho, hecho está, y dudo que lady Anne hubiera sido una buena Pícara.

No tuvieron tiempo para más, pues el resto del grupo se unió a ellas. Beth los informó de inmediato de su plan para tomar por asalto la alta sociedad. Serena vio que Francis le dirigía una rápida mirada, pero no hizo ningún comentario y se sumó a la discusión sobre sus apariciones en el teatro, la ópera y algunas recepciones programadas con sumo cuidado.

Finalmente, sin embargo, fue a sentarse a su lado.

—¿Te ha metido Beth en esto a la fuerza?

—En absoluto —contestó ella con firmeza—. Ha sido idea mía tanto como suya.

Su marido frunció ligeramente el ceño.

—No quiero que te canses demasiado.

Serena manifestaba un entusiasmo desmesurado.

—Cielos, salir un poco por la ciudad será un agradable cambio después de la vida tan tranquila que he llevado.

—Ya veo. Pero en este momento pareces un poco fatigada.

La joven lo reconoció, pues estaba rendida.

—En ese caso quizá deberíamos irnos —le propuso.

—Si no te importa...

—En absoluto. Podemos volver mañana para seguir haciendo más planes emocionantes.

En el carruaje de camino a casa, Serena se preguntó si la tensión que percibía en el ambiente eran sólo imaginaciones suyas.

—¿Ocurre algo, Francis? ¿No te parece bien que trate de ser aceptada?

—No, es una buena idea y con un poco de suerte es probable que funcione.

Buscó otro problema.

—Lamento lo del flirteo. No sabía qué hacer para detenerlo.

Él negó con la cabeza.

—Eso es un problema mío, no tuyo. Me llevará un tiempo acostumbrarme a tener una esposa. En cualquier caso, confío en los

Pícaros. Me fiaría de cualquiera de ellos a solas contigo en una cama.

En cuanto tomaron conciencia de lo que acababa de decir, los dos se sonrojaron. ¿Sería ella de fiar en una situación así?

Francis giró la cabeza para mirar por la ventanilla.

—No te hemos encargado ningún vestido de gala y de todas formas no habría tiempo para que te los confeccionasen. Me pregunto si Beth tiene alguno que te pueda prestar.

—¡Oh, yo no podría!

—Sé que preferirías tener los tuyos propios, pero no da tiempo.

—No me refiero a eso. Lo que quiero decir es que no puedo ponerme los trajes de Beth. Yo soy un poco más baja que ella. Se echarían a perder.

—Dudo que eso le preocupe. Ella y Luce no son muy amigos de las grandes ocasiones, pero de vez en cuando tienen que representar su papel, por lo que tiene la indumentaria apropiada. No obstante, tenga los vestidos que tenga, no se los pondrá esta temporada, desde luego, y quizá tampoco la próxima. La futura duquesa de Belcraven no puede ponerse prendas dos años pasadas de moda.

Serena apenas podía imaginarse ese punto de vista, pero cuando consideró la opulencia del palacete de Belcraven, sospechó que era la pura verdad.

—Si realmente no le importa, se lo agradecería mucho.

—Y te harán falta algunas joyas. Las reliquias de la familia. Mi madre...

—¡Oh, por favor, no le pidas que se desprenda de ellas!

Se volvió hacia su esposa.

—Son tuyas, Serena. En fideicomiso, desde luego.

Había algo inquietante en sus ojos que la joven no era capaz de descifrar.

—No voy a empeñar los diamantes de la familia, Francis —bromeó.

—Claro que no.

Pero lo había dicho en serio. ¿De verdad pensaba que no podía fiarse de ella con las joyas de la familia?

Cuando llegaron a Hertford Street, la acompañó cortésmente a su habitación, se aseguró de que tenía todo lo que necesitaba y se retiró. Era evidente que no iba a acudir a su lecho.

Serena esperó a que la doncella le preparara la cama y se tumbó, desvelada y triste. Si su marido no confiaba en ella, ni la deseaba, ¿había esperanza para ellos?

Francis fue a su dormitorio, librando y ganando una batalla contra la lujuria. Señor, se estaba convirtiendo en un monstruo. No sólo su esposa no disfrutaba realmente del sexo, sino que además estaba cansada, y aun así quería utilizarla para satisfacer sus bajas pasiones.

Con el propósito de reafirmar su fuerza de voluntad, sacó las alhajas y las esparció sobre la mesa para contemplarlas. Hasta que pudiera estar seguro de que la trataría con mayor respeto que su primer marido, no la tocaría. Pero ¿qué iba a hacer con aquellas alhajas?

Deshacerse de ellas sin el consentimiento de Serena era una especie de robo, pero eso era lo que le gustaría hacer. No quería hablar de ellas. Instintivamente, su impulso sería tirarlas igual que había arrojado sus anillos a los arbustos, pero eso sería una estupidez.

Tendría que venderlas, pero no estaba ni mucho menos por la labor de llevarlas él mismo a un joyero. Debería encontrar a un agente discreto para que se ocupara de ello.

Dando un suspiro, volvió a meterlas en la bolsa, que guardó en un cajón sin cerradura. Si alguien las robaba, en muchos aspectos sería un alivio.

Se calentó junto al fuego, arrimando un leño hacia el corazón de las llamas, y entonces hizo una mueca de disgusto al reparar en una mancha en la lustrosa superficie de su zapatilla de cabritilla. No tenía paciencia para las costumbres londinenses. Todo era artificio y disimulo, y eso suponía tener que llevar zapatos relucientes en los que cualquier salpicadura era visible.

Sin embargo, se diría que a Serena le agradaba. Conjeturó que no era extraño teniendo en cuenta que toda su vida la había pasado confinada en el campo. Le daría ese gusto. De hecho, la idea de salir a dar la cara frente a la alta sociedad era buena. Él ya casi se había resignado a sobrellevar el escándalo y esperar un año o dos a que cayera en el olvido. El plan, si salía bien, sería sin duda preferible.

¿Era poco razonable, pese a todo, ver en éste nuevas intrigas de su mujer?

Por todos los diablos. ¡Lo único que quería era llevar una existencia sin complicaciones!

Se rio. Recordó cuando, sentado a la mesa del desayuno en Lea Park, se había lamentado de lo aburrida que era su vida. Pues bien, ahora iba servido.

Por unos instantes se permitió preguntarse qué camino habría escogido si en aquel momento le hubieran dado a elegir. Le resultaba desconcertante, pero hubo de reconocer que lo más probable era que hubiese optado por el que conducía a Serena.

Con todo, no era buena idea pensar en eso. De repente reparó en que ella se encontraba acostada en su cama, muy cerca, su esposa, suya por derecho, toda ella curvas y secretos, cálida y perfumada.

Pero no, no podía rendirse, no lo haría. Con el tiempo, con paciencia, lograría que ella lo desease a él igual que él la deseaba a ella.

Sacudió la cabeza. Todos esos años se había considerado un tipo tan virtuoso por resistirse a la seducción de las mujeres de vida alegre y ahora se encontraba con que, si hubiera practicado las artes amatorias con mayor asiduidad, quizá se hallase en una mejor posición para lidiar con su matrimonio.

Pensó en otro tema en el que concentrar sus agitadas cavilaciones. El maldito Ferncliff. Aquella noche Steve había mencionado que creía haberlo visto un día de la semana anterior, aunque no lo bastante cerca para darle alcance. Ferncliff era el responsable de todo aquel maldito lío y si estaba en Londres, quería hablar con él. Con la ayuda de los Pícaros, podría hacerlo salir de su escondite y ocuparse de él. Se encargaría de eso nada más levantarse.

Ahora lo único que debía hacer era pasar la noche. Decidió dejar que la licorera de *brandy* lo ayudara.

A consecuencia del coñac, Middlethorpe se despertó tarde y con dolor de cabeza. No quiso desayunar y creyó prudente no ver a Serena, así que salió de la casa y caminó hasta Marlborough Square para discutir con los Pícaros el asunto de Ferncliff. Encontró a los miembros que residían allí desayunando, acompañados por un tercero: Hal Beaumont. Éste y Beth mantenían una acalorada conversación sobre la negativa de Blanche a poner los pies en el palacete de Belcraven.

—Maldición, Beth. Dice que no sería correcto y no hay forma de que ni yo ni Lucien la hagamos cambiar de opinión. Inténtalo tú a ver si puedes.

—Es ridículo. Hola, Francis —lo saludó la mujer—. ¿A ti te daría un síncope si vieras aquí a Blanche?

El interpelado se sentó e interrumpió el debate sin miramientos.

—Necesito ayuda.

Al instante, todos prestaron atención.

—¿Qué?

Les explicó el meollo del problema a quienes no estaban al tanto y añadió:

—Si está en Londres, quiero encontrar a Charles Ferncliff. ¿Qué se os ocurre para dar con su paradero?

Aquello dio pie a una breve deliberación a la que se sumaron Beth y Felicity, tras la cual varios sirvientes del duque recibieron las instrucciones oportunas. Cada uno de ellos contrataría a dos o más personas de confianza, las cuales peinarían la ciudad con la descripción de Francis en la mano. También lo buscarían por su nombre, aunque bien podría estar usando uno falso.

Registrarían todos los hoteles, posadas y clubes, y darían aviso —junto con la promesa de una recompensa— en los mesones. Incluso en el caso de que Ferncliff dispusiera de un alojamiento privado, era previsible que tuviera que salir a comer.

Cuando despacharon a los sabuesos, Lucien miró a Francis.

—¿Y bien, qué piensas hacer cuando lo atrapes? Encubrir un asesinato sería un pelín peliagudo incluso para nosotros.

Su amigo se ruborizó. No ignoraba que su actitud al hablar de Ferncliff muy probablemente presagiara violencia. No era del todo lógico, pero lo culpaba de haber puesto su vida patas arriba.

—Hacerle algunas preguntas, eso es todo.

De Vaux enarcó las cejas, pero no habló más del asunto. Pasaron a comentar el programa para aquella tarde, en que tenían previsto ir al teatro. Sería el primer asalto a la alta sociedad. Francis sacó el tema de la indumentaria y Beth se ofreció encantada a cederle algunos vestidos a Serena, admitiendo que lo más probable era que ella no se los volviera a poner.

Finalmente, el grupo se disolvió y Middlethorpe supo que tenía que regresar a casa y que era reacio a hacerlo. Anhelaba estar con su esposa, pero a la vez lo temía. Mientras esperaba a que le llevaran el abrigo, hubo de admitir que le resultaba imposible confiar en estar a su lado sin que el deseo lo dominase. Podía imaginarse con demasiada facilidad a sí mismo forzándola sobre una mesa o contra la pared.

De pronto lo abordó Beth y se lo llevó a la soberbia biblioteca. Unas estanterías con puertas acristaladas atesoraban la sabiduría de siglos encuadernada en cuero marroquí rojo. Francis deseó verse imbuido de esa sapiencia. Se hallaba en unas aguas demasiado profundas y se estaba ahogando.

—Francis —le soltó lady Arden directamente—, Serena está muy baja de moral. Por lo visto, piensa que habrías preferido contraer matrimonio con Anne Peckworth.

Oh, Dios. Sabía que su intención era buena, pero en aquel momento aquello era lo último que necesitaba.

—Quizá sí —concedió, tajante.

Ella lo miró fijamente.

—Entonces, ¿por qué...?

—Maldición, Beth, está embarazada.

—Pero ¿por qué —preguntó simplemente—, si preferirías haberte casado con Anne Peckworth?

—Qué pregunta más inteligente. Si descubres la respuesta, dímelo.

Se giró sobre los talones y salió de la biblioteca dando un portazo. Cogió el abrigo que sostenía el lacayo y huyó a la calle.

Beth se quedó con la mirada fija en la puerta, atónita. Francis nunca perdía los estribos y era casi imposible imaginárselo fornicando por puro vicio estando enamorado de otra mujer. Pero ¿qué otra explicación había?

Fue a consultarle el problema a Lucien, al que encontró en su pequeño estudio ocupándose de la correspondencia.

—No lo sé, Beth —admitió—. Y él no cuenta nada. Pero en Melton era evidente que se sentía atraído por Serena. No creo que tenga que ver con el vicio. De hecho, Francis siempre ha sido notablemente comedido en esas cuestiones. Sin duda creía que quería casarse con lady Anne hasta que conoció a Serena. —Le dirigió una sonrisa pícara—. Al fin y al cabo, esa mujer tiene todo lo necesario para distraer a un hombre.

Su esposa le hundió un dedo en el pecho.

—Distráigase usted, mi señor marqués, y se arrepentirá. Entre otras cosas porque un comportamiento así disgustaría a Serena.

Tiró de ella para sentarla en su regazo.

—Ummm. ¿Y qué maravillosos castigos me aplicarías, dueña de mi corazón?

Beth le rodeó el cuello con los brazos.

—Pasaría la noche entera leyéndote a Mary Burton.

—No, no lo harías.

—¿Que no?

Lucien le rozó la punta de la nariz con la punta de la lengua.

—Yo te distraería.

Lady Arden soltó una risita.

—Me temo que sí. Antes no era tan fácil distraerme. Me ha echado usted a perder, señor.

Cuando su marido se disponía a malograrla todavía un poco más, lo apartó de sí.

—Espera, Lucien. Estoy muy preocupada por ellos. Ojalá supiera qué es lo que ocurre. ¿Crees que es verdad que preferiría haberse desposado con Anne Peckworth?

Él se resignó y se acomodó en el asiento, dejando de manosearla.

—Entiendo que eso hubiera supuesto ciertas comodidades. Pero, por otro lado, Serena le brinda unas ventajas considerables.

—¡Lucien! —lo avisó Beth.

—Deja entonces que te distraiga.

Deslizó una mano por su costado hacia arriba, pero ella se la apresó.

—No. Y ahora que lo pienso, ¿qué pasó con la apuesta? ¿Ha recibido Francis el dinero?

La mano del joven cejó en su empeño por liberarse.

—Ah. Ése es un tema del que es mejor no saber nada, amor mío.

—¿Quieres decir que Allbright no le ha pagado? —se indignó—. ¿Y estáis dispuestos a permitir que se salga con la suya? Pues bien, yo haré que...

—No, de eso nada —objetó el marqués con firmeza.

Beth se dio cuenta de que hablaba en serio.

—¿Por qué no?

Suspiró.

—Beth, ¿tal vez sería posible que hubiera un tema, uno solo, del que no tuvieras que saber hasta el último detalle?

—¿Qué diantres puede haber en una deuda que sea tan horrible? Ese hombre o bien ha pagado, o no lo ha hecho.

—Ha pagado en especie. Con joyas.

—Mientras lo haya hecho. —Entonces entornó los ojos—. Si Tom Allbright tenía alhajas, me figuro que eran de Serena.

—Sí.

—Pero Lucien, ¡eso no es justo! Ha saldado su deuda con ella con sus propias gemas.

—Francis no piensa discutirlo.

—¿Se lo ha dicho a Serena? Lo haré yo.

—No, no lo harás. Beth, dudo mucho que quiera volver a verlas nunca más.

—¿Por qué no? Si son feas, se pueden volver a engastar.

Vio con alarma que la levantaba de su regazo y se alejaba de ella.

—¿Lucien?

Pensaba que no le contestaría, pero al cabo de unos instantes dijo:

—Son feas. Y también son obscenas.

—¿Indecentes? —preguntó la mujer, incrédula.

Su marido se volvió, casi enfadado.

—Muy bien. Te empeñas en saberlo todo, ¿verdad? Pues estás a punto de descubrir lo afortunada que eres por haberte casado conmigo, señora esposa —y fue contándolas con los dedos—. Artículo uno: una correa enjoyada con su correspondiente cadena; artículo dos: grilletes enjoyados; artículo tres: un látigo con el mango enjoyado...

Beth corrió hacia él y le agarró sus elocuentes manos.

—¡No, Lucien, no! —exclamó, alzando la vista hacia los ojos airados de su marido—. ¡Sólo tenía quince años!

Se dejó caer instintivamente en sus brazos.

Él la abrazó con fuerza.

—Lo sé, mi amor. Lo sé. Resulta insoportable sólo de pensarlo.

Capítulo 13

Serena optó por desayunar en la cama, pues no le apetecía encontrarse con su marido ni con la madre de éste. Ignoraba si su desánimo era consecuencia de su embarazo o de su situación. Sin duda tenía motivos suficientes por los que sentirse desdichada, pero si algo cabía esperar era que su situación mejoraría. No daría a luz a un bastardo, ni tampoco ella y el niño pasarían hambre, y su marido era un hombre bueno y generoso. A pesar de esas venturosas circunstancias, su ánimo parecía hundirse más y más en el pozo sin fondo de la desesperación. Todo era por causa del descontento de Francis.

No podía pensar siquiera en la felicidad cuando él era tan claramente infeliz. Había multitud de cosas que no podía arreglar —como darle a lady Anne por esposa, por ejemplo—, pero había otras que sí podía hacer. Tenía que lograr que su vida en común funcionase, se lo debía.

Se aseó y vistió mientras evaluaba la situación. Después pidió que le trajeran a *Brandy* al salón. Al tratarse de un regalo de su marido, Serena sentía especial adoración por el animalito.

El chico que ayudaba en la cocina, recién aseado, le subió orgullosamente el cesto.

—Hace un ratito que la saqué al jardín, milady —informó.

—Estoy segura de que ha sido una buena idea.

—Y le he hecho una pelota de trapo.

Le enseñó ufano el juguete.

—Eso ha sido muy amable por tu parte.

El muchacho se mostraba remiso a marcharse y lady Middlethorpe sospechó que empezaba a pensar que la perra era suya. Lo mandó retirarse con tono firme y se dispuso a disfrutar de la encantadora criatura.

Brandy parecía feliz de verla, aunque no muy inclinada a dejarse abrazar. Estaba mucho más interesada en la pelota, que perseguía por toda la sala y debajo de los muebles, hasta que se quedó encajada debajo de un pedestal. La perrita se afanó por sacarla, con su pequeño trasero en pompa y meneando la cola sin cesar.

Al ver sus tribulaciones, Serena se rió mientras le anunciaron la llegada de Beth. También ésta se carcajeó a la vista de aquello. Muy pronto las dos mujeres se estiraron en el suelo junto al cachorro, intentando sacar la pelota.

La madre de Francis entró con paso airado.

—¿Qué diantre...?

La viva imagen de la elegancia las miró con reprobación y se limitó a girarse y marcharse.

—Oh, cielos —se lamentó su nuera, catapultada a la cruda realidad.

Beth se rio entre dientes.

—Seguramente ha pensado que éramos dos doncellas haciendo diabluras.

Se dio la vuelta para tratar de recuperar la pelota.

Serena pensó en correr tras la viuda para pedirle disculpas, pero desistió. Lo más probable era que no sirviese de mucho. Pensaba más bien que ganársela era una causa perdida, pero el problema era cómo iban a convivir todos en el priorato de Thorpe, algo que por ahora era difícil de imaginar.

Los dedos de Beth dieron con un retazo suelto y tiró de él para hacerse con la bola, tras lo cual la lanzó al otro lado de la habitación y la perrilla corrió alborozada en su busca. La joven se quedó sentada sobre la alfombra, con el cabello saliéndose de las horquillas.

—Es adorable. Tengo que conseguir uno.

—¿Un perro lobo? —preguntó su amiga, recostándose contra el pedestal. Era como cuando estaban en la escuela. Desearía tanto regresar a aquellos tiempos de inocencia.

—¿Por qué no? Me da igual y Lucien no tiene muy buena opinión de los que él llama perros falderos.

Serena le dirigió una breve mirada.

—Tu marido es tan augusto. Casi da miedo.

—Es un hombre de fuerte temperamento —convino Beth—, pero de buen corazón. Es muy parecido a su semental, *Viking*. Magníficamente criado y educado, pero no deja de ser un garañón.

—¿Por qué te casaste con él?

Lady Arden la miró a los ojos con calma.

—¿Por qué te quedaste embarazada?

Serena parpadeó sorprendida ante aquella ingeniosa evasiva. No debía olvidar que Beth siempre había sido muy lista. La respuesta obvia a las dos preguntas era «por amor». En su caso no era cierto. ¿Lo era en el de Beth?

—¿Lo amas? —se atrevió a preguntar.

—Sí —afirmó ella, y añadió con voz prosaica—: hasta la locura. A veces es un auténtico pelmazo. —Se puso de pie—. Bueno, ¿estás lista para ir al teatro esta noche? Será una oportunidad para que te vean.

Lady Middlethorpe hubiera querido derrochar entusiasmo, pero sabía que su semblante la delataba.

—Si no hay otro remedio —dijo apáticamente.

—No lo hay. No tiene sentido andarse con rodeos. Para que el plan salga bien, la gente debe conocerte y estimarte antes de que empiecen las murmuraciones. Así será mucho más difícil que luego te rechacen. Y Francis sólo puede esperar unos días antes de anunciar formalmente vuestro casamiento.

—Lo que significará dar a conocer mi anterior apellido.

—En efecto.

Serena atrapó a *Brandy* y la abrazó en busca de consuelo. El cachorro empezaba a dar señales de cansancio y pareció contento de que lo acariciaran.

—Beth, respecto a los compinches de Matthew...

—Estoy segura de que no hay nada de qué preocuparse. Sólo nos moveremos en los círculos más elevados.

—No lo entiendes —la interrumpió su amiga—. Habrán visto cosas. Matthew solía...

Su boca parecía incapaz de formar las palabras.

—No importa —aseguró la marquesa con brío, quizá con demasiado. Se puso de mil colores—. Esa clase de gente no tiene ninguna influencia. Venga, te he traído algunos trajes. Creo que te quedarán bien, salvo por el largo. —Sonrió abiertamente—. Es evidente que estás mejor dotada de pecho que yo, aunque cada día que pasa parecen más voluminosos. ¿Por qué no vamos a tu habitación?

Serena desterró sus recelos y confió en que Beth tuviera razón. Sospechaba que nadie comprendería su vida en la mansión de Stokeley, y no sería ella quien los ilustrase.

Lady Arden había venido acompañada de su doncella, así como de varias cajas. Muy pronto el cuarto de Serena quedó convertido en un revoltijo de telas hermosísimas. Beth cogió un vestido amarillo y lo sostuvo delante de su amiga.

—Pensé que este color te sentaría bien —declaró triunfante—, y puesto que la falda es lisa, no será difícil subirle el bajo. Póntelo para que Redcliff lo coja con alfileres.

Quería negarse, pero se contuvo y dejó que la criada la ayudara a ponerse la preciosa prenda. Constaba de una capa interior de seda tupida de un color gualdo oscuro y encima otras dos más cortas en tonos más claros. La primera era de fina seda y la exterior de un delicado encaje dorado.

Serena contempló su imagen en el espejo, maravillada ante la belleza de aquella creación. Con cada movimiento ondeaba como el agua y refulgía a la luz de las velas.

—Es demasiado bonito.

Su amiga hizo caso omiso.

—Habrá que meterlo un poco por la cintura, milady —señaló la doncella mientras ponía algunos alfileres—. Si quisiera prestarle a lady Middlethorpe su chal de céfiro de color bronce para que se lo ponga a modo de fajín, podría disimular cualquier imperfección.

—Excelente, Redcliff —aprobó su señora, que estaba de rodillas ajustándole el bajo—. La falda interior hay que subirla unos siete centímetros, pero creo que podemos dejar las otras dos como están, ya que apenas hay tiempo. ¿Podrá estar listo para esta tarde?

—Claro, milady.

Le quitaron rápidamente el vestido y se lo llevaron, y sacaron otro —uno verde— para someterlo a consideración. La joven no comprendía que lady Arden pudiera desprenderse tan alegremente de unos atavíos tan bonitos.

—Estos trajes quedarán inservibles para ti —objetó.

—Ni lo pienses. El amarillo nunca me quedó ni la mitad de bien de lo que te queda a ti, y creo que sólo me lo he puesto una vez —expuso Beth mirando con expresión perspicaz el rostro aún dubitativo de Serena—. Si te sientes mínimamente culpable, deberías pasarte un día de estos a inspeccionar mis armarios. Están llenos a rebosar de ropajes que no me pondré más de una o dos veces. Es ridículo, pero es el precio que hay que pagar por un rango elevado. Por lo menos damos empleo a una gran cantidad de personas en su confección, y como pago de más para asegurarme de que las costureras disponen de buena iluminación para realizar su trabajo, mi conciencia no me perturba demasiado.

Obviamente, estaba diciendo la verdad. Serena tocó con los dedos una prenda crema y marrón.

—En ese caso, sólo puedo darte las gracias. Nunca en mi vida he tenido ropa tan hermosa.

Le vino a la memoria su exquisito vestido de boda, imagen que no tardó en verse empañada por otros recuerdos insoportables.

Un gruñido la arrancó con brusquedad de sus pensamientos. Buscó a *Brandy*, preguntándose cómo un cachorrillo tan pequeño era capaz de hacer un ruido tan amenazador. Justo en el momento en que lo vio, éste se abalanzaba sobre el sombrero de Beth, que se había caído al suelo.

—¡No! —gritó su ama.

La agarró, pero al levantarla en brazos, la perrita apretaba con fuerza el adorno de plumas del sombrero entre sus dientecitos.

—¡Suéltalo, traviesa! Te digo que lo sueltes.

La obligó a abrir sus pequeñas mandíbulas y recuperó el tocado.

Lady Arden se reía.

—¡Se la ve tan orgullosa de sí misma! Me temo que tienes una perra de caza.

—Lo siento muchísimo. Ha malogrado una de las plumas.

Beth lo cogió y lo colgó del espejo del tocador, fuera de su alcance.

—No tiene ninguna importancia, te lo aseguro. Pero ¿no te parece curioso que tenga unos instintos tan innatos?

Serena llamó al chico para que se hiciera cargo de *Brandy* antes de que causara más destrozos y luego se sometió a más arreglos de vestuario. No obstante, tuvo que hacer un esfuerzo para participar en la alegre conversación. Le caía un nuevo fardo encima. Con razón Francis era tan desdichado. No sólo había perdido a la esposa que hubiera querido —y aunque no amara a lady Anne, no negaba que poseía todas las virtudes que él deseaba— y se había visto envuelto en un escándalo, sino que encima sus hijos tendrían la sangre de los Allbright.

Ella nunca se había sentido una de ellos, pues había salido más a su madre, tanto físicamente como en el carácter. Hubo de reconocer que era posible, sin embargo, que sus hijos acabaran pareciéndose a Tom y a Will.

Sin duda lady Anne Peckworth no era portadora de aquellos genes indeseables.

—Y ahora —dijo Beth—, ¿qué tal algunas joyas? También tengo de sobra.

Serena se concentró de nuevo en el asunto que tenían entre manos, el único que no parecía escapar a su control.

—Oh, no. Ayer Francis me compró un collar y unos pendientes de topacio que seguro que harán el apaño.

Las dos mujeres examinaron el contenido del joyero y extrajeron una pulsera de oro de filigrana.

—Tengo algunas alhajas de marfil que te irían bien —le propuso lady Arden, y no permitió que la contrariara—. Te las haré llegar. Considéralo como una coraza. La gente te juzgará en función de tu apariencia. Si te muestras rica y segura de ti misma, te tomarán por tal.

—Pero no lo estoy en absoluto, no en mi interior.

—Válgame Dios. Yo nunca me he sentido como una marquesa, pero he aprendido a desenvolverme como tal. —Le dio a su amiga un abrazo muy cariñoso, como si entendiera algunas de sus zozo-bras—. No debes preocuparte —le ordenó con firmeza—. Ahora eres una Pícara, Serena. Estás a salvo del «terror nocturno, la pestilencia que camina en la oscuridad y la mortandad que en medio del día destruye». Confía en nosotros, ¿lo harás?

Ésta no pudo sino asentir con la cabeza.

Beth se marchó, pero sus palabras perduraron en su cabeza. Tenían la fuerza de una orden. Las había comprendido, pero se sentía como una huérfana en la calle mirando a hurtadillas la sala de un banquete. El festín, sin embargo, no consistía en viandas, sino en alcanzar la seguridad. La veía, podía olerla y casi saborearla, pero no estaba segura de que le estuviera realmente destinada.

Tampoco de merecérsela.

Francis regresó y ella no logró traspasar sus modales atentos y corteses para descubrir la verdad. Hablaron de los vestidos, de los Pícaros y del cachorro. Se rio de los instintos depredadores de *Brandy* y se mostró tan amable como cualquiera podría desear, pero de alguna manera aquello le parecía falso. Serena tan sólo podía suponer que estaba enmascarando su infelicidad y su decepción.

¿Iba a ser aquella la tónica de su vida en común?

La viuda se reunió con ellos para el almuerzo y su actitud fue igual de educada, aunque de una forma mucho más fría. Accedió a acompañarlos al teatro, aunque lo hizo con un aire displicente de sacrificio. Cuando se marchó a visitar a una amiga, la joven se vio impelida a preguntar:

—¿Francis, tu madre va a vivir siempre con nosotros?

—Te hiela la sangre, ¿verdad? —observó sin ánimo de ofender—. Es un problema. En la ciudad podríamos alquilar otra residencia, pero en el campo las opciones son escasas y me temo que está muy apegada al priorato. Entiéndelo, lo construyeron ella y mi padre.

—¿Lo construyeron?

—Desde los cimientos. Mi padre heredó una mansión de estilo Tudor que antes había sido un priorato. Me figuro que en realidad la vieja casona se caía a pedazos, por la carcoma y todo eso. Decidieron reedificarla. El proyecto y la construcción les ocupó los primeros cinco años de casados, y supongo que una parte de ellos está allí. Mi madre amaba a mi padre profundamente.

—Entiendo —dijo Serena. Y era cierto, pero el futuro era desalentador.

—No pierdo la esperanza de que vuelva a contraer matrimonio, pues sigue siendo hermosa, pero dudo que pueda decidirse a abandonar la casa, o a sustituir a mi padre.

—Haré todo lo posible para vivir con ella en armonía —aseveró su esposa. «Por ti haré lo que sea, mi amor.»

Una certeza brotó en su interior, el convencimiento de lo mucho que deseaba llegarle al corazón.

—Quizá todo sea más fácil cuando nazca el niño —aventuró Francis, diciéndolo como si no fuese con él.

«¿Nos ayudará a nosotros también?» Deseaba atreverse a tocarlo, invitarlo. Santo cielo, estaban en pleno día. Se puso de pie.

—Creo que debería descansar.

Se dio cuenta de que estaba utilizando el cansancio como excusa para esconderse de él, sabiendo que eso era tanto como cerrarle la puerta del dormitorio en las narices.

—Buena idea. Esta noche saldremos hasta tarde.

Se levantó para acompañarla hasta la puerta, pero entonces le agarró la mano y se la llevó a los labios para besarla. No fue un simple beso de cortesía, sino en cierto modo apasionado. Con la otra mano le acarició la cintura, las caderas, y a continuación la atrajo hacía sí.

Ella lo miró, hecha un manojo de nervios, con una mezcla de esperanza y ansiedad. Tenía una expresión tan sombría. ¿Qué estaría pensando?

—Creo que deberíamos practicar los besos —le propuso con voz ronca—, para ver si encontramos alguno que te guste.

Había posado la mano sobre sus nalgas y la estrechaba contra su cuerpo. Serena notó su erección. Por la razón que fuera, en ese momento la deseaba.

—Bésame —susurró su marido.

¿Qué significaba aquello? La joven deslizó las manos por su nuca para hacerle bajar la cabeza y lo besó con suavidad en los labios. Él tiró frenéticamente de sus caderas, oprimiéndolas contra su pelvis.

—Más —pidió.

Ella entreabrió los labios y empezó a juguetear con su lengua.

Francis inclinó bruscamente la cabeza y fundió su boca con la de ella en un beso apasionado. Avanzó unos pasos hasta apretar su cuerpo contra la pared y subió una mano para acariciarle el pecho. Presionó las caderas contra las suyas. Serena tomó su lengua y la lamió, balanceándose seductoramente. «Oh, sí, amor mío, déjame hacer esto por ti.»

De repente se apartó de ella, dando un paso atrás, con una mirada extraña y ardiente.

—Discúlpame —balbuceó con tono crispado.

Serena se le aproximó.

—No pasa nada.

La rehuyó.

—Déjalo.

Ésta salió corriendo de allí luchando por contener las lágrimas. ¿Tanto odiaba estar casado con ella que no soportaba siquiera atenuar su libido?

Francis hundió el rostro entre las manos. Cielos, ¿qué iba a hacer? Un momento más y habría poseído a su mujer allí mismo, contra la pared, como a una meretriz en un callejón. Daba vueltas por la habitación, luchando desesperadamente contra sus sentimientos.

Se le había quedado grabada su cara antes de girarse para huir de él. La había aterrorizado. Ella necesitaba ternura y lo único que parecía ser capaz de ofrecerle era su desenfrenada lujuria.

Llamó para que le llevaran el abrigo y salió de la casa con paso iracundo. Sólo si se mantenía alejado de su esposa estaría a salvo.

Sabía que sería bien recibido en el palacete de Belcraven, o bien podía ir a uno de los clubes de los que era socio, pero en aquellos momentos no le seducía aquella compañía. En lugar de eso, decidió ir a Scarborough Lane, la residencia de Blanche Hardcastle.

Su doncella se quedó un poco sorprendida al abrirle la puerta, pero admitió que su señora se encontraba en casa y lo condujo al salón. Middlethorpe se preguntó qué demonios estaba haciendo allí. Hal podría estar en la casa. Si no lo estaba, su visita podría parecer un tanto peculiar.

Entró Blanche vestida de blanco, como de costumbre.

—Hola, Francis. ¿Qué puedo hacer por ti?

Era como si le pudiera leer la mente.

—Necesito consejo.

La mujer se sentó y le indicó que tomara asiento.

—¿Respecto a tu esposa?

—Sí. ¿Tan obvio es?

Ella sonrió amablemente.

—Lo vuestro tiene por fuerza que ser complicado.

—Te quedas corta, te lo aseguro. ¿Crees que a Hal le importará que esté aquí?

—Si le molesta, lo pondré de patitas en la calle —aseguró—. No soy la propiedad de ningún hombre.

—¿Por eso no quieres casarte con él?

—Pensé que habías venido a hablar de tus problemas, no de los míos. Pero no, ésa no es la razón. El amor une a la pareja, no la ley. Pero el amor también es confianza mutua.

—Confianza —suspiró—. Supongo que merecérsela lleva tiempo.

—Requiere su tiempo que arraigue y necesita ponerse a prueba, creo. Pero puede llegar rápido.

—¿Y si se rompe?

—Entonces cuesta restablecerla. ¿Es ése el problema?

Francis se dio cuenta de que tenía muy pocos motivos para desconfiar de Serena. Sí, se había comportado de forma imprudente en su primer encuentro, pero ahora podía comprenderlo. En realidad, no existía evidencia alguna de que hubiera hecho ninguna otra cosa cuestionable.

—La verdad es que no —reconoció.

—Entonces tiene que ser el sexo.

Notó que se ponía rojo.

Los perspicaces ojos de Blanche brillaron divertidos.

—¿Por qué otro motivo ibas a recurrir a mí en lugar de a uno de los Pícaros?

—¿Te parece ofensivo? Te pido perdón.

—Por supuesto que no. De todos es sabido que me he llevado a muchos hombres a la cama y que tomé la decisión de aprender las artes amatorias. Hubiera preferido haber nacido en una familia rica y haber vivido como una dama ociosa y de virtud irreprochable, pero no pudo ser y no lo fui. Tenía dos opciones: vivir en la miseria o sacar partido de los dones que Dios me ha dado, y no me arrepiento de casi nada de lo que he hecho. Dime, ¿en qué puedo ayudarte?

Francis se reclinó en la silla y las palabras salieron con más facilidad de lo que se esperaba.

—Yo era virgen cuando conocí a Serena.

—Ah —sonrió—, qué encantador.

—¡Qué encantador!

—Sí. —Blanche le dedicó una sonrisa burlona—. Que esto quede entre nosotros dos, pero sospecho que Lucien era virgen cuando me convertí en su amante.

—¡Lucien!

—Ya ves, todas esas historias picantes que os contabais en la escuela probablemente no eran más que eso, cuentos —y sonrió con la vista puesta en el vacío, añadiendo–: Tenía apenas diecinueve años y era guapísimo, le habría pagado si hubiera podido permitirme una criatura tan adorable. Creo que cuando me propuso que fuera su amante, sólo estaba actuando como mandan los cánones, haciendo lo que se esperaba de él. Se llevó una buena sorpresa cuando acepté, aunque lo disimuló bien, incluso por aquel entonces. Si no fui yo quien lo desfloró, ciertamente sí fui la primera en yacer con él con mimo y parsimonia. Me sentí muy honrada. También advertí que asumía una responsabilidad. Creo que he sido una buena maestra —y añadió, volviendo a posar sus ojos en Francis—: ¿Lo sabe Serena?

—No. Dudo que a ella le parezca tan encantador.

—¿Por qué no?

—No le gusta. Hacer el amor.

—¿Te rechaza?

—No... ella... —balbuceó el joven, poniéndose de pie, nervioso—. No lo sé. Quizá sea normal. ¿Cómo voy a saberlo? No parece disfrutar. Parece tensa. Está claro que algo hago mal.

Blanche también se levantó.

—¿Quieres acostarte conmigo, Francis? ¿Por eso has venido?

Él se volvió de espaldas bruscamente.

—Cielos. No.

—Bien. Soy fiel, a mi manera. Aunque podría buscarte otra mujer. Una buena.

—No. ¿Es ésa la única manera de aprender?

—No lo sé. Estoy segura de que las experiencias de Serena durante su matrimonio no fueron agradables.

—Yo también.

Le daba más apuro del que había sentido al confesar su propia ignorancia, pero le contó lo de las joyas.

—Ay, pobre chica. Pero si no te rechaza, eso ya es un comienzo. ¿Te tomas el tiempo para darle placer?

Pudo sentir el condenado sonrojo encender de nuevo sus mejillas. En cierto sentido le molestaban las preguntas de Blanche, pero las toleraría por el bien tanto de Serena como de él mismo.

—Lo he intentado. Parecen gustarle algunas cosas, pero no deja nunca de pensar, maldita sea.

—Quizá su primer marido la castigaba si dejaba de hacerlo.

La miró con vivo interés.

—¿Tú crees?

—Es muy probable. Era un hombre bastante mayor, y a veces a esas edades no encuentran fácil copular. Es probable que le enseñara formas de ayudarlo y que la azotara si fracasaba.

—Entonces, ¿qué puedo hacer?

—Hazle el amor y demuéstrale que tú no la culparás si algo no sale bien en la cama.

—¿Aunque ella no alcance el clímax?

—Claro. Esperar eso de ella es una especie de lastre, ¿no te parece? Pero no hagas nada que no le guste.

Volvió a darse la vuelta con nerviosismo.

—A veces mi deseo es demasiado grande. No consigo ser tan cuidadoso como desearía.

—Francis, ¿la estás evitando por eso?

Ante su tono entre reprobatorio y divertido, se giró.

—Lo hago sólo pensando en ella.

Blanche se puso en jarras.

—Señor misericordioso. ¡Tanta generosidad puede acabar por mataros a los dos! Así sólo conseguirás empeorar las cosas. Calma tu ardor en un arrebato de locura si no hay más remedio, pero luego dale placer a ella.

—Te lo estoy diciendo, no puedo.

—He dicho placer, no orgasmo. Abrázala. Acaríciala. Podrías darle un masaje.

—¿Un masaje?

—Como el que te di yo a ti en Melton.

Middlethorpe se sentía bastante aturdido.

—Ya veo. ¿Crees que es lo mejor?

—Pienso que la abstinencia no resolverá nada. Pero si la intensidad de tu excitación te preocupa, hay formas de aliviarla. Estoy segura de que las conoces.

Se había puesto colorado de nuevo, maldita sea.

—No sé si seré capaz de volver a mirarte a la cara después de esto.

Ella se rio con ternura.

—Sí, lo serás. Serena es tu esposa y no puedo creerme que te encuentre repulsivo. Estará encantada de complacerte en la cama, si ése es el único problema, pero creo que también agradecerá la intimidad que ello conlleva. Con el tiempo, probablemente haya más, pero no dejes que se sienta coaccionada a reaccionar de determinada manera. Sospecho que ya ha tenido más que suficientes imposiciones en el lecho.

—Creo que tienes razón. Tu consejo, sin embargo, se ajusta tan bien a mis deseos que me escama.

—Ni lo pienses. Siempre antepongo la causa de la mujer a la del hombre.

Francis salió de la casa y deambuló por las calles —no buscaba compañía—, tratando de determinar si la recomendación de Blanche era acertada o no. No obstante, no podía dudar de que su última declaración era sincera. Ella pensaba que ese proceder sería lo mejor tanto para Serena como para él.

Sabía que su esposa no era feliz. Lo notaba. La situación en la que ambos se encontraban no era la más idónea, con el antagonismo de su madre y toda la tensión de presentarse en sociedad, pero no se trataba sólo de eso. Quizás un poco de intimidad sirviera de ayuda.

Su deseo, claro está, era ir a casa a toda prisa y arrastrarla hasta el dormitorio de inmediato, pero la intensidad misma de pasión le dio que pensar. La noche sería mejor consejera.

Su marido no había regresado aun cuando Serena comenzó a prepararse para la velada. Después de bañarse, su doncella la ayudó a ponerse la ropa interior y a peinarse. Ésta demostró ser muy habilidosa, pero adujo que el cabello de Serena era perfecto para trabajar con él. Comoquiera que fuese, moldeó la voluminosa melena roja formando una artística obra maestra de rizos y caracoles, que remató con un tocado de encaje de color crudo y plumas marrón rojizo.

La joven decidió que era preferible no acercarse a *Brandy* exhibiendo aquel tocado.

Contempló su atractivo peinado con inquietud. Había adquirido el hábito, casi como un acto reflejo, de deslucir su belleza, y aquel estilo era todo menos eso. Resaltaba sus ojos y la longitud de su esbelto cuello. ¿La hacía parecer descarada y provocativa?

Se acordó de Harriet Wilson. «Es como una pistola amartillada que apunta directamente al corazón de este mundo de hombres.» En aquella situación, ¿una pistola era algo bueno o malo?

Se dirigió a la doncella.

—Por favor, vaya a ver si lord Middlethorpe está en sus aposentos. Necesito hablar con él.

La sorprendida criada la cubrió con un mantón y salió a averiguarlo. Francis estaba en casa. Entró y la sirvienta desapareció discretamente. Iba en mangas de camisa y llevaba el cuello abierto, pues aún no se había anudado el pañuelo.

Se detuvo nada más franquear la puerta, manteniendo la distancia.

—¿Te encuentras mal? —preguntó preocupado aunque circunspecto, reserva que no se reflejaba en sus ojos.

Serena se puso nerviosa.

—No.

Al verlo de esa guisa reparó alarmada en que no podía quitarle ojo. Verlo a medio vestir le resultaba extraordinariamente atractivo.

«Picaruelo» fue justo la palabra que le vino a la cabeza.

—¿Qué querías? —la interpeló, ligeramente ceñudo.

La muchacha recobró la presencia de ánimo.

—Sólo quería saber si estoy bien. Beth me ha prestado un vestido. Es muy elegante. Con el pelo así, ¿no estaré demasiado llamativa?

Francis sonrió.

—Querida, estás preciosa, no llamativa. Y dudo mucho que Beth tenga ningún vestido en su armario que te haga parecer descocada.

Serena descubrió que deseaba, casi con desesperación, que la estrechara entre sus brazos, pero se encontraba en el otro extremo de la habitación y no daba señal alguna de que fuera a acercarse.

—Quiero estar bien para ti —dijo de todo corazón—. Sé que esta noche es importante.

—Y también para ti, qué duda cabe. Aspiras a una posición en la alta sociedad.

Se ciñó el *negligé* al cuerpo.

—Me he pasado la vida entera sin frecuentarla, Francis. Me conformaría con una casita en el campo.

—Es una fantasía encantadora, querida, pero lo dudo. Y no sería de mi agrado. Tengo en gran estima mis comodidades.

—Era feliz en Summer Saint Martin.

—Entonces lamento haberte sacado de allí.

No era eso lo que ella había querido decir. Dio unos pasos hacia su esposo.

—Serena —le espetó con rotundidad—, si te acercas más, cabe la posibilidad de que te arroje sobre la cama y te deshonre, lo que sin duda echaría a perder tu peinado y nos haría llegar tarde a la cena.

La joven lo miró de hito en hito, sin saber cómo tomarse esa declaración.

—Por favor —repuso, con la intención de que sonara como un consentimiento.

Él negó con la cabeza y le brindó una sonrisa.

—Sólo bromeaba, querida. Estás preciosa. Ahora termina de vestirte o se nos hará tarde.

Tras lo cual, se fue.

Serena retornó al tocador desconcertada. ¿Había sido una broma o no? ¿De verdad quería poseerla? Ella conocía varias formas de que pudiera hacerlo sin alborotarle el cabello lo más mínimo. Ni tampoco les llevaría mucho tiempo. Entonces, ¿por qué no lo había hecho?

Se examinó en el espejo. De alguna manera estaba segura de que la culpa de que su matrimonio trastabillara la tenía su belleza, como la había tenido de casi todos sus problemas en la vida.

Su hermosura, no obstante, era una pistola amartillada. Si no le servía para alcanzar su propia felicidad, podría al menos usarla para ganarse un puesto en la alta sociedad.

Su propia dicha. El corazón de su marido.

Ese pensamiento la dejó sin respiración. ¿De verdad quería aspirar a la luna?

¿Qué otra cosa podía hacer si lo amaba?

Su mente exploró sus sentimientos como un ciego palpando un objeto nuevo y desconocido. Sí, creía que lo era. Creía que era amor. El cariño que sentía, la ternura, el deseo de luchar por él y por su felicidad; era el terrible poder del amor.

Un golpe en la puerta anunció la llegada de su doncella con el traje.

—El dobladillo ha quedado un poco desigual, milady —explicó—, por lo que ha de procurar mantenerse alejada de cualquier cosa en la que se pueda enganchar —le aconsejó mientras le ponía el vestido y abrochaba los botones de la espalda—. Pero tiene el largo justo. Vaya, qué bien le sienta.

Ella se miró en el espejo y hubo de admitir que era verdad.

El esplendoroso vestido amarillo quedaba perfecto con su tono de piel. Hacía que su cutis pareciera más delicado y su cabello más vivo. El escote era amplio, aunque, a diferencia de todos los que Matthew le había comprado, por completo decente.

La criada rodeó su cintura con un largo pañuelo de color bronce y lo anudó dejando que colgara a un lado. Serena se puso el collar y los pendientes de topacio, la pulsera y, por último, las joyas de marfil que Beth le había hecho llegar. Una era un brazalete labrado y la otra un pesado broche que empleó para sujetar el fular.

La doncella le llevó además una capa a juego con el traje. Era de terciopelo color marfil forrada de seda amarilla.

Así engalanada, advirtió lady Middlethorpe, era la viva imagen de una beldad de la alta sociedad, y por una vez en su vida no había nada equívoco en su hermoso atuendo.

Despidió a la sirvienta dándole las gracias afectuosamente y luego se puso el perfume que le había comprado Francis. ¿Qué pensaría su amado?

La conciencia de su amor la tenía en un estado de aguda sensibilidad, hasta el punto de que la fina seda de la combinación le raspaba la piel y los rizos le pesaban sobre la nuca. Notaba su respiración como si fuera un recién nacido, cada hálito un doloroso milagro. Casi era remisa a presentarse ante él, como un santo puede temer mostrarse ante un Dios radiante.

Se armó de valor y golpeó la puerta medianera.

La abrió él mismo. Ahora iba ataviado con un traje oscuro de noche, lino blanco como la nieve y algunas joyas discretas. A su ayuda de cámara no se lo veía por ninguna parte. Advirtió que se quedó sin aliento, boquiabierto.

—Eres muy hermosa —aseveró, y en sus ojos leyó que decía la verdad. Pero había algo casi angustioso en su expresión.

Esperó su reacción.

—Pero ¿voy bien?

—Sí, desde luego que sí. Causarás sensación.

Le alzó la barbilla y la besó con ternura, sus dedos y sus labios ardientes.

—No te preocupes. Con los Pícaros respaldándote, eres tan invencible como Wellington.

La muchacha se agarró con fuerza a sus brazos a fin de prolongar ese beso, pero él se separó de ella cortésmente.

—No queremos arrugar tus galas, ¿verdad?

Cuando salieron de la habitación, Serena sabía que su Waterloo no era la alta sociedad, sino el corazón de su marido.

La madre de Francis los estaba esperando enfundada en un elegante vestido azul oscuro. Su complexión delgada y finos rasgos hicieron que su nuera se sintiera un poco ordinaria, pero parecía resuelta a ser amable. Elogió el aspecto de la joven y mantuvo una conversación desenfadada durante todo el trayecto hasta el palacete de Belcraven. Era evidente que la viuda estaba dispuesta a hacer todo lo necesario por el bien de su hijo.

«En eso —pensó Serena—, estamos de acuerdo, milady.» Desterró de forma deliberada la reciente y alarmante conciencia de su amor a lo más recóndito de su mente y se concentró en la tarea que tenía entre manos.

Una vez en la mansión ducal descubrió que el grupo comprendía otras cuatro mujeres.

Sir Stephen Ball había ido con su hermana Fanny, una enérgica y muy respetada intelectual. Con Somerford, vizconde de Amleigh, se había presentado con su prima, lady Rachel Ibbotson-French. Por lo visto su marido era un diplomático sumamente respetado que se encontraba en Italia resolviendo algunos asuntos, y además, lady Rachel pertenecía a la influyente familia de los Greville.

Para alegría de lady Middlethorpe, Arabella se hallaba presente con su amiga Maud, que resultó ser nada menos que la temible condesa viuda de Cawle.

Incluso Serena había oído hablar de ella. Desde su mansión en Albemarle Street —que se negaba a cederles a su hijo y a su nuera—, llevaba treinta años señoreando en la alta sociedad londinense. Lo suyo no era celebrar ostentosas recepciones ni repartir cupones para fiestas o bailes de la ópera; la condesa de Cawle simplemente observaba y escuchaba, y ocasionalmente emitía algún juicio.

Por su reputación, ésta se esperaba que fuera una vieja bruja, pero lady Cawle era una mujer corpulenta que conservaba su belleza. Pese a que era más o menos de la misma edad que Arabella, debería de tener cincuenta y bastantes, pero su tez suave y sus grandes ojos la hacían parecer más joven. No obstante, no seguía la moda. Ocupaba un sofá entero porque se empeñaba en llevar las grandes sayas de sus días de juventud, con el talle a su altura natural. En aquella ocasión, las amplias faldas eran de color verde salvia con adornos de seda negra.

Cuando le presentaron a Serena, la condesa la saludó con una brevísima inclinación de cabeza, pero sus ojos engañosamente soñolientos se fijaron en todo. La joven temblaba de miedo, incapaz de creer que aquella mujer pudiese tolerarla ni un momento.

Durante la cena, la viuda la ignoró. Claro que todas las damas tenían puesta su atención en el marqués de Arden, quien flirteaba con ella sin ningún recato. A pesar de la diferencia de edad, aquello no parecía en absoluto ridículo y a Beth parecía divertirle. Serena se preguntó cómo se sentiría ella si su marido coquetease con todas las mujeres que conociera. Sospechaba que se enfadaría muchísimo.

Todo eso parecía demostrar que en el fondo era una pueblerina. Agradeció estar sentada entre Francis y Miles, y relativamente cómoda, incluso aunque la mayor parte de la desenfadada conversación corriese a cargo del irlandés. Su marido debía de estar muy preocupado por lo que pudiera pasar esa noche para mostrarse tan tenso.

Cuando las señoras se fueron por su lado, Serena sospechó que se había acabado la paz. Tal y como se había temido, la condesa le hizo una seña para que se acercara.

—Siéntese, jovencita —le ordenó en un tono muy similar al de Arabella—. Así que es usted la esposa bien adiestrada de Riverton.

Ésta se puso roja como un tomate y se levantó de un salto del asiento que acababa de ocupar.

Lady Cawle ni se inmutó.

—Huya, jovencita, y me desentenderé de usted.

Sopesó la advertencia durante un buen rato, al cabo del cual respiró hondo y se dejó caer de nuevo en la silla.

—Bien —aprobó la condesa con poco interés—. Es una lástima que sea tan bella. La gente pensará lo peor. Existe un deseo universal de hallar defectos en las mujeres hermosas.

—Tal vez hagan bien —convino la muchacha, tragando saliva.

—¿Hacen bien?

Serena miró a la mujer, que irradiaba toda la calidez de una estatua de mármol.

—¿Qué quiere decir? ¿Ha hecho usted algo de lo que tenga que avergonzarse, lady Middlethorpe?

Ella sabía que debería mentir, pero el recuerdo de la noche en la granja de los Post surgió en su mente como un estigma de pecado. Agachó la cabeza.

—Sí.

Para su gran asombro, la condesa se rio entre dientes.

—Eso espero. Jamás la habría creído si me hubiera dicho lo contrario. Pero ¿se avergüenza de su vida? No estoy hablando de lo que le ha pasado, sino de lo que ha hecho.

Serena escudriñó a la desconcertante mujer y consideró la pregunta.

—No —dijo por fin—. Se me ocurren muchas cosas que cambiaría ahora que soy más madura y más sabia, pero en su momento lo hice lo mejor que pude.

—Bien. Siento debilidad por el joven Middlethorpe. De haber tenido ocasión, habría impedido este matrimonio, desde luego, pues traerá complicaciones, pero puesto que ya está hecho, trataré de allanaros el camino. Usted, jovencita, hará bien su parte creyéndose que vale tanto como cualquiera de ellas. Básicamente, es cierto. Si se amedranta, no querré volver a saber nada de usted. ¿Lo ha comprendido?

Serena se sintió coaccionada.

—Sí. Pero ¿qué ocurrirá si...?

—Nada de síes. Ni de peros. Sosténgales la mirada hasta que la aparten. No vacile jamás. Los hombres no lanzan una carga de caballería con el corazón encogido. No se engañe, esto es un asalto.

Pistolas amartilladas. Waterloo. Cargas de caballería...

—Hay bajas en las cargas de caballería —apuntó la muchacha.

—Así es.

No había ni rastro de simpatía o de vacilación en la voz de la condesa.

—Habría sido usted un general extraordinario —comentó la joven mujer, y no lo dijo del todo como un cumplido.

—Eso creo. Soy lo bastante despiadada, lo contrario de usted. A pesar de eso, si sé juzgar a la gente, será una buena esposa y madre, si le dan la oportunidad. Menos mal que no se ha vestido de manera provocadora, pues es a las señoras a las que tenemos que ganarnos. Los hombres simplemente envidiarán a Middlethorpe, pero eso hará que resulte más difícil agradar a sus esposas. Usted es lo que todo varón desea, lo sabe. Una mujer decente que sabe comportarse como una ramera.

—Yo no soy...

—¿Cuál de las dos no es?

Serena cerró la boca, resentida.

La condesa clavó en ella unos ojos que ya no parecían amodorrados en absoluto.

—¿Está usted dispuesta a cargar contra la alta sociedad sin flaquear, joven?

Ésta quería decirle a aquella bruja que se fuera al infierno, pero aseguró:

—Sí.

—Lady Arden —llamó la condesa a través de la sala—, sí acudiré al teatro.

Serena ignoraba que su asistencia no hubiera estado asegurada.

Tras despedirse de ella, escapó a sentarse junto a lady Rachel, quien parecía capaz de mantener una interminable charla superficial sin desfallecer. Lady Middlethorpe supuso que eso era una habilidad diplomática admirable. Mientras dejaba que la verborrea fluyera a su alrededor, reflexionó con preocupación acerca de las palabras de la condesa. «Una mujer decente que sabe comportarse como una ramera.» Supuso que eso la describía a la perfección, pero ¿qué pensaba Francis entonces? No estaba segura de que él creyera que era una mujer decente y no parecía querer que se comportase como una ramera.

Arabella no tardó en sacarla de allí.

—¿Cómo te va, querida? Se te ve magnífica. Adivino que has obtenido el beneplácito de Maud. Bien por ti. Le divierte aterrorizar a la gente.

—Ya podría encontrar otra cosa mejor que hacer con su vida.

—Tate, tate. No saques las uñas, querida. Maud realiza una ardua labor como guardiana de nuestros círculos. No se interesa por el grueso de la buena sociedad, sino que vigila los márgenes. Y la alta sociedad la vigila a su vez. Muchas personas de valía han logrado entrar gracias a ella y muchos sinvergüenzas han sido excluidos. Es capaz de oler la malicia y el engaño como un sabueso siguiendo un rastro.

Serena lanzó una desconcertada ojeada a la condesa, quien, a fin de cuentas, parecía haberle dado su aprobación.

—Es una dama fuera de lo común —constató—. Confieso que me sorprende que seáis tan amigas.

—¿Te sorprende? Cada mujer escoge su propio camino para afrontar la vida. Yo elegí prescindir de los hombres. Maud prefirió utilizarlos. Pero en el fondo somos como dos gotas de agua. Claro que ella siempre fue bonita y yo no, lo que puede haber influido bastante en nuestras respectivas elecciones.

Lady Middlethorpe miró a Arabella con curiosidad. ¿Habría querido casarse? Nada, al parecer, era nunca tan sencillo ni tan obvio como parecía. Eso hacía que la vida resultase extremadamente difícil.

Al cabo de un rato los hombres se reunieron con ellas y el grupo partió en dirección a Drury Lane. Todos fueron en carruaje excepto la condesa, que se desplazaba siempre en su palanquín, con sus propios porteadores y escolta. Además, puesto que caía una leve llovizna, ordenó que metieran la silla en la casa para subirse.

En el teatro, el espléndido palco ducal acomodó a ocho de ellos mientras que Miles, Felicity, Fanny y Stephen Ball se instalaron en la animada galería, joviales y resueltos a hacer todo lo posible para correr la voz.

Desde luego, eran muchas las miradas dirigidas al palco, puesto que aunque no era una época del año en la que el teatro se llenaba, aquella noche sí estaba bastante concurrido, y las personas en tan preeminente localidad tenían por fuerza que ser de interés, sobre todo una vez que hubo quedado claro que dos de sus ocupantes eran el marqués y la marquesa. Beth se había engalanado para la ocasión con una soberbia tiara y una gargantilla de diamantes.

La presencia de la condesa viuda de Cawle también fue objeto de atención y cuchicheos.

Serena reparó en un número creciente de ojos dirigidos hacia ella, la desconocida. Francis estaba sentado a su lado y se deshacía en atenciones con ella; la verdad debía de resultar evidente. La muchacha alzó la barbilla y le sonrió, así como a cualquier otro que hablase con ella y al resto del público. Y aunque le dolía la cara, sonrió sin descanso durante toda la noche.

Pensó que quizás habría disfrutado de la función de no haber estado tan concentrada en sonreír.

Hubo tres entreactos y en cada uno de ellos Serena, Beth, Francis y Lucien salieron a pasearse. Lady Middlethorpe iba cogida del brazo de Beth, como lo haría una vieja amiga. Cada paseo era una sucesión constante de presentaciones, pero siempre se ponían de nuevo en movimiento antes de que pudieran hacer preguntas.

Las miradas eran curiosas, a veces admirativas, en ocasiones de envidia, pero nunca suspicaces.

No fue ni mucho menos una velada tan penosa como se había imaginado, pero aun así, al final de la representación estaba exhausta.

Al finalizar el espectáculo, el marqués los llevó a cenar por todo lo alto a Emile's. Allí, una nueva procesión de personas desfiló por la mesa para presentarles sus respetos y saludar a la desconocida. La elección de las valedoras resultó ser una genialidad. Los intelectuales acudían por Fanny, los diplomáticos y mandatarios, por lady Rachel, y los picaflores sociales, por la condesa y la marquesa.

Serena continuó prodigando sonrisas. Comenzó a creer que la expresión se le había quedado marcada para siempre, más como una mueca que como un gesto de felicidad. Advirtió, no obstante, que aunque era el centro de una gran admiración, y su esposo de una o dos miradas intrigadas, nadie pareció darse cuenta de que era la viuda de Riverton.

Todavía.

Estaba alerta por si aparecía algún rostro conocido, pero no vio ninguno. Acaso Beth tenía razón y los compinches de su primer marido sencillamente no se movían en esos círculos. Pero en algún momento Francis tendría que anunciar la boda en los periódicos y toda esa gente tan sonriente terminaría descubriendo quién era. Quién había sido.

Cuando llegó la hora de despedirse, estaba tan preocupada que le confió sus temores a la condesa.

—No, querida —la tranquilizó lady Cawle en tono afable—. La gente hablará, pero mientras continúe comportándose como lo ha hecho esta noche, nadie osará cuestionarla. Ya la han aceptado y no querrán admitir que han cometido un error. Y si alguien se atreve, se arriesga a ofender a personas muy importantes, incluida yo misma.

Impulsivamente, la muchacha le dio un beso en su empolvada mejilla. La condesa se quedó estupefacta, pero, tras unos instantes, se rio.

—Entiendo que Arabella se haya encariñado con usted, jovencita. Sea buena con Middlethorpe.

Con esa orden, se introdujo en su ornamentada silla de manos y se la llevaron en volandas.

Serena estaría encantada de obedecerla si tan sólo él le diera la oportunidad.

Todo el mundo estaba eufórico por el éxito, pero ella simplemente se sentía afortunada por haber sobrevivido. Esta vez. Mañana todo volvería a empezar.

Cuando llegaron a casa, a las tres de la mañana, Francis la acompañó a su dormitorio.

—Todo ha ido bien, creo —observó.

—Espero que sí. —Muy a su pesar, bostezó. Pero ¿qué otra cosa podía esperar nadie? No tenía la costumbre de trasnochar tanto.

—Estás cansada. Estoy seguro de que mañana Beth querrá que salgáis juntas para exhibirte en tantos sitios como sea posible. No hagas más de lo que desees.

—No me importa.

Aunque daba la impresión de estar tranquilo, algo lo tenía en vilo, los tenía en vilo a los dos. La cabeza y el corazón de Serena deseaban que le hiciera el amor, pero su cuerpo quería dormir.

Entró en el dormitorio de ella y le cogió las manos. La joven creyó percibir que le temblaban ligeramente. Sintió que estaba a punto de decir algo, algo significativo, pero se limitó a levantárselas y a rozarlas con un beso.

—Que duermas bien, querida.

Y se marchó.

Serena miró su ancha cama, donde por lo visto iba a dormir sola de nuevo. Se encontraba agotada y no estaba de humor para juegos amorosos, pero habría sido maravilloso compartir el lecho con él.

Middlethorpe fue a su cuarto y volvió a emborracharse. Estaba seguro de que la recomendación de Blanche era buena, pero aun así seguía siendo incapaz de refocilarse con una mujer cansada como un animal en celo. Mañana. Puede que incluso una visita matutina a su esposa. Sí, pensó, sirviéndose más *brandy*. Por la mañana. Serena a la luz del sol, ahogarse en su cabellera...

Cuando se despertó ya era por la tarde y se sentía peor que el día anterior. Sondeando su embriagada memoria, se dio cuenta de que su ayuda de cámara sin duda había tenido que meterlo en la cama. Soltó un quejido, y no sólo por el punzante dolor de cabeza.

Si seguía a ese ritmo, acabaría hecho un guiñapo.

Menos mal que su esposa ya había salido, al parecer en compañía de Beth.

Capítulo 14

Serena pensaba que la predicción de Francis parecía cumplirse. Persistirían en tomar por asalto la alta sociedad, aunque esta vez sus protagonistas serían las mujeres.

Se despertó a una hora decadente, las once, y desayunó en la cama. En la bandeja encontró una nota avisándola de que lady Arden la recogería a las doce.

Primero se pasaron por el palacete de Belcraven a inspeccionar el vestuario de Beth. Serena se maravilló ante la abundancia de trajes y aceptó que le cediese algunos más.

Tras tomar un tentempié, realizaron una visita matinal a la condesa, quien les concedió veinte minutos de su tiempo. Había allí una serie de damas que aceptaron a la bella joven sin demasiadas reservas, gracias a que lady Cawle, Arabella y Beth lograron desviar cualquier tentativa de interrogarla sobre sus orígenes.

Después se dirigieron a la *boutique* Hookham's, donde curiosearon por los estantes y, como por azar, se encontraron con una sucesión de personas que se mostraron encantadas de trabar conocimiento con la nueva lady Middlethorpe.

Serena constató que con Beth como valedora su ingreso en los círculos aristocráticos estaba poco más que garantizado. Nadie osaría arriesgarse a ofender a la futura duquesa de Belcraven.

Esto mismo le dijo a su amiga cuando las conducían en carruaje a otra tienda elegante, Gunter's.

—Es cierto —concedió ésta—. Y aunque detesto el poder que me otorga el rango, veo inútil esa actitud. Es como odiar al viento porque sopla. En vez de eso intento encontrar el modo de que lo haga a mi favor.

Se habían citado con lady Rachel en la confitería de moda y ella acudió acompañada de su hermano, sir Jeffrey Greville. La mitad de Londres conocía a tan ingenioso caballero y una nueva salva de presentaciones interrumpió el refrigerio.

Una vez en la calle, Serena sacudió la cabeza ligeramente.

—¡Tengo la sensación de que me has presentado a todo Londres!

—No a todo, pero sí a una buena parte —admitió Beth, inspeccionando la calle abarrotada—. Lo más importante es lo concurrida que está hoy la ciudad. Mira, el coche está ahí abajo y no puede aproximarse. ¡Horror de los horrores, tendremos que hacer uso de las piernas!

Intercambiaron una sonrisa y echaron a andar hacia el carruaje con el emblema ducal. El lacayo, frenético, remontaba la calzada para escoltarlas.

—Como si pudieran asaltarnos en unos pocos metros de acera tan atestada... —musitó la marquesa divertida.

Sin embargo, no era tarea fácil avanzar, ya que aprovechando el buen tiempo, muchas damas y caballeros habían salido de su hibernación, resueltos tanto a pasear y a charlar como a hacer compras. Además, los criados, cargados de paquetes, se abrían paso entre la muchedumbre.

Dos señoras salieron de una mercería. Las dos amigas se detuvieron para cederles el paso para que se subieran a su carruaje. La de edad más avanzada, al verlas, se detuvo, dedicándoles una amable sonrisa.

—Lady Arden. Qué animado está el centro hoy, ¿no le parece?

—Y que lo diga, duquesa. Este pequeño adelanto de la primavera nos tiene a todos en un frenesí loco como liebres de marzo.

Durante ese breve intercambio, algo cambió en el tono de Beth, y Serena la miró, preguntándose si no estaría indispuesta.

—¿Beth...? —preguntó.

La noble dama las observaba con cierta curiosidad. ¿Quién sería esa duquesa? Su acompañante era una joven cuya discreta belleza se veía dignificada por un aura de pulcritud y compostura.

La vieja señora hizo ademán de moverse para romper el embarazoso silencio.

—Creo que todavía no conoce a mi segunda hija, lady Arden. Anne, querida, saluda a la marquesa como se merece. La pobre no ha estado muy bien de salud. Ahora nos vamos a Bath a pasar una semana.

—Seguro que le sentará de maravilla, lady Anne —comentó Beth, con el mismo tono extraño.

Serena oyó claramente cómo suspiraba antes de decir:

—¿Puedo presentarles a mi amiga, lady Middlethorpe?

El rostro de la muchacha se tornó blanco como una sábana, y sólo entonces entendió lo que estaba sucediendo. Aquella damisela tan hermosa y elegante era la lady Anne de Francis. Parecía frágil, pues era de complexión menuda y de cabello rubio claro, y la conmoción la hacía parecer más delicada si cabe. Pero acto seguido, su tez pálida se tiñó de un rubor rosado.

Serena sintió el mismo color intenso en sus mejillas.

La duquesa también estaba encendida, pero de ira. En cualquier momento se produciría una escena verdaderamente desastrosa. Serena se preguntó desesperada: «¿Qué se supone que debo hacer en esta situación? ¿Seguir caminando como si nada? ¿Disculparme? Lady Anne, lamento muchísimo haberle robado a su futuro marido».

—Lady Middlethorpe, encantada de conocerla —respondió Anne, tendiéndole la mano enguantada.

Lo dijo con una cierta rigidez, pero consiguió decirlo.

Profundamente agradecida, Serena le cogió con suavidad los dedos enguantados que ésta le ofrecía.

—Igualmente, lady Anne. Le deseo una estancia agradable en Bath.

La joven dama logró esbozar una sonrisa.

—No creo que me agraden las aguas —repuso mirando con expresión vaga a su alrededor—. Me temo que estamos bloqueando la acera.

Su madre pareció recobrar vida y dijo tajante, a modo de despedida:

—Lady Middlethorpe. Lady Arden.

Luego ayudó a su hija a subir a la calesa y ésta se puso en marcha sin más dilación, aunque no antes de que Serena hubiese advertido que la muchacha caminaba con una ligera pero evidente cojera, lo que no hizo sino empeorar las cosas diez veces más.

—Lo siento —soltaron a la vez las dos amigas, e intercambiaron una mirada de consternación.

Prosiguieron su avance hacia el carruaje. Serena pugnaba por reprimir el llanto, pues sabía que no debía derramarlo en público. Tenía la sensación de que la calle entera había presenciado la escena, aunque no había señal de que nadie hubiese reparado en ella.

—Qué situación más violenta —murmuró Beth con voz trémula—. Pero claro, ¿qué otra cosa podíamos hacer?

Subieron al coche aliviadas.

—Nada, por supuesto —suspiró su compañera, tragando saliva—. Lady Anne parece encantadora.

—No hay duda de que se ha conducido con gran dignidad —admitió la marquesa.

Serena respiró hondo para contener las lágrimas que se le agolpaban en los ojos.

—Entiendo po... por qué Francis la co... cortejaba.

Su amiga le cogió las manos.

—¡Basta! Si Francis hubiese querido casarse con ella, no te habría hecho el amor.

Ésta se cubrió el rostro con las manos y lloró.

Lady Arden ordenó al cochero que fuera directamente a la residencia de Hertford Street. En cuanto entraron, se toparon con Francis.

—¿Qué ha sucedido?

Beth rodeaba a Serena con los brazos.

—Nos hemos encontrado con la duquesa de Arran y lady Anne.

—¿Aquí en la ciudad? —preguntó él, pálido.

—No creerás que volvemos de Wiltshire, ¿no?

—No es necesario que seas tan desagradable.

Tomó a su esposa en sus brazos y la estrechó con fuerza.

—¿Qué ha sucedido?

—Nada —contestó ella tratando de liberarse de aquel abrazo, un abrazo que no se merecía y del que había privado a otra mujer.

Ignorando la presencia de la amiga, la cogió en volandas y la llevó al dormitorio. Una vez allí, la tumbó en la cama, quitándole con delicadeza el sombrero.

—¿Qué ha ocurrido? —preguntó de nuevo—. No creo que te hayas disgustado por nada.

Cansada, se incorporó. Encontró su pañuelo y se sonó la nariz.

—De verdad que no ha pasado nada. Todas nos hemos comportado de manera civilizada. Lady Anne se ha conducido con extremado decoro dado lo embarazoso de la situación.

—No es de extrañar.

Serena volvió a sonarse para disimular una irritación que no debería sentir. Se veía a la legua que lady Anne era exactamente la esposa que Francis se merecía y deseaba, y ella era la desgraciada más miserable de toda la creación.

Éste la liberó de su pañuelo empapado y le secó los ojos con uno limpio.

—Al menos Anne y tú ya os habéis encontrado y comportado como Dios manda, así que lo peor ya ha pasado. Lo único bueno que tienen estas cosas es que este mal trago sólo hay que pasarlo una vez. Todo acabará olvidándose.

La joven no pudo reprimir las palabras:

—¡Pero querías casarte con ella!

Él no intentó negarlo.

—Eso pertenece ya al pasado. Escucha, si estás de ánimo, esta noche tenemos previsto ir al Circo Royal y después asistiremos a una velada musical en la residencia de lady Cowper. Son las distracciones idóneas para subirte la moral. Mañana, Beth y Lucien celebrarán una fiesta en su palacete. Con suerte, será la culminación de todos nuestros esfuerzos.

Serena estaba agotada de pensar en aquella interminable vorágine social y deprimida por el tono que empleaba. Estaba claro que le resultaba todo tan espantoso como a ella.

Sin embargo, no puso ninguna objeción al abrumador plan y se bajó de la cama para quitarse la chaqueta Spencer. Al volverse, vio la mirada en los ojos de Francis y la reconoció, alentándola.

Cuando comprendió que él no pensaba sucumbir a la pasión que ella le despertaba, se sintió desconcertada.

¿Acaso no sabía que estaba dispuesta a complacerlo?

¿Cómo incitarlo para que actuara sin resultar descarada?

Ambos permanecieron ahí inmóviles. Pasado un instante, ella le cogió una mano y lentamente la condujo hasta su pecho, donde quedó prendida como un animal cautivo. Pero entonces él empezó a moverla, a acariciarla con mimo, a acercársele más.

Luego la retiró bruscamente.

—¿Acaso no me deseas? —Era evidente que sí.

Francis apretó la mandíbula.

—Lo que me gustaría —repuso con voz ronca—, es darte un masaje.

—¿Un masaje?

—Sí.

Él se había ruborizado y no se atrevía a mirarla a la cara. Serena no sabía qué pensar de todo aquello. ¿Sería un eufemismo? ¿De qué? Aun así, le permitiría hacer casi lo que quisiera sin quejarse.

—Si ése es tu deseo —concedió—. ¿Qué debo hacer?

—Desvístete.

Entonces se inclinó hacia ella con una rudeza impropia de su gentileza habitual.

—Déjame ayudarte.

La giró y le desabrochó el vestido en un periquete, pese a cierta torpeza en los dedos. La ayudó a despojarse del traje de batista, el corsé, la combinación y las enaguas, hasta que se quedó únicamente con las medias de algodón y los calzones.

La desnudez no la incomodaba, aunque esta vez se sintió vulnerable y miró recelosa a su esposo. Tenía un semblante sombrío, como quien estudia una obra escultórica inquietante. Casi podía sentir su mirada atravesándola como un dedo de fuego.

—Eres tan perfecta —dijo con dulzura, pero sin hacer ademán de aproximarse.

—Me alegra que te complazca. «¿Qué quieres? Es evidente que

te excito. ¿Quieres que caiga de rodillas y te lo haga con la boca? ¿Que me incline sobre el escritorio para que me tomes por detrás? ¿Deseas atarme? ¿Qué quieres?»

—¿Me desvisto del todo? —preguntó finalmente.

—No. Aún no.

Se movió, pero sólo para quitarle las horquillas con delicadeza y peinarle el cabello con los dedos para que le cayera sobre los hombros. El roce de sus manos por el sensible cuero cabelludo la hizo cerrar los ojos de placer. Él le alisó con suavidad los rizos sobre la espalda y después por delante, sobre el escote y los pechos. El cosquilleo en la piel la impelía a buscar su contacto.

Lo miró, sorprendida. Le había cogido un mechón y se lo llevaba a la boca para besarlo.

Sintió un ardor que la empujó a arrimar su cuerpo al suyo, de forma que sus senos rozaran su áspera chaqueta de lana en una suave fricción que la dejó sin aliento.

Cuando Francis alzó la cabeza, sus labios quedaron próximos a los de ella. La bajó, inclinándose hacia ellos.

Y entonces se detuvo.

Se apartó.

Serena recordó que le había dicho que no le gustaba que la besaran.

—Bésame, Francis. Quiero que me beses —le imploró, tirándole de una manga.

Él se dejó atraer y le deslizó una mano por la nuca. Volvió a agachar la cabeza y sus párpados ocultaron la oscuridad abrasadora de sus ojos.

Era muy delicado. Demasiado. Sus labios apenas rozaban los de ella, pese a que percibía el calor de su esfuerzo al contenerse.

La joven alargó los brazos y los enroscó en el cuello de su esposo, obligándolo a acercarse para besarla con fuerza. Él pareció resistirse, pero entonces abrió los labios y sus bocas se fundieron en un placentero instante.

Entonces la apartó de su lado.

—Ya es suficiente —dijo con un tono ligero forzado—, túmbate en la cama. Quisiera quitarte lo que te queda de ropa.

Estaba sumamente decepcionada, aunque no por ello perdía la esperanza. Sumisa, se echó de espaldas sobre la colcha.

Con destreza, la despojó de los calzones ribeteados y de las medias. No la tocaba con lascivia. De hecho, intentaba no hacerlo si podía evitarlo. ¿A qué demonios venía todo aquello?

Sus ojos la recorrieron de arriba abajo y ella estaba pendiente de su respiración. Ser testigo de su deseo era más de lo que podía soportar. Levantó un poco una mano, invitándolo.

Francis frunció el ceño y se giró para coger una gran toalla de lino.

—Mejor póntela debajo o mancharemos el brocado.

Serena supuso que lo había planeado al detalle, sin comprender por qué no se metían entre las sábanas. A no ser que, pensó con súbita ansiedad, tuviera en mente algo más obsceno.

—Muy bien —añadió—. Date la vuelta. Ahora mismo vuelvo.

Dicho esto, salió de la habitación.

Se quedó mirando la puerta. Momentos después, obedeció y se tumbó boca abajo, aunque presa de una gran incertidumbre. En su experiencia, los embates por detrás eran desagradables. ¿Qué habría ido a buscar? Apoyó la cabeza sobre los brazos tratando de no pensar en látigos.

Al oírlo volver, se puso tensa, intentando adelantarse a sus acciones por los ruidos que hacía. Aparte de sus pasos, no oyó nada más. Después escuchó un tintineo, como si hubiera posado una copa o botella en el suelo. ¿Qué podría ser?

Él la tocó y ella se estremeció instintivamente, pero enseguida percibió que la tocaba con delicadeza, con caricias cálidas, resbaladizas. Hizo ademán de girarse para mirarlo, pero la sujetó con firmeza, le apartó el pelo y comenzó a frotarle la espalda con las manos untadas en aceite.

Era un masaje. Ni más ni menos.

«¿Había sentido alguna vez algo tan placentero?»

Tenía las manos fuertes y levemente ásperas, pero obraban como un bálsamo maravilloso mientras le manipulaba la espina dorsal y las costillas. A veces presionaba, pareciendo encontrar zonas que lo pedían a gritos; otras veces le deslizaba las manos por la piel, alisándola como una sábana arrugada bajo una plancha.

—¿Te resulta agradable? —le preguntó.

—Es divino —musitó.

Serena perdió la noción del tiempo, notando a cada momento cómo se reblandecía bajo sus manos, más relajada de lo que era humanamente posible. Luego empezó a friccionarle las piernas y acabó por los pies.

Lo sintió inclinarse hacia la cama y dobló una pierna, de forma que le ofrecía el pie. Él lo asió y comenzó a masajearlo, concentrándose en cada hueso y en cada centímetro de su piel.

Aunque no lo creía posible, su cuerpo se derritió aún más, disolviéndose en un cálido charco de satisfacción. Oyó algo y advirtió que era ella suspirando de gozo.

Francis se echó a reír.

Era la primera vez que lo oía reírse de aquella manera y ella también lo hizo, en la medida en que ríe alguien que ya no siente ni los músculos ni los huesos.

Cuando por fin concluyó el masaje, Serena era incapaz de mover ni un dedo. Salió del dormitorio, pero al momento regresó para retirarle el aceite de la espalda y de las piernas con un paño suave. Después, apartó las sábanas y la deslizó bajo las mantas.

—Ahora debes reposar para que esta noche estés fresca.

Serena sentía una irreprimible somnolencia, pero lo miró inquieta. Había esperado que todo acabara en sexo.

—Pero...

La silenció con un breve beso.

—Descansa.

Y se marchó.

Ella no pudo luchar más y no tardó en dormirse.

Francis se lavó las manos. Se sentía como el más noble de los santos mártires, acusando todo el dolor que se espera de ellos. Sin embargo, no se arrepintió de haberse contenido. Hubiera sido inapropiado arrastrarla al sexo cuando acababa de pasar por una experiencia desagradable, que además sabía que podía haber evitado.

Reconoció que esperaba que el broche final del masaje fuera el acto sexual, pero era evidente que le provocaba somnolencia, no excitación. No debía olvidar que estaba embarazada y poco acostumbrada a la ajetreada vida social.

Por otro lado, aquel masaje había acabado de excitarlo. Parecía como si un zumbido de deseo creciera en él con una intensidad que rozaba lo insoportable.

Suspiró. A lo mejor debería evitar dar masajes en el futuro, al menos hasta que su vida de casado fuera más normal.

¿Quién iba a decirle que tendría que elegir entre el matrimonio y el ardor? El matrimonio parecía consistir en vivir en un horno.

Se bebió la copa de *brandy* de un trago, con la esperanza de que un calor ahogara al otro, y miró con hostilidad la copa vacía. A ese paso se pondría como una cuba. Llamó a su ayuda de cámara, Grisholme, y le dio la orden de que retirara las botellas, la cual pareció obedecer con gran satisfacción.

Francis se paseó inquieto por su dormitorio. Era deplorable que Serena hubiera tenido ese encontronazo con Anne. Lamentable para ambas. Para empezar, deseó no haberle hablado nunca a Serena de ella. A todas luces le había afectado. Pero no había tenido elección; debía prepararla para un encuentro como el que había tenido lugar.

Se preguntó hasta qué punto Anne estaría disgustada y si le serviría de algo que hablara con ella. Le costaría esclarecerle sus actos a una dama educada con tanto esmero, pero odiaba pensar que su silencio resultara más perjudicial que una explicación.

Caviló sobre qué hacer mientras, desasosegado, caminaba arriba y abajo por el cuarto. Nunca le había escrito durante el cortejo, pues se consideraba impropio, y ahora no parecía el momento indicado para comenzar a mantener correspondencia con ella. Pero la situación era todo menos normal y según las dos amigas, la digna dama había hecho gala de una espléndida circunspección.

Acabó redactándole una carta, agradeciéndole su amabilidad y disculpándose por su comportamiento. La adjuntó sin sellar a una nota dirigida a la duquesa.

Tan pronto como despachó el correo, le avisaron de que Lucien había venido a verlo. Bajó las escaleras.

Su amigo se puso de pie.

—Traigo noticias sobre tu presa.

—¿Mi presa?

—Ferncliff, ¿lo recuerdas?

—¡Ah, sí! ¡Por fin!

Francis pensó que en una confrontación violenta con el autor de todos sus problemas descargaría gran parte de su frustración. El marqués había venido acompañado del lacayo que lo había encontrado, y lo mandaron llamar.

—Se hospeda con un profesor en Little George Street, en Chelsea —explicó el sirviente—. Al menos un tipo que concuerda con la descripción.

—¿Está allí ahora? —preguntó Middlethorpe.

—Lo vi entrar y volví corriendo a Marlborough Square para dar parte, milord, hace menos de una hora.

Llamaron un coche de alquiler y se lanzaron en su busca. El lacayo se sentó junto al conductor para indicarle el camino.

Middlethorpe había cogido la caja de pistolas y cargó una durante el trayecto.

—Avísame con tiempo —lo previno su amigo perezosamente—. ¿Tendré que impedirte que cometas un asesinato?

—Lo dudo.

Pero no hizo caso del tono burlón de su amigo.

—Sólo quiero saber la verdad y poner punto y final al asunto. Mi vida ya es de por sí complicada.

—Lo supongo.

Lucien estiró sus largas piernas, que se balanceaban mientras el carruaje daba tumbos por las calles irregulares.

—Beth no pudo hacer nada para evitar el incidente, ya lo sabes.

Francis se volvió para mirarlo.

—Por supuesto que no. ¿Se culpa a sí misma? Dile que no lo haga. Menos mal que Anne Peckworth es juiciosa y tiene un buen corazón.

—Sí —asintió su camarada, dedicándole una mirada extraña.

—Luce —explicó impaciente—, nunca habría considerado casarme con Anne si no hubiera sido una dama de educación exquisita. Ahora no tengo la intención de fingir que es una arpía sólo porque me conviene.

El joven marqués alzó una mano en ademán de rendición.

—Me parece justo. Y como bien has dicho, menos mal que no hicieron ninguna escena. Ninguno de nosotros lo necesita.

El vehículo se detuvo con una sacudida.

La guarida de Ferncliff resultó ser un edificio alto de aspecto respetable que arrendaba habitaciones para caballeros. Dejaron al sirviente a cargo de la caja de pistolas, excepto una, y lo apostaron en la parte trasera de la vivienda para que vigilara. Los amigos subieron la escalinata de piedra y llamaron a la puerta de la entrada principal. Un individuo alto y delgado como un palo los atendió.

—¿Sí, caballeros? —preguntó con el acento esmerado de un criado de categoría superior. Aunque se le notaba un tanto impresionado, no se le veía intimidado por la obvia distinción de los visitantes.

Francis reparó en que desconocían el nombre del anfitrión de Ferncliff.

—Quisiéramos entrevistarnos con el señor Charles Ferncliff.

—Aquí no hay nadie que responda a ese nombre, caballeros.

El sirviente se mostraba ahora más desconfiado y comenzó a entornar la puerta.

—Es curioso —repuso Francis—, porque sabemos que se aloja aquí. Es de suma importancia que hablemos con él. Es un hombre alto, de rostro rubicundo y debe de tener entre treinta y cinco y cuarenta años.

El hombre titubeó.

Lucien intervino para echarle un cable.

—Tenga la amabilidad de comunicarle que lord Middlethorpe y el marqués de Arden desean hablar con él.

Envolvió las palabras con una gruesa capa de arrogancia.

El criado abrió los ojos de par en par.

—¡Cómo no, caballeros! ¿Por qué no hacen el favor de pasar? Iré a averiguarlo.

Entraron y aguardaron en el estrecho vestíbulo, mientras el encargado desaparecía escaleras arriba y tocaba una puerta a la derecha del primer rellano.

—Lo haces muy bien —se regocijó Francis.

—Alguna ventaja tenía que tener el maldito rango, digo yo. Al menos sabía con quién trataba.

—Ya lo he notado.

Al poco tiempo volvió el hombre flaco. Parecía nervioso.

—Efectivamente, me temo que el señor Ferncliff no se aloja aquí, caballeros.

—¿Y quién se hospeda aquí que corresponda a esa descripción? —preguntó Middlethorpe.

—Eh... na... nadie, milords. Seguro que ha habido una equivocación.

—No lo creo.

Francis lo apartó con suavidad y subió corriendo las escaleras mientras sacaba la pistola, seguido de Lucien.

—¡No, milord! ¡Caballeros!

Las protestas del hombre los persiguieron hasta el descansillo. Middlethorpe llamó a la puerta. Se sorprendieron de que la abrieran sin demora. Un sirviente gordo y entrado en años les hizo ademán de pasar, dirigiendo una mirada cansada al arma de Francis.

—Pasen, caballeros.

Francis miró a Lucien desconcertado. Se oyó una voz que bramaba:

—¡Entrad de una vez, malditos depravados!

—¡Simmons! —farfullaron al unísono, pasmados y velozmente transportados a sus años de colegio. El doctor Mortimer Simmons había sido uno de los profesores más estrictos de Harrow.

Cruzaron una mirada y entraron recelosos en el salón. Francis deslizó la pistola en la chaqueta.

Habían pasado ocho años desde que vieron al doctor Simmons por última vez. Había sido un hombre corpulento, pero ahora estaba aquejado de hidropesía. De hecho, no hizo ningún intento de levantarse de su enorme butaca, mirándolos como un sapo maligno rojo de ira.

—¡Arden y Middlethorpe! —gruñó—. ¡Tendría que haberlo adivinado! Dónde está el maldito Delaney, ¿eh? ¿Aún no es carne de presidio? ¿Cómo se les ocurre irrumpir así en la casa de un hombre? ¿Qué están tramando? ¡Me las pagarán con el pellejo! ¡Que me aspen si no!

Francis pensó que recibiría unos azotes de un momento a otro, pero recobró la compostura.

—Buscamos a un individuo llamado Charles Ferncliff.

—¿Y qué? —preguntó el hombre encolerizado—. ¿Y qué? ¿Creen que eso les da derecho a asaltar mi hogar? ¡No crean que por ser los retoños de la aristocracia voy a pasar por alto sus fechorías, caballeros, como bien he demostrado en incontables ocasiones!

—Creía que se hospedaba aquí —insistió Middlethorpe, a pesar de que se sentía tentado a agachar la cabeza.

—Y si lo estuviera, Middlethorpe, ¿qué? Qué hará, ¿eh? ¿Registrar toda la casa? —Lo señaló con el dedo hinchado—. Por encima de mi cadáver. ¡Por encima de mi cadáver! Ya de muchachos eran unos granujas, toda la panda, y con la edad no han mejorado ni un ápice. Se merecen una buena tunda.

Él mismo ya se estaba fustigando de la rabia, golpeando los brazos de la butaca con los inflamados puños.

—¿Cómo se les ocurre acosar así a un hombre? ¿Qué están tramando? ¡No crean que sus títulos nobiliarios les dan derecho a ir de matones por la vida! Acabarán todos fatal, hatajo de descastados. ¡La Compañía de Pícaros, ja! Les va como anillo al dedo. Son carne de horca.

Los miró con un brillo de odio en los ojos.

—Sé cuál de ustedes me vertió laxante en el licor, señoritingos. Lo sé.

Ante tan certera acusación, Francis no sabía si troncharse de risa o salir huyendo.

—¡Ahora fuera de aquí! —gritó el doctor Simmons, señalando la puerta—. ¡Largo de aquí, escoria, antes de que les dé su merecido!

Los dos camaradas se miraron, y como temían que al buen hombre le diera una apoplejía de un momento a otro, se batieron en retirada a toda prisa.

Una vez en la calle, prorrumpieron en carcajadas.

—¡Caramba, he temblado de pies a cabeza! —confesó Lucien—. ¡Simmons! ¿Quién iba a creerlo?

—¡Y el laxante!

Los dos volvieron a reírse con ganas, a pesar de las miradas extrañadas que les lanzaban los transeúntes. Poco a poco se calmaron y Francis se apoyó en una cancela, sin fuerzas.

—Cuánto lo necesitaba.

—¿Reírte? —dijo De Vaux con una mirada comprensiva—. Sí, pero ¿qué hacemos con Ferncliff?

—Me siento tentado de mandarlo al infierno, pero supongo que no puedo. Tendremos que montar guardia permanente. No puede agazaparse ahí para siempre. Me quedaré por aquí. Tú regresa y disponlo todo.

—De acuerdo. —Lucien dudó un instante antes de marcharse—. Sé que no soy Nicholas, pero si quieres hablar de lo que sea, aquí me tienes, para escucharte.

Middlethorpe sonrió.

—Gracias. Y siento haber estado brusco contigo el martes.

—Ni lo menciones. Podrías ir a ver a Blanche.

—Da la casualidad de que ya me ha echado una mano. —Francis se enderezó—. No me respondas si te resulta indiscreto, pero, ¿Beth y tú os dais masajes?

Su amigo arqueó las cejas, pero respondió.

—Sí. ¿Por qué?

—¿Y normalmente acabáis haciendo el amor?

—Por lo general.

Quería saber si al recibir un masaje la mujer solía excitarse o dormirse, pero creía que ya había preguntado de más.

El marqués se encogió de hombros y se marchó, primero a decirle al lacayo que no abandonara su puesto y, segundo, a disponer una vigilancia continua del edificio. En media hora, Francis fue relevado de su puesto y pudo regresar a su casa.

No podía negar que tan pronto como puso un pie en ésta, pensó en ir a hacerle el amor a su mujer. ¿Acaso podía pensar en otra cosa?

Sus libidinosas intenciones lo condujeron hasta la puerta de Serena, pero la encontró en compañía de su doncella, arreglándose para la cena. Llevaba un peinado muy elaborado y, de algún modo, no se veía haciéndole el amor rodeado de tan magníficos rizos.

Con un suspiro, partió a prepararse para el siguiente asalto a la alta sociedad, tomando la determinación de que al menos en el futuro permanecería sobrio.

Serena había visto la mirada en los ojos de su marido y la interpretó correctamente. Estaba disgustada por haberse dormido y había resuelto acabar de una vez con tan extraña situación. No estaba acostumbrada a los hombres que anteponen los sentimientos y las necesidades de una mujer a ellos, hecho que la complacía de verdad. Por otra parte, si Francis era demasiado considerado, acabarían viviendo como hermanos el resto de sus vidas. Ahora que estaba segura de que la deseaba, se cercioraría de que se sintiera muy bien recibido.

Miró el reloj. ¡Ay! Aquél no era el momento. Los esperaban para cenar en el palacete.

Capítulo 15

Aquella noche fue muy parecida a la anterior, sólo que el circo era un espectáculo más distendido. Serena temía que un público más heterogéneo fuera desastroso para ella, pero pronto advirtió que una diversión tan juvenil no suscitaría interés alguno en los antiguos compinches de Matthew. Una vez que se hubo relajado, disfrutó entusiasmada con los malabaristas y el espectáculo ecuestre.

Durante la cena, los Pícaros recibieron con gran alborozo el relato de la irrupción en los aposentos del viejo Simmons y todos se remontaron a sus años mozos, conduciéndose como entonces. El circo no había hecho sino aumentar el jolgorio. Antes de que llegaran a la fiesta de lady Cowper, Beth tuvo que amonestarlos para que se comportaran como era debido.

—Sí, señorita —dijo Lucien—, y la besó sonoramente en plena calle.

Serena y Francis se miraron, y entonces ella, armándose de valor, lo atrajo hacia sí para plantarle un beso igual de sonoro. Las manos de él se ciñeron a su cintura y por un instante se abandonó al beso, para poco después recuperar el control.

Ella estaba un poco apesadumbrada. En realidad no le apetecía acudir a la velada en casa de lady Cowper.

La fiesta era mucho más formal que el circo y, de hecho, sólo los Arden, los Middlethorpe, sir Stephen y Fanny asistieron. La hermosa anfitriona los recibió calurosamente.

—Ah, lady Middlethorpe, todo Londres se hace eco de su belleza. Pertenece a la familia Allbright de Sussex, según tengo entendido. —Era evidente que la dama no los tenía en gran estima, pero no pensaba tenérselo en cuenta a la joven. Ésta se preguntó qué sucedería cuando se supiera lo de su primer matrimonio.

Los invitados pertenecían a lo más selecto de la aristocracia; Serena ya conocía a unos cuantos. Se dio cuenta de que habría sido una insensatez haber arrastrado a Francis a su cama sin pasar por allí. Si aquella velada transcurría bien, no habría escándalo que obstaculizara su aceptación en sociedad.

Fue entonces cuando vio en el otro extremo del salón a la duquesa de Arran, acompañada de lady Anne y dos hombres. El mayor era con toda seguridad su marido, el duque, y el segundo, uno de los hermanos de la joven dama.

¿Estaría a punto de desatarse un escándalo? Ciertamente, el joven los miraba furibundo.

Serena le dio un ligero codazo a su esposo.

—Sí, los he visto —afirmó con calma—. Depende de ellos.

Su sosegado tono de voz no lograba ocultar su aprensión. Lo miró de soslayo buscando alguna señal de desconsuelo. No detectó nada, pero tanto él como Anne eran perfectamente capaces de ocultar sus sentimientos bajo unos modales exquisitos.

Qué pareja más estupenda habrían hecho, pensó, perdiendo la fe en sus encantos por segundos. Quizás el callejón sin salida en que se encontraba su matrimonio no se debía a las atenciones y la preocupación de Francis, sino a que ya no la deseaba.

No, había visto su pasión.

Pero tal vez sólo se trataba de la lujuria ciega de la que todos los hombres son presa y que los conduce irremisiblemente a los brazos de una prostituta o de cualquier mujer dispuesta a abrirse de piernas.

Todos los asistentes tomaron asiento para disfrutar del recital de arpa. Éste comenzó con una deprimente canción que se hacía eco del estado de ánimo de Serena.

Oh, mi amor no es correspondido,
y en la miseria estoy sumido...

Al final de la balada, el protagonista se lanzaba a una cascada.

Serena acompañó a Francis a otra sala a buscar refrescos, pensando que la idea de arrojarse a una cascada y ser engullida por el agua se le antojaba muy sugerente. Ella pondría fin de una vez a su desdicha y él quedaría libre para casarse con Anne. Su pobre hijo sería el único inocente que saldría peor parado, cosa que podía rebatir alegando que le ahorraba los sufrimientos de este mundo.

Cuando regresaron al salón, se encontraron cara a cara con los Peckworth.

—Buenas noches —saludó la duquesa con forzada cordialidad—. Una bella interpretación, ¿no creen?

—Sí, duquesa —contestó Middlethorpe—. Madame Ducharme tiene mucho talento.

—Una reunión agradable para esta época del año —expresó el duque, un hombre rechoncho de rostro jovial, aunque había algo artificial en su aparente vivacidad.

—Así es —convino el joven—. Duque, no creo que conozca a mi esposa.

Las presentaciones se hicieron sin mayores sobresaltos y los Peckworth se alejaron.

—Parece que hemos salido ilesos —murmuró Francis mientras se adentraban en la estancia.

Serena lo vio realmente aliviado y le apretó el brazo. Pensó que tener que depender de la amabilidad de sus víctimas hacía aún más atractiva la idea del suicidio, pero por el bien de su marido adoptó un aire desenfadado. Y el plan parecía dar resultado. Si todos estos miembros de la alta aristocracia se prestaban a darles su apoyo, ¿cómo iba a fracasar?

Más tarde, sin embargo, cuando pasó a la salita reservada para las mujeres, se encontró con lady Anne.

Serena saludó a la joven, pero con cautela.

Ella la miró como tratando de resolver un enigma y le preguntó:

—Lady Middlethorpe, ¿podríamos hablar?

Le hubiese encantado declinar su oferta, pero pensó que tal vez debía darle a la dama la oportunidad de amonestarla. Anne la precedió a una pequeña antesala; la leve irregularidad de su paso parecía ya de por sí un profundo reproche.

Una vez allí, la damisela se dirigió a Serena con determinación.

—Lady Middlethorpe, sólo quería transmitirle que no hay motivo alguno para que exista animadversión entre nosotras.

—¿No hay motivo alguno? —preguntó su interlocutora sin comprender.

—No. Sin duda sabrá que Francis... quiero decir, lord Middlethorpe, me estaba... —Las mejillas de lady Anne se tiñeron de rojo—. Oh, Dios, ¿por qué no logro decirlo correctamente?

Serena le cogió sus nerviosas manos en las suyas.

—La estaba cortejando —acabó.

—Bueno, sí. —Anne le dio un apretón de manos en agradecimiento—. Pero nunca llegó a concretar nada. Mi hermano Uffham opina que me ha plantado, pero no está en lo cierto. Quería que lo supiera.

—Las palabras no se habían formulado —expresó lady Middlethorpe con delicadeza—, pero quizás había alimentado sus expectativas.

La muchacha retiró las manos.

—En parte sí. —Entonces alzó la barbilla con sorprendente firmeza—. Aunque, la verdad, no me ha partido el corazón. Nunca quise un matrimonio de conveniencia. Y parecía ser el caso.

—No...

Serena iba a negarlo pero se contuvo.

—Desde luego. Tengo una buena dote y nuestras familias se conocen desde siempre. De eso se trataba. Y puedo ver por qué usted le atrae. Es muy hermosa.

Esto último lo expresó con una melancolía conmovedora.

Sabía que las palabras de lady Anne eran sinceras y generosas, pero si hubiese querido arrojarle carbones ardientes sobre la cabeza, no lo habría hecho mejor.

—Un buen hombre no se desposa sólo por la belleza, lady Anne.

Ansiaba contarle la verdad, pero eso sólo empeoraría las cosas. De hecho, si lo que pensaba era cierto, a ella le reconfortaba creer que Francis se había casado por amor.

—Lady Anne, creo que es usted muy juiciosa al no querer casarse sin amor. Estoy segura de que no tardará en encontrar a su media naranja.

La joven sonrió levemente.

—Eso espero. Confío en encontrar lo que usted y Francis comparten.

Serena trató de esbozar una sonrisa de felicidad.

—Deseo que ese marido esté a su altura, lady Anne, pues si es así será una joya de hombre.

Cuando la dama se hubo marchado, se dejó caer en un pequeño sofá. ¿Cuántos momentos atroces más tendría que soportar? ¿Pasaría algún día sin que tuviera que andarse con cien ojos por si se topaba con alguna trampa en el camino?

No obstante, debía admitir que aquella conversación la había tranquilizado. A no ser que Anne fuese la mejor actriz del mundo, no había amado a Francis, no de la forma en que ella lo hacía.

Permaneció allí sentada, reflexionando sobre la naturaleza de su amor por él, que rayaba en desesperación. Quería, o más bien, necesitaba, que él la correspondiese. Ojalá se lo mereciese.

Luchó por no llorar. No la ayudaría en lo más mínimo volver a la fiesta con los ojos enrojecidos.

Francis entró.

—¡Por fin te encuentro! ¿Te encuentras mal?

Se sentía peligrosamente vulnerable. Su corazón se aceleraba al verlo y su cuerpo se estremecía al oírlo. Si pudiera quedarse ahí con él para siempre, sería feliz.

—No, estoy bien.

Se sentó a su lado.

—¿Y qué haces aquí? ¿La música no es de tu agrado?

¿Y él que sentiría? No lograba discernirlo. ¿Querría a Anne? Bien sabe Dios que era encantadora.

—He estado hablando con lady Anne —confesó.

Se le desvaneció la sonrisa.

—¿De qué?

—De ti, por supuesto.

—¿Y?

Estaba muy atento, pero no dejaba traslucir sus sentimientos.

—Y nada —suspiró—. Simplemente quería asegurarme que no creía que la hubieras dejado plantada.

—Es muy generoso de su parte, porque en cierto modo sí que lo hice, pero bueno. Vamos, el carruaje nos espera. Es hora de irnos.

Ella no quiso continuar con una discusión tan incómoda.

No llegaron a casa tan tarde como la noche anterior y Serena, después de la siesta, no estaba especialmente cansada. Mientras subían a acostarse, ansió tener la seguridad de que su esposo la buscaría esa noche. Lo que la animaba no era el deseo sexual, sino averiguar si aún la deseaba. Sentía la necesidad de compensarle por todo lo que le había arrebatado.

Él entró en su cuarto y preguntó:

—¿Estás cansada esta noche?

—No mucho.

El corazón de Serena empezó a latir precipitadamente.

—Entonces vendré dentro de un rato, si no te importa.

—No —musitó ella—. No, claro que no me importa.

Francis se dirigió a su dormitorio, refrenando su deseo. Esta vez no se repetiría lo de la última vez. Se lo tomaría con mucha parsimonia para proporcionarle todo el placer del que fuera capaz.

«Dios —pensó—, qué difícil me va a resultar con lo absolutamente deseable que es.» Aquella noche había sido testigo de que muchos hombres la miraban con deseo. Algunas de las felicitaciones que había recibido por su casamiento estaban teñidas de envidia. El joven Farnham había lanzado un brindis en honor de la estrella de la fiesta.

Francis quería confinarla en el campo para tenerla para él solo. Pero entonces recordó que eso era justo lo que había hecho su primer marido.

Mientras Grisholme acababa los preparativos con su acostumbrada eficiencia, Middlethorpe estuvo a punto de azuzarlo para que se diera prisa. Pero no serviría de nada. La doncella de Serena también se tomaría su tiempo para prepararla y no quería dar pie a los chismorreos de los criados.

Santo cielo, ¿se pasarían las noches en la planta baja especulando sobre su vida íntima?

Francis ya se había puesto el caftán indio y estaba listo para la cama en más de un sentido, pero Grisholme seguía en sus aposentos, acabando de poner orden en silencio.

El ayuda de cámara llevaba comportándose así desde que entró a su servicio, pero ese día parecía que lo hacía con mala intención. Se dejó caer en una silla delante de la chimenea, pero se levantó enseguida, pues se había sentado sobre algo. Se giró y cogió un par de bolsillos de señora unidos por la cinta con que se atan a la cintura.

Los hizo oscilar entre sus dedos y enarcó una ceja con expresión burlona a su comedido criado.

Grisholme parecía desconcertado.

—Le pido disculpas, milord. Ha sido un descuido por mi parte. La criada los trajo de la lavandería para milady. Los dejaron aquí con un vestido por equivocación y olvidé dárselos a la doncella de la señora.

El bochorno del hombre ante tal negligencia en el cumplimiento del deber resultaba divertido.

El sirviente se acercó para llevarse los bolsillos de la ofensa, pero Francis lo detuvo:

—No te preocupes. Yo mismo se los entregaré a lady Middlethorpe.

Se sintió como un idiota, incómodo por si sus palabras dejaban entrever su intención de hacerle el amor apasionadamente a la mencionada dama. Arrojó los bolsos a la silla para quitarle importancia.

—En ese caso, buenas noches, milord.

El criado por fin salió, haciendo una reverencia.

Respiró hondo y esperó unos minutos más. Deseó no sentirse tan desesperado por hacerle el amor. Maldita sea, le iba a costar mucho ser cuidadoso, pero así debía conducirse para no evocar en ella recuerdos de su primer matrimonio.

Extendió una mano y frunció el ceño al constatar que le temblaban ligeramente.

Quizá debería haber recurrido a otra mujer para satisfacer su lujuria y así moderarse con su esposa, pero no se veía capaz. Aparte de que se sentiría dolida si llegara a enterarse, no parecía desear a ninguna que no fuese ella. Durante la velada musical, había mirado a Anne y le había resultado imposible imaginarla en la intimidad conyugal. Con solo mirar a su esposa, la había deseado al instante.

También podía recurrir a la solución de Blanche, pero sólo lo haría cuando estuviera realmente desesperado.

Se levantó con brusquedad para ir a avivar el fuego y cogió los bolsillos. Sin embargo, los asió al revés y unas monedas y una tarjeta cayeron al suelo. Mascullando con impaciencia, las recogió. Entonces el nombre en el cartón atrajo su atención.

¡Charles Ferncliff!

Se quedó mirando el rectángulo de cartulina blanca sin dar crédito a sus ojos. ¿Qué demonios hacía ella con una tarjeta de Charles Ferncliff?

La examinó, tratando de encontrarle un sentido más allá del obvio. ¡Que el diablo se lo lleve! Era imposible.

A pesar de su incredulidad, barajó varias posibilidades.

¿Serena y Ferncliff?

Iba tras Ferncliff cuando se topó con Serena, pero nadie podría haber planeado aquel encuentro pues se tropezó con ella al coger un atajo.

Pero un atajo de todos conocido.

Tal vez el propósito de la carta no fue el de provocar que Francis fuera a interrogar a su madre, sino obligarlo a pasar por la carretera hacia Weymouth.

Se desplomó en el sillón y miró fijamente la tarjeta como si pudiese revelarle algo más. ¿Acaso Ferncliff había iniciado aquella descabellada aventura en connivencia con su esposa? ¿Habría planeado mediante engaños su encuentro con Serena para que ella lo sedujera y se casara con él?

¡Por Dios! Nadie se creería un plan semejante.

¿Qué se supone que debía creer? En un gesto de impotencia, giró el cartón entre los dedos.

Lo que debería hacer era ir a preguntárselo.

Si hubiera una explicación inocente, ni siquiera necesitaría hacerlo.

Pero si no la hubiera, con toda seguridad mentiría.

Y si no hubiera una explicación inocente, no estaba seguro de querer saberlo.

Lo que quería era disfrutar de su cuerpo cautivador.

Tras nuevas cavilaciones, Francis arrojó la tarjeta a las llamas y la miró retorcerse mientras se transformaba en ceniza.

De pronto se acordó del hombre que había visto en los alrededores de la casa el martes anterior. Alto, rubicundo, moreno... ¡Charles Ferncliff! Apostaría su vida a que era él. ¡Había tenido a su presa al alcance de la mano! ¿Venía a encontrarse con su cómplice?

¿Su amante?

No, eso seguro que no.

Middlethorpe quería respuestas. Hizo ademán de agitar la campanilla, pero seguro que sacaría a Grisholme de la cama. Además, no era él a quien necesitaba. Bajó las escaleras y se encontró, tal y como había anticipado, al mayordomo terminando de cerrar la casa.

—¿Qué se le ofrece, milord? —preguntó Dibbert dando a entender que su señor se comportaba de manera inapropiada al andar por la casa en ropa de dormir.

—¿Vino algún visitante el martes pasado?

El hombre meditó la respuesta.

—No, milord. Por supuesto, lady Middlethorpe, viuda de lord Middlethorpe, llegó acompañada de su servidumbre.

—Pero nadie vino de visita. Ni dejó una tarjeta.

—No, milord. Pocas personas sabían que estaba en la ciudad. Ayer y hoy, claro está, unas cuantas personas han dejado su tarjeta.

Francis quería interrogarlo sobre los movimientos de su esposa el martes, pero sin duda eso sería revelar demasiado.

—Gracias, Dibbert. Buenas noches.

—Buenas noches, milord.

El mayordomo prosiguió con sus tareas y el joven regresó a sus aposentos para seguir dando vueltas.

Brandy había encontrado los guantes de Serena en el jardín. Ferncliff venía de ahí. Estaba claro que se habían visto clandestinamente en aquel lugar. ¿Qué diablos estaba pasando?

Intentó rememorar la ocasión. ¿Parecía intranquila o culpable? Era difícil saberlo. Él había sentido remordimientos por haberse servido de su cuerpo y estaba conmocionado por esas horribles joyas. Cuando se reunió con ella, su intención era regalarle el cachorro. Ningún sentimiento de culpa parecía empañar su disfrute del animalillo.

No podía ni quería creer que ella fuese amante de Ferncliff, pero ¿qué otra cosa podrían haber estado haciendo juntos?

Se levantó de un salto. No podía ponerse en lo peor, pero ahora más que nunca quería cruzar unas palabras con aquel sujeto. Era el centro de todo el maldito embrollo. En aquel mismo instante, en plena noche, sintió la imperiosa necesidad de personarse en los aposentos de Simmons y obligar a ese villano a confesarle la verdad.

Y le importaba un comino si al viejo le daba una apoplejía.

Llamaron a la puerta. Se abrió y Serena entró dubitativa.

—Pensé que tal vez querías que... viniese.

Llevaba un camisón nuevo, una prenda vaporosa de seda y encaje muy escotada que casi no tapaba nada. Sus cabellos sueltos eran una nube rojo incandescente.

—¿Por qué no? —respondió.

Fuera lo que fuese, lo cierto era que ya era su esposa y él estaba en su derecho de disfrutarla. Viéndola allí, dispuesta a brindarle todos sus encantos, sintió que perdía el control.

«Aun así —se ordenó a sí mismo—, compórtate como un caballero.»

Serena permaneció indecisa en el umbral como si fuese a huir en cualquier momento. Caminó hacia ella, la cogió en brazos y la llevó al lecho. Mientras la recostaba en las frescas y blancas sábanas, buscó en su rostro algún rastro de renuencia o duplicidad y no encontró nada.

Puede que leyese algo en su semblante, pues alzó los brazos hacia su esposo, suplicante:

—Francis, deseo estar contigo más que nada en este mundo. Vamos.

Él no pudo esperar a desnudarla poco a poco, aunque consiguió no rasgar el precioso camisón. La parte de arriba se deslizaba fácilmente hacia abajo, proporcionándole libre acceso a sus divinos senos, y la parte de abajo se levantaba hacia arriba. Ella debía de haberle quitado el caftán, pues él no recordaba haberlo hecho, y estaba desnudo.

Intentó contenerse pero fue como la primera vez. Serena lo recibió en su interior y lo llevó hasta el éxtasis, de forma que estalló en una agotadora satisfacción sin que guardara recuerdo alguno de las etapas anteriores.

Quedó sorprendentemente aliviado, pero acto seguido se sintió irritado.

Maldita sea, había olvidado todo el placer que había decidido proporcionarle. Se echó a un lado, presto a disculparse, pero ella parecía irradiar satisfacción.

Lo besó suavemente en los labios.

—Nunca pienses que no eres bienvenido, Francis. Unir mi cuerpo al tuyo es la mayor alegría que he tenido nunca.

Tenía que creerla.

La rodeó con sus brazos mientras rezaba silenciosamente: «Dios mío, te ruego que nada se interponga entre esta mujer y yo». Apartó con firmeza el pensamiento de la tarjeta de Charles Ferncliff.

Serena y Francis durmieron profundamente, pero ella se despertó en mitad de la noche para hallar las manos de su marido ocupadas en recorrer su cuerpo. Era el vivo reflejo de su primer encuentro, sólo que esta vez ella era plenamente consciente y entusiasta. Recordándolo, se puso a horcajadas sobre él y lo montó como la primera vez, pero en esta ocasión con su pleno consentimiento.

De alguna forma, agradecía a Matthew Riverton haberle enseñado sus dotes amatorias. Cada vez que Francis llegaba al clímax, sentía una oleada de triunfo gozoso. No le importaba hacerlo una y otra vez, todas las veces que él pudiera.

Volvieron a quedarse dormidos casi inmediatamente, pero ella despertó de nuevo al sentir que la tocaba, esta vez ya de día. Sus dedos le recorrieron el pecho hasta el pezón.

—Hora de satisfacerte, sirena mía.

Pero ella, al oír el reloj dar las diez, le atrapó la atareada mano.

—Por Dios, Francis, prometí a Beth que la ayudaría.

Él se giró para sujetarle las muñecas.

—Beth tiene tantos criados que no sabe qué hacer para mantenerlos ocupados. Y yo sólo tengo una esposa.

Ella se resistió, juguetona.

—¡Detente, Francis! No es lo mismo. Está organizando una fiesta en nuestro honor y es mi deber echarle una mano.

Suspiró y la soltó. Le apartó el cabello de la cara y la miró con un brillo de comprensión en sus negros ojos.

—Puede que estés en lo cierto. De acuerdo. Te dejaré escapar... por esta vez.

Escapó a su cuarto y llamó a la doncella. Deseaba que aquel ligero desacuerdo no hubiera estropeado una noche maravillosa. No obstante, la silenciosa conjetura de su esposo era cierta. Se sentía dichosa de que la deseara ardientemente y encantada de complacerlo, pero temía sus cuidados y atenciones. Sabía de sobra que no estaría a la altura de lo que esperaba de ella.

Capítulo 16

Serena se encaminó al palacete de Belcraven rodeada de un pequeño séquito. Dibbert había insistido en que la acompañase un lacayo y por su parte ella había decidido llevarse al cachorro, lo que precisaba la presencia entusiasta del chico de la cocina. Se sentía como una reina.

Consideró lo que había sucedido la noche anterior y decidió que era positivo. Parte de la barrera que la separaba de Francis había caído y el camino a la felicidad se abría ante ella. Aunque todavía quedaba mucho por hacer, tal vez lo más importante: debía superar la etapa final para ganarse de una vez por todas el respeto de la buena sociedad.

Una vez en el Palacio, se enfrascó en los preparativos para la gran velada, encontrándolos emocionantes e instructivos. Nunca había organizado recepciones de ese tipo, pues su antigua mansión de Stokeley no se caracterizaba precisamente por recibir invitados.

Veinte personas estaban invitadas a la cena y después llegarían más convidados. Se había dispuesto que la gala continuara con un baile, juegos de cartas y un interludio musical.

Tal como lady Arden había predicho, los sirvientes estaban entusiasmados con la posibilidad de demostrar su valía. Ahora bien, los caballeros brillaban por su ausencia.

—Andarán escondidos en algún club —bromeó Beth sonriente—. Y la verdad, no harían más que estorbar.

—¿Y qué hay de Felicity?

—Como no puede acudir al club, se esconde en su cuarto. Creo que la obligaré a bajar, necesita aprender habilidades femeninas.

A media tarde se produjo un revuelo en el recibidor mientras las dos amigas y una reacia Felicity ultimaban los arreglos florales en la sala de recepción.

—¿No será...? —se preguntó Beth, y salió precipitadamente hacia la entrada—. *¡Maman!* Qué alegría.

Serena la siguió hasta el umbral y vio que abrazaba a una señora rubia muy elegante. El parecido con el marqués anunciaba la identidad de la dama sin necesidad de más ceremonias, aunque la joven fue presentada a la duquesa igualmente, así como al flemático duque de ojos grises.

Éste la miró con manifiesto interés.

—Siempre me intriga qué es lo siguiente que van a tramar los amigos de mis hijos —dijo mordaz—. Definitivamente, eres un prometedor complemento al círculo.

Serena también advirtió el parecido del marqués con su padre, no en el aspecto sino en los modales.

No tardaron en sentarse a la mesa del té en la salita de la duquesa. El matrimonio disponía de unos aposentos en la mansión para su uso exclusivo, que los criados tenían siempre a punto.

—Entonces —inquirió la noble matrona, mirando a Serena con franqueza, con un acento donde perduraban ecos del francés, su lengua materna—: eres todo un escándalo, ¿no?

Serena iba aprendiendo a controlar sus nervios.

—Por ahora soy sólo la novedad, su excelencia.

—¿Me he arrastrado hasta la ciudad en esta época del año por una mera novedad? —preguntó la duquesa con un guiño—. Vamos. Eso no será suficiente.

—Tú apoyo nos será de gran ayuda, *maman* —aseguró su nuera—. ¡Dentro de poco veremos a nuestro príncipe regente pellizcándole la mejilla a Serena y será intocable!

—Podría arreglarse —concedió el duque—, aunque está en Brighton haciéndoselas pasar canutas al duque Leopoldo. Pero ¿estáis seguros de que queréis invitar al regente al baile? En realidad resulta un tipo bastante tedioso.

Serena no supo qué decir ante tan escandaloso comentario.

Su amiga se rio entre dientes.

—Tal vez podamos pasarnos sin la aprobación real. Esta noche, con la asistencia garantizada de tres duques y una duquesa, incluidos los presentes, no precisaremos más personas distinguidas.

—Los Arran y los Yeovil —añadió Beth sin dudarlo.

—¿Vendrán los Arran? —preguntó su suegra—. Bien hecho, querida.

—Lady Anne prácticamente insistió. Se está comportando de manera espléndida.

Serena apretó los dientes. Ciertamente su conducta era intachable y pensaba que era mezquina por sentirse contrariada por ello.

—En cuanto a los Yeovil —declaró la duquesa—, he de encontrar tiempo para hablar con ellos. Qué desgracia lo del pobre Dare. No tuvieron ni el consuelo de darle sepultura. En qué gran osario se habrá convertido el campo de batalla. Bueno, al menos la guerra ha terminado. ¿Quién más acudirá?

—La condesa de Cawle —anunció Beth con cierta petulancia.

—Querida —declaró el duque, brindando con la taza de té—, ¡es muchísimo mejor que el regente, sin punto de comparación!

—Eso creo, pero el mérito no es mío. Resulta que la tía de Francis, Arabella, y ella son uña y carne.

El duque soltó una carcajada.

—Se me ocurre que deberíamos dejar la gestión del país en manos de los Pícaros y todo iría viento en popa.

—¡Vaya ocurrencia! —gritó lady Arden fingiendo horror—. Stephen es el único dotado para la política. Los demás transformarían el país en una verbena. Ahora bien, otra cosa sería si reclutaran a las mujeres y amantes de los Pícaros...

Después del té, Serena pretextó cansancio y se escapó a Hertford Street. El corazón le decía que esperaba encontrar allí a Francis para tentarlo a realizar ciertas tareas del lecho. Aquel término que tanto odiaba ya no le afligía, aunque pensó que la palabra que mejor se ajustaba en este caso sería juegos de cama.

Lamentablemente, su esposo había dejado la casa poco después que ella y aún no había regresado.

Middlethorpe estaba con Miles y Lucien en el club Casa Roja, enfrascados los tres en una competición de tiro. Había resuelto apartar de su cabeza la tarjeta de Charles Ferncliff y aunque su vida aún no fuese perfecta, aquel día parecía más radiante que de un tiempo a esta parte. Su pulso era firme y su puntería, certera.

—¡Maldición! —exclamó Miles al volver a pagar una apuesta de veinte guineas—. ¿Nunca fallas?

—Por lo visto hoy no —contestó Francis, recargando la pistola. Había criados para realizar la tarea, pero prefería hacerlo él mismo—. ¿Aceptas el reto, Luce?

El marqués se acabó su vaso de ponche.

—Ya me has desplumado suficiente por hoy, gracias. Prefiero retar a Miles.

Francis sonrió y se sentó junto a la ponchera para observar a sus camaradas. Cuando oyó llegar a nuevos tiradores, alzó la vista y vio entrar a Uffham con un grupo de amigos. No podía hacer nada para evitar el encontronazo, sólo esperar que el hermano de Anne se hubiera contagiado de la sensatez de los Arran.

El joven lo reconoció y se puso tenso.

—¿No dispara? —preguntó desdeñoso.

—No en este momento. ¿Le apetece un poco de ponche?

—¿Ponche? Una buena galleta le daba yo —amenazó Uffham entre dientes, pero perfectamente audible.

Francis se hizo el sordo. Entendía su indignación. Él se hubiera sentido igual si hubieran tratado de una manera tan desconsiderada a sus hermanas.

El hermano de Anne frunció los labios, y sus acompañantes y él se adentraron en la galería para practicar el tiro al blanco. Middlethorpe suspiraba aliviado cuando vio que el hermano de Anne regresaba a su lado.

—Puesto que nadie quiere que nos batamos en serio —le propuso—, ¿por qué no vemos quién de los dos hubiera caído? Sólo por curiosidad.

—Una curiosidad morbosa.

—¿Temeroso de lo que le depara el destino? —le espetó Uffham apretando la mandíbula.

Francis veía que estaba a punto de explotar.

—Por supuesto, demostremos nuestra puntería. Apostemos veinte guineas.

—Nada de apuestas. A vida o muerte.

—Querrá decir, a descansar en paz o al destierro. ¿Qué prefiere?

Él se limitó a lanzarle una mirada iracunda.

—¿Al mejor de diez tiros? —preguntó Francis, tratando de que sonara neutral.

—A un tiro —rebatió su contrincante— y al as de corazones. El disparo que más se aproxime al corazón, mata.

Morbosamente simbólico, pensó Middlethorpe para sus adentros. ¿Por qué en los últimos tiempos no dejaba de verse envuelto en melodramas?

Aun así, no opuso ninguna objeción y los dos hombres se prepararon para disparar. Los espectadores se congregaron a su alrededor. Francis sospechaba que la tensión de la competición era manifiesta para los presentes aunque desconocieran las circunstancias.

Verificó su pistola.

—¿Prefiere que tiremos los dos a la vez, como si fuera un duelo? —preguntó.

Constató con alivio que su contendiente recobraba el buen juicio y comenzaba a sentirse como un idiota.

—¿Por qué no lo echamos a cara o cruz? —sugirió el joven.

Lanzaron la moneda y ganó Uffham. Acto seguido, apuntó y disparó con una mano firme como un roble, y la bala perforó el corazón rojo. Un criado corrió a recoger el naipe para su inspección.

—Ahí lo tiene —señaló satisfecho—: en pleno centro del corazón.

—No del todo —replicó Francis—. No está centrado por completo.

—Pero es un tiro mortalmente certero.

—Sin duda.

—A ver si puede superarlo.

—¿De verdad quiere que retiren nuestros dos cadáveres del campo? —lo interpeló Francis, pero se giró para disparar a su carta.

Lo consideró con detenimiento. Derrotando a Uffham, obtendría una gran satisfacción, pero no ganaría nada más. Apuntó al corazón y apretó el gatillo.

—¡Diana! —gritó alguien, y el sirviente mostró la carta.

Su rival le echó un vistazo.

—¡Que me aspen si su tiro no ha sido tan preciso como el mío!

Los hombres se congregaron en torno al naipe, prorrumpiendo en exclamaciones ante aquella casualidad. Los dos orificios parecían superponerse.

Miró a Uffham.

—Tal vez deberíamos tomarlo como una señal de que la disputa ha tocado a su fin.

A regañadientes, el joven aceptó la mano que le tendía su adversario.

—Que así sea, Middlethorpe. Nunca llegaré a comprender lo que ha pasado, pero no pienso seguir enemistado con usted para siempre. Me parece demasiado buen tipo.

—Gracias —respondió Francis, sinceramente emocionado.

Se lo llevó aparte.

—A Anne le irá mucho mejor sin mí, ¿sabe? Ahora me doy cuenta de que nuestros sentimientos no eran lo bastante profundos. Yo me hubiera portado bien con ella, pero se merece mucho más que un trato amable.

El hermano suspiró, pero reconoció:

—Tiene toda la razón. Entonces, ¿ama a su esposa?

—¿Estaría pasando por todo esto si no la amase? —respondió Francis esquivo.

—¡Pardiez! ¡Tiene toda la razón! —exclamó el otro riéndose.

Le dio unas palmadas en la espalda y fue a reunirse con sus amigos.

Lucien se acercó con las dos cartas perforadas.

—Es uno de los mejores tiros que haya visto nunca.

—A veces hay que agradecer los talentos inútiles.

—Te hubiera resultado útil si llega a retarte a un duelo.

—No, no habría servido de nada. Si me hubiera retado, tendría que haber dejado que me disparase. Jamás le hubiera disparado sabiendo que el equivocado era yo.

El marqués se limitó a negar con la cabeza.

Como Francis no estaba en casa, Serena se ocupó de algunas tareas domésticas y después se dedicó a jugar con *Brandy*.

El cachorro se había despertado de una larga siesta y tenía más brío que nunca. Al mirar por la ventana vio el brillante sol del atardecer y su ama la sacó al jardín. Muy pronto la perrita se puso a explorar ese fascinante mundo de césped, tierra y matorrales. Había incluso pájaros, pero afortunadamente tenían la sensatez de mantenerse alejados de la fogosa aprendiza de cazadora.

Serena también disfrutaba del placer de aquella templada tarde invernal. Después del ajetreo del palacete de Belcraven y las tensiones de la vida mundana, el jardín desierto se le antojaba un remanso de paz. Los arbustos y setos de hoja perenne le daban una gran sensación de intimidad y casi podía imaginarse lejos de la ciudad y de sus obligaciones. Unos días más, pensó, y con suerte se trasladarían al campo.

Cuando *Brandy* se cansó de jugar y buscó su canastilla, Serena se la llevó a la cocina, donde la dejó a cuidado del mozo. Pero no tenía intención de permanecer en la casa. Aunque la madre de Francis había cedido las riendas sin queja alguna, había poco que hacer por allí. El servicio era excelente y el lugar parecía funcionar solo.

Volvió al jardín a pasear un rato.

Encontró un banco de piedra en un rincón apartado donde aún llegaban los rayos de sol. Serena se sentó, protegida de la fría piedra por su gruesa y lujosa capa. Por fin el perfume parecía haberla abandonado, al igual que los horrores de su primer matrimonio se habían borrado de su pensamiento. Rememoró la dulce sensualidad de la noche anterior y empezó a creer que, con el tiempo, podría entregarse a su marido como él deseaba.

Ojalá... ojalá Francis también la amara, qué dichosa sería.

Pero ¿por qué iba a hacerlo? Ella no le había causado más que daño. Su belleza y sus dotes amatorias no le reportarían el amor. Si esas cosas llegasen al corazón de los hombres, no se irían con prostitutas para luego alejarse silbando. A lo único que podía aspirar era a que, ahora que ella y Francis nadaban en aguas más mansas, llegara a apreciar sus otras cualidades.

Sabía que las poseía. Estaba en su naturaleza ser amable, honrada y leal. Tal vez si hubiera sido menos fiel, habría reunido el coraje para dejar a Matthew hace años. Se había sentido obligada por los votos matrimoniales. No había recibido una educación propiamente dicha, pero tampoco era ninguna tonta. Administraba bien la casa y creía que sería una buena madre.

¿Bastaban aquellas virtudes para conquistar a alguien?

¿Qué hacía que a uno lo amaran?

¿Por qué amaba a Francis?

El mero hecho de reflexionar sobre la cuestión la hizo sonreír con deleite. Quizá, más que nada, lo quería por su ternura. No era debilidad de carácter, eso lo sabía, sino solicitud por los demás, una cualidad inestimable. Y además tenía otras tantas virtudes valiosas. Era inteligente, competente y honrado. Serena valoraba la confianza por encima de todo y no le cabía la menor duda de que podría confiarle su vida y la de sus hijos.

Pero con estos atributos él se ganaba su respeto y cariño. Pero ¿qué hacía que el cariño se transformara en amor?

¿Su cuerpo? Era delgado, pero ella ya se había hastiado para siempre de hombres grandes y fornidos. La figura de su esposo le resultaba hermosa. No cabía duda de que tenía unos rasgos muy bellos, resaltados más si cabe por la personalidad que los moldeaba. Sin embargo, no se ama a una persona por su físico.

¿Su mente? Aún no creía estar familiarizada con ella.

Sacudió la cabeza. Tal vez no se le pueda buscar un sentido al amor. Para ella era un tesoro, que anhelaba conservar.

Se quedó sentada allí un rato más, rogando a Dios que le diera consejo y paciencia, y se levantó para volver a la mansión. Cuando salía del cenador, de repente las siluetas de dos hombres le cortaron el paso.

Aterrorizada, reconoció en ellas a sus hermanos y dio un paso atrás.

Ya no tenía por qué temerlos, se dijo; ahora era una mujer casada y ya no estaba en su poder. Detuvo su huida y alzó la barbilla.

—Hola, Tom. Bill. Estáis invadiendo una propiedad privada, ¿lo sabíais?

—¿Cómo vamos a invadir el jardín de nuestra queridísima hermana? —contestó un Tom desdeñoso—. ¡Hay que ver cómo has prosperado, Serry! Vizcondesa de Middlethorpe, nada menos. ¿Por qué no comunicaste el feliz evento a tu querida familia?

—Lo habría hecho de haberla tenido. ¿Qué queréis?

—Diez mil libras.

—¿Cómo? —Serena lo miró sin comprender.

Los ojos de Tom brillaban de malicia.

—Tu marido, sea quien sea, nos debe diez mil libras, Serry, y las quiero.

—Entonces sugiero que te dirijas a él para cobrarlas —se rió ella.

Presentía que su hermano quería hacerle daño, pero no se atrevía. Qué pensamiento más dulce. Optó por continuar su camino.

—Ahora, con vuestro permiso, debo regresar a casa.

Lo había subestimado. Tom la agarró con crueldad del brazo y la empujó de vuelta al cenador.

—He oído que esta noche asistes a una fiesta en un palacete ducal. Ahora te mueves con soltura por las altas esferas, ¿no, mujerzuela? ¿Y cómo crees que reaccionarán el duque y la duquesa de Belcraven si descubren que eres la viuda de Riverton?

Se obligó a no luchar para zafarse de sus garras, aunque el miedo le atenazaba la garganta.

—Ya están al corriente.

Aquello cogió a su hermano por sorpresa, pero se recobró.

—¿Ah sí? Pero apostaría que no todos. Middlethorpe aún no ha anunciado su boda, ¿no es cierto? Llevo un par de días observando vuestros movimientos desde que me percaté de que había sido engañado. Esperáis tomar la alta nobleza al asalto. Muy audaz, pero ¿qué pasaría si corriesen rumores sobre ti y sobre las cosas que has hecho?

Ella trató de marcarse un farol.

—Eso carece de la menor importancia. Ya me han aceptado.

—Si de veras te crees eso, también creerás en el hombre del saco. Haremos circular las historias y veremos qué pasa con tu preciosa aceptación. Y, claro está, no hay que olvidar los retratos...

—¿Qué retratos? —preguntó Serena horrorizada.

—Una serie de retratos tuyos en poses lascivas.

Ahora que se había ganado la atención de su hermana, Tom le soltó el brazo y sacó un aplastado rollo de papel del bolsillo y lo alisó con sus carnosos dedos.

—No puedes haberte olvidado de ellos, Serry —dijo, entregándole un dibujo.

Ella miró espantada aquel arrugado boceto a pluma y tinta. La mostraba desnuda recostada sobre un diván mientras un criado sin rostro le manoseaba los pechos. Y era uno de los más recatados de la serie.

—¿De dónde los has sacado? —musitó.

—De los aposentos de Riverton en la ciudad. Sabía dónde los guardaba, pues me los había mostrado una vez. Creyó que me disgustarían —le contó riendo entre dientes—. Sólo consiguieron excitarme, la verdad. Cuando murió, fui a ver qué podía rescatar, por supuesto pensando en tu bien, hermanita. Aunque los cobradores ya rondaban por allí y sólo logré sacarlos clandestinamente mezclándolos con documentos legales. Nos han brindado a mí y a Will unos momentos de goce, ¿no es cierto, Will?

Éste asintió.

—Le dije a Tom que te convenciéramos para que posases así de nuevo, sólo para nosotros.

Serena los miró horrorizada.

—¡Nunca posé para estos retratos!

Rompió por la mitad el que tenía en la mano.

—¡Ese artista lo cambió todo excepto mi cabeza!

Su hermano mayor se limitó a carcajearse.

—¿Y quién está al corriente? Podría venderlos por un buen pico, Serry, sobre todo ahora que perteneces a la alta sociedad. ¿Sabes que ya hay algunos retratos tuyos en los escaparates de las imprentas? Eres la última beldad presentada en sociedad.

Un incontrolable terror se apoderó de ella y estuvo a punto de desmayarse.

—¡Pero son falsos! ¡Podrían haberle hecho esta jugarreta a cualquiera! Un artista podría pintar la cara de la reina en el cuerpo de una fulana.

—Sólo que nadie creería algo así de la realeza. Pero sí de la viuda de Randy Riverton. Muchos saben que estos retratos representan la realidad, con independencia de cómo fueran ejecutados.

—Por supuesto que no. Matthew era muy celoso. ¡Nunca hubiera dejado que ningún hombre me tocara!

Tom parecía un poco decepcionado pero repuso:

—Sea como fuere, hermana, el mundo creerá lo peor.

Era cierto. Se desplomó en el banco y se cubrió el rostro con las manos.

—¿Qué pedís a cambio?

Era la admisión de su derrota.

—Ya te lo he dicho. Diez mil libras.

Levantó la vista.

—¡Estás loco, no dispongo de esa cantidad! Tendréis que pedírsela a mi esposo.

Advirtió un cambio en los ojos de su hermano.

—¿Y tú no vas a hacerlo?

—Lo haré si no tengo otra opción —bramó él—. Pagará para que no circulen rumores.

—Te retará a un duelo, ¿sabes?

Tom le mostró los dientes.

—Que lo haga. Apuesto que soy mejor tirador que ese alfeñique.

Tom tenía muy buena puntería. Dios mío, ¿remataría sus insensateces haciendo que mataran a Francis?

—Es un experto tirador —declaró con arrojo, y era un farol.

El comentario hizo mella en Tom pues entrecerró los ojos inquieto.

—¿Sí, sería capaz? Bueno, es igual, aunque me dispare no impedirá que los dibujos salgan a la luz. Will se encargará de ello, ¿a que sí, muchacho?

—Por supuesto —contestó el aludido alegremente.

—Dios, cómo os odio —les espetó Serena.

Tom se rio complacido.

—Calma, calma, no hace falta que te pongas así, Serry. Ya veo que no te será fácil hacerte con esa suma de dinero de una vez, pero estamos dispuestos a ser razonables. Digamos que nos pagas cien libras hoy y otras cien mañana. Middlethorpe es un hombre cariñoso. No le importará que le eches una mano a tus parientes.

—¡Creerá que me he vuelto loca! —protestó la joven—. Sabe que os detesto. Además, no tengo acceso a esas cantidades, estúpido.

—Cuida tu lengua, Serry —gruñó su hermano—. Encontrarás el dinero necesario para satisfacerme, y no se hable más. Si no lo haces, cambiaré tus hermosos retratos del escaparate de la imprenta por otros que yo me sé. Piensa un poco: tienes el dinero para tus gastos y los de la casa. Y seguro que tu amante marido te da alguna baratija que otra, que no sabrás dónde la pusiste...

—¡No! —exclamó, asqueada.

—Hablando de eso —continuó implacable—, también quiero recuperar tus joyas.

Aquella nueva puñalada la hizo perder aún más los estribos.

—¿Cómo?

—Las bellas bagatelas que Riverton te regaló. Me las birló mediante engaños y las quiero de vuelta. No sé por qué, pero dudo que les tengas mucho cariño.

Ella se estremeció nada más pensar en aquellas alhajas.

—No las tengo. ¿De qué estás hablando?

Él la miró con perspicacia y una sonrisa burlona se dibujó en su carnoso rostro.

—¿Middlethorpe no te las ha entregado? Mira tú, después de todo tal vez guarda algo más en la recámara que sus calzones. Las estará reservando para darte una pequeña sorpresa una noche, cuando se le pase la novedad.

Serena no quería creerlo, pero las argucias con ingenio no eran el fuerte de sus hermanos.

—¿Por qué habría de tenerlas mi marido? Por lo último que sé, las teníais vosotros.

—Me las ganó en una carrera de caballos.

—No me engañarás con eso. Ganó mis tres mil libras.

—Y yo le pagué con tus joyas —continuó Tom, interesado de repente—. ¿Así que te dio las tres mil libras?

La muchacha se guardó mucho de hablar. Su hermano no se dejó engañar.

—¿No sería una cifra estupenda para comenzar, Will? Tres mil libras contantes y sonantes. Con eso y ciertas fruslerías, podríamos cerrar nuestro trato, ¿no? Más vale pájaro en mano y todo eso. Así dejaremos en paz a nuestra hermanita para que prosiga con su respetable matrimonio.

Serena miró a sus hermanos con aversión.

—No os daré nada, ni un penique.

La sonrisa de Tom permaneció inmutable.

—Ah sí, sí que lo harás, porque de lo contrario os arruinaré a ti y tu matrimonio, y lo sabes. ¿Crees que tu apuesto marido te querrá a su lado cuando estés en boca de todos?

Pateó los trozos de papel que estaban en el suelo.

—Quédate con este dibujo y piénsatelo. Volveré mañana a esta misma hora a buscar las tres mil libras.

Dicho eso, se giró para marcharse.

El hermano pequeño sonrió y siguió al mayor por la cancela que conducía a las caballerizas.

Serena gimoteó y se abrazó a sí misma. ¿Y ahora qué? Dios mío, ¿ahora qué hacía? Quería contárselo a Francis, pero ¿y si retaba a Tom y éste lo mataba? Ya había arruinado la vida de su esposo, ¿sería ahora también la causa de su muerte?

Lloró, meciéndose. Lo amaba tanto y en su pretensión de hacer que su existencia fuese perfecta, lo único que lograba era arrastrarlo cada vez más hacia el fondo, a lo más profundo del hediondo fango. Esa misma noche tendría su momento de triunfo cuando por fin la alta sociedad la aceptara, pero sería una victoria estéril con aquella espada cerniéndose sobre sus cabezas. Cuanto más escalara en la jerarquía social, más sonado sería el escándalo que causarían esas láminas.

Miró las dos mitades del dibujo que Tom se había dejado y se estremeció.

Había borrado los retratos de su mente, con la esperanza que de alguna forma se hubieran perdido o estropeado. Matthew siempre se los llevaba a Londres, aduciendo que le recordaban a su mujercita cuando estaba ausente. Había confiado en que se los hubiese guardado para él, pero por lo visto se los había mostrado a su hermano. ¿Y por qué no? Quién sabe, ¡quizá los había hecho circular entre sus abyectas amistades o incluso los habría colgado de las paredes!

Y ahora obraban en poder de Tom.

Pensar en sus hermanos babeando con las imágenes la puso enferma.

Ella sólo tenía dieciséis años cuando Riverton llevó a un artista a la mansión de Stokeley. Le había dicho que Kevin Beehan, el pintor, haría unos bosquejos para hacerle un retrato. Serena ya no se hacía ilusiones respecto a su marido, pero le disgustaba y aterrorizaba, aunque aún no conocía su verdadera naturaleza. No había detectado ninguna trampa.

Y aunque la hubiera descubierto, admitió con un suspiro, no podría haberse negado, pues la reacción de Matthew no se hacía esperar y era despiadado ante cualquier insubordinación.

No puso ninguna objeción a las sesiones de pintura. El artista la había dibujado en distintas poses: sentada, de pie y recostada; en la casa, en el jardín e incluso en los establos. Los vio todos. Tenía talento y había reproducido la grácil y encantadora inocencia que desmentía los horrores del matrimonio. Le pidió uno de recuerdo, y él se lo había dado.

Lo quemó cuando vio el resultado final.

No sabía si Beehan había empleado a prostitutas como modelos para los cuerpos o eran producto de su imaginación, pero había cogido sus ilustraciones, en las que la había desnudado, la había hecho adoptar posturas a su antojo y añadido diversos hombres. Y en todas ellas, con independencia de los terribles actos que representaran, su rostro sobresalía del dibujo, sonriendo soñadoramente, con su inconfundible contrapunto de satisfacción sensual.

Además las habían dibujado con tal destreza, que la gente las vería como réplicas exactas de la realidad. Recogió del suelo las dos mitades y las unió. Todos pensarían que en verdad había posado medio desnuda en el diván del salón de su casa de Stokeley, presidiendo la bandeja de té mientras la acariciaba aquel musculoso lacayo.

Se levantó de un salto, arrugando el papel. ¡No era justo! ¿Qué había hecho para merecerse tal suerte? ¿Qué había hecho para que su vida escapara siempre a su control y amenazara con destruirla?

Serena estuvo tentada de tirar la toalla, dejar de luchar, huir y desaparecer para siempre. Pero enseguida se repuso. No podía hacer eso. Llevaba a un hijo en sus entrañas que merecía un padre y una casa. Su marido era un buen hombre, que se merecía una mujer respetable. De alguna forma tendría que continuar batallando.

El primer paso era contarle el nuevo trance a su esposo. Cerró los ojos ante el dolor que le causaría. No quería. Se negaba a hablarle de los retratos.

Él tenía una mala opinión de Riverton, pero ni idea de lo que habían sido sus años de casada. Los dibujos revelarían demasiados detalles. No había posado para ellos, pero sí dejaban al descubierto la naturaleza de su anterior matrimonio. ¿Qué pensaría de ella?

Sin embargo, no tenía elección. Si empezaba a tener secretos con él, moriría por dentro. Si comenzaba a pagar a sus hermanos, se aprovecharían de ella toda la vida, pues cada desembolso que efectuara a espaldas de su marido sería más leña arrojada a las llamas del chantaje. Se secó las lágrimas e hizo acopio de sus nervios. Debía contárselo a Francis y hacerlo en aquel mismo instante.

Serena volvió corriendo a la casa y llamó a un lacayo.

—¿Ha regresado ya lord Middlethorpe?

Capítulo 17

*E*l lacayo se sorprendió ante el tono apremiante de Serena.

—No creo, milady. ¿Quiere que pregunte?

«Ojalá que esté.»

—Hazme el favor. Estaré en mis aposentos.

Pero Francis no estaba en casa y como ella había previsto, a medida que transcurría el tiempo, dudaba e iba perdiendo el valor. Empezó a dar vueltas por la habitación, indecisa sobre qué decisión tomar. Dos veces estuvo a punto de arrojar el arrugado retrato al fuego, pero se contuvo a tiempo.

Pasaban los minutos y no cesaba de darle vueltas al asunto de las joyas. Seguro que Tom le había mentido. Pero él no acostumbraba a urdir esa clase de engaños; no era tan artero.

Si su marido había ganado las alhajas como premio en la carrera de caballos, entonces tenía que haberlas visto. ¿Por qué no le había hablado de ellas? ¿Sería como su hermano había sugerido y pretendería usarlas con las mismas intenciones que Matthew, para estimular un deseo menguante? ¿Lo excitarían las joyas?

No. No. Por supuesto que no las mencionaría. Un caballero como su esposo no discutía de esas cosas con su mujer, aunque para ella no fueran ningún secreto.

La explicación más plausible era que las había vendido para darle el dinero.

Seguro que era eso.

Pero debía saberlo.

Llamó al dormitorio de su marido. Al no obtener respuesta, se deslizó en el cuarto y, tras dudar unos segundos, procedió a registrarlo.

Esperaba no encontrar nada, pero las halló sin dificultad. Le temblaron las manos al abrir la bolsa de tela que tan bien conocía. Dentro estaban todas las joyas, fuera de sus saquitos y mezcladas. ¿Y si de vez en cuando Francis las manoseara, fantaseando con ellas?

No, por favor.

La asaltaron recuerdos humillantes y era como si la hubieran trasportado a la mansión de Stokeley y Matthew acabara de llegar para atormentarla.

Cogió las alhajas en forma de grilletes. Las pulseras de plata maciza incrustadas de perlas y rubíes tenían correas para atarla a los postes de la cama. Las esposas de metal estaban forradas de terciopelo acolchado, puesto que Riverton le había dicho que en un descuido no quería dejar marcas en su delicada piel. Pero, claro, con todo el cuidado de que era capaz, en un par de ocasiones la había fustigado con el látigo, con la violencia necesaria para dejarle señales.

Se oyó el ruido al cerrarse una esposa en la muñeca. Puesta parecía un elegante brazalete. No le quedaba ajustada, pero estaba diseñada para que no pudiera pasar la mano por ella. Con otro clic la abrió. Resultaba sencillo ponérselas y quitárselas con la otra mano libre. La arrojó al reluciente montón. Lo que más odiaba era sentirse atrapada, desvalida. Siempre se había sentido así, pero cuando la había atado a la cama o a una silla, su indefensión se había hecho brutalmente manifiesta.

Si su esposo las había ganado para ella, pero le había dado su valor en dinero, se podía inferir que las había adquirido para su propio deleite. De pronto la embargó una furia rebelde. Nunca más volvería a recibir ese trato, ni siquiera a manos del hombre al que amaba.

Maldita sea, esas alhajas eran suyas por ley, estaba en su pleno derecho de quedárselas. Por ellas había pagado sangre y lágrimas. Serena cogió la bolsa y se la llevó a su habitación. Quería tirarlas a la cloaca más cercana, pero quizá fueran el precio que tuviera que pagar por su salvación. Si la obligaban, se las daría a sus hermanos.

Alguien llamó a la puerta. Metió rápidamente las joyas en un cajón y le dio permiso para que entrara.

Era Francis.

—¿Querías hablar conmigo? Acabo de llegar en este mismo instante.

Serena lo miró aturdida sin saber qué decir. Aquel caballero galante y sonriente, tan apuesto y con aquellos ojos oscuros y tiernos, ¿de veras quería hacerle las mismas cosas que el rudo y grosero Matthew Riverton?

Se acercó a ella.

—¿Te pasa algo, querida?

—No. Sí... —balbuceó.

Estuvo a punto de no contárselo, porque se mostraba afectuoso y semejantes revelaciones podían dar al traste con todo. Se obligó a hablar precipitadamente.

—Salí al jardín para jugar con *Brandy* y me topé con mis hermanos. Han intentado extorsionarme.

Él enarcó las cejas, pero se lo tomó con calma.

—Te habrás negado, espero.

Su respuesta logró tranquilizarla.

—Claro que sí. Sólo que me amenazaron con..., amenazan con decirle a todo el mundo quién fue mi primer marido si no les pago.

—Todo quedará en agua de borrajas después de esta noche —repuso su marido sonriente.

Casi se ahoga, pero logró escupir el resto.

—¡Y tienen retratos!

—¿Retratos?

Con la cara ardiendo, le entregó los papeles arrugados y rasgados. Cogió las dos mitades y las alisó sobre una mesa, callado.

Se oía el tictac del reloj de pared resonando en el silencio, que se prolongaba en exceso.

—Nunca posé para ellos. Matthew envió a un artista a hacer bocetos para un retrato. Posé unos días para él y los dibujos salieron preciosos. ¡Pero en lugar del retrato, pintó éstos! Les... les quitó toda la ropa que llevaba puesta... En algunos...

Su esposo se giró con brusquedad y le cogió las temblorosas manos.

—No, cariño. No debes disgustarte. Solucionaremos esto juntos.

—¿Cómo? —gimió ella—. En serio, Francis, éste es insignificante, pero ¡algunos son repugnantes!

La abrazó.

—Esto podría sucederle a cualquiera.

—¡Pero todo el mundo lo creerá de la viuda de Randy Riverton!

La apartó un poco para mirarla a los ojos.

—No lo creerán de la mujer de lord Middlethorpe, te lo aseguro, Serena. Me encargaré personalmente de ello.

—Lo sabía. Acabarás batiéndote en duelo y todo por mi culpa —dijo ella temblando.

Le acarició el cabello.

—Trataré por todos los medios de evitarlo, te lo prometo. Has dejado que te aflijan, querida. No te preocupes más. Es una amenaza infundada, pero has hecho bien en contármelo.

—¿Infundada?

Su calma y buen humor disipaban sus temores, pero no podía ignorar el problema.

—No es infundada, Francis. Tom dice que aunque lo mates, Will publicará los retratos. ¿Qué vamos a hacer?

La acompañó al diván y se sentó a su lado.

—Podríamos pagarles, supongo. ¿Cuánto te han pedido? Deja que adivine... —bromeó—. Tres mil libras.

La cifra la cogió desprevenida y le recordó otras complicaciones, sobre todo las joyas.

—Diez mil —contestó.

—¿Diez mil? —Ahora el sorprendido era él—. Son ambiciosos, ¿no? ¿Cómo se les ha ocurrido esa cantidad?

Entonces ella vio que una expresión pensativa le cruzaba el rostro.

—Es la cantidad que Samuel Seale les ofreció por casarse conmigo antes de que me escapara.

—Ya veo —replicó, mirándola con ojos inquisitivos—. Y si tus hermanos hubiesen querido tratar el asunto directamente conmigo, supongo que ya lo habrían hecho. Entonces harás de mediadora, ¿no?

Era como si una barrera se alzara entre ellos.

—Eso creo —afirmó la joven, en un susurro apenas audible, sin saber qué pensar del cambio operado en él.

Middlethorpe se echó hacia atrás, cruzándose de piernas. Con uno de sus esbeltos dedos tamborileó sobre el respaldo del diván.

—Tus hermanos no se esperan que me lo cuentes, ¿no es cierto? Entonces, ¿cómo piensan que serás capaz de reunir esa suma?

Serena se sintió sometida a un interrogatorio.

—No... no lo esperan... Ellos... ellos quieren las tres mil libras que me diste, y las pequeñas cantidades que lograra juntar del dinero para mis gastos, los de la casa y cosas por el estilo. Pero yo jamás haría algo así —le aseguró ansiosa.

Era consciente de que no había mencionado el asunto de las joyas. Pero no podía hablar de ellas con aquel extraño de mirada glacial.

—Claro que no. Se alargaría de manera indefinida. Literalmente, o casi. Sus exigencias se harían interminables.

En apariencia, parecía tranquilo, pero sus ojos se veán duros y fríos.

—No creo que debamos darles ni un penique —convino su esposa—. Pero por otro lado, están los retratos y...

—Exacto —asintió él, levantándose y cogiendo las dos mitades del papel—. No te preocupes más por este asunto.

—¿Cómo no me voy a preocupar? —protestó—. Francis, ¡debes decirme qué piensas hacer!

Éste enarcó las cejas.

—¿Debo decírtelo? Éste es sin duda el tipo de situación que un marido debe resolver por su esposa. Sobre todo cuando está encinta. Apártalo de tu mente, querida.

Parecía volver a comportarse con su gentileza habitual, incluso sonreía, pero una capa de hielo parecía cubrirlo todo.

—Creo que deberíamos arreglarnos para esta noche.

Y dicho esto, se marchó.

Serena cerró los ojos desesperada. Era evidente que su amado la culpaba del último fiasco, y ¿por qué no habría de hacerlo? La posición de ambos peligraba a causa de su mala reputación y encima sus hermanos trataban de extorsionarlo.

Diez mil libras era una suma enorme. Tal vez ni Francis podía permitírsela.

¿Qué podía hacer para conjurar la amenaza tanto para su reputación como para su felicidad? Resuelta, se puso en pie. Lo único que estaba en su mano era salir airosa de la velada de aquella noche a fin para afianzar de una vez por todas su posición en la alta sociedad.

Y eso haría.

En consecuencia, aunque sonriente, Serena entró con humor combativo en el gran salón del palacete de Belcraven aquella noche. Estaba dispuesta a hacer lo que fuera necesario para ser aceptada y que la amenaza de sus hermanos quedara en un mero susto.

Iba elegantemente ataviada con otro vestido de Beth, un diseño color crema y chocolate con mucho vuelo y un dobladillo muy ornamentado. Este último no habían podido meterlo más, de forma que tuvieron que cortar el bajo de la falda y subirlo unos diez centímetros. El traje rígido y pesado al tacto casaba a la perfección con la beligerante disposición de lady Middlethorpe. Llevaba un intrincado tocado de seda adornado con perlas. Se le antojaba un casco y le encantaba, pues le hacía parecer más alta.

Contrariada, vio que no había nadie con quien medir fuerzas. La deslumbrante y elegante compañía daba la impresión de darle su aprobación sin reservas. Por eso se sorprendió cuando advirtió que se había hecho pública la identidad de su primer marido.

Lady Stine-Lowerstoft, una dama bastante ceremoniosa, le dijo:

—Tengo entendido que antes estuvo casada con Riverton, lady Middlethorpe. Según parece era un caballero muy desagradable. Qué afortunada debió de sentirse cuando la recluyó en el campo.

Serena asintió débilmente y salió huyendo en busca de Francis.

—¡Lo saben todo! —murmuró.

Se la llevó aparte.

—Sí, no te preocupes. Es intencionado. Así controlamos la información y de paso echamos por tierra algunos planes de tus hermanos.

—Pero lady Stine-Lowerstoft parece creer que llevé una vida de lo más inocente en el campo.

—Y en el campo estabas —repuso él, y la condujo a conversar con otro grupo. Desmoralizada, se dio cuenta de que pese a mostrarse amable con ella, la capa de hielo seguía intacta. En un intento de derretirla, Serena empleó todo su talento para ganarse la aceptación de los invitados.

No le resultó difícil, pues gran parte de los convidados habían acudido a la cena predispuestos a admitirla. Estaba claro que los conocidos de los Pícaros ya conocían toda la historia y eran aliados. Y los demás se sentían inclinados a pensar lo mejor.

La muchacha mantuvo una conversación con la duquesa de Yeovil, quien seguía de duelo por su hijo menor, fallecido en Waterloo. Serena le dio el pésame.

—Fue muy duro —se lamentó la duquesa, aunque sin adoptar aires de tragedia—. No nos esperamos que los hijos ya mayores mueran antes que nosotros, y Dare era tan encantador. A veces podía ser un bribón, pero era la alegría de la casa.

—Era uno de los Pícaros.

—Sí, desde luego —asintió la noble dama sonriendo—. Vaya panda de granujas, pero todos con un corazón de oro. Les tenía mucho cariño y a veces, he de confesar, me sentía madre de doce hijos en lugar de sólo dos.

Acto seguido pasó a relatar la ocasión en que lord Darius invitó a todo el grupo a una partida de caza en su finca de Somerset.

A Serena le causaron una profunda impresión los recuerdos del hijo de la duquesa y disfrutó escuchando sus anécdotas. Pero poco después, cuando su esposo le apuntó: «Muy bien. Te has metido a los Yeovil en el bolsillo», parecía como si ella se hubiera limitado a representar un papel.

Suspiró y se aplicó aún más en su intento de conquistar el corazón de todos los presentes para así ablandar el de su amado.

Hizo un particular esfuerzo con su suegra, pero aunque en apariencia la viuda era amable con ella, no había manera de ganársela.

Cuando vio a la madre de Francis mostrarse especialmente afectuosa con lady Anne, apretó los dientes, resuelta a no dejarse contrariar por su gentil rival y su familia.

No obstante, en un momento de amargura, le dijo en voz baja a Arabella que le resultaba intolerable ser la beneficiaria de tan noble caridad.

—Sospecho que los pobres opinan lo mismo —le contestó la vieja señora con indiferencia—, pero es eso o morirse de hambre.

Entonces Serena cayó en la cuenta de que lady Cawle no había hecho acto de presencia.

—¿Dónde está la condesa? —preguntó inquieta—. ¿Ha decidido retirarme su aprobación después de todo?

—En absoluto. Le causaste muy buena impresión. Vendrá después de la cena. Tiene un plan en mente, pero quiere que sea una sorpresa.

Se echó a temblar. No le gustaban nada las sorpresas.

Después de la colación empezaron a afluir los invitados. No era una época del año en la que hubiese grandes distracciones, de forma que todos los que estaban en la capital habían confirmado su asistencia. Lord y lady Liverpool ya habían llegado, junto con lord y lady Castlereagh. El señor Sheridan también hizo su aparición, aunque tenía un aspecto poco saludable y exhibía un notorio estado de embriaguez.

Se produjo un gran revuelo cuando la condesa de Cawle, con un vestido de satén gris y falda de gran vuelo, se presentó del brazo del escandaloso lord Byron. Circulaban rumores por la ciudad de que su mujer lo había abandonado y se había refugiado con su familia, llevándose con ella al hijo de la pareja. Asimismo, corrían como la pólvora chismes sobre el estado de sus finanzas y su conducta amoral.

En un momento de tranquilidad, la condesa aprovechó para confiarle a Serena:

—Lo arrastran por el fango más de lo que se merece, al pobre hombre. Pero respecto a lo que nos concierne, su indecente conducta es susceptible de eclipsar tus faltas.

Y no tardaron en constatarlo. Los amantes de los escándalos encontraron los asuntos del poeta —que incluían, como parecía ser, insinuaciones de crueldad e incesto— mucho más excitantes que el pasado medio turbio de Serena. Sin embargo, ésta no tenía claro por quién se inclinaría la balanza si arrojaban los retratos a los platillos.

Un trío de músicos comenzó a tocar en la antesala y los aficionados a la danza se dirigieron al gran salón dispuesto a tal efecto. Su esposo la sacó a la pista sin preguntarle. No le importó —para ella era una delicia bailar con él— pero su circunspección le daba escalofríos.

—No soy ninguna experta —le susurró—. He tenido pocas oportunidades de practicar.

—Las danzas campesinas te resultarán fáciles.

Y así fue. Había sido una excelente bailarina y lo sabía, porque siempre había destacado en los bailes del colegio. Pronto recordó los pasos más sencillos. Cuando ya por fin se relajaba y empezaba a disfrutar, se produjo un tumulto en la puerta del salón que la dejó suspendida en el aire a medio paso.

«¡Un desastre!» fue lo primero que acudió a su mente.

Aquellas voces y exclamaciones ¿manifestarían conmoción y horror?

¿De quién podía tratarse?

¿Sería algún pariente de Matthew que venía a desacreditarla?

¿O sus hermanos con una pila de bocetos subidos de tono bajo el brazo?

Con un sobresalto, temió que su reacción hubiera arruinado el baile y se volvió para disculparse con los presentes, pero vio que se habían separado de la fila y que la danza proseguía alegremente sin ellos. Al mirar a su alrededor observó que la mayoría de los invitados no se habían alterado por lo sucedido.

—¿Qué pasa? —le preguntó, aferrándose a su brazo.

—Nicholas —le respondió él, como para sí mismo, y avanzó raudo hacia el alboroto. Resultó ser una atractiva pareja rodeada de un grupo de Pícaros. Serena sabía que debía de ser Nicholas Delaney, al que Arabella llamaba el «rey de los Pícaros».

El alivio hizo que le temblaran las piernas de una manera que el pavor no había logrado, y se agarró aún más al brazo de su marido.

Pero él no parecía percatarse de su presencia, concentrado como estaba en los recién llegados. Por lo que había oído, debería estar encantado de ver a su amigo, pero no parecía ser el caso.

—Nicholas —le espetó—. ¿Qué diablos estás haciendo aquí?

El apuesto rubio enarcó una ceja pero respondió sin inmutarse:

—Me llegaron rumores de una fiesta.

—¿En Somerset?

—No, en mi casa de Lauriston Street, nada más llegar. —Nicholas sonrió a Serena y liberó a Middlethorpe de su tenaza mortal tomándole la mano para besársela—. Espero que seas la esposa de Francis. Bienvenida, serás una grata incorporación a los Pícaros.

—Serena, te presento al señor Nicholas Delaney, quien por lo visto vuelve a meter sus narices en asuntos que no le conciernen.

El aludido se limitó a decir sonriendo:

—Mi mejor amigo se ha casado. Quería conocer a su mujer. A propósito, ésta es mi esposa.

Serena fue presentada a Eleanor Delaney, una bella dama de cabello castaño rojizo con un notable aire de serenidad. ¿No había nada que perturbara a la pareja? Qué maravilloso sería, pensó con cierta amargura, llevar una vida que transcurriese sin el menor sobresalto.

La voz de Delaney la arrancó de sus pensamientos:

—Tocan una nueva pieza. Serena. ¿Querrás ser mi pareja?

Tras un inquieto intercambio de miradas entre los dos hombres, se dejó conducir a la pista de baile.

—No estés tan preocupada —le dijo—. Francis no está enfadado conmigo ni contigo.

—¿Estás seguro?

—Lo estoy. Pero alguien debería contarme qué está sucediendo exactamente. ¿Querrás hacer los honores?

—No.

La muchacha se preguntó si se sentiría ofendido ante su audaz negativa.

—Muy bien —fue su escueta respuesta.

Continuaron moviéndose por la pista sin cruzar palabra. Era un buen bailarín, aunque no tan grácil como su esposo. Serena trató de descifrar las pocas palabras que Nicholas le había dirigido, que se le antojaron enigmáticas.

En un momento del baile, cuando se encontraron el uno junto al otro, le preguntó:

—¿Por qué has dicho muy bien?

—Las cuestiones entre marido y mujer deben ser confidenciales —reanudó la conversación Nicholas sin mayor dificultad—. Pero si algún día necesitas hablar, puedes acudir a mí o a Eleanor. Tal vez no tengamos las respuestas, pero ambos sabemos escuchar. Y Francis también, por lo general.

Volvieron a ponerse en movimiento y acabaron su parte del baile.

Cuando se detuvieron de nuevo, Serena defendió a su esposo:

—Creo que para saber escuchar, hay que saber guardar una cierta distancia.

—Pero ¿quién desea abrirle su corazón a alguien que no muestre el más mínimo interés? «¡Oh, si no te importa a quién amo, ay, es que ya no me amas!» ¿Amas a Francis?

Lanzó la pregunta con la fuerza de un misil. La joven se giró, rehusando contestar, pero temía que había leído la respuesta en su semblante.

Continuaron bailando en silencio hasta que se acabó la música.

Al finalizar, el apuesto joven comentó en tono agradable:

—Gracias. No creo que haya danzado nunca con una mujer más hermosa, y eso que he tenido grandes beldades como parejas de baile. Una dama que se esfuerza por ocultar su belleza —añadió— es como una persona alta que se encorva.

—No trato de esconderla, señor Delaney. Esta noche me he esmerado para sacarle el mejor partido.

Se dirigieron al encuentro de Francis, que conversaba con los anfitriones y Eleanor Delaney. Cuando pensaba que Nicholas ya no iba a responderle, éste le dijo:

—Un jardín vallado nunca será apreciado como se merece, aunque esté bien cuidado.

Quería abofetearlo sin saber bien el motivo. Si su marido estaba irritado con la presencia de Delaney, ella no podía sino darle la razón.

En la siguiente pieza fue pareja del marqués. Serena había advertido que aunque parecía flirtear con todas las damas, incluso con las viudas, había dejado de hacerlo con ella. ¿Tendría algo que reprocharle? Mientras realizaban un paso de baile juntos, le preguntó:

—¿Por qué coqueteas con todas las mujeres menos conmigo, lord Arden?

Él enarcó las cejas.

—Porque creía que no te interesaba. Lo haré con sumo gusto —y agregó—, pero no si lo que pretendes es poner celoso a Francis.

Se giró bailando, avergonzada de que le desvelara unas intenciones que ni ella sospechaba. Estaba hasta la coronilla de tantas observaciones agudas.

Aunque la velada estaba resultando un triunfo en términos de estrategia, ella nadaba en un mar de confusión.

Cuando al fin la fiesta acabó y se hubieron marchado los últimos invitados, los Pícaros se reunieron en la impoluta biblioteca para evaluar los acontecimientos. Además de los Arden y los Middlethorpe, estaban los Delaney, Stephen Ball, Miles Cavanagh, Felicity, Con Somerford y Hal Beaumont.

—Ha sido un final perfecto para una excelente campaña —anunció Hal sonriendo a Serena—. La flor y nata de la sociedad te ha dado su visto bueno. Sólo un verdadero escándalo podría hacerles cambiar de opinión.

La joven lanzó una mirada ansiosa a su marido, pero no se le veía muy inclinado a revelar la existencia de los retratos ni las amenazas de sus hermanos.

—Un plan brillante —observó Nicholas—, presentar de este modo a Serena en sociedad. ¿De quién fue la idea?

Tras dudar unos instantes, Serena respondió:

—Mía, con la ayuda de Beth.

—Te felicito. Entonces, supongo que mañana se publicará el anuncio formal del casamiento.

—Así es —asintió Francis—. Lo que acarreará una marea de visitas para darnos la enhorabuena. Pero dentro de un par de días, cuando todo acabe, espero que podamos escaparnos al campo. Estaba pensando visitar Somerset.

—Magnífico. Podríamos viajar juntos. Arabel se ha quedado allí, por lo que no estaremos mucho tiempo en Londres —Nicholas se levantó y ayudó a su esposa a incorporarse—. Hemos pasado la mayor parte del día viajando, nos tenemos merecido un buen descanso.

Cuando se marcharon los Delaney, los que no se hospedaban en el palacete también se despidieron y se fueron.

De vuelta a casa en el carruaje, Serena no podía ignorar la sombría tensión que traslucía el semblante de su marido. Parecía distinta de su fría conducta anterior y lo sondeó al respecto.

—Parecías enfadado de ver al señor Delaney, pero da la impresión de ser un hombre muy agradable.

—Lo es. No estaba enfadado con él.

—¿Y conmigo?

—No.

Pues nadie lo hubiera dicho.

—Lamento que mis hermanos...

—No tienes la culpa de su comportamiento.

Se estremeció al recordar su temor de que sus hijos se asemejasen a los Allbright.

—¿De verdad viajaremos con los Delaney a su residencia?

—No si ése no es tu deseo. Podríamos ir a Thorpe si lo prefieres.

Ella prefería que no estuviera enfadado. Se tambalearon cuando el coche viró en una esquina y a Serena le hubiese resultado más cómodo apoyarse en él, pero no lo hizo.

—Creo que todo ha salido bien —observó la joven.

—Sí, excelente.

Guardaron silencio, pues Serena no sabía qué más añadir.

Una vez en casa, Francis la acompañó a su dormitorio y quedó claro que aquella noche no compartiría el lecho con ella. También era patente que no la haría partícipe de sus pensamientos. Cuando éste se volvió para ir a su cuarto, ella le puso una mano en el brazo para detenerlo.

—Francis, no podemos continuar fingiendo que la amenaza de mi hermano no existe. Esta noche todo ha ido sobre ruedas, pero si esos retratos salen a la luz, darán al traste con nuetro plan.

—No te preocupes. Me ocuparé del asunto.

—Tom dijo que mañana por la tarde nos encontráramos en el jardín. ¿Qué hago?

—Nada —le ordenó con dureza—. Por nada del mundo acudas a la cita. Piensa, Serena. Tus hermanos sólo harán uso de esos retratos como último recurso, pues lo que quieren es dinero, no venganza. —Y le dio un beso formal en la mejilla—. No pienses más en ello. Buenas noches.

Serena contempló la puerta cerrarse tras él y soltó un bufido de irritación. ¡El desastre y la vergüenza pendían sobre su cabeza y quería que no pensara más en ello! ¡Qué exasperantes podían llegar a ser los hombres, hasta los buenos! Llamó con brusquedad a su doncella.

Mientras ésta la preparaba para meterse en la cama, Serena no lograba apartar a sus hermanos de su mente por mucho que lo intentara. No le extrañaría lo más mínimo que publicaran los retratos por pura maldad.

De hecho, ahora que recapacitaba, no había nada que les impidiera hacer públicos un par de dibujos, los menos ofensivos, y exigir dinero a cambio de no exhibir el resto. Francis se vería obligado a pagar, pero su reputación ya estaría mancillada, si no arruinada del todo.

A un hombre honrado nunca se le ocurriría que fueran capaces de una estratagema semejante, pero ella era una Allbright y pensaba como tal. Debía contárselo a su amado para mostrarle cómo funcionaba la mente de sus parientes. Tan pronto como se hubo marchado la doncella, golpeó en la puerta del cuarto contiguo. No obtuvo respuesta. La abrió con cautela y echó un vistazo. La cama de Francis estaba preparada y vio indicios de que se había cambiado para dormir. ¿Dónde se había metido?

Después de un momento, volvió a su aposento. Imaginaba que tendría asuntos que atender, incluso a las dos de la mañana, y no iba a deambular por la casa buscándolo.

La explicación tendría que esperar hasta mañana.

Temeroso de que volviera a presentarse en su habitación y viéndose incapaz de resistir, Middlethorpe se había refugiado en la biblioteca. Simplemente no le parecía correcto hacer el amor con una mujer de la que sospechaba que trataba de extorsionarlo.

Estaba bien decirse que el amor era ciego y pasar por alto el hecho de que su esposa llevara una tarjeta del hombre que intentaba chantajearle diez mil libras. Pero incluso para él ya rayaba en lo inverosímil que ella adujera otra razón para exigirle la misma cantidad, esta vez involucrando a sus hermanos.

El instinto le decía que confiara en la joven, pero era un hecho conocido que los hombres se dejan engañar fácilmente por una mujer hermosa. Y no podía permitírselo: la honra de su familia estaba en juego.

Debía aceptar que cabía la posibilidad de que el hijo que llevaba Serena no fuese suyo sino de Ferncliff. También era factible que el retrato que le había mostrado se hubiera dibujado el día anterior. Tal vez no existían más ejemplares.

Pero lo que haría con todo aquello era otra cuestión muy diferente.

No volvería a recurrir a la bebida, por lo que cogió un volumen de la obra de Platón e intentó aplacar su mente con el esfuerzo de una traducción de dicho autor.

Capítulo 18

Cuando Serena se levantó al día siguiente, descubrió que su esposo ya había abandonado la casa, al parecer para visitar a su amigo Nicholas Delaney. Supuso que sus elucubraciones acerca de lo que planeaban sus hermanos podían esperar, aunque le preocupaba qué hacer si Francis no regresaba por la tarde. Si pensaba que podía librarse de Tom ignorándolo, cometía un grave error.

También estaba un poco dolida porque su esposo no la hubiese llevado a visitar a los Delaney, pero tampoco se sorprendió. Por el momento, él la consideraba una Allbright. ¡Cómo deseaba que su madre hubiese cometido adulterio!

Le vino bien verse envuelta en la resolución de una pequeña crisis en el hogar: la desaparición de una libra de té oolong de la caja en que se guardaba. Al parecer Dibbert había puesto el asunto del paquete de té en conocimiento de la viuda, quien a su vez había delegado en Serena, la cual sospechó que ésta esperaba que ella no sería capaz de resolver la cuestión. Contenta de ocuparse de algo que la distrajera, bajó a la cocina para hacerse cargo del supuesto robo.

Todo el té se mantenía bajo llave en un cofre en la despensa, pero, como demostró la señora Andover, el ama de llaves, no era difícil forzar la cerradura con la hoja de un cuchillo. Aunque no acusaba directamente a nadie, era evidente que sospechaba de la cocinera, la señora Scott.

Serena se percató de que todo se reducía a una desavenencia entre ellas, y a juzgar por las reclamaciones que ambas mujeres le hacían a un abrumado Dibbert, éste parecía ser la manzana de la discordia.

Por su parte, la cocinera parecía decidida a inculpar a una aterrorizada ayudante de cocina que apenas llevaba un mes en su puesto. Sus llantos atrajeron al joven jardinero, quien salió en defensa incondicional de la pequeña Katie, lo que molestó claramente a la joven doncella.

Serena tomó buena nota del peligroso triángulo.

¡Los asuntos del corazón de la planta baja eran casi tan complejos como los del piso de arriba!

La señora Scott se puso inequívocamente del lado de la doncella, amonestando a gritos al jardinero por pisar su suelo con las botas llenas de barro. En cuestión de un momento, la casa se convirtió en una jaula de grillos.

Lady Middlethorpe los mandó callar a todos, efectuando investigaciones dignas de un inspector de la policía. No tardó en descubrir que la variedad oolong era menos popular entre la servidumbre que el té negro y que sólo se había consumido a partir de la llegada de la familia. El paquete que faltaba era el segundo de los dos que había y su desaparición no se había advertido hasta aquella mañana, cuando fueron a echar mano de él.

—Este té —concluyó Serena— ha podido perderse en cualquier momento durante los últimos meses.

—Alguien habría notado que no estaba, señora —repuso la cocinera.

—¿Quién suele sacar el té del cofre, señora Scott?

—Katie —contestó la mujer, lanzando una mirada acusadora a la aludida—. Yo misma la mando para que le pida la llave a la señora Andover.

—¡Yo no he sido! —gimoteó la joven.

—¡Ella no ha sido! —gritó el jardinero.

Serena esperó a que se hiciera el silencio.

—Mi conclusión es que, habiendo pasado tanto tiempo, es imposible descubrir al culpable. Se encargará una nueva caja para el té, con una cerradura más resistente, y usted, señora Andover, examinará su contenido todas las noches, así habrá menos oportunidades de lanzar acusaciones infundadas.

—Y un jamón, infundadas —murmuró la cocinera.

El jardinero dio un paso al frente:

—Mucho cuidado, vieja zo...

—¡Silencio! —ordenó Serena mirando alrededor—. Doy por zanjado el tema. Que no me entere de que se vuelve a mencionar. Ahora, Katie, si no estás contenta en tu puesto, intentaré buscarte otra buena casa donde servir.

Los ojos de la muchacha oscilaron con inquietud entre la cocinera y el jardinero antes de murmurar que en verdad no tenía queja alguna. No obstante, el hombre dirigió una mirada fulminante a Serena y ésta pensó que sus buenas intenciones podrían causarle problemas con él en el futuro. No demasiado segura de haber manejado bien el asunto, escapó de vuelta al privilegiado mundo de la planta principal de la casa, preguntándose qué dramas se representarían allá abajo antes de que volvieran a llamarla a pronunciarse.

¿Dibbert tomaría partido por el ama de llaves o por la cocinera?

¿Katie sucumbiría a las artimañas del apuesto jardinero?

Y él, ¿se casaría con ella o volvería con la doncella, que con toda claridad había sido su favorita hasta entonces?

Suspiró, sacudiendo la cabeza. Aunque fueran importantes para los involucrados, esos problemas no eran equiparables a los que ella se enfrentaba.

Los periódicos de la mañana habían publicado el anuncio formal de la boda del vizconde de Middlethorpe con lady Riverton. A no ser que la noticia los disuadiera, cabía esperar que un buen número de visitantes se presentaran por la tarde para darles la enhorabuena. Confiaba en que su esposo volvería a tiempo para recibirlos.

A las cuatro sus hermanos regresarían al jardín, esperando recibir las joyas y las tres mil libras. Cuando ella no compareciese en el sitio acordado ¡no sabía qué harían! Puede que Francis lo tuviese todo bajo control, pero mientras no le comunicase sus planes, seguiría sintiéndose intranquila.

Hacia el mediodía su marido todavía no había regresado. Estaba hecha un manojo de nervios pensando en que pudiera olvidarse de las visitas y de sus hermanos. Pero se serenó diciéndose que su amado nunca permitiría que se le pasara por alto algo así.

Sólo más tarde se le ocurrió que sus dos motivos de preocupación entraban en conflicto: si tanto ella como Francis iban a estar ocupados toda la tarde atendiendo a las visitas, ¿cómo diablos iban a reunirse con Tom? Se le ocurrió enviarle una nota dándole explicaciones, pero sabía que aquello era justo lo que su esposo no quería que hiciera.

Maldita sea. ¿Dónde estaba?

Para distraerse volvió a sacar la perrita al jardín. Era demasiado temprano para que sus hermanos merodeasen por ahí, a no ser que estuviesen vigilando el lugar, de modo que no contravenía la prohibición de Francis. Por otro lado, debía admitir que si aparecían sería más bien un alivio: así podría explicarles su compromiso de aquella tarde y apaciguarlos hasta el día siguiente.

Mientras salía fuera para jugar con *Brandy* al sol, se sorprendió de ver a la madre de Francis caminando hacia ella. Lady Middlethorpe no se le antojaba el tipo de mujer que saliera a pasearse por el jardín en invierno. Su suegra se detuvo, como alarmada, antes de continuar:

—Hermoso día para febrero, ¿no, Serena?

—Sí, lady Middlethorpe —respondió, con la mitad de su atención puesta en el animal, pues tenía tendencia a aventurarse fuera de su vista.

—Si las dos nos llamamos mutuamente lady Middlethorpe, la vida será insoportable. Y si a Arabella la llamas Arabella, a mí puedes llamarme Cordelia.

—Está bien —parpadeó Serena—, Cordelia —dijo arrastrando la lengua como si le costase pronunciarlo.

—Ya quedan tan pocas personas que me llamen Cordelia. —La mirada perdida de la viuda pasó a ocuparse de su nuera y, escudriñándola, añadió mientras entraba en casa—: Creo que se te ha soltado alguna horquilla.

Serena se recogió el cabello apresuradamente. ¿Cómo se las arreglaba la viuda —Cordelia— para estar siempre impecable?

Contempló a su suegra recordando al tipo que había conocido en el jardín —un tal Charles Nosequé—, el cual deseaba hablar con Cordelia. Con los últimos acontecimientos, lo había olvidado por completo, pero ¿acaso esta distinguida dama acostumbraba a verse con hombres en aquel lugar?

Mientras trataba de imaginarlo sin conseguirlo, Serena vio al cachorro retorcerse bajo un seto.

—¡*Brandy*, no! ¡Ven aquí!

A la perrita le pareció un juego maravilloso y, después de un rato, también a la joven. Durante un largo rato jugaron a perseguirse por el jardín sin que le importara lo más mínimo no estar comportándose como una vizcondesa ni que sus cabellos se le salieran de las horquillas. Se estaba riendo a carcajadas cuando, al sortear un arbusto de tejo, chocó contra un individuo que salía del mismo cenador en el que ella se había sentado el día anterior.

Por un momento, alarmada, pensó que era Tom, pero enseguida se percató de su error: se trataba de Charles Nosequé.

—Pero ¿qué hace usted aquí? —y mientras lo decía, adivinó la razón: ¡aquel hombre se había encontrado con la viuda!

—Lady Middlethorpe... —exclamó éste, tan estupefacto como ella, sujetándola para que no se cayera y luego soltándola. Había perdido su elocuencia y masculló una maldición antes de continuar con voz clara—: Me he citado aquí con lady Middlethorpe. Con la viuda de Middlethorpe. La veo sorprendida por ello.

—Pues sí, un poco...

—¿Tan chocante le parece —preguntó él con brusquedad— que dos personas estén enamoradas?

—Pues... no.

—Pero sí tienen una edad avanzada. Yo, milady, no he cumplido más de treinta y nueve.

—Pero...

—Y Cordelia sólo tiene cuarenta y seis. ¡No se puede decir que estemos seniles!

—Señor... ¡Vaya! Me temo que olvidé su apellido.

—Ferncliff. Le di mi tarjeta.

—No tengo ni idea de qué ha sido de ella. Señor Ferncliff, no me sorprendo de su edad, sino de que una dama y un caballero deban reunirse clandestinamente en el jardín. No es correcto.

—Ya lo sé, lady Middlethorpe —gimió él, exasperado, pero ya

no tan iracundo—. No soy yo el causante de este embrollo. De hecho, todo esto amenaza con volverme tarumba, si antes no me lleva a una muerte prematura.

—No me creo esas historias de que la gente se muere por que le han roto el corazón, señor.

—¿Ah, no? —contestó él en tono divertido—. ¿Y si la matan de un tiro?

—¿Un tiro? Pero ¿quién piensa que va a dispararle?

—Tal vez ese joven agitador que tiene por marido.

—¿Francis?

—El mismo. Lleva meses persiguiéndome por todo el país, a veces pistola en mano.

Serena se desplomó sobre el banco de piedra.

—Debe de estar equivocado, señor. Mi esposo es un hombre amable y comprensivo.

—Su comprensión no parece extenderse a los hombres que aspiran a la mano de su madre, en especial si se trata de sujetos de escasos recursos económicos. Aparte de eso, me temo que se engaña, querida señora. Puede que se conduzca con amabilidad con usted, no lo pongo en duda, pero también me consta que lord Middlethorpe ha sido un bribón desde su más tierna edad. Forma parte de una banda de réprobos sanguinarios.

—¿Se refiere a los Pícaros?

—Exacto. Aunque los *mohocks* sería un término más apropiado. Cordelia siempre ha lamentado la relación de su hijo con esa banda de pícaros, y últimamente también me han llegado noticias de ellos por otras fuentes.

Los *mohocks* eran una especie de bandidos caballerescos que en el siglo anterior habían vuelto las calles de Londres inseguras para la gente decente. Ella no veía la relación con Francis y sus amigos.

—Pero señor Ferncliff —lo interrumpió, incapaz de asimilar su peculiar punto de vista de la realidad, o más bien de discernir qué ángulo reflejaba la verdad—, yo conozco a algunos de esos Pícaros y todos parecen agradables.

—Sí, estoy seguro de que son irresistibles.

—Señor mío, si está insinuando que yo misma soy una joven

atolondrada con la cabeza llena de pájaros, nada más lejos de la realidad. Pero dejémoslo. ¿Tiene usted la certeza de que mi marido se opone a su noviazgo con mi suegra?

Charles soltó una risita y contestó:

—Absoluta.

—Pero sé que le gustaría que ella se volviera a casar.

—Sin duda, pero con un hombre más acaudalado que yo. Soy un estudioso, lady Middlethorpe. Percibo unas pequeñas rentas, pero son exiguas y no parece que vayan a mejorar. Tampoco es que tenga el menor interés en esos asuntos. Para serle sincero, nunca consideraría la idea de desposar a una mujer en edad de engendrar hijos, ya que me vería completamente incapacitado para criarlos como yo desearía.

—Y yo comprendo que mi marido no quiera ver a su madre reducida a la pobreza.

—Eso no va a suceder. Cordelia tiene una sustanciosa pensión —reconoció Ferncliff torciendo la boca—. Ya lo ve, de inmediato supone que voy detrás de su dinero, como su marido. Pues no es el caso. Estoy plenamente satisfecho con la vida sencilla que llevo. Me limito a reconocer que ella no lo estaría, y que, si hemos de residir en una casa grande con unos cuantos criados, viajar y recibir visitas, tendrá que ser con su dinero.

—Puedo entender por qué mi esposo no ve con buenos ojos esa boda, señor Ferncliff. Es precisamente lo que se supone que debe desaprobar un hijo bueno y consciente de sus deberes.

—Está en su perfecto derecho de albergar sospechas, lady Middlethorpe; pero cualquier hombre racional desearía conocer al pretendiente en cuestión y discutir el asunto con él. Ahora bien, lord Middlethorpe simplemente me persigue, pistola en mano. Esta ridícula situación ha ido demasiado lejos. Cordelia me dice que su hijo jamás tolerará nuestra relación y rehúsa casarse conmigo para no enfurecerlo. Yo estoy resuelto a hablar con él, al menos una vez, a ver si puedo meterle algo de sentido en la cabeza.

—Eso sería lo más acertado —convino Serena. La idea que el señor Ferncliff tenía de Francis era tan diferente de la suya, que un encuentro entre ambos podría resultar beneficioso.

—Pero ¿cómo lo concertaríamos? —preguntó él—. Cordelia se angustia con sólo mencionárselo y se niega a hacerlo.

—No faltan maneras de que un caballero se reúna con otro.

—Por supuesto, pero cuando un hombre me ha buscado pistola en mano en dos ocasiones, me inclino a ser cauteloso. ¿Querría usted hacer de intermediaria, lady Middlethorpe?

Serena lo miró fijamente.

—¿Entre usted y mi esposo?

—Sí.

Estaba sumida en un mar de dudas. Los lazos entre ella y su marido ya eran lo bastante endebles sin necesidad de agregarles nuevas tensiones, y si encima ella intercedía en favor de alguien al que él consideraba un enemigo...

—No sé si podré, señor.

—Sin duda no le será tan difícil.

—No lo sé —repuso la joven al tiempo que se levantaba—. Dígame dónde puedo localizarlo y me pondré en contacto con usted, si logro concertar una entrevista.

—Me alojo en la posada El Cetro, no muy lejos de aquí, pero bajo el nombre de Lowden. —Sacó del bolsillo una maltrecha peluca gris y se la encasquetó en la cabeza, coronándola con un sombrero de tres picos—. ¿Ve a qué extremos me he visto reducido? ¡Middlethorpe parece haber logrado poner a todo Londres tras mis pasos!

—¡Vaya por Dios! —exclamó ella, sin saber bien qué hacer para conjurar toda la ira que se había acumulado en aquella situación—. Veré qué puedo hacer, señor Ferncliff.

Cuando se hubo marchado, Serena cayó en la cuenta de que se había olvidado de la perrita. Con un grito de angustia, salió corriendo, llamándola. Al ver que el animal no daba señales de vida, abrió la puerta y miró hacia el callejón de las caballerizas. ¿Podía la criaturita haber llegado hasta la calle? Se la imaginó esquivando cascos de caballo y ruedas de carro.

—¡*Brandy*! —gritó.

Estaba a punto de regresar a la casa para iniciar una búsqueda en toda regla, cuando oyó unos ladridos frenéticos. Llamó de nuevo y vio al cachorro aparecer bajo la cancela de un jardín cercano, correteando alegremente.

—¡Qué mala eres! —la riñó, alzándola del suelo—. ¡Encima estás toda cubierta de barro! ¿Dónde te habías metido?

Probablemente el animalito se preguntaba lo mismo. Su excitación mostraba que había deambulado por ahí completamente desorientada.

Serena caminaba de vuelta a la vivienda, sin dejar de regañarla, cuando se topó con Francis, que iba directo hacia ella.

—¿Dónde demonios has estado? —le espetó él nada más verla.

—*Brandy* había salido de exploración. Pensé que se había extraviado.

Algo en su expresión la hizo reparar en su aspecto. Debía de tener el pelo alborotado y además la perrita la había puesto perdida de lodo. La miró con desaprobación mientras le cogía con suavidad el animalillo.

—Llevas el vestido cubierto de barro y tenemos invitados.

—¿Ya? —exclamó Serena, consternada.

—Son sólo Nicholas y Eleanor. No hace falta tanta ceremonia.

Con que sólo Nicholas y Eleanor... Serena se puso en tensión.

—Si puedes llevar a *Brandy* a la cocina, yo iré a cambiarme de ropa.

—Muy bien.

Se apresuró, sintiendo un nudo en el estómago. No sabía por qué la idea de volver a ver a Nicholas Delaney la desasosegaba, pero así era. Era justo el tipo de persona capaz de adivinar que se había estado viendo en el jardín con el enemigo de su marido y que, por el momento, no tenía intención de comunicárselo.

Se cambió rápidamente de traje y su doncella la peinó. Contemplándose, supo desesperada que ni aun con los mejores cuidados llegaría a tener la deslumbrante elegancia de Cordelia. Su figura tenía demasiadas curvas y sus cabellos parecían obrar por voluntad propia. En cambio, a su suegra nunca se le movía ni un pelo...

¿Ni siquiera cuando estaba en brazos de un amante? ¿Ferncliff y Cordelia serían amantes? Le era imposible imaginarse a la madre de Francis envuelta en una actividad sexual, pero sin duda habría amado así, al menos, a su marido.

Serena despidió a la criada y se tomó un momento para reflexionar sobre su dilema. Por mucho que Ferncliff fuera un mentiroso y un malvado, Cordelia debía de tener algún motivo para haber salido al jardín.

Una manera obvia de proceder era preguntárselo a ella directamente, pero la sola idea le daba vértigo. «Cordelia, quisiera hablar con usted acerca de su amante.»

Tampoco veía la forma de planteárselo a su marido. «Francis, quisiera hablar contigo acerca del amante de tu madre.»

Y, por otra parte, estaba el problema de qué hacer con sus hermanos, quienes sin duda se enfurecerían al no verla aparecer botín en mano.

«No te preocupes», le habría dicho Francis.

¡Ja!

Bajó a la sala, donde ya se encontraba su esposo con sus invitados. Nicholas y Eleanor Delaney parecían tan agradables y sosegados como la noche anterior, pero él seguía poniéndola muy nerviosa. Había algo en sus ojos —una rapidez, una perspicacia— que la hacía sentirse transparente. Había muchas cosas que no quería revelarle.

Conversaron sobre generalidades: la política, los cultivos, las cuestiones sociales y el tiempo; todas las cuales parecían tener un pronóstico más bien sombrío.

—Por Dios —rogó Middlethorpe—. Hablemos de cosas más agradables. ¿Cómo está Arabel?

—Por favor, Francis —lo reconvino Eleanor—. No puedo creer que te refieras a nuestro orgullo y alegría como una «cosa».

—¡El cielo no lo quiera! ¿Cómo está? —se corrigió éste, y volviéndose hacia Serena aclaró—: Arabel es la hija de Nicholas y Eleanor.

Respondió Nicholas, con manifiesto amor paterno en el tono de su voz:

—Disgustada con nosotros, sin duda. Arabel es de la firme opinión de que ella gobierna el mundo. Ni que decir tiene que es una déspota, aunque de las benévolas, pero hemos decido enseñarle cuál es su sitio dejándola en casa.

—Entonces, ¿no tiene rabietas? —se interesó su amigo.

—Por supuesto que no. Pero disfrutaba de la compañía de los dos hijos de Leander y ya nos ha hecho saber que le gustaría tener hermanos y hermanas. Le hemos señalado que serían más pequeños que ella, no mayores, pero no se ha desanimado.

Serena acogió este capricho perpleja.

—¿Qué edad tiene vuestra hija?

—La de Matusalén: catorce meses.

—¿Y ya habla?

Eleanor se echó a reír.

—No te dejes embaucar por Nicholas. Aunque sostiene que entiende todos los balbuceos de la cría, yo creo que los interpreta a su conveniencia. Él es quien quiere un montón de hijos.

—Eso es verdad —reconoció éste sonriendo a su mujer.

Continuaron hablando de generalidades, hasta que Francis se llevó del salón a Nicholas pretextando mostrarle unos documentos sobre propiedades. Cuando las dos mujeres se quedaron solas, lady Delaney dijo:

—Estás en lo cierto. Nos han dejado a solas por si querías hablar conmigo. No te lo tomes a mal, es cosa de Nicholas.

Serena miró a Eleanor.

—¿Por qué habría de querer hablar contigo en particular?

—No tengo ni idea. Pero Francis y Nicholas se han pasado encerrados la mayor parte de la mañana. Están muy unidos, pese a sus frecuentes separaciones.

—Eso me han dicho. Pero Francis apenas ha mencionado a tu esposo.

—No puedo decir que Nicholas hablara mucho de él cuando nos conocimos. Pero me consta que le fue de gran ayuda en los malos tiempos. De hecho, era como un ancla para él. Nos gustaría ayudar, si podemos.

—¿Crees que lo necesitamos?

—¿Y tú no?

Serena se encogió de hombros.

—Probablemente yo ya estaba embarazada cuando nos casamos —confesó Eleanor.

Lady Middlethorpe la miró entre sorprendida y curiosa.

—¿Probablemente?

—No esperamos a estar seguros. No es algo que se anuncie a bombo y platillo, y nadie va a pararse a analizar unas pocas semanas de menos en un embarazo.

—A diferencia de cuando se trata de unos pocos meses.

—Sin duda. Sólo quería que supieras que me hago una idea de lo incómoda que puede resultarte la situación.

—Quedarse encinta antes de tiempo no es tan penoso como ser la viuda de Matthew Riverton, te lo aseguro.

—Pero sin duda ser su viuda es preferible a ser su esposa —le soltó Eleanor con un guiño—. Y esta mejoría no tiene vuelta de hoja.

A pesar de todo, Serena se echó a reír.

—Recuerdo que en un momento dado —continuó lady Delaney pensativa— me preguntaba cuándo expiaría mi pecado, pues me parecía estar ganando mucho con mi caída en desgracia.

Ésa sí que era una manera delicada de sonsacarle información.

—¿Crees que me resisto a ser feliz?

—No lo sé. A veces nos sentimos como si no nos mereciéramos nuestra fortuna, incluso la combatimos. El destino te ha dado por esposo a uno de los mejores hombres que conozco. Junto a él, gozas de una privilegiada posición social y de un cuantioso patrimonio sin toda la parafernalia que la pobre Beth ha de soportar. Y vas a tener un hijo.

—Soy plenamente consciente de mi buena ventura —la interrumpió Serena—. Sólo me aterra la idea de que se vaya al traste. —Y venciendo al fin su resistencia, le contó a Eleanor todo el asunto de los retratos—. Y aunque no me pueda creer que Francis haya considerado pagarles esas diez mil libras, tampoco estoy segura de que no vaya a hacerlo. Y sin ponerme al tanto de nada.

—Tal vez valga la pena pagar ese dinero a cambio de tu paz de espíritu.

—Entonces mis hermanos nunca me dejarían en paz —aseguró—. Al contrario, se lo tomarían como un estímulo.

—Es verdad. Se lo diré a Nicholas por si acaso tu esposo no lo ha hecho ya. Yo también tengo un hermano desagradable, pero los Pícaros saben manejar a este tipo de personas.

Con un escalofrío, la joven recordó la opinión de Ferncliff sobre la pandilla.

—¿Qué le pasó a tu hermano?

—No tengo la menor idea. Se marchó al extranjero.

A Serena aquello no le pareció muy tranquilizador.

—¿Tú dirías que los Pícaros son peligrosos?

—Desde luego, si piensan que su causa es justa.

Y ahí acabó la conversación, pues los dos amigos regresaron justo antes que las siguientes visitas, Arabella y la condesa de Cawle. Los Delaney se marcharon pronto y, aunque ninguno de los demás invitados se quedó mucho tiempo, el goteo de personas fue continuo y deslumbrante: lord y lady Cowper, el duque y la duquesa de Yeovil, el conde y la condesa de Liverpool, el duque y la duquesa de Belcraven...

Serena consultó el reloj: eran las cuatro. Miró a su alrededor, esperando que Francis se hubiera escabullido, pero allí seguía, hablando tranquilamente con el duque de Belcraven. ¿Acaso no iba a hacer nada? ¿O ya se había encargado del asunto mandando asesinar a sus hermanos?

Beth, impecable en su papel de marquesa, se había acercado a decirle:

—No te pongas tan frenética. Todo va sobre ruedas. Lo estás haciendo de maravilla.

Pero Serena no podía confesarle sus pensamientos.

—Me siento como un autómata. Sonrío, asiento con la cabeza, sonrío...

—Horrible, ¿no? Pero pronto se acabará.

—Beth —la instó su amiga—, los Pícaros, ¿son sanguinarios? Quiero decir, ¿matarían si lo considerasen necesario?

—Tampoco son ningún pelotón de ejecución. Bueno, sí. Después de todo, Con, Hal, y Leander fueron soldados, y supongo que Nicholas ha estado en situaciones peligrosas. No te preocupes —le aseguró con entusiasmo—. No dudarán en recurrir a la violencia en caso necesario. Tengo que irme. —La besó afectuosamente en la mejilla—. Mañana tendremos mejor ocasión para hablar. Deja de parecer tan preocupada.

Quería gritar, pero no tuvo más remedio que sonreír y asentir con la cabeza a lady Buffington. Mientras la buena señora parloteaba, se preguntó si los Pícaros habrían matado ya a sus hermanos. Aunque no fuera una gran pérdida, la idea la incomodaba. Pero lo que de verdad le preocupaba era lo que su marido era capaz de hacerle a Charles Ferncliff si llegaba a ponerle las manos encima.

A ella le parecía inocente.

Una hora más tarde los convidados se marcharon por fin, dejando solos a Francis, Serena y Cordelia en el salón.

La muchacha se desplomó sobre una silla.

—Estoy rendida.

Su esposo le colocó una banqueta bajo los pies.

—Lo has hecho muy bien y lo peor ya ha pasado. Ahora ya formas parte de la alta sociedad.

A la viuda se la veía tan campante, pese a que había trabajado tan duro como su nuera durante las últimas horas.

—Sí, hijo, creo que podemos dar por hecho que Serena ha sido admitida a pesar de su desafortunado pasado. Así pues, mañana regresaré a Thorpe. Creo que te dije que esta noche ceno con Arabella y la condesa. —Y dicho esto, salió de la estancia.

—Francis —preguntó ella en cuanto se hubo marchado—, ¿a ti te importaría que tu madre se volviese a casar?

Él se rio entre dientes.

—¿Quieres jugar a casamentera? Entiendo que la vida sería más fácil para ti sin mi madre de por medio. Por mí puedes intentarlo, pero dudo que lo logres.

La había malinterpretado, pero aun así su respuesta le permitía encauzar el tema.

—Supongo que serías exigente con sus pretendientes.

—¿Yo? —contestó él arrellanándose en la silla que había enfrente—. No, no tiene nada que ver conmigo.

—Pero si ella tuviera la intención de casarse con el mozo de cuadra, ¿pondrías alguna objeción?

Francis soltó una carcajada.

—La mera idea es ridícula.

—Pero ¿qué harías? —insistió ella.

—¡Dios mío, Serena! ¿Qué es esto, una especie de juego para amenizar las fiestas? Pues claro que pondría fin a esa relación. Significaría que mi madre había perdido el juicio.

Se preguntó dónde, pues, trazaría él la línea divisoria.

—¿Hay algún tipo de hombre con el que no querrías verla casada?

La miró frunciendo el ceño, tal vez con recelo.

—Hablas en serio, ¿verdad? A ver, obviamente no me gustaría que se casara con un sinvergüenza, la clase de individuo que la maltratase o se jugase su dinero. Pero tampoco sé muy bien cómo podría detenerla.

—Quizá tu desaprobación fuera suficiente.

—Yo más bien esperaría que su propio sentido común bastara. Déjalo, querida. Me temo que mi madre no quiere volver a contraer matrimonio. Siempre estuvo verdadera y profundamente consagrada a mi padre.

—No lo dudo, pero el tiempo lo cambia todo. —No quería desviarse del tema de la aceptación—. ¿Y qué me dices de la clase social? ¿Te opondrías a que se casara con un plebeyo?

—No, siempre y cuando no fuera el mozo de cuadra.

—¡No te lo estás tomando en serio!

—Pues no, y tú tampoco deberías. Mi madre se casará si ella quiere, no tiene nada que ver con nosotros.

Ya completamente desconcertada, pasó a abordar el tema que mayor ansiedad le provocaba:

—¿Y qué pasa con mis hermanos? Si los dejas esperando con impaciencia en el jardín, Francis, no harás sino provocar su ira. Y serían capaces de todo.

Ella no había advertido que hasta entonces la conversación había transcurrido en tono amistoso, pero estas últimas frases sirvieron para que él se parapetase de nuevo tras aquella barrera de hielo:

—Te dije que dejaras el asunto en mis manos.

—No puedo. ¿Te ocupaste de él esta tarde?

—Quiero que te olvides del tema y confíes en mí.

Serena oyó las palabras, pero su congoja no le permitía asimilarlas.

—¡Es una espada de Damocles sobre mi cabeza! Creo que no entiendes a Tom. Es astuto, pero también vengativo y necio en sus arrebatos. Si cree que lo están provocando, podría publicar esos retratos por puro despecho.

—¿Lo ves capaz?

—Y de mucho más. He estado pensando en ello. Si yo fuera él, daría a la imprenta sólo algunos de los dibujos menos subidos de tono, suficientes para crear un revuelo desagradable. Así, sin llegar a buscarme la ruina, te obligaría a intervenir.

—Es eso es lo que tú harías, ¿verdad?

—Eso es lo que Tom podría hacer. Y en ese caso ¿cuál sería tu reacción?

—Lo mataría.

Serena prácticamente saltó de su asiento.

—¿Serías capaz de dispararle a sangre fría?

—Con mucho gusto, pero supongo que primero tendría que retarlo.

—¡Oh no, no lo hagas!

—¿Y por qué no? —le preguntó con un crispado tono de sospecha en la voz.

—No podría soportar que resultaras herido por mi culpa.

Él la miró un instante, luego se levantó.

—Ven conmigo.

Perpleja, lo siguió. Mostraba un estado de ánimo muy peculiar. Fueron a su estudio y sacó una caja brillante con incrustaciones de un cajón cerrado con llave. Dentro había una pistola engastada en plata que cargó con suma familiaridad.

—Acompáñame —repitió.

—¿Adónde vamos? —quiso saber mientras la precedía encaminándose hacia el jardín.

—A aplacar al menos uno de tus miedos.

Una vez fuera, Francis miró alrededor.

—Maldita sea, no hay una buena perspectiva en ninguna dirección.

—Creo que es un hermoso jardín. ¿Qué haces?

—Es encantador —convino él pasando el primer seto—. Ah. ¿Ves ese narciso temprano bajo aquel árbol?

—Sí.

Estaría a unos dieciocho metros de distancia y sólo era visible a través de las esqueléticas ramas de un arbusto de hoja caduca. Y, además, el sol comenzaba a ponerse y la luz menguaba.

Alzó la mano, apuntó y disparó. La flor amarilla cayó.

—¡Qué horror! ¿Cómo has podido?

Pasada la sorpresa, el joven se echó a reír.

—Se supone que debías caer rendida de admiración por mi puntería y dejar de preocuparte por mí.

Serena volvió a mirar la flor abatida.

—Supongo que tu disparo tiene mucho mérito, pero es terrible malograr así una flor.

—Pronto habrá más. En pocas semanas este lugar estará repleto de ellas.

—También hay mucha gente. ¿Te resulta igual de fácil matar a una persona?

—Por supuesto que no.

—¿Quieres matar a alguien?

Él frunció el ceño ante su tono vehemente.

—Si tuviera que hacerlo, por supuesto. Sería mi deber. Pero nunca lo he hecho, Serena. ¿Estás preocupada por tus hermanos?

—¿Están bien?

—Yo no les he hecho el menor daño. Ni creo que debas inquietarte por ellos.

—No me inquieto —reconoció, sabiendo que lo que decía sonaba terrible—, pero... ¡ay, Dios! Tampoco quiero que los mates. Para empezar, provocarías un terrible escándalo.

—No los pienso matar, te lo prometo. Esperemos que mi reputación como tirador haya llegado a sus oídos y no den más problemas.

—¿Quién ha disparado? —los interrumpió el jardinero más joven, que venía corriendo desde la parte trasera del jardín y se detuvo al ver a Francis—. ¡Milord! Lo siento, señor.

—Lo lamento, Cather. Sólo le mostraba algo a lady Middle-thorpe. Hay un narciso caído allí atrás. Creí que a mi esposa le gustaría.

Poniendo los ojos en blanco, el joven fue a recuperar la flor.

—Me alegro de que la sangre no llegue al río. Porque no me gusta la violencia —declaró Serena de manera elocuente.

—En eso estamos de acuerdo.

Ella se volvió para mirarlo.

—Pero no irás a pagar a mis hermanos, ¿verdad?

—¿No quieres que lo haga? —le preguntó con curiosidad.

—No.

—¿Estás segura?

—Por supuesto.

Examinó su pistola un momento antes de levantar la vista hacia ella.

—¿Y si yo te entregara el dinero para que tú se lo dieras a ellos?

La muchacha lo miró sin pestañear.

—Eso no cambiaría nada.

—¿De veras?

Serena pensó que aquella conversación iba a volverla loca. Entonces el jardinero volvió con la flor. Se la entregó sin ocultar lo ridículo que se sentía por ofrecerle un capullo en tan mal estado.

—Gracias —dijo la joven, preguntándose qué debía hacer con un narciso con apenas unos centímetros de tallo. Se encogió de hombros—. Será mejor que lo ponga en agua. Además, me estoy helando aquí sin capa.

—Lo siento —sonrió su esposo—. No he pensado en ello. Cómo no, entra a calentarte.

A Serena le parecía que ambos hablaban en una lengua extranjera, sin posibilidades de entenderse, pero no podía hacer otra cosa que marcharse.

Francis contempló a su mujer volver a la casa mientras se preguntaba qué demonios estaría pasando. Entonces se dio cuenta de que el jardinero seguía a su lado y parecía turbado.

—¿Sí, Cather?

—Pues... Con perdón, milord, pero ¿podría pedirle a milady

que cierre la cancela cuando la use? Es que, si no, entran perros, ya sabe, callejeros.

—Por supuesto. No sabía que tenía la costumbre de pasearse hasta las caballerizas.

—Salió esta mañana. Por la mañana era, sí. Buscando a su cachorrillo, milord.

—Sí, claro.

No le prestaba demasiada atención, absorto como estaba en su amada. No podía creer que fuera tan buena actriz como para fingir desinterés por una suma tan considerable. No le cabía duda de que todo era como ella decía y que sus hermanos intentarían sacarle dinero con cualquier argucia.

Rezó porque así fuera.

Entonces el jardinero volvió a hablar:

—¿Y podría decírselo también a los demás, milord? Parece que hubo mucho trajín por esa puerta la semana pasada.

¿Los hermanos de Serena?

—Tal vez valdría más colocar un grueso candado en la cancela, Cather. Reparta llaves a los pocos sirvientes que la utilizan.

—Así lo haré, milord.

—Sea, pues —concedió Middlethorpe, al tiempo que se giraba, pero justo entonces asimiló las palabras de aquel hombre y se dio la vuelta—. ¿Quién exactamente dices que se ha servido de esa puerta?

—Bueno, milord, por lo que yo haya visto, estaba su esposa esta mañana y los dos tipos con los que habló ayer. Luego está ese otro hombre que suele venir a hablar con lady Middlethorpe.

—¿Otro hombre? ¿Qué otro hombre?

Francis sintió un escalofrío recorrerle la nuca.

—Sí, milord. Un tipo fornido. Se ha pasado por aquí tres o cuatro veces, vaya que sí.

Quería hacerle más preguntas, pero no se atrevió.

—Gracias.

Regresó al interior de la vivienda como si le hubieran dado un mazazo en la cabeza. Estaba seguro de que Cather, al margen de sus motivos, había querido hacerle partícipe de lo que estaba sucediendo. Tal vez al jardinero simplemente no le gustaba tanto ir y venir por su jardín... O puede que no le hiciera gracia tener a un cornudo por señor.

Pero, de creerlo —y era muy improbable que mintiera sobre algo así— Serena había estado viéndose con Charles Ferncliff en aquel mismo jardín, y más de una vez. ¿Qué interpretación inocente cabía de aquel hecho?

Capítulo 19

*P*or más que Francis lo intentaba, no hallaba ninguna explicación razonable al comportamiento de su mujer.

Quería ir a buscarla en aquel preciso instante y echarle en cara su comportamiento, pero temía hacer y decir mucho más de lo que debía. Le habría gustado estrangular a la muy embustera.

También le habría gustado poder contárselo a Nicholas, pero se mostraba reacio a hacerlo al no haber compartido antes sus sospechas con su amigo. Nada de todo aquello cambiaría el hecho de que él y Serena estaban casados. Era natural que tuviera reparos en que sus camaradas supieran lo necio que había sido.

¿Qué sería del hijo que su esposa llevaba en sus entrañas?

Se fue a su estudio y se desplomó abatido en la silla de su escritorio. Debía vigilarla para asegurarse de que se comportara como era debido en el futuro. Podía soportarlo todo, siempre y cuando tuviera la seguridad de que el niño era suyo.

Había estado seguro una vez. Invariablemente, cuando estaba con ella habría jurado con sangre que era incapaz de engañarlo. ¿Era aquello real o el poder seductor de una sirena anulándole la razón?

La recordaba perfectamente refiriéndole con precisión lo que un Allbright haría con aquellas fotos, un plan de acción que a él nunca se le habría ocurrido.

Pero es que ella era una Allbright.

La situación no podía continuar así. Iba a tener que desentrañar la verdad y servírsela en bandeja. Tal vez hallasen alguna manera de vivir juntos.

No obstante, primero debía encontrar al condenado profesor y poner fin a sus manejos. Si de paso averiguaba algo sobre la paternidad del hijo de Serena, pues estupendo.

Su siguiente movimiento sería enfrentarse a los Allbright. Les enviaría una breve nota diciéndoles que no se molestasen en venir al jardín, que él se pondría en contacto con ellos al día siguiente.

Si lo que querían eran diez mil libras, bien pronto comprenderían que no iban a obtenerlas. Si no desistían de sus tejemanejes, les buscaría la ruina. Ellos ya vivían al margen de la alta sociedad. Si Francis y los demás Pícaros se les ponían en contra, nunca volverían a cazar en los condados rurales del centro del país ni a jugar en los establecimientos respetables.

Y si Tom Allbright causaba el menor problema, lo retaría a un duelo y lo dejaría inválido. Sería un inmenso placer.

Aun así, ¿y si los hermanos negaban la extorsión? Aquello lo llevaría de nuevo a una Serena tratando de conseguir dinero para su amante. O el que podría ser su amante...

A menos que Ferncliff la estuviera chantajeando a ella también, pensó súbitamente esperanzado. Eso no se le había ocurrido.

Pero ¿qué podía tener su esposa que ocultar que valiese diez mil libras?

Hundió la cabeza entre las manos y gimió. Sin duda iba a volverse loco.

Tras llamar a la puerta, apareció su madre.

—¿Ocurre algo, querido?

Su hijo se puso de pie.

—Nada en especial, madre. ¿Quería algo?

—Sólo confirmarte que saldré para Thorpe mañana a primera hora. ¿Tienes algún asunto que quieras encomendarme?

—No, no creo. Serena y yo llegaremos dentro de pocas semanas y nos quedaremos hasta que nazca el niño.

—Faltaría más. Podría ser el heredero, y el primogénito debe nacer en el priorato.

—Desde luego.

La viuda lo miró severa.

—Francis, no puedo pasar por alto el hecho de que tú y tu esposa estáis atravesando algunas dificultades. Quiero recordarte que la sinceridad es, con diferencia, la mejor política; y el engaño no hace sino agravar el sufrimiento.

A él casi le dio la risa.

—Eso ha dicho usted siempre, madre.

Ella suspiró.

—He de añadir que sé bien lo difícil que es ser sincero en todo momento.

Se sorprendió de que su madre se reconociera dispuesta a obviar en cierta medida sus normas, aunque fuera para tranquilizarlo.

—Es cierto que es difícil y ni siquiera estoy seguro de que sea lo más acertado. ¿No hay ciertas verdades que resultan demasiado dolorosas como para afrontarlas?

—¿Crees que es así?

—Casi con toda seguridad.

—Pero ¿qué pueden hacer todas esas mentiras con el tiempo? Sin duda sólo crecer y empeorar.

—No lo sé —suspiró Francis—. Sencillamente no lo sé.

Su madre se acercó y le puso una mano sobre el brazo.

—Quiero que sepas que me gusta tu mujer, hijo. No es la que yo habría elegido para ti, pero tiene buen corazón y un valor considerable. No dejes que el orgullo y la necedad se interpongan entre vosotros. —Y tras besarlo en la mejilla, se fue.

Necedad y orgullo. No parecía lo más relevante para el caso más grave de engaño, pero se alegraba de que su madre se hubiera suavizado. Si podía salvar su matrimonio, entonces había esperanza.

Y ella tenía razón: si quería salvaguardarlo, debía desvelar toda la verdad.

Dejó un mensaje diciendo que volvería a cenar a las siete y salió a comprobar cómo iba la búsqueda de Ferncliff.

Al pasar por el palacete de Belcraven, de camino a casa de Nicholas, recogió a Lucien. Allí estaban también Hal y Steve, además de Blanche, que le preguntó:

—¿No has traído a tu esposa? Tenía ganas de conocerla.

—Pues ven a visitarnos.

—Sé sensato, Francis. Si estás tratando de ocultar el pasado de esa pobre chica, lo último que quieres es recibir la visita de una mujer de dudosa reputación.

—Resultarías menos dudosa —le espetó Hal sin acritud— si te casaras conmigo.

—Tonterías —repuso su amante.

—Así podrías visitar las residencias de nuestros amigos respetables.

—Dudo que la madre de Francis me diese la bienvenida, para empezar.

—Se está ablandando —aseguró el aludido—, y si sirve de algo, estoy de acuerdo en que deberías casarte con Hal.

—Tú y todos —terció Nicholas—, pero la pobre Blanche es demasiado tímida para comprometerse.

Ésta le lanzó una mirada mordaz, que divirtió a Francis. Hasta entonces Delaney se había mantenido al margen de los esfuerzos de Hal para llevarla al altar, pero si decidía meter baza, las cosas se pondrían interesantes.

Pero la atención de Nicholas se había desplazado a Francis.

—¿Por qué no me dijiste que los hermanos de Serena intentan sacarte dinero?

—A mí no, a ella —corrigió Middlethorpe—. ¿Cómo te has enterado?

—Ella se lo contó a Eleanor.

Francis miró a la aludida.

—Me pregunto por qué.

—Creo —respondió ella— que pretendía explicar por qué no se encontraba exultante de alegría. Me temo que sólo pude decirle que diera gracias por lo que tenía.

—Y claro, no tenía nada que agradecer.

—No —le rebatió lady Delaney con tacto—, agradecida está, pero no puede evitar preocuparse por los problemas. Creo que le haríamos un favor solucionándoselos.

—Es exactamente lo que tenía en mente. Estoy decidido a encontrar a Ferncliff y meterles el miedo en el cuerpo a los Allbright —afirmó Francis con energía, pero omitiendo en todo momento sus sospechas sobre Serena.

—Excelente —aprobó Nicholas—. Pero no está en casa de Simmons.

Middlethorpe se sentó.

—¿Cómo lo sabes?

—Le envié a Steve. Deberías haber recordado que el tirano siempre sintió debilidad por él. Pronto se ablandó lo suficiente para confesar que Ferncliff había salido el día que invadisteis sus aposentos y alguien le advirtió que no regresara. Por cierto, tanto el viejo como el tutor parecen convencidos de que pretendes causarle daño.

—Tal vez lo haga. ¿Qué otra cosa puede esperar, si se dedica a importunar a las mujeres de mi vida?

Stephen Ball intervino:

—Simmons, al menos, cree que Ferncliff es una víctima inocente. Por cierto, éste estuvo con él en Oxford, en Balliol concretamente. Simmons no tenía una idea clara del problema, pero lo juzga un asunto personal entre tú y el tutor, y enteramente culpa tuya. Ahora ve confirmada su opinión de que los Pícaros son unos villanos. «Todo hombre es como las compañías que frecuenta», me dijo. En griego —añadió con un punto de ironía.

—¿Asunto personal? ¡Pero si no lo conozco!

—Si Ferncliff es un chantajista —terció Nicholas—, no creo que se lo cuente a sus amigos. Sea como sea, seguimos buscando una aguja en un pajar y a saber dónde está el pajar.

Francis sabía que debería contarles que este pájaro parecía haber adquirido la costumbre de merodear por su propio jardín, pero no lo hizo. Puesto que su esposa se había ganado el corazón de los Pícaros, no iba a revelarles su duplicidad, salvo que no le quedara más remedio.

—Bueno —le preguntó Nicholas—, ¿qué correctivo has pensado para los Allbright?

—En mis sueños, los tormentos del infierno. Pero supongo que lo que uno puede hacerles a los hermanos de su mujer tiene un límite. Es probable que la mera presión del estatus social los ponga en fuga. Tengo la intención de meterles el miedo en el cuerpo y de inmediato.

—Es crudo pero efectivo. ¿Por qué no os encargáis Lucien y tú? Sois los que tenéis la posición más elevada de todos. Aunque no fuerais la mejor pareja que enviar a Simmons, para los Allbright sois perfectos. A todo esto, se alojan en la posada El Cetro. Teniendo en cuenta que dieron sus verdaderos nombres, no resultó difícil averiguarlo.

La viuda de Middlethorpe había aceptado cenar con su hermana y con la condesa de Cawle. Sabía que era hora de desenredar la telaraña de engaños que había tejido y esperaba que ellas pudieran ayudarla. Se estremecía ante la idea de revelarles su locura, pero los tiempos de cobardía ya habían tocado a su fin.

Cordelia esperaba un consejo, y quizás un poco de apoyo, pero sobre todo confiaba en que la confesión le sirviera de ensayo para la horrible tarea de referir su insensatez —su perversidad, de hecho— a su hijo y a su amante.

Así pues, no puede decirse que fuera a cenar con demasiado apetito.

A solas en su dormitorio de Hertford Street, Serena puso en un florero el solitario narciso, que enseguida despertó en ella un sinfín de pensamientos sensibleros. Aunque siempre había odiado ver destruida una flor, la mano firme de su marido y la frialdad de su mirada mientras apuntaba con la pistola le habían provocado una cierta excitación. Esa emoción no la había abandonado, provocándole un hormigueo en las terminaciones nerviosas, acelerándole los latidos del corazón, agudizándole la audición de cualquier sonido que anunciara su regreso.

Ojalá supiera lo que su amado sentía realmente por ella. Cuando accedió a contraer matrimonio con él, sólo esperaba respeto y amabilidad. Pero ahora anhelaba más.

El problema de los hombres buenos y distinguidos era que resultaba difícil discernir qué era cortesía y qué emoción. Aunque siempre había sido atento con ella, cuando se parapetaba tras aquellos gélidos modales suyos, se preguntaba si seguía gustándole, no digamos ya si la amaba.

¡Si al menos no se hubieran embarcado en aquella vida tan ajetreada! Sabía que era inevitable para evitar el escándalo, pero, en cambio, los ratos que pasaban a solas escaseaban. No echaba tanto en falta los momentos en el lecho, aunque tampoco es que abundasen, sino más bien el tiempo para conversar durante el día. No era de extrañar que la idea de una luna de miel se hubiera vuelto tan popular en los últimos tiempos. Disponer de intimidad para conocerse mejor se le antojaba una perspectiva deliciosa.

Al menos aquella noche cenarían ellos dos solos. Tal vez fuera una oportunidad de acercamiento.

Se estaba preguntando qué ponerse para la colación —si un atuendo elegante o uno informal causaría el efecto que pretendía— cuando le trajeron un paquete.

Reconociendo de inmediato la descuidada caligrafía de su hermano, se vio tentada de arrojarlo al fuego sin abrirlo, pero le faltó valor. Parecía una caja, por el amor de Dios. Y ahora ¿qué?

Rompió el sello lacrado. Una carta ocultaba una caja de rapé de plata labrada. Era una de las que habían pertenecido a su primer marido, pero no podía imaginar por qué Tom se la había enviado. Debía de valer unas guineas por lo menos.

Temiéndose una sorpresa desagradable, alzó la tapa con cuidado. La caja estaba vacía, incluso de rapé. Dirigió la mirada a lo lejos, preguntándose qué hacer con aquello. Entonces le llamó la atención la parte inferior de la tapadera.

¡Santo cielo!

Encajada en el interior de ésta se veía una minuciosa miniatura de una de las imágenes más repugnantes. Sintió una mezcla de vergüenza y estupor al imaginarse a un Matthew sonriente sentado en la sala mientras tomaba una pizca de rapé al tiempo que devoraba con los ojos aquella imagen de ella en una situación más que comprometedora.

¡Ay! Si había alguna justicia, Riverton estaría asándose lentamente en las insondables profundidades del infierno.

Recordó la pose original de aquella foto. Beehan le había indicado que se tendiera boca abajo y que apoyara los codos en el brazo más alto del diván, con las manos sobre la cabeza. Ella había visto el dibujo cuando lo acabó. No le faltaba encanto: parecía una joven sumida en agradables ensoñaciones.

En la imagen final, no obstante, estaba completamente desnuda, a excepción de algunas de sus propias joyas. El sofá había sido recortado de manera que ahora ella aparecía arrodillada en el suelo mientras un hombre se la beneficiaba por detrás. El sujeto llevaba un látigo en la mano, con el que evidentemente acababa de hacerle visibles marcas en el cuerpo. La muchacha —no, la mujer de aquel retrato, pues no era ella en absoluto— sonreía con la máxima delectación.

Serena arañó el papel hasta separarlo de la tapa y lo arrojó al fuego. Ardió con gran rapidez y sus cenizas desaparecieron chimenea arriba, pero el miedo no la abandonó, pesándole como el plomo en el corazón. ¿Qué pasaría si otros dibujos de ese estilo salían a la luz?

Examinó la carta con premura.

¿Qué, Serry? ¿Ya te has olvidado de lo que está en juego? Pues ahí tienes una cosilla para refrescarte la memoria. Destrúyela si quieres, ya sabes que tenemos más. Pero sería una pena. A tu marido podría apetecerle tener esa cajita entre sus pertenencias. Yo no tuve más remedio que derrengarme a dos putas cuando acabé de contemplar todas estas ilustraciones tan monas.

Y ahora ¿qué tal un poquito de sensatez? Vamos a empezar con las joyas. Tráemelas a la posada El Cetro, en Crown Square, y yo te entrego la mitad de los retratos, de momento. No dirás que no te sale barato. Si no lo haces antes de las seis y media de esta tarde, las enviaré a un impresor que conozco. Está muy interesado en hacer los grabados de este material.

Serena lanzó también aquella misiva a las llamas, pero no por eso conjuró la amenaza. ¡Dios bendito, si ya eran casi las cinco!

Necesitaba a su esposo. ¿Dónde estaba?

¿Por qué demonios no le había dicho adónde iba?

¿Por qué demonios no le había informado de cuáles eran sus planes para ocuparse de sus hermanos? Era evidente que se había limitado a ignorar su existencia, y ¡he ahí el resultado!

Llamó a un lacayo y garabateó una nota en la que le pedía a Francis que regresara a casa de inmediato. La remitió al palacete de Belcraven, donde consideró más probable que estuviera su marido.

Se paseó por la habitación, rezando para que se encontrara allí.

El sirviente regresó al cuarto de hora diciendo que no había dado con el vizconde. Se ofreció a hacer la ronda de los clubes para buscarlo, pero Serena le mandó retirarse. Aquello podía resultar interminable y a ella le quedaba poco más de una hora.

Mientras el lacayo estuvo fuera, había caído en la cuenta de por qué el nombre de la posada El Cetro le sonaba tan familiar. Era donde se alojaba Charles Ferncliff bajo el nombre de Lowden. Esta coincidencia le inspiró un plan. Ahora tendría que ejecutarlo.

Iba a tratar de robar aquellas imágenes, pero llevaría consigo las joyas por si entregarlas era el único modo de evitar el desastre.

Corrió a su dormitorio, sacó la bolsa del cajón y se puso la capa. ¿Cómo demonios iba a llegar hasta la posada? Ya se había puesto el sol.

Volvió a bajar y ordenó a Dibbert que le llamara un coche de alquiler.

—Desde luego, milady. Pero ¿necesitará un lacayo que la atienda?

Era una orden, aunque el mayordomo la hubiese formulado como una pregunta.

—Sí, por favor —aceptó Serena. Que un criado la acompañase era una gran idea. Francis tenía dos, y se alegró de que asignaran la tarea al más grande y fornido de ellos. Deseó poder pedirle que fuese armado, a ser posible, pero aquello sólo habría servido para sembrar la alarma.

Ya había oscurecido. En el interior del traqueteante y húmedo vehículo, Serena se alegró de que las farolas de gas alumbrasen en gran parte aquella zona de la ciudad. Seguramente nada demasiado terrible podía suceder en calles tan bien iluminadas. Se alegró cuando vio que El Cetro quedaba cerca y en un lugar respetable. Lo peor de la tensión comenzó a disminuir. Entró en la bulliciosa posada, escoltada por su lacayo, y preguntó por el señor Lowden.

Una camarera le indicó que se alojaba en la número ocho, en la primera planta. Serena ordenó al criado que la aguardase en el recibidor y se dirigió a las escaleras. No obstante, se detuvo al oír una voz familiar.

Will.

¿En la taberna?

Serena se asomó furtivamente a aquel local de techos bajos. Entre los remolinos de humo flotando en un aire empapado de cerveza, distinguió a su hermano en animada charla mientras daba buena cuenta de una jarra. ¿Estaría Tom con él? Eso podría encajar muy bien en sus planes. Pero no lo veía por ningún lado.

Lo más probable es que estuviese esperándola en su cuarto.

Dado que aquel establecimiento no tenía por costumbre conducir huéspedes a las habitaciones, detuvo a un camarero para preguntarle en qué aposentos se hospedaban sir Thomas Allbright y su hermano.

—En el número once y en el doce, señora.

Provista de la información, Serena subió las escaleras, preguntándose si un Will emborrachándose en la taberna ayudaba a su causa o la obstaculizaba. Aunque fuera poca cosa comparado con Tom, más valía no tenerlo cerca.

Llamó a la puerta de la número ocho.

El señor Ferncliff abrió la puerta con cautela. Al verla allí, sus ojos se abrieron por la sorpresa. No queriendo arriesgarse a ser vista, la joven se deslizó rápidamente en el interior de la habitación.

—Lady Middlethorpe, ¿qué demonios está haciendo aquí?

Serena recorrió el cuarto con la mirada, alarmada. Según su limitada experiencia, las personas que se alojan en una posada alquilan tanto una alcoba como un salón privado, el cual también servía como comedor. Ferncliff, tal vez por razones económicas, no lo había hecho.

Se encontraba en su dormitorio. Pero relegó el pensamiento a un rincón de su mente.

—He venido a pedirle ayuda, señor Ferncliff. Si usted me presta asistencia, haré cuanto esté en mi mano para allanarle el camino en su pretensión de contraer nupcias con la madre de Francis.

—Es un fuerte incentivo —admitió él, no sin gran recelo—. ¿Qué desea que haga?

Ella se paseaba nerviosa, presa del pavor, pero también excitada ante la idea de pasar por fin a la acción.

—Mis hermanos se hospedan en esta posada. Tienen unos retratos míos que deben ser destruidos. Necesito hallar el modo de robarlos antes de las seis y media.

Charles pareció sorprenderse, y no era para menos. Sacó un reloj.

—¡Pasan ya de las cinco y media, lady Middlethorpe! Además, seguro que este asunto lo llevaría mejor su esposo.

Serena no esperaba que se mostrase tan ceremonioso.

—Muy probablemente, señor Ferncliff, pero ha salido y no he podido localizarlo. ¿Piensa ayudarme o no?

Éste levantó las manos.

—Mi querida señora, estoy dispuesto a ayudarla, pero no soy ningún aventurero. ¿Cómo vamos a cometer tan audaz hurto?

Había confiado en que a él se le ocurriría algo, pero estaba claro que le correspondía a ella trazar un plan.

—Mis hermanos ocupan las habitaciones once y doce. ¿Sabe usted si serán de doble alcoba o con dormitorio y salón?

—Casi seguro que lo segundo. ¿Para qué iban a querer dos alcobas? Sería de lo más inusual.

Por lo menos el hombre tenía conocimientos que aportar.

- Muy bien. Ahora mismo mi hermano está empinando el codo abajo, en la taberna. Supongo que Tom me espera en su cuarto. Vamos a tener que sacarlo de alguna manera para que yo pueda entrar a sustraerles los dibujos.

—Cielo santo. ¡Hará que nos arresten a los dos!

—Recemos porque no sea así —zanjó Serena con sequedad—. Pretendo evitar un escándalo, no provocarlo.

Ferncliff sacudió la cabeza.

—¿Ha ideado algún plan para sacar a su hermano de la habitación?

—No —admitió ella.

—¿Y qué es lo más probable que suceda si nos dan las seis y media sin haber logrado lo que se propone?

—Tendré que pagarles muy caro un día más de gracia. Llevo conmigo lo que me exigen a cambio, pero preferiría no tener que darles ni un penique. Tal vez podríamos gritar fuego.

—No —se negó en redondo el tutor—. Las posibilidades de que alguien resulte herido a resultas del pánico son demasiado elevadas.

La muchacha seguía paseándose inquieta por la estancia.

—¡Algo habrá que intentar!

—¿Qué cree usted que sacaría a su hermano de sus aposentos?

Ella meditó la respuesta.

—A su manera, Tom quiere mucho a Will y está acostumbrado a protegerlo. ¿Y si Will se metiera en un buen lío?

—¿Una pelea? Mi querida señorita, ni por usted estoy dispuesto a liarme a puñetazos.

Serena lo miró.

—¿Ni siquiera por Cordelia?

—No, ni siquiera por ella —refunfuñó él—. Lady Middlethorpe, si fuera un hombre violento, hace ya semanas que le habría partido la cara a su marido.

—¡Desde luego que no —exclamó ella—, porque él no se habría dejado!

El hombre iba a decir algo, pero lo dejó correr.

—No caigamos en riñas infantiles —concluyó.

Miró enfadada a su reticente cómplice.

—No creo que se merezca a Cordelia. Tiene horchata en las venas.

—No es de cobardes evitar la violencia.

Suspirando, Serena buscó una manera de lograr sus fines sin derramamiento de sangre.

—Tampoco necesitamos montar ninguna gresca. Si a Tom le dijeran que Will está borracho y enzarzado en una pelea peligrosa, tendría que intervenir, ¿no?

—Y supongo que la narración corre de mi cargo. ¿Con qué pretexto?

—¿El de un inocente bienintencionado?

—No soy ni lo uno ni lo otro.

—¡Deje ya de poner trabas! Eso Tom no lo sabe. La cuestión es qué hará con la carpeta de los retratos antes de bajar.

—Con toda probabilidad, llevársela, con lo que frustrará su plan.

—No lo creo, es bastante voluminosa. O la deja donde está o la esconde. El problema es que sólo dispondré de unos instantes para buscarla.

—Dudo mucho que este plan funcione —juzgó el reacio tutor, no sin alivio.

—Claro que funcionará —aseguró ella tajante—. De eso me encargo yo. ¿Y si me colara en la habitación de Tom antes de que usted vaya a contarle lo de Will? Así podría fisgar a través de la puerta para ver dónde la esconde.

—¡Dios mío, qué plan tan endeble. ¿Qué pasará si la puerta está cerrada?

—¡Pues la abriré!

—¿Y si cruje?

—¿Y si el cielo se cae? ¡Estoy desesperada, señor Ferncliff! Éste es el precio que le exijo por interceder en su favor y en el de Cordelia! Deje de poner peros.

Charles la miró con disgusto.

—Acaso quiera considerar qué piensa hacer si decide ocultar el cartapacio en el dormitorio.

—¡Me esconderé detrás de las cortinas! —exclamó Serena exasperada—. No sé lo que haré, pero es la mejor oportunidad que tenemos. Mi querido señor —añadió tratando de inspirarle compasión—: si fracaso, las consecuencias serán desastrosas, se lo aseguro.

Ferncliff suspiró.

—Está bien, lady Middlethorpe. Pero tengo el presentimiento de que me arrepentiré de ello. ¿Cómo procedemos?

Ella abrió la puerta y asomó la cabeza. El estrecho pasillo con puertas a ambos lados estaba desierto. Se oían retazos de conversaciones en algunas habitaciones, voces y risas mezcladas de la taberna y gritos procedentes de las cocinas.

Los números de las puertas eran correlativos, de modo que el once y doce estaban al final del corredor. La pregunta era: ¿cuál correspondía a la alcoba y cuál a la sala? Regresó al aposento del tutor.

—¿Cree posible que los números pares sean los de los dormitorios y los impares, de los salones?

—Es posible, supongo. Hay viajeros que alquilan salones sin intención de pasar la noche en ellos y otros que quieren una cama sin necesidad de una sala.

—Muy bien —dijo Serena—. Llame al número once. Su corpulencia bastará para ocultarme de una mirada poco atenta. En cuanto se abra la puerta, me cuelo en el cuarto de Tom.

—¿Y si la puerta que abre es aquella en la que se encuentra usted?

Ella se encogió de hombros.

—De todas formas él me está esperando. Le daré lo que me ha pedido y al menos habré pospuesto el desastre. Y usted podrá regresar aquí y olvidarse de todo.

Charles sonrió con pesar.

—Hace que me sienta como un guiñapo. Muy bien, espero que su plan funcione.

Serena le devolvió la sonrisa.

—Gracias. Entonces usted va y le comunica el atolladero en que se ha metido el pobre Will. Después, sólo nos queda esperar que todo salga según lo previsto.

Él meneó la cabeza.

—Es usted una joven de las que intimidan.

—¿Yo?

—Ingeniosa, valiente, decidida y excesivamente hermosa. Su marido demostró un notable coraje al elegirla.

Serena suspiró.

—Tal vez fuera obra del destino. ¿Listo?

—Sólo una cosa más. No es por poner pegas, pero cuando consiga esos bocetos, ¿qué hará con ellos? Me temo que su hermano no tardará en comprender el engaño y vendrá a buscarme.

Ella se sentía tan excitada por la acción que no estaba de humor para más dudas. El reloj dio las seis menos cuarto.

—Los quemaré —declaró—, y Tom que haga lo que quiera.

—Aquí no —repuso él, señalando la pequeña chimenea—. Provocaría un incendio. Lo mejor es que huya inmediatamente con su botín. Pero no por la entrada principal.

—¿Qué otra salida hay?

—Unas escaleras laterales en el extremo más alejado del pasillo. Conducen al patio de carruajes.

—Bien. Pero he dejado un lacayo en la entrada.

—Cuando todo termine, bajaré a hablar con él. Le diré que está usted en el patio. —Sonrió—. Eso tendrá la ventaja añadida de que, si su hermano viene airado tras de mí, me va a encontrar en un lugar muy público.

Serena le sonrió y lo besó en la mejilla.

—Perfecto. Y yo haré todo lo que pueda por asegurar su felicidad con Cordelia. ¿Listo?

—Listo.

Justo cuando salían al pasillo, un camarero subió las escaleras con una bandeja y se dirigió a una puerta situada en la otra ala del corredor.

—¿Esperamos? —susurró él.

—No.

Lady Middlethorpe no podía soportar más demoras.

Fueron hasta el número once. Tapada por el cuerpo de su cómplice, Serena se apostó a la puerta del doce. Ferncliff llamó y ella escuchó. Al oír que Tom abría la once, se armó de valor para girar el pomo de la doce. Éste se abrió sin ruido y se deslizó en la habitación.

Estaba vacía.

Dejó escapar un suspiro que sonó casi a jadeo. En contra de lo que había dicho Ferncliff, no se sentía demasiado valiente, sólo frenéticamente decidida. La única luz del cuarto provenía del fuego. Con sumo cuidado se acercó de puntillas hasta la puerta contigua y pegó el oído.

—¿Sí? —dijo la voz de su hermano.

—Tengo entendido que usted es sir Thomas Allbright —profirió la de Ferncliff en tono más alto.

—¿Y?

—Me temo que su hermano está en dificultades, señor.

Serena giró el picaporte y abrió la puerta, dejando una rendija. El pestillo hizo un clic, pero las bisagras no chirriaron. El corazón le latía como un tiro de caballos al galope y hasta le parecía que Tom oiría sus palpitaciones. El resquicio no le permitía ver a los hombres, pero sus voces le llegaban ahora más fuertes.

—¿Dificultades? ¿Qué quiere decir, señor?

—Para serle franco, señor, está borracho y belicoso. A punto de pelearse con un musculoso barquero. Pensé que querría saberlo.

Serena contuvo el aliento y abrió la puerta unos centímetros más. Tenía que ver mejor la habitación. Cuando localizó el cartapacio rojo sobre una silla, estuvo a punto de dejar escapar un gemido.

—El diablo se lleve a ese niñato —farfulló Tom, pero enseguida añadió—: Gracias, señor. Yo me ocupo.

Ella oyó cerrarse la puerta —presumiblemente con Ferncliff al otro lado— sin apartar la vista de la carpeta.

Entonces vio a su hermano cogerla. Miró alrededor del cuarto sin dejar de mascullar maldiciones. Serena se quedó petrificada al verlo dirigir la vista hacia la puerta, pero nada en ella pareció llamar su atención. Con un bufido de irritación, escondió los retratos en el alféizar de la ventana, detrás de las cortinas, y salió dando un portazo.

La joven irrumpió en la estancia como una exhalación. Cogió el cartapacio y se quedó inmóvil, preguntándose si Tom tendría otros dibujos en objetos como aquella caja de rapé. No era probable y, de todos modos, una imagen en miniatura era mucho menos identificable. Debía salir de allí para destruir los que tenía en su poder. Salió al pasillo y miró a uno y otro lado.

Estaba vacío.

Ferncliff asomó la cabeza por la puerta de su cuarto.

—¿Los tiene?

—¡Sí!

Él sonrió como un muchacho y se dirigió a avisar al lacayo. Serena escondió la carpeta bajo la capa y se lanzó hacia las escaleras. Antes de alcanzarlas, un grito le heló la sangre.

¡Tom!

Había descubierto el pastel demasiado pronto.

Girándose sobre los talones, ella y Ferncliff huyeron de regreso a la habitación de éste y cerraron la puerta.

—¡Sabía que me arrepentiría de esto! ¡Llegará en cualquier momento!

—¿No lleva pistola?

—No, por supuesto que no.

—Pues debería.

Serena pegó la oreja a la puerta y Charles se escudó en ella. Ambos oyeron los pisotones de Tom de camino a su alcoba y el portazo que dio al entrar en ella.

—¡Ahora! —exclamó la joven, abriendo la puerta de par en par.

Una vez fuera, se encontraron cara a cara con Francis.

Éste, que había llegado allí en pos de Tom, centró su atención en su esposa.

El momento parecía esculpido en hielo. Middlethorpe sacó la mano del bolsillo y apuntó la pistola que sujetaba en ella a la cabeza de Ferncliff con mortales intenciones.

Capítulo 20

*F*erncliff y Serena retrocedieron, y en cuestión de segundos volvieron a encontrarse en la habitación de éste. Sólo tras cerrarse la puerta vio la joven que había alguien más presente.

Lucien.

El silencio era tan profundo que no le costó oír el alarido de rabia proferido por su hermano al descubrir la desaparición de los retratos. Quiso decir algo, pero se le había hecho un nudo en la garganta.

Advirtió que era a causa del terror.

Fue Ferncliff quien habló, con resignada dignidad:

—Lord Middlethorpe, si tiene la intención de matarme, acabe de una vez, porque ya estoy harto de jugar al gato y el ratón.

Francis amartilló la pistola con un clic audible, pero enseguida volvió a poner el seguro.

—Por usted no merece la pena ir a la horca.

El nudo en la garganta de Serena se aflojó un tanto.

—Francis, nosotros... —empezó.

—Tú no digas ni una palabra —la conminó su marido sin mirarla siquiera, ni falta que hacía ante una orden tan tajante. Ella buscó un aliado en Lucien, pero la expresión de éste era casi tan gélida como la de Francis. ¿Cómo era posible que odiasen tanto a Ferncliff que cualquier asociación de ella con él los sacara de sus casillas?

—Milord —tanteó Charles con prudente moderación—, hace tiempo que espero la oportunidad de hablar con usted. Ya que se ha pensado mejor lo de dispararme, tal vez podamos tener una conversación racional sobre mi relación con lady Middlethorpe.

—Lo dudo —repuso éste con calma asesina.

En ese momento incluso el apocado Ferncliff demostró que podía encenderse de ira.

—¿Por qué se obstina usted en no ser razonable y obstaculiza nuestra felicidad?

—¿Razonable? ¡Tiene usted una perversa idea de lo que significa ese concepto!

—¡Y usted, señor mío, no tiene la menor noción de él!

—¡Al menos escúchalo, Francis! —rogó Serena.

Middlethorpe se volvió hacia ella y la furia que ardía en sus ojos casi le provocó un desmayo.

—Me gustaría escucharlo agonizar. Si no quieres que lo mate, guarda silencio.

Las piernas de Serena no aguantaron más. Se desplomó sobre una silla. Volvió a mirar a Lucien, que estaba de pie apoyado en la pared, con los brazos cruzados, como si aquello fuera de lo más normal.

Réprobos sanguinarios, eso es lo que eran.

Francis miró a Ferncliff:

—Si pudiera creerme una sola palabra suya, le pediría una explicación. Pero sí le haré una pregunta: ¿qué he hecho yo para merecer esto?

Charles se cruzó de brazos.

—Habla usted como un niño malcriado.

—¡Malcriado yo! No pensará que voy a hacer la vista gorda y aceptar un usurpador sin poner reparos. Si lo que quiere son diez mil libras, ¿por qué echarlo todo a perder con un matrimonio?

Antes de que nadie pudiera responder, la puerta se abrió de golpe y apareció Tom, con los ojos inyectados en sangre. Su enfado se tornó en ira cuando vio a Serena, que seguía aferrando la carpeta.

—¡Lo sabía! Devuélvemela ahora mismo.

Lucien, separándose de la pared como un resorte, sacó una pistola, amartillándola con un ágil movimiento. El peligroso clic del arma alertó a Tom sobre el hecho de que en el cuarto había otras personas. Miró en derredor con creciente inquietud.

Francis se volvió y lo atravesó con la mirada. Tom palideció, lo que no sorprendió a Serena. El terrible furor que emanaba de su marido aterrorizaría al más pintado.

—Es usted una peste —le espetó Middlethorpe en tono escalofriante—. Toda su familia lo es, pero supongo que tendré que lidiar con su hermana. En cambio a usted no tengo por qué aguantarle nada. Si vuelve a acercarse a mí o a cualquiera de los míos, me encargaré de que no tenga compañía decente durante el resto de su vida.

Tom trató de ponerse bravucón, pero nada coherente salió de su boca.

—¡Fuera de mi vista!

Como Tom no se movía, Lucien lo agarró del brazo, lo empujó al pasillo y cerró la puerta tras él.

Serena se habría alegrado de no ser por esas palabras: «Tendré que lidiar con su hermana».

¿De modo que ése era el meollo del problema? ¿Que ella era hermana de sus hermanos y llevaba su misma sangre?

Y ahora la habían sorprendido relacionándose con un hombre al que Francis consideraba un enemigo mortal. Aunque no acertaba a imaginar por qué, era evidente que se sentía traicionado.

Lo veía tan furioso que no encontraba la forma de hacerle entrar en razón, y ni siquiera estaba segura de querer intentarlo. Si aquélla era su idea de un comportamiento correcto y razonable, dudaba que pudiera vivir con él.

Ferncliff había arrugado el ceño.

—¿Qué me cuenta de diez mil libras, milord? ¿Es la dote de lady Middlethorpe?

Ahora Francis aparentaba calma.

—Si ella decide marcharse con usted, se irá con lo puesto y nada más.

—¡Francamente, señor! Eso no se hace. Además de cruel, es ilegal.

Middlethorpe se encogió de hombros.

—Puede que tenga razón. Quédese con las tres mil y con las joyas.

Al oír tan familiar importe, Serena frunció el ceño. Sin duda la asignación por viudedad que recibía Cordelia ascendía a más de tres mil libras, pero Francis le había dado exactamente esa cantidad. Sacó las alhajas.

—¿Te refieres a éstas?

—Qué casualidad, las llevas encima —observó su esposo con una cordialidad superficial que resultaba aún más hiriente que su furia—. Supongo que si no lograbas apoderarte de toda la suma, pretendías fugarte con lo que tenías a mano. ¿O las habías sacado a pasear?

Serena se levantó, sin soltar el bolso ni la carpeta.

—No tengo la menor idea de qué me estás hablando, sólo sé que estás siendo totalmente injusto con el pobre señor Ferncliff. ¡Es un hombre honorable!

—¿Y tú? No irás a dártelas de honrada.

Ella levantó la barbilla.

—Lo soy. —Y advirtiendo su mirada virulenta, añadió—: ¿De qué, en nombre del cielo, me acusas, Francis? Estoy aquí...

—De adulterio.

La palabra la paró en seco.

—¿Qué? ¿Con quién?

—Oh, vamos, Serena. ¡Y pensar que te creía incapaz de representar un papel!

—Todos somos capaces, por lo que parece. Tú llevas semanas dándotelas de perfecto caballero, pero ahora veo que el señor Ferncliff está en lo cierto: ¡tú y los demás Pícaros sois una panda de réprobos necios, testarudos y malvados!

—Si fuera un réprobo necio, testarudo y malvado, mala pécora, te daría una paliza. ¡Si no te estrangulaba antes!

Serena lo abofeteó.

Él le devolvió el cachete.

Ella, sin aliento por la indignación, lo golpeó en la cabeza con el cartapacio. Como estaba enmarcado en madera, hizo un ruido de lo más satisfactorio contra el duro cráneo de su marido, el cual se tambaleó.

Aquello no aplacó la ira de Serena. Mirando a los boquiabiertos hombres, salió corriendo del cuarto. Abajo, en la entrada de la posada, encontró a su lacayo, que la esperaba pacientemente y se levantó nada más verla.

—¿Algún problema, milady?

Sabe Dios qué aspecto tenía.

—No. Quiero volver a Hertford Street. Ahora.

«¡Adulterio! ¿Cómo se atrevía? ¿Cómo?»

—Sí, milady. Ahora mismo.

Francis se desplomó sobre una silla y apoyó su retumbante cabeza en las manos.

—Dios Todopoderoso —masculló. El golpe parecía haberle aplacado la rabia, dejándolo vacío de todo, desolado.

En realidad, no había perdido mucho, trató de decirse a sí mismo. Sólo a una mujer mentirosa e infiel. Cuando se le pasaron el dolor y el mareo, miró hacia arriba. Lucien parecía pensativo y Ferncliff —maldito fuera— estaba sentado en una silla con aire severo.

Fue éste quien habló:

—No se habrá imaginado usted que su esposa ha estado cometiendo adulterio conmigo, milord.

—Pues sí —replicó Middlethorpe—. Tan peregrina idea podría habérseme pasado por la cabeza al verla saliendo sigilosamente de su alcoba, señor. Sé que ustedes dos han estado viéndose en mi jardín, y al menos en una ocasión volvió de la cita despeinada y cubierta de barro. Por no mencionar que usted mismo lo ha admitido.

—¿Cómo iba yo a admitir tal falsedad?

—¡Por el amor de Dios!

—Mi amada es su madre.

Francis lo miró de hito en hito.

—¿Me toma por un perfecto imbécil?

—Sí.

El joven tuvo que refrenarse para no lanzarse al cuello de Ferncliff.

—Vamos a ver si aclaramos esto de una vez. ¿Me está diciendo que usted y mi madre, lady Cordelia Middlethorpe, están enamorados?

—En efecto. ¿Ve? —observó Charles con un terrible sarcasmo—. Hasta una mente torpe puede comprender un problema si se le da el tiempo necesario.

—Perdone que a mi torpe mente —se disculpó Francis en tono no menos sarcástico— le cueste tanto entender que usted tenga una apasionada relación con mi madre en los fríos y embarrados jardines de mi casa de Hertford Street.

—Es lo que piensa de su esposa, milord.

—Es que ell... —Francis no se atrevía a pronunciar las palabras que acudían a sus labios.

Ferncliff completó la frase por él.

—Es una mala pécora, supongo.

Instintivamente Middlethorpe se puso en pie de un salto.

—Son palabras suyas —le dijo Charles—, no mías.

Santo Dios, ¿de verdad le había dicho eso?

—En cuanto a su madre y a mí, milord, reconozco que hemos tenido una aventura, incluso en un fangoso jardín invernal, pero ahora mismo estamos peleados.

—A ver si adivino el motivo: ¿no será porque intenta extorsionarle diez mil libras para así fugarse con mi esposa? —le espetó Francis recobrándose.

—¡El diablo se lo lleve! —gritó Ferncliff—. ¡Cuando le mencioné a lady Middlethorpe, cabeza de chorlito, no me refería a su esposa, sino a su madre!

—¿Cabeza de chorlito, yo? Al menos no soy un ladrón ni un mentiroso.

Charles se levantó, con los puños cerrados.

—¡Yo no soy ningún ladrón, señor mío!

—Otra vez no —refunfuñó Lucien, dando un paso al frente para evitar la pelea.

En ese mismo momento se abrió la puerta. Era Cordelia.

—¿A qué viene tanto grito? —preguntó con severidad—. Te está oyendo toda la posada.

Al ver allí a su hijo abrió los ojos como platos, pero tras un breve instante, entró en la habitación, seguida de Arabella:

—Detecto todas las señales que emiten los hombres cuando se comportan como perfectos idiotas.

—¡Cordelia! —exclamó Ferncliff.

—¡Madre! —profirió Francis.

Ésta se acercó al tutor:

—Abrázame, por favor, Charles. Estoy muy asustada.

Él obedeció sin dudarlo.

—No te preocupes, palomita. Nadie te hará daño.

Las brumas de la ira se disiparon de la cabeza de Francis y la verdad se abrió camino, o al menos sus partes más esenciales.

—Serena... —murmuró.

Se dirigió hacia la puerta, pero Lucien le agarró del brazo.

—Lo sé. Pero antes será mejor descubrir qué está pasando aquí. No cometas aún más errores. Probablemente a ella también le vendrá bien un poco de tiempo para calmarse. Iré a asegurarme de que está a salvo.

Su amigo no podía ni empezar a comprender el desastre en que podría haberse convertido su matrimonio. Quería desesperadamente empezar a arreglar las cosas, pero sabía que en el fondo tenía razón.

Cuando éste hubo salido, Francis se volvió hacia la pareja que estaba en el centro de la estancia. Le indignó ver a Ferncliff acariciando la cabeza de su madre y consolándola entre besos.

—¡Maldición! ¡Deje de hacer eso!

Cuando su madre giró el rostro hacia él, pareciendo increíblemente joven y asustada, la verdad comenzó a esclarecerse aún más, aunque era tan extraña como un cuadro de Fuseli.

El joven respiró hondo.

—¿Por qué no empieza por explicar lo de las diez mil libras, madre?

—No la intimide —le soltó Ferncliff, y con mucha suavidad la llevó a hasta un banco y la sentó a su lado, dándole palmaditas en la mano—: Ahora, Cordelia, si realmente tu comportamiento ha sido necio, lo mejor que puedes hacer es abrirnos tu corazón. La sinceridad es la mejor política.

Ver a su madre tratada como una niña traviesa le sorprendió y molestó a la vez. Su mundo estaba patas arriba y en algún lugar Serena lloraba.

—Diez mil libras —le insistió con brusquedad, advirtiendo un rubor culpable en el rostro de su madre.

—Tendré que empezar por el principio, cariño, así que no me interrumpas. Todo empezó cuando accediste a cortejar a lady Anne, ya ves. Fue entonces cuando comprendí que tu casamiento iba a cambiarme la vida. Sabía que me recibiríais con los brazos abiertos en cualquiera de tus casas, pero también que ya no sería lo mismo. Algo había cambiado dentro de mí, así que cuando conocí a Charles, me abrí a él como a nadie desde que era pequeña.

¡Que se abrió a él! ¿Qué demonios significaba aquello? A Francis le hubiera gustado preguntárselo, pero se mordió la lengua.

—Al principio sólo hablábamos de su trabajo, muy interesante, por cierto, y de mis preocupaciones. Él me ayudó a pensar en mi futuro y yo lo ayudaba con sus investigaciones. Ya sabes que conservamos algunos documentos antiguos en el priorato —miró nerviosa a su hijo—, en fin, no debo divagar. —Su voz se redujo a un susurro—: El que acabáramos intimando... me pilló por sorpresa.

Pese a tan abrumadora evidencia, Francis no daba crédito.

—¿Me está diciendo que...?

Ella asintió, con la cara inequívocamente encarnada.

—¡Sobre el diván de mi tocador!

Miró desesperada a su amante, que le dio una palmadita en la rodilla, aunque él también parecía muy incómodo.

Middlethorpe miró a Arabella y ella hizo una mueca burlona.

—Lo he escuchado todo en esta última hora, querido. Prepárate para oír la prueba de que la estupidez no termina con la juventud.

Francis se giró hacia la pareja.

—Si las cosas estaban así, ¿por qué diablos no se casaron?

Su madre suspiró.

—Me faltó valor. Me parecía tan terrible lo que había hecho. Siempre pensé que si volvía a contraer matrimonio traicionaría a tu padre, pero cuando me abandoné a la pasión... Todo lo que hicimos y dónde lo hicimos... Sí que era una traición, porque lo que he experimentado con Charles tu padre nunca me lo dio, por mucho que lo haya querido. —Y lanzando una mirada de adoración a su amante, agregó—: Eso yo no lo conocía.

Aunque Francis estaba muy avergonzado, logró articular:

—Razón de más para desposarse, creo yo.

—Oh, no. Quería negarlo, fingir que nunca había sucedido. Y además temía que la sociedad se mofara de mí por casarme con un hombre más joven, más pobre, con un plebeyo. Y es muy probable que se rían, pero por alguna razón ahora ya me no parece tan terrible.

Su hijo escuchaba las revelaciones sobre aquellos asuntos, pero la mayoría de los acontecimientos que habían puesto su vida patas arriba seguían tan claros como una ventana salpicada de barro.

—Pero entonces, madre, ¿por qué Ferncliff intentó extorsionarle diez mil libras?

—¿Qué? —preguntó el aludido.

Los ojos de Cordelia pasaban de un hombre a otro.

—No lo hizo.

—¿Era todo mentira? Dios mío, madre. ¿Por qué?

—Eso digo yo, Cordelia —la reconvino Ferncliff con severidad—. ¿Por qué?

Ella se aferró a la mano de su amado, mientras se dirigía a Francis.

—De veras que lo siento mucho, cariño. Cuando me dejé llevar por el pánico tras mi tropiezo, mi primera reacción fue desear que Charles desapareciera de escena: así no tendría ningún recuerdo de mi debilidad ni más tentaciones. Aconsejé a los Shipley que prescindieran de sus servicios. Pero él siguió escribiéndome una y otra vez. No se rendía. ¡Me estaba sacando de quicio! Cuando finalmente te escribió a ti, tuve que pensar en un motivo que lo explicase. Y en aquel momento no se me ocurrió nada mejor.

—¿Por qué demonios no me dijo la verdad?

—Pensé que me despreciarías por mi mal comportamiento.

—Madre...

Ella le dirigió una mirada mucho más familiar.

—¿Y bien? ¿Qué habrías pensado?

Él suspiró.

—Me habría escandalizado —admitió.

—Cuando empezaste a exigirme explicaciones, yo no podía pensar. Se me ocurrió aquella ridícula historia e inmediatamente todo empeoró. Y el pánico me dominó cuando me anunciaste tu intención de enfrentarte a Charles. No podía dejar que os conocierais.

—Así que me escribiste para avisarme, Cordelia —intervino Ferncliff—. Tus acciones son censurables, pero las mías también. Escribí esa carta deliberadamente para forzarte a confesarle todo a tu hijo. Pensé que así se resolvería el problema. —Miró a Francis—. ¿Estaba en lo cierto, milord?

—Por supuesto. Habría comprobado sus antecedentes, pero si usted es el tipo pobre pero de confianza que parece, yo no habría opuesto mayor objeción.

—¡Ay, no! —exclamó Cordelia— Me hacéis sentir mucho más necia y malvada. A partir de entonces, las cosas fueron de mal en peor: tú persiguiendo al pobre Charles y él bombardeándome con cartas airadas, hasta que me di cuenta de que todo esto había hecho que dejases de cortejar a Anne... —Exhaló un profundo suspiro—. Entonces te presentaste con otra novia, una que no era fácil que contase con mi aprobación. Cuando alcancé a comprender las consecuencias de mi insensatez, quería morirme. Todo se había destruido y la culpa era mía. Pero seguía faltándome el valor. Valor para confesarle a Charles las perversas mentiras que había urdido sobre él. Me estremecía la idea de contarte, Francis, mi inaceptable comportamiento y todas las demás falsedades que había dicho después. ¡Cada día que pasaba era peor!

—«¡Ay, qué enmarañada red tejemos —citó Arabella— la primera vez que practicamos el engaño.»

—¡Cállate! —exclamó Cordelia mirando a su hermana antes de volver a dirigirse a Francis—. Por fin he recuperado el juicio. Espero que no sea demasiado tarde para reparar el daño que he causado.

—Yo también —convino su hijo al tiempo que se levantaba—. Reconozco, madre, que su comportamiento ha dejado mucho que desear, pero no soy quién para reñirla. Eso se lo dejo a su futuro marido. —Meneó la cabeza—. A juzgar por su embelesada expresión, quedará impune. Dudo que yo sea tan afortunado con mi esposa.

—¡Ay, querido! ¿Tanto te he enredado con mis tejemanejes?

Francis sonrió con arrepentimiento.

—Bueno, casi todo el daño nos lo hemos hecho nosotros mismos, pero el señor Ferncliff contribuyó a embrollarlo todo aún más, en particular con su tendencia a referirse indistintamente a usted y a Serena como «lady Middlethorpe».

—No habrás pensado...

—¿El qué?

—Ay, cariño. Lo siento.

—Está perdonada. Después de todo, he de recordar que si nada de esto hubiera sucedido, no habría conocido a Serena. Lo cual habría sido una pena. —Levantó una ceja en dirección a Arabella—. ¿Por qué está aquí exactamente, querida tía? ¿Para asegurarse de que se haga justicia o para regodearse con el fracaso humano?

—No te burles de mí. ¡Aquí soy la única inocente! Vine para asegurarme de que tu madre no se acobardaba en el último momento. ¡Qué sarta de necedades! Si te has peleado con Serena, será mejor que vayas a hacer las paces con ella. Se merece algo mejor que tú, pero tendrá que conformarse con lo que hay, como la mayoría de las mujeres.

—Eso pretendía.

—Y te lo advierto: tengo la intención de dejarle claro que en mi casa nunca le faltará de nada, así que no pienses que puedes intimidarla amenazándola con la pobreza. Y si crees que vas a privarla de su hijo...

Francis levantó una mano.

—¡Haya paz! Nunca se me ocurriría semejante cosa. Sólo quiero amarla y respetarla.

Arabella carraspeó.

—Así lo espero. Por cierto —continuó cuando el joven ya pisaba el umbral de la puerta—, Maud tenía un chisme interesante con que amenizar la cena de esta noche. Parece que conoció a la madre de Serena cuando ambas eran niñas, en Sussex. Eran vecinas. Maud nos contó que Hester tenía los mismos ojos rasgados y era tan bella como Serena o más. Pero ningún dinero, por lo que terminó casada con Allbright.

—¿Y? Tengo un poco de prisa.

—La cuestión es que Hester había estado enamorada de otra

persona. El hijo de un médico, creo. Y cuando Maud se fijó en Serena, reconoció en ella el color del pelo de aquel hombre, entre otros rasgos. Está tan segura como se pueda estar de que Serena no es una Allbright ni por asomo. Conociendo a sus hermanos, pensé que podría ser una buena noticia.

Francis se rio.

—Conociendo a sus hermanos, desde luego, no es nada de lo que avergonzarse. —Volvió a mirar a su madre y a Ferncliff, que murmuraban entre sí cogidos de la mano y sacudió la cabeza—. Y ya corre suficiente sangre extraña por las venas de mi familia sin necesidad de mezclarse con esa gentuza. ¿Va a quedarse a oficiar de carabina?

La madura dama se levantó.

—¡Dios no lo permita! Qué visión tan horrenda. Y supongo que tú tampoco querrás. Maud nos envió aquí en sus dos malditos palanquines, gracias a los cuales al menos dispongo de un transporte que me lleve de vuelta a casa.

Francis acompañó a su tía a aquel cajón lacado en oro y la despidió mientras los dos criados cargaban con ella. Un oficio, sin duda, en vías de extinción. Miró a los otros dos hombres, de pie junto a la otra silla.

—Podría tardar un buen rato —les dijo arrojándoles una corona—. Tomaos algo para entrar en calor y, si lady Middlethorpe no aparece dentro de una hora, os doy permiso para iros a casa.

Luego emprendió a pie el camino a Hertford Street, preguntándose qué tendría que hacer para salvar su matrimonio.

Capítulo 21

*U*na vez en casa, Serena corrió a su cuarto para llorar. Pero al llegar allí vio que no podía. Se despojó de su capa, se arrancó el sombrero y se paseó arriba y abajo. Cuando la doncella se acercó para asistirla, despachó a la pobre mujer con un gruñido.

Poco a poco cayó en la cuenta de que no podía llorar porque, más que desolación, lo que sentía era una soberana furia.

¡Cómo se atrevía Francis Haile! ¿Qué motivo le había dado ella jamás para que dudase de su fidelidad? Sólo el recuerdo de cierta noche pasada en la granja de los Post le aguijoneó la conciencia, pero lo dejó correr. Por aquel entonces no estaba casada.

Desde que se había vuelto a desposar, ni siquiera había mirado a otro hombre. Los pícaros amigos de Francis, ellos sí que se empeñaban en coquetear con todas las mujeres que se cruzaran en su camino.

Una pizpireta pastorcilla de porcelana china le llamó la atención. La cogió y la estrelló contra la pared. ¡Eso mismo habría querido hacer con la cabezota de Francis Haile!

No, lo único que había hecho desde el día de su boda era ser dulce y amable. Perdonar y trabajar y trabajar más para sacar adelante su matrimonio. ¿De dónde, maldito Francis Middlethorpe, había sacado el tiempo para cometer adulterio?

Un joven pastor que tocaba la gaita pasó a reunirse con su pastorcilla.

Entonces reparó en la carpeta. Arrancó las cintas sin molestarse en desatarlas. Los retratos se desparramaron por el suelo. Eran horribles, horribles, empezando por su propia cara de atolondrada que le sonreía desde ellos. Aunque no reflejasen la realidad, sí mostraban una verdad: se había sometido. Había hecho todo lo que le habían dicho, maldita sea.

¿Por qué demonios no había asesinado a Matthew Riverton? Debía de haber formas.

¿Por qué no había ido al encuentro de Harriet Wilson a convertirse en una puta honesta?

En lugar de eso, se había tragado lágrimas y lamentos, junto con todas aquellas mentiras sobre el deber y la obediencia a un marido... Había sido tan sumisa como se esperaba de ella.

Cogió una imagen suya en la que sonreía mientras dos tipos la manoseaban y la rompió en pedazos.

¿Adulterio? Pero ¡si ni siquiera le gustaba lo que los hombres les hacían a las mujeres!

Un leve toque en la puerta precedió a la aparición de Dibbert, el cual lo miró todo con los ojos fuera de las órbitas.

—¡Váyase! —le gritó Serena, arrojando al aire un puñado de trocitos de papel, que revolotearon alegremente por la habitación.

Dibbert bajó la escalera tambaleándose, preguntándose dónde diablos andarían la viuda de Middlethorpe y su hijo. Alguien debía asumir el mando de la situación. La pobre lady Middlethorpe ¿habría perdido el juicio por completo?

Llamaron a la puerta y se apresuró a abrirla. Reconoció de inmediato al marqués de Arden, uno de los amigos del señor.

—Me temo que lord Middlethorpe no está en casa, milord.

—¿Y lady Middlethorpe tampoco está? —preguntó éste con solicitud. Algo en el rostro de Dibbert debió de revelarle la verdad, pues caminó hacia la entrada con aire relajado.

Bloquearle el paso a un marqués que además era amigo de la familia escapaba a sus funciones, así que Dibbert cerró la puerta al aire de la noche, confiando en que lord Arden lo ayudase.

—Supongo que no querrá ver a nadie —dijo el marqués—. Pero lord Middlethorpe me ha pedido que viniera a interesarme por su estado.

—Me temo que está algo disgustada, milord.

—¿Se ha desmayado?

—No exactamente.

—¿Sólo ha estado llorando entonces?

El mayordomo se aclaró la garganta:

—Ha habido una serie de estropicios, milord. Cuando subí a investigar, milady parecía estar rompiendo unos papeles. Imagínese que hasta me... me ha gritado.

El marqués se echó a reír:

—En esa estamos, ¿no?

Sin embargo, a Dibbert no le hacía la menor gracia la situación.

—Espero que se recupere pronto, milord —añadió.

—Yo diría que sí. Esperemos que lord Middlethorpe no tarde en regresar.

—Sí, desde luego. —Dibbert se retorcía las manos, cuando oyó un tintineo lejano pero inconfundible de vidrios rotos—. ¿Sabe usted si tardará mucho?

—No, no creo. —Lord Arden mantenía su aire divertido—. Bien, no creo que mi presencia aquí sea necesaria. Mi consejo es que deje sola a lady Middlethorpe, a menos que ella lo llame.

El mayordomo vio alejarse al marqués con consternación. Lord Arden era muy libre de tomarse el asunto tan a la ligera, pero ¿y si milady se estuviera lesionando a sí misma en aquel preciso instante?

Lucien fue caminando hasta su residencia. Allí se encontró a su esposa cenando, con la bandeja posada sobre el tocador. Beth comía con una mano mientras sostenía un libro con la otra. Sonrió ante la entrañable imagen de su maravillosa intelectual.

Ella alzó la vista y sonrió:

—Hola. Cuenta, cuenta: ¿en qué aventura te has metido?

—¿Cómo lo has adivinado? —preguntó él robándole del plato una tajada intacta y se dispuso a mordisquearla.

Lady Arden posó el libro y el tenedor:

—Uno —enumeró—, has ido a casa de Nicholas; dos, enviaste

una nota diciendo que tenías algunas cuestiones que atender, y en la ciudad eso rara vez tiene que ver con asuntos de Estado; y tres, se te ve un cierto brillo en los ojos.

—¿Ah, sí? Pues estaba pensando en la furia.

—Y eso ¿qué tiene de agradable?

Lucien la contempló antes de contestar:

—Beth, hemos tenido nuestras discusiones, pero nunca hemos llegado a las manos, y eso que no te han faltado motivos. ¿Nunca te ha tentado pegarme?

—No sé. No creo. Parece tan improductivo.

—Pero la cálida intimidad que vamos a disfrutar de un momento a otro también va a resultar improductiva, puesto que estás embarazada. ¿Y será por ello menos agradable?

Su mujer se ruborizó.

—No, pero eso es diferente.

—¿En qué?

—Resulta agradable, sea productivo o no. Pero la cólera, no.

—¿Eso crees? —Tiró de ella hasta levantarla de su asiento.

—Lucien, ¿estás enfadado?

—No, en absoluto —repuso, mientras le desnudaba un hombro y le mordía la piel.

—¡Ay! Entonces, ¿por qué me das un bocado?

—Puede que tenga hambre. Sabes mejor que el lomo de cerdo frío. La verdad es que toda esta ira me ha excitado. Espero que a Francis y Serena les ocurra lo mismo.

Beth lo agarró de las orejas en un intento de controlarlo.

—¿Qué ha pasado? ¿Quién está enfadado y por qué?

Él la soltó y se sentó en el tocador de su esposa. Cogió un tenedor y se puso a comer su bizcocho.

—Tú ve desnudándote y te prometo contarte una parte de la historia por cada prenda que te quites.

Ella lo miró fijamente.

—¡Lucien! Estás de un humor muy particular.

El joven marqués enarcó las cejas y sonrió. Soltando una risilla, Beth se quitó una chinela e, insinuante, hizo un movimiento pendular con ella.

—Los hermanos Allbright tenían unos retratos difamatorios de Serena y trataban de vendérselos por diez mil libras.

—¿De verdad? ¿Y tú qué has hecho?

Su marido se limitó a sonreír. Beth se quitó la otra zapatilla y se la arrojó.

—Francis y yo fuimos a la posada el Cetro para enfrentarnos a ellos...

Middlethorpe entró en su casa olfateando el ambiente para determinar con qué iba a encontrarse.

Dibbert apareció tan rápidamente que debía de haber estado rondando la puerta.

—Bienvenido a casa, milord.

La bienvenida del hombre sonaba muy sincera. Francis le dio su ropa de abrigo.

—¿Lady Middlethorpe está en casa?

—Sí, milord. Está en sus aposentos.

—Excelente. —El joven se dirigió hacia las escaleras.

—¡Milord!

—¿Sí? —contestó él con impaciencia.

—La cena está lista desde hace tiempo...

—Al diablo con la cena.

Francis empezó a subir las escaleras de dos en dos.

Antes de franquear el umbral del dormitorio de Serena, se preparó para lo peor. No se oía ningún ruido. ¿Eso era bueno o malo? Tal vez se hubiera quedado dormida de tanto llorar.

Abrió la puerta y entró.

Su esposa estaba arrodillada en el suelo sobre una hoja, garabateando algo. Sus joyas yacían dispersas por toda la habitación en medio de trozos de papel rasgados. También parecía que había un montón de porcelana rota.

Él cerró la puerta con cuidado.

—¡Ah! —gritó ella al verlo, alzando unos ojos llameantes. Agarró el objeto contundente que tenía más a mano, un grillete de plata, y se lo lanzó—. ¡Vete!

Serena no dio en el blanco por unos centímetros, dejando una marca en la jamba de la puerta de caoba. Francis esquivó el otro grillete por los pelos. La joven se incorporó para afinar la puntería.

Middlethorpe se lanzó sobre ella y la apresó en el suelo, pero ella se revolvía retorciendo el cuerpo, como enloquecida y casi incontrolable.

—¡Basta, Serena! ¿Qué diablos te pasa?

Ella se detuvo, mirándolo airada.

—Que ¿qué me pasa? ¡Me acabas de llamar pécora y adúltera!

—Lo siento...

—¡Que lo sientes, dices! ¡Y más que lo vas a sentir!

Luchaba con tal fogosidad que Francis temió que pudiera hacerse daño. Soltándola, retrocedió.

—Serena, hablemos de esto con sensatez.

Su mujer se puso en pie de un salto, con el pelo salvajemente revuelto y un ardor en los ojos y una pasión que jamás le había visto.

—¿Sensatez? Llevo toda la vida siendo sensata. Sensatamente callada, sensatamente dócil, sensatamente obediente. Pues se acabó.

—Bueno.

La respuesta la cogió desprevenida, pero enseguida entrecerró los ojos desconfiada.

—Ah, no, no creas que vas a engatusarme tan fácilmente. ¡Estoy pero que muy enfadada! —Cogió un candelabro y se lo lanzó. Él se agachó, esquivándolo, pero chocó contra un cuadro que colgaba de la pared, cuyo cristal se hizo añicos.

—Maldita sea, Serena, ¡para ya! He cometido un error, pero ¿qué querías que pensara al verte salir del dormitorio de Ferncliff?

—Ya. Y supongo que lo habrías matado, ¿no? ¿Por qué no me disparas a mí también, monstruo sediento de sangre? Para eso me hiciste aquella exhibición de tiro, ¿no? No fue para tranquilizarme, sino para demostrarme que eras capaz de matar.

Tomó el jarrón que contenía el narciso y se lo arrojó. No le dio, pero al menos lo mojó con el agua.

—Ferncliff se encuentra en excelente estado de salud —gruñó Francis, secándose el agua de la cara—, ¡lo cual es más de lo que podrá decirse de ti si no dejas de comportarte tan vergonzosamente!

—¿Vas a azotarme? —Ella se giró, tomó el enjoyado látigo festoneado de seda y se lo lanzó también—. Pues toma, aquí tienes.

Él lo cogió por el mango.

—Ganas no me faltan.

Serena se puso en jarras.

—Claro, ¿por qué no? Es lo que se espera de un hombre. Pero te advierto que sólo pica y enrojece la carne un rato. Tienes que armarte de paciencia si quieres hacer daño de verdad.

Francis arrojó el látigo a un lado.

—Basta, Serena. Te he juzgado mal. Pero todas las pruebas estaban en tu contra.

—¿Qué pruebas?

—¡Te vi salir del dormitorio de un hombre, para empezar!

—¿Y no podías concebir otra explicación que no fuera que tenía una aventura con él? ¡Para tu información, Charles Ferncliff es un tipo soso y aburrido!

—Hasta el hombre más aburrido puede convertirse en un amante de vez en cuando. Tengo pruebas. Quizá nunca habría llegado a esa conclusión si no hubiera encontrado su tarjeta en tu bolsillo y oído que os habíais reunido en el jardín.

—¡Reunidos, dice! Me topé con él. Algo tendrás que hacer con ese jardín. ¡Allí nadie está a salvo!

—He puesto un candado en la puerta.

—¿Y por qué me has registrado los bolsillos? —continuó Serena tomándose un pequeño respiro para recobrar el aliento—. ¿Y a quién me has puesto de espía? Ya tuve bastante con Matthew. No pienso tolerarlo más.

—¡Yo no te he puesto ningún espía!

—Así que todo por una tarjeta, dos encuentros casuales y por encontrarme en el dormitorio de Ferncliff.

Serena hizo una pausa, considerando la lista que acababa de enumerar. Pese a su afán de aferrarse a la deliciosa ira que la embargaba, su sentido de la justicia se reafirmaba en su interior. Aun así, hizo un último intento.

—Nunca habrías alimentado esas suposiciones si no fuera porque en el fondo me consideras una cualquiera.

—¡Por supuesto que no te considero eso!

La joven reparó de pronto en su aspecto. Tenía el cabello húmedo y desordenado y la ropa un tanto desaliñada, pero la energía que emanaba de su cuerpo la dejó sin habla. Quería devorarlo.

—¿Y qué me dices de esto? —Cogió uno de los dibujos y se lo plantó en las narices. Era uno de los más inocentes: ella aparecía sentada sobre una balaustrada de piedra, con un brazo alrededor de un gran jarrón que el dibujante había transformado en un monstruoso falo—. Qué te parece, ¿eh?

Francis le echó un vistazo y se echó a reír. Ella se abalanzó sobre él, pero su esposo la asió de un brazo y la estrechó contra su cuerpo.

—Lo siento, cariño, pero es que ¡me parece tan tonto! ¿Por eso estabas tan disgustada? ¿Por estas ilustraciones?

Ella no se rindió, manteniéndose rígida.

—Por estos retratos, no. Por los hombres como mis hermanos, mi primer marido, sus compinches, tus amigos o tú. Me tenéis muy enfadada.

Middlethorpe miró por encima del hombro de Serena y la soltó. Cogió el papel que garateaba cuando él entró en la habitación. Su esposa se ruborizó por haber sido sorprendida en un acto tan infantil. Uno detrás de otro, fue cogiendo todos los dibujos que ella había alterado de modo que las víctimas fueran hombres desnudos y las opresoras, mujeres vestidas.

—Tengo derecho a indignarme —reivindicó—. Me gusta estar enfadada. ¡Estoy disfrutando de mi ira!.

Pero la tierna y genuina preocupación de sus ojos delataba que su furia se batía en retirada.

Sin mediar palabra, él empezó a quitarse la ropa.

—¿Qué haces? No creerás que estoy ahora para tareas del lecho.

Él se detuvo cuando ya se bajaba los pantalones.

—¿Tareas? ¿Es así como lo ves?

Parecía dolido.

—No, Matthew lo llamaba así.

—Y tú también, por lo visto —repuso mientras seguía desvistiéndose.

Serena no sabía qué decir. Cuando se puso de pie, desnudo, vio que estaba excitado.

—Supongo que es por estas imágenes —lo acusó—. Tom me dijo que después de mirarlas no tuvo más remedio que derrengar a dos putas.

—Tu hermano es más que despreciable, no representa a los hombres en su conjunto.

—¿No? Pues yo no he conocido otra cosa.

—¿En serio?

Ella apartó la mirada, con los brazos firmemente cruzados.

—Supongo que ésa es otra razón por la que estás dispuesto a creer lo peor sobre mí: mis hermanos. Seguramente piensas que estamos cortados por el mismo patrón.

—No, nunca. En realidad lady Cawle opina que tú y ellos tenéis padres diferentes.

Serena retrocedió.

—¿Qué? ¡Ah, esto ya es el colmo! Ahora, además de adúltera, ¡soy una bastarda!

Francis se agarró a uno de los postes de la cama y ella vio que los nudillos se le pusieron blancos.

—Serena, no me hagas perder más la paciencia. Por última vez, no creo que seas adúltera. Pero sí espero que seas bastarda, porque cuanta menos relación tengas con tus hermanos, mejor, aunque de todas formas me da igual; si he de serte crudamente sincero, estoy sufriendo un violento acceso de lujuria.

La joven tenía ante sí la prueba de que no mentía.

—Muy bien. Sufre, entonces.

—Eso haré hasta que te sientas igual.

Su esposa lo miró fijamente.

—Es que yo... no puedo.

—¿Seguro? ¿Por qué no canalizas toda tu rabia abusando de mi cuerpo desnudo?

—Francis... —empezó Serena, pero algo se desenroscaba en su vientre como una serpiente: ¿furia, lujuria o las dos?

Lo vio cruzar el cuarto, grácil, esbelto y musculoso, y recoger los grilletes. Después de inspeccionarlos un momento, se los puso en las muñecas, a pesar de que debían de quedarle cruelmente apretados.

—Ya basta —susurró ella, pero hubiese jurado que con la plata y las joyas en sus muñecas semejaba una magnífica criatura de ensueño.

—¿Quieres amarrarme a los postes de la cama? —le preguntó—. ¿Quieres azotarme?

—¡No! Basta. —Pero, inconscientemente, se acercó a él y le puso las manos en el pecho—. Me siento muy extraña.

—Más te vale —replicó Francis con ojos llameantes.

La agarró del pelo y la besó, haciéndole sentir el frío metal de sus muñecas en el cuello. Luego la retorció hasta que ambos cayeron sobre el lecho en una maraña de miembros y pelo. Serena luchaba para zafarse de él.

—No. ¡Quiero desnudarme!

A regañadientes, la dejó incorporarse de la cama. No obstante, siguió observándola, con los ojos oscurecidos por el ardor que su erección, su rubor, sus jadeos demostraban... la pasión que lograba mantener a raya. La demostración de belleza, lujuria e impactante control vencieron la resistencia de Serena, hasta el punto que con sus torpes dedos apenas acertaba a aflojarse el corsé. Se apoderó de ella una fogosidad que le era nueva, que incluso la asustaba, porque la cautivaba, porque podía convertirla en esclava de un amo.

Cuando por fin estuvo desnuda, se plantó frente a él para preguntarle:

—Entonces, ¿ahora soy tu cautiva?

Middlethorpe alargó las manos.

—El encadenado soy yo.

Serena cogió la brutal gargantilla de esclava y la contempló un momento, antes de ceñírsela alrededor del cuello con un seco chasquido. La pesada cadena de oro colgaba fría entre sus pechos y le rozaba los muslos mientras se acercaba a la cama.

El cuerpo de él tal vez se estremeció, pero no tuvo nada de vacilante la manera en que, tomando el extremo suelto de la cadena, le dio una vuelta alrededor de su muñeca encadenada y, poco a poco, la fue atrayendo hacia él.

Ella se debatía entre el temor y el deseo, insegura en aquel extraño mundo.

—Ahora cada uno es prisionero del otro —susurró, permitiendo que sus labios exploraran el torso de su amado y fueran bajando hasta el objetivo deseado.

Ese pensamiento detuvo en seco su dulce incursión. Nunca había deseado hacer aquello, no lo veía sino como un deber repugnante. Si llegaran a gustarle estas cosas, ¿qué decía eso de ella? Levantó la vista hacia él.

—Francis, esto no está bien. ¿Y si deseo a otros hombres? ¿Y si tengo alma de puta? Mira mi madre.

Él le alzó la cabeza para contemplarle la cara.

—Serena, entre nosotros no existe ni el bien ni el mal. De todos modos —agregó con un suave beso—, si hemos de creer a lady Cawle, tu madre sólo quiso a un hombre en su vida, y no se apellidaba Allbright.

La muchacha se acordó de su infeliz y silenciosa madre.

—Espero que fuera así, aunque ella me da mucha pena.

—Tuvo su momento de placer. ¿No nos merecemos nosotros el nuestro?

Serena seguía sin estar segura, pero sí dispuesta a darle todo lo que pudiera.

—Tú, por supuesto que sí.

Su marido sacudió la cabeza antes de preguntar:

—¿Te gusta ya que te bese?

Ella le pasó las manos por el cabello.

—Creo que sí.

Hicieron la prueba y quedó demostrado que, efectivamente, le gustaba que la besase.

Entonces le rozó suavemente los pechos con la mano.

—¿Y esto?

—Sí, es muy dulce...

Sus labios y dientes tomaron el relevo de los dedos, provocando en Serena un gemido de desesperado asombro: «¡Francis, Francis!» ¿Cómo era que todo había cambiado, que lo que antes la dejaba fría ahora la inflamaba?

—Tal vez los libros tengan razón después de todo —lo oyó murmurar, pero cualquier pensamiento quedaba ahogado por el febril latido de su sangre, mientras la mano y la boca de él obraban su magia en ella—. ¡Deja que suceda, Serena! Déjate llevar.

Ella lo deseaba, tanto por él como por sí misma, pero era como si tuviese una parte cerrada con llave, encadenada por el miedo, incapaz de entregarse.

Finalmente no pudo sino gemir, golpeándose la cabeza, atormentada por lo imposible. Gritando su desesperación, le pidió que se detuviera.

Cuando obedeció, ella le dio la espalda, dolorida por la vergüenza y la frustración. ¿Por qué no podía simplemente tomar? ¿Por qué tenía aquella terrible necesidad de dar?

Francis la giró para que lo mirase y ella se preparó para enfrentarse a su ira, pero no vio más que amor en su rostro.

—Lo siento —susurró, con la visión empañada por las lágrimas.

Él se las secó a besos y la tranquilizó con voz ronca:

—Por lo que más quieras, Serena, no te lo tomes como un examen. Se trata de que te liberes, y sé que puedes. —Se deslizó hasta un extremo de la cama, cogió uno de los dibujos garabateados y lo sostuvo frente a ella—. Míralo, maldita sea, y ódialo. No permitas que algo así te domine. No dejes que Riverton te someta desde el infierno en el que sin duda arde. —Y cogiéndole un mechón de pelo, la obligó a mirarlo—. Yo no soy ese hombre, no soy Riverton, soy Francis. Confía en mí. —La besó profunda, imperiosamente, hasta arquearle la espalda—. Haz acopio de tu ira, sirena mía, y libérate de ella. Ven a mí.

Sus palabras, surgidas directamente del corazón, comenzaban a obrar su magia, y cuando él la tocó de nuevo, Serena se curvó como un arco mientras el fuego le recorría el cuerpo.

—Confía en mí. Libérate. Conmigo estás a salvo.

Sí, aquél era Francis, y ella no iba a dejar que Riverton la sometiera desde el infierno.

Su rabia se convirtió en pasión y encontró por fin la confianza para entregarse por completo a las llamas. Se oyó a sí misma gritar sin control, porque el fuego la consumía y no le importaba.

Luchó contra él amándolo al mismo tiempo, y cuando la penetró, a ella le importaron un comino todas sus dotes amatorias tan trabajosamente adquiridas, o si a él le estaría gustando. Había roto las cadenas que la ataban y por fin ardía libre.

Tras llegar al clímax, se sintió inmensamente en paz e incapaz de moverse, de pensar y, por descontado, de sentir rabia.

—¿Estaré muerta? —le preguntó.

—A mí creo que me has matado —gimió su esposo, desplazándolos a ambos a una posición más cómoda y, quitándole el collar, la besó en el cuello—. Te ha dejado marca. Vamos a tener que deshacernos de estos cachivaches.

—Están empezando a gustarme —sonrió ella, levantando las muñecas.

—Cuando me los pongo yo, no tú, me figuro.

—No sé —le mordisqueó un brazo—. Cuando pienso en ti atándome a la cama, me resulta divertido.

Serena supo que el mensaje que le transmitía era: «Confío en ti», y vio que a él le complacía. Sus dulces ojos le sonrieron cuando le contestó:

—Repítemelo cuando no esté recién molido, muchacha.

Ella dejó que sus dedos exploraran el hermoso cuerpo bañado en sudor de su amado:

—¿Habías atado a alguien alguna vez?

—No.

Ella recogió la cadena y se la arrastró por los muslos y el vientre, admirando el brillo del oro contra su piel, observando el escalofrío que le provocaba. Qué extraño era que aquella cosa tan horrenda de pronto se le antojara un juguete de lo más gracioso.

—Me pregunto si será muy habitual.

—Creo que no mucho. —Capturándole la mano, la miró a los ojos—. Pero tendrías que preguntárselo a otra persona.

—¿Por qué?

Francis sonrió atribulado.

—A confesarse tocan: estoy singularmente falto de experiencia, amor mío. Eres la primera y única mujer con la que he compartido mi cuerpo.

Serena lo miró fijamente, buscando otro sentido a sus palabras.

—¿Quieres decir que aquella noche en casa de los Post...?

Él asintió.

—¿Decepcionada?

—¡Horrorizada! —exclamó al borde de las lágrimas—. Lo que hice ya estuvo bastante mal sin que...

Su esposo la envolvió en un cálido abrazo.

—Calla, no llores. Fue una iniciación memorable. Ahora que lo pienso, fue una bendición.

—No sé si creerte. Eres tan buen amante —repuso arrugando el ceño.

Francis sonrió con deleite.

—Eso es un bálsamo para mi orgullo, pero ¿cómo lo sabes, virtuosa mía?

—¡Es cierto! —dijo sorprendida—. Después de todo, comparado con Matthew, al que mi placer le traía sin cuidado, cualquier hombre amable parece... —Se interrumpió con un grito porque él le hacía cosquillas, con lo cual, claro, tuvo que devolvérselas—. Pero entonces, ¿cómo es que eres tan diestro?

Volvieron a yacer desplomados en el lecho, acariciándose despreocupadamente.

—Soy muy aficionado a la lectura. Pero prefiero aprender de ti. —Le pasó suavemente un dedo por el interior del muslo—. ¿Es esto tan agradable como se supone que debería ser?

—Ummm. Pero estaría mejor con un plumero.

—¿Qué? —soltó Francis y se echó a reír.

Serena lo miró con picardía.

—Yo también he leído algún que otro libro. En el pasado formaron parte de una educación no deseada, pero ahora creo que la apreciaría más.

—Siempre sospeché que educar a las mujeres no era una buena idea —gruñó Francis.

—¿Quieres decir que podría sobrecalentar nuestros pobres y delicados cerebros?

—Quiero decir que podría sobrecalentar otra cosa, que no es exactamente el cerebro, y ya tengo bastante calor tal y como estoy. Pero —añadió en serio— en todo esto hay algo más que ciencia y mecánica. —Le pasó la mano por el vientre—. Me deleito con sólo tocarte, mi amor, mi queridísima mujer.

Serena contuvo el aliento.

—¿Por qué los libros nunca mencionan la belleza de las palabras? Tus palabras me acarician el alma. Tus palabras me han liberado. —Se volvió para mirarlo directamente a los ojos—. ¿Te he dicho que te amo, esposo mío, mi único marido a los ojos de Dios?

Él dejó de acariciarla.

—No estoy seguro de merecerlo aún.

—Por supuesto que te lo mereces. Ningún hombre habría sido tan amable y gentil como tú.

—Tal vez simplemente tenga la suerte de que sólo puedas compararme con Riverton.

Ella le puso un dedo en los labios para silenciar sus tonterías.

—Toda mujer tiene más puntos de comparación, aunque sólo los lleve en el corazón. Por eso, aun con mis hermanos y mi padre como modelos, desde el principio supe que Riverton era un monstruo. Pero no lo supe del todo hasta que te conocí. —Lo besó con suavidad—. Riverton creó una esposa bien adiestrada.

—Calla.

Ella ahogó su intento de protesta con otro beso.

—Pero en aquel matrimonio era mucho lo que me estaba vedado: el amor, la ternura, el respeto, la decencia. En consecuencia, yo era una mujer capaz de usar su cuerpo para atrapar a un extraño.

—No digas eso —volvió a protestar Francis—. Entiendo por qué lo hiciste.

—Eso es lo que te hace tan maravilloso. Por eso has podido enseñarme todas esas cosas.

—Eso no hacía falta enseñártelo, Serena.

—Pero sí recordármelo. —Le borró el ceño fruncido con otro beso—. Tú me lo recordaste, me reviviste y me liberaste. Aunque no te amara, sólo por eso ya serías santo de mi devoción. —Y advirtiendo su incomodidad, adoptó un tono más ligero—: Y ahora que me ha liberado, mi señor, dígame por dónde desea que empiece a recompensarlo. —Lanzó una mirada oblicua a cierta parte de su anatomía, que reaccionó moviéndose, lo cual la hizo sonreír—. Lengua, dientes, hielo, plumas... —murmuró especulativamente y tomando el látigo le hizo cosquillas con él—. En el amor, mi amor, nada debería estar prohibido.

Tras un momento de estupor, Francis se echó a reír y ella se sumó a sus risas. Y los dos retozaron desnudos entre cadenas olvidadas que ya nada tenían que decir.